MARKUS THIELE

DIE SIEBEN SCHALEN DES ZORNS

MARKUS THIELE

DIE SIEBEN SCHALEN DES ZORNS

ROMAN

BEN
EV
NTO

FSC
www.fsc.org
MIX
Papier aus verantwortungsvollen Quellen
FSC® C014138

1. Auflage 2022

Medieninhaber, Verleger und Herausgeber:
Red Bull Media House GmbH
Oberst-Lepperdinger-Straße 11–15
5071 Wals bei Salzburg, Österreich

Satz: MEDIA DESIGN: RIZNER.AT
Gesetzt aus der Minion Pro, Bison Bold
Umschlaggestaltung: zero-media.net, München
Umschlagmotiv: © Birgit Pickel / EyeEm / gettyimages
Printed by Finidr, Czech Republic

ISBN: 978-3-7109-0131-7

Lothar, das ist für dich.
Mein Vater. Mein Freund.

Da sprach er zu ihnen: Haltet mich nicht auf,
denn der Herr hat Gnade zu meiner Reise gegeben.
Lasst mich, dass ich zu meinem Herrn ziehe.

1. Buch Mose (Genesis), 24,56

VORWORT

Wie wollen wir leben – und wie sterben? Gibt es ein Recht auf einen selbstbestimmten Tod? Und was geschieht mit dem, der uns beim Sterben hilft? Begeht er eine Straftat, einen Mord womöglich, für den er lebenslang ins Gefängnis muss?

Die rechtlichen Grundlagen dazu sind in Deutschland und anderen europäischen Staaten wie Österreich oder Tschechien noch immer sehr lückenhaft. Ein Gesetz mit konkreten Regelungen – wie zum Beispiel in den Niederlanden – existiert nicht. Lediglich § 216 StGB stellt die Tötung auf Verlangen unter Strafe, und durch § 217 StGB ist die geschäftsmäßige Beihilfe zum Suizid verboten. Letztere Regelung hat das Bundesverfassungsgericht allerdings im Februar 2020 für verfassungswidrig erklärt. Das im Grundgesetz verankerte allgemeine Persönlichkeitsrecht, so die Karlsruher Urteilsbegründung, meine einen autonomen Menschen, einen Menschen, der soweit irgend möglich die Hoheit über sich selbst haben solle. Dies gelte auch für das Sterben. Das Grundrecht in Art. 2 GG schließe »die Freiheit ein, sich das Leben zu nehmen, hierfür bei Dritten Hilfe zu suchen und, soweit sie angeboten wird, in Anspruch zu nehmen« (2 BvR 1593/15 u.a.).

Es gibt verschiedene Formen der Sterbehilfe, darunter vor allem die aktive und die passive Begehungsweise sowie die Beihilfe zur Selbsttötung. Letztere liegt vor, wenn dem Sterbewilligen eine tödliche Dosis eines Medikaments zur Verfügung gestellt wird und er es selbst einnimmt. Der Helfer bleibt dabei – entgegen einer landläufigen Meinung – in Deutschland straffrei. Bei der passiven Sterbehilfe wird dagegen eine lebensverlängernde Behandlung abgebrochen. Entsprach dies dem Wunsch des Patienten, liegt darin ebenfalls kein strafbares

Handeln. Unter aktiver Sterbehilfe wird schließlich das bewusste und aktive Eingreifen zur Beendigung des Lebens verstanden. Dies kann etwa durch direktes Verabreichen einer tödlichen Medikamentendosis erfolgen. Die aktive Sterbehilfe ist in Deutschland, Österreich und anderen europäischen Ländern verboten – in den Niederlanden ist sie es dagegen nicht.

Der Präsident des Bundesverfassungsgerichts, Andreas Voßkuhle, sagte gleich zu Beginn der Urteilsbegründung am 26.02.2020: »Die Suizidhilfe ist ein hoch emotionales und seit der Antike kontrovers behandeltes Thema. [...] Es rührt an den Grundfesten unserer ethischen, moralischen und religiösen Überzeugungen. [...] Das Recht auf selbstbestimmtes Sterben besteht in jeder Lebensphase eines Menschen. Wir mögen seinen Entschluss bedauern, wir dürfen alles versuchen, ihn umzustimmen, wir müssen seine freie Entscheidung aber in letzter Konsequenz akzeptieren.«

Wie wollen wir leben – und wie sterben? Eine Frage, die nicht nur juristisch bis heute ungeklärt ist.

Göttingen, November 2021
Markus Thiele

· TEIL 1 ·

ERMITTLUNGEN

1

KIEL, JUNI 1996

Da war es wieder, das Rauschen. Max hörte sein Blut durch die Adern strömen, ein leiser, kräftiger, ein ganz und gar warmer Fluss. Er war wie betäubt davon, betäubt vom Kribbeln in der Brust und der Kurzatmigkeit, die ihn erfasste, wenn er sich bis an den Rand der Erschöpfung verausgabte.

Die Pinne in seiner Hand vibrierte unter dem Druck, mit dem das Meerwasser am Ruder zerrte. Die Regatta war entschieden, der Hafen in Sicht. Links und rechts das Spalier der unzähligen Segelyachten mit ihren bunten Wimpeln und Fahnen, die im Wind tanzten. Eine vertraute Silhouette. Geradeaus an der Kieler Hörn, der Hafenspitze, das beleuchtete Riesenrad und davor die Verkaufsstände, an denen die Besucher Fischbrötchen, Bratwurst, Bier und Wein bestellten. Max roch den geräucherten Aal bis an Deck, die Musik aus den Lautsprechern wurde lauter.

Jonas stand eine Armlänge entfernt. Er kurbelte die Winsch und holte das Segel ein. Er hatte kürzlich eine Wette verloren, der arme Kerl, aber er hätte es besser wissen können. Er hatte gewettet, dass er beim Tennis gegen Agnes in zwei Sätzen mindestens vier Spiele holen würde. Agnes war vergangenes Jahr Landesmeisterin geworden, sie hatte ihn mit 6:1 und 6:0 vorgeführt. Die Sache wäre nicht weiter wild gewesen, hätte sie Jonas nicht das Versprechen abgenommen, sich im Falle der Niederlage ein Tattoo stechen zu lassen, ein Tribal auf dem rechten Oberarm und der Schulter. Jonas, der seriöse Jurastudent. Jetzt glänzte das Tattoo in der Abendsonne, aber ein wenig war er auch stolz darauf. Das wusste Max. Immerhin waren sie beide die Regatta mit freiem Oberkörper gesegelt. Die Rennleitung sah das nicht gern, aber es musste sein. Die Spießer dieser Welt durften nicht immer die Oberhand behalten.

Eine kaum sichtbare Salzschicht bedeckte ihre Gesichter und spannte auf der sonnengeröteten Haut. Die Oberschenkel zitterten, die Handflächen brannten von den Tauen, die darin gerieben hatten. Aber die Gewissheit, dass ihnen dieses Brennen den Sieg beschert hatte – das erste Mal –, ließ sie über den Schmerz lachen.

»Wir haben es geschafft«, rief Max in den Wind.

Das Rauschen ebbte nicht ab, das Blut raste durch seine Adern. Das linke Knie, das seit seinem vierzehnten Lebensjahr steif war, meldete sich. Es juckte wie von innen. Wie ein Mückenstich, den man nicht zu fassen bekam.

Es dauerte einen Moment, bis das Grinsen auch in Jonas' Gesicht breiter wurde und er Max in die Arme fiel. Beide brüllten noch einmal: »Wir haben es geschafft!«

Die Alethea passierte die Hörnbrücke, deren Segmente zu den Seiten aufgeklappt waren. Das Kielwasser schäumte, bis Max Fahrt herausnahm und beidrehte. Er legte längsseits an der Kaimauer an.

Die Leute jubelten. Max winkte in die Menge. Die Stimme des Ansagers überschlug sich, als er Max und Jonas zum Sieg gratulierte. Jonas warf das Tau um den rostigen Eisenpilz am Ufer. Max holte zwei Flaschen Bier aus dem Kühlschrank unter Deck und drückte Jonas eine in die Hand. Die Jungs tranken mit geschlossenen Augen.

Jonas zog sein neues Nokia aus der Tasche. »Ich schreib meinem Vater, dass wir den Pott geholt haben.«

Max spürte die Strapazen der vergangenen Stunden in seinem Knie. Mit der neuen Physiotherapeutin hatte er gute Fortschritte gemacht. Die Versteifung des Gelenks hatte sich gelockert. Doch jetzt konnte er das Knie kaum mehr anwinkeln, die Muskulatur war müde, die Knochen waren es auch.

Die abendliche Sonne goss orangefarbenes Licht auf die Schiffsplanken, das Meer funkelte wie Bernstein. Die Besuchermassen flossen dicht gedrängt über das Festgelände der Kieler Woche, manche tanzten im Gehen zu der Musik, die aus den Lautsprechern drang. Die verzerrte Mikrofonstimme des Ansagers kommentierte das Geschehen auf See, die unterschiedlichsten Nationen waren vertreten. Doch sie kämpften jetzt nur noch um Silber und Bronze. Ein guter Tag, darin waren Max und Jonas sich einig.

In der Förde waren noch immer etliche Yachten unterwegs, viele waren mit den unberechenbaren Böen nicht zurechtgekommen, es würde dauern bis zur Siegerehrung. Niemand hatte auch nur einen Pfifferling auf die Alethea gesetzt. Das Boot war zu breit für seine Länge, es war zu schwergängig, nicht wendig genug. Das wusste auch Max, aber er hatte sich nicht davon abbringen lassen, das Rennen mitzusegeln. Ein bisschen hatte ihn auch Reben, Jonas' Professor für Strafrecht, überredet, und spätestens da hatte auch Jonas nicht mehr Nein sagen können.

Professor Reben drängte sich durch die Menschenmengen. Er rief etwas herüber, das sie nicht verstanden, und fuchtelte dabei mit den Armen. Seine Euphorie war schon von Weitem zu erkennen. Als er zu ihnen durchgedrungen war, trat er an Deck und umarmte sie.

»Ihr Wahnsinnigen!«, schrie er und ließ es sich nicht nehmen, sie auf die Wangen zu küssen. »Ich wusste es«, sagte er. »Ihr seid die Besten.«

Getragen vom Applaus der Leute und den Glückwünschen des Ansagers, gingen sie an Land. Reben steuerte auf einen Weinstand zu und bestellte eine Flasche Champagner. Sie tranken, Reben goss nach, und sie tranken erneut.

»Ihr Wahnsinnigen«, wiederholte Reben immer wieder.

Max konnte sich nicht erinnern, den zurückhaltenden, sachlichen Professor jemals so ausgelassen erlebt zu haben. Die Tatsache, dass sein Schiff es mit den beiden Studenten auf den ersten Platz geschafft hatte, versetzte ihn in einen Taumel, von dem sich Max und Jonas mitziehen ließen. Das Rauschen in Max' Körper würde heute anhalten.

Reben bestellte eine zweite Flasche Champagner und danach eine dritte.

Die Bässe von Bon Jovi hämmerten in die einsetzende Dämmerung, der Wind war warm und getränkt vom Schweiß und Parfum der Menschen um Max herum. Alle lachten und tanzten und sangen. Nach und nach erreichten die anderen Teilnehmer der Regatta das Ziel, auf See wurde es dunkel, buntes Scheinwerferlicht wischte durch den Abend.

Max' Beine waren schwer. Neben ihm schwankte eine Frau, die ihre Zigarette nicht mehr zum Mund führen konnte. Als er sich zu ihr drehte, verlor sie die Kontrolle und kippte zur Seite. Er packte ihren Arm und verhinderte gerade noch, dass sie auf den Asphalt fiel. Er schwankte selbst dabei. Jonas kam von der anderen Seite und stützte ihren Oberkörper. Die Frau blieb auf den Beinen.

»Danke«, erwiderte sie und zündete sich umständlich eine neue Zigarette an. Dann steuerte sie davon zur nächsten Theke.

Scooter dröhnte jetzt aus den Lautsprechern, *Hyper, hyper*. Alle grölten den Text mit. Reben drehte sich um und drückte Max und Jonas ein Glas in die Hand. Erneut stießen sie an und tranken. Cola mit Rum, ohne Eis, dafür mit viel Rum, aber egal: Gold musste gefeiert werden.

Der Ansager rief alle Teams zur Siegerehrung. Max und Jonas schoben sich durch die Menge und betraten die Bühne. Wieder brach Applaus los.

Der Moderator faselte irgendetwas von der Kraft der Meere und dem Können aller Teilnehmer. Es sei ein harter Kampf gewesen und so weiter. Alle klatschten und jubelten, als hätte jeder Einzelne von ihnen die vergangenen sechs Stunden in den bissigen Wellen der Ostsee selbst miterlebt. Queen sang *We are the champions*, und Max und Jonas stiegen aufs Podest. Ein buntes Feuerwerk sprühte in die

Nacht. Max streckte den Pokal empor. Der Jubel wurde derart laut, dass Max nur noch die brüllenden Gesichter der Menschen sah, ohne ein Geräusch zu hören. Ihre Bewegungen waren wie in Zeitlupe, und für einen Augenblick schien sich ein Nebelschleier über allem auszubreiten. Hätte Max es nicht besser gewusst, er hätte glauben können zu schweben, die Holzbühne unter ihm schien sich aufzulösen. Es würde länger dauern heute Nacht, Agnes' Geburtstag hin oder her.

Auf dem Weg zurück zum Getränkestand tippte Jonas mit dem Zeigefinger auf seine Armbanduhr. »Agnes wartet«, sagte er. »Wir müssen noch zu Agnes.«

Max nickte, winkte aber ab und ging weiter. Agnes wartete sicher schon, aber sie hatten sich erst für Mitternacht mit ihr und ihren Freundinnen verabredet. Und es war noch nicht einmal elf.

Auf dem Tresen stand frisches Bier, wer auch immer es bestellt hatte. Achim war dazugestoßen, Jonas' Kommilitone und Agnes' derzeitiger Freund. Alle nannten ihn nur den schönen Achim, weil er unentwegt in weißen Klamotten rumlief und seine Strickpullover lässig über der Schulter trug. Agnes schien das nicht zu stören, aber sie war ja auch selbst etwas eigenwillig, was Kleidung und Vorlieben betraf. Die Bierrunde ging jedenfalls auf ihn, auf diese Feststellung legte er Wert. Reben bestellte für alle Aquavit dazu. Max konnte sich kaum mehr auf den Beinen halten. Er musste unentwegt lachen, umarmte alle um ihn herum und kippte einen Schnaps nach dem anderen.

»Wir haben es Agnes versprochen«, rief Jonas ihm gegen die laute Musik zu.

Max nickte. »Du hast recht, wir müssen los.«

»Ja, lasst uns starten.« Der schöne Achim stellte sein leeres Bierglas auf den Tresen. Seine weiße Jeans hatte Flecken abbekommen.

»Ihr seid die Besten.« Reben legte seine Arme auf Max' und Achims Schultern.

Jonas schaute auf sein Nokia, er kniff die Augen zusammen.

»Alles okay?«, rief Max.

Jonas schwankte. Er schob das Telefon zurück in die Hosentasche. Seine Augen waren rot und glasig, er griff ein Schnapsglas und kippte es in einem Zug.

»Mein Alter meldet sich nicht«, brüllte er zu Max hinüber. »Lass uns saufen.«

Max sah seinen eigenen Vater vor sich, die fettigen grauen Haare, die dreckigen Fingernägel. Der Alte saß in seiner Küche auf der Eckbank. In Großmutters Wohnzimmer, eine Etage darüber, stand der Weihnachtsbaum. Der Duft des Kuchens, den sie gebacken hatte, erfüllte den Raum. Max hörte das Lachen seines Vaters, ein Lachen, das er nicht vergessen konnte.

»Du hast wenigstens einen Alten, dem du schreiben kannst«, rief er Jonas entgegen.

Reben wollte neues Bier ordern, aber Jonas, Max und Achim rissen sich los.

Der Taxistand war verwaist, kein einziger Wagen in Sicht, es war bereits kurz vor Mitternacht. Max und Jonas hatten ihr versprochen, noch zur Party zu kommen. Agnes wurde heute dreiundzwanzig. Sie feierte außerhalb, eine knappe halbe Stunde mit dem Auto, zum Laufen zu weit.

»Egal«, sagte Jonas. »Wir fahren mit deinem Wagen.«

Max hatte seinen Golf nur ein paar Straßen weiter geparkt. Auf dem Weg kaufte Jonas für alle Kaffee und Mineralwasser. Er trank einen großen Schluck aus der Flasche und goss sich den Rest ins Gesicht.

»Ich fahre«, sagte er.

»Spinnst du? Du bist völlig breit.«

»Ach. Und du nicht, oder was?«

»Schlüssel.« Jonas hielt die Hand auf.

Max überließ ihm seinen Golf und setzte sich auf den Beifahrersitz.

Achim stieg hinten ein. Jonas startete den Motor. Vor Max verschwammen die Lichter der Stadt, doch Jonas brachte den Wagen sicher durch die Straßen. Er achtete auf die Geschwindigkeit, hielt an jeder orangen Ampel. Er fuhr fehlerfrei, auch wenn er sich sichtlich konzentrieren musste. Als Max die Musik lauter drehte, machte er sie wieder leiser, und als Max sich eine Zigarette anzündete, riss er sie ihm aus der Hand und warf sie aus dem Fenster.

»Spinnst du?«

»Halt die Klappe!«

»Ich hab Durst«, lallte Achim von hinten, und alle lachten.

Sie fuhren aus der Stadt, auf der Landstraße beschleunigte Jonas. Links ging ein steiler Abhang hinunter, an den sich weitläufige Wiesen anschlossen. Offenbar waren sie auf der B 404, Richtung Süden. Max konnte nur wenig erkennen in der Dunkelheit, aber er vermutete, dass es nicht mehr lange dauerte, bis es nach rechts auf die Hamburger Straße ging. Er drehte erneut die Musik lauter, und wieder schlug Jonas ihm die Hand vom Radioknopf.

In diesem Moment tauchte vor ihnen das grelle Licht eines entgegenkommenden Fahrzeugs auf. Der Blödmann kam auf ihrer Fahrbahnseite direkt auf sie zu.

»Der Idiot!«, schrie Max.

Jonas riss das Lenkrad nach links und konnte gerade noch ausweichen. Doch der Wagen geriet auf den Fahrbahnrand, er holperte über die Grasnarbe und bekam Schlagseite. Der linke Vorderreifen war geplatzt. Jonas versuchte gegenzulenken, aber da stürzte der Wagen schon den Abhang hinunter. Er überschlug sich wieder und wieder und polterte in die Tiefe. Max und Achim schrien. Jonas' Arm knallte Max ins Gesicht. Achim wurde zwischen den Sitzen nach vorne katapultiert. Sein Kopf krachte gegen das Armaturenbrett. Dann ein dumpfer Aufprall – und Max wurde schwarz vor Augen. Um ihn herum wurde es still. Nur ein schwaches Blätterrascheln war noch zu hören.

Max betastete sein Gesicht, Glassplitter steckten in seiner Stirn, seine Hände waren feucht und klebten. Die Windschutzscheibe war in Tausende kleine Scherben zersplittert, Max war übersät damit. Das

Radio lief nicht mehr. Nur von vorn, aus dem zerquetschten Motorblock, war ein Zischen zu hören. Rauch stieg auf.

Ein Baum hatte den Golf mit der Schnauze voran zum Stehen gebracht. Achim hing reglos zwischen den Vordersitzen.

»Jonas?«, fragte Max schwach in die Dunkelheit, aber er bekam keine Antwort.

Fußraum, Beifahrertür und Dach waren eingedrückt und völlig verformt. Max schob sich, so gut es ging, empor, stieß mit der Schulter die Tür auf und ließ sich nach draußen auf den Boden fallen. Er schrie vor Schmerzen, er musste mit dem Kopf an die Windschutzscheibe geknallt sein, seine ganze Stirn brannte. Das linke Bein, sein Krüppelbein, war völlig steif, das Kniegelenk ließ sich nicht bewegen. Und die rechte Schulter schmerzte.

»Jonas?«, versuchte er es erneut.

Ein leises »Ja« drang aus dem Autowrack.

Max rappelte sich auf und schleppte sich mühsam um den Baum und die vollkommen zerstörte Front des Wagens zur Fahrerseite. Ein schwacher Lichtkegel fiel aus dem rechten Standlicht in die Nacht. Jonas' Hände und seine Kleidung waren voller Blut. Die Fahrertür ließ sich einfacher öffnen als erwartet. Jonas hatte sich bereits losgeschnallt. Als er sich aus dem Wagen schob, fiel Achims Oberkörper auf den Sitz.

»Fass mit an«, sagte Max.

Sie zogen Achim nach draußen und legten ihn auf den feuchten Wiesenboden. Seine weiße Jeans war über und über mit Blut verschmiert. Vorn am Wagen knallte es leise, die letzte funktionierende Glühbirne hatte ihren Geist aufgegeben. Jetzt spendete nur noch der Mond ein diffuses graues Licht.

Max suchte an Achims Hals nach dem Puls.

»Was ist?«, fragte Jonas.

»Scheiße«, sagte Max.

»Was heißt Scheiße? Wieso Scheiße, was ist mit ihm?« Jonas stieß Max zur Seite und legte selbst einen Finger an Achims Halsschlagader.

»Das kann nicht sein«, flüsterte er. »Er muss doch einen Puls haben.« Er tastete den ganzen Hals ab, griff nach Achims Handgelenk. Aber da war nichts. Jonas kniff die Augen zusammen, ein Weinkrampf erfasste ihn und zwang seinen Oberkörper nach unten. Mit dem Kopf auf Achims Oberkörper blieb er liegen.

Max griff ihm an die Schulter und zog ihn hoch, doch Jonas beugte sich zur Seite und übergab sich.

Der andere Fahrer hatte Schuld, allein seinetwegen war es zum Unfall gekommen. Jonas hatte alles richtig gemacht, er hatte versucht, den Wagen unter Kontrolle zu kriegen, nachdem er dem anderen Kerl ausweichen musste. Max hätte nicht anders gehandelt. Aber was machte das schon. Die Bullen würde nur eines interessieren: die Promillezahl.

»Und jetzt?«, fragte Jonas schwach.

Max atmete durch, sein Hals zog sich zu, ihm war hundekalt hier draußen in der nachtfeuchten Dunkelheit. »Keine Ahnung. Einen Krankenwagen rufen oder die Bullen. Wir sind am Arsch.«

»Wir?«, fragte Jonas. »Warum wir? Ich bin gefahren. Ich! Da gibt es nur einen, der am Arsch ist, Max. Nur einen. Oh, Scheiße, mein Alter schlägt mich tot.«

Aus einer der schwarzen Baumkronen rief eine Eule in die Nacht.

»Verdammter Dreck«, schrie Jonas. Seine Worte hallten als Echo nach. »Mein Studium kann ich vergessen, meine Doktorarbeit bei Reben. Alles umsonst. Fuck!« Er zog einen Glassplitter aus der Haut zwischen Kinn und Unterlippe. Blut quoll heraus und lief seinen Hals herab.

Max betupfte mit einem Taschentuch die Wunde. »Das muss genäht werden. Der Schnitt ist mindestens drei Zentimeter lang. Und tief ist er auch. Hast du Kopfschmerzen?«

Jonas nickte.

»Es war ein Unfall«, sagte Max.

»Pah«, machte Jonas. »Unfall. Unfall mit einem besoffenen Fahrer. Großartig.«

»Sprich morgen mit Reben, der weiß bestimmt, was zu tun ist.«

»Reben«, sagte Jonas. »Die Rechtschaffenheit in Person. Max, Achim ist tot! So was nennt man fahrlässige Tötung, und das ist beschissen strafbar. Dafür kann ich in den Knast kommen, Mensch!«

Achims Gesicht war im Mondschein weiß wie das einer Porzellanpuppe. Er lächelte, noch immer konnte man glauben, er schlafe nur.

Dunst stieg vom feuchten Rasen auf, der Geruch von Benzin und abgeriebenen Bremsen lag in der Luft. Max schmeckte Blut. Hinter seinen Schläfen pochte es.

»Alles ist im Arsch, Max, alles. Wenn das rauskommt, war es das mit Jura. Und dann mein Alter ... Der dreht komplett durch.«

Jonas' Blick war leer, auch er zitterte am ganzen Körper. Jonas konnte seinem Vater nichts recht machen, das war schon immer so gewesen. Aber darauf kam es gerade nicht an. Er war besoffen gefahren, und Achim war tot: für einen Jurastudenten eine Katastrophe. Jonas' großer Traum: Staatsanwalt. Den konnte er sich abschminken, wenn das hier rauskam.

Max stand auf, ein brennender Schmerz biss ihm in die rechte Schulter. Er schaute den Abhang empor, den sie herabgestürzt waren, und drehte sich zu Jonas. »Ich weiß, was wir machen«, sagte er.

Oben auf der Straße hielt ein Wagen. Ein Mann stieg aus und starrte nach unten. »Hallo, können Sie mich hören?«

»Ich brauche Hilfe«, rief Max zurück, und Jonas raunte er zu: »Hau ab!«

»Was?«

»Verpiss dich. Drück das Taschentuch auf die Wunde, drück es fest dran. Die Kompression stillt die Blutung.«

»Was ist denn passiert?«, rief der Mann von oben.

»Wir hatte einen Unfall«, rief Max zurück. Und leise: »Jetzt mach schon. Hau ab!«

»Du bist doch verrückt«, sagte Jonas.

»Sind Sie verletzt?«, fragte der Mann von der Straße.

»Ja«, antwortete Max, »mein Kumpel hier. Rufen Sie einen Krankenwagen. Bitte machen Sie schnell.«

»Ich komme runter.«

»Ich brauche einen Arzt«, schrie Max noch, aber der Mann stieg schon den Abhang hinab.

»Jonas, jetzt sei kein Idiot«, flüsterte Max in der Dunkelheit. »Wenn sie mich drankriegen, ist das egal. Aber du … Verschwinde endlich!«

»Ich kann dich doch hier nicht …«

»Doch, kannst du. Mach schon! Lauf zurück nach Kiel, leg dich in dein Zimmer. Ich komme nach. Dann versorgen wir deine Wunde. Und wenn Maria dich sieht, sag ihr kein Wort. Oder dass du dich an nichts erinnern kannst. Hast du verstanden?«

»Ich weiß nicht …«

»Jetzt mach, verdammt noch mal! Verpiss dich!«

Der Mann war bereits den halben Abhang heruntergestiegen, Max erkannte seine Konturen im Mondlicht. Wieder rief die Eule in die Nacht, sie saß irgendwo in den Wipfeln des Unfallbaums, aber sie war nicht zu sehen. Jonas griff Max an den Hinterkopf und legte sacht seine Stirn an Max' Stirn – bevor er zu laufen begann.

Da war es wieder, das Rauschen. Max hörte sein Blut durch die Adern strömen, ein leiser, kräftiger Fluss. Aber diesmal war er anders. Diesmal war er kalt.

2

PRAG, JANUAR 2021

Der Zahn der Zeit hatte Regen und Frost im Gepäck gehabt und schwer an der Skulptur genagt. Agnes Linz zog das für die Halskette etwas zu große kupferne Kruzifix aus ihrer Bluse und küsste es.

Sie richtete die Linse des Röntgengeräts auf den steinernen Kehlkopf des heiligen Veit, wischte noch einmal mit einem Tuch über die raue, mit einer dünnen Moosschicht bewachsene Oberfläche und verließ die Werkstatt. Sie ging in den Raum nebenan, verschloss die Tür und drückte auf den Kameraknopf. Am Laptop auf dem kleinen Schreibtisch zeigte ein von links nach rechts verlaufender grüner Balken den Fortschritt der Fotoentwicklung. Eine kleine Uhr am Bildschirmrand gab die verbleibende Zeit bis zur Fertigstellung an: elf Minuten. Die Datenmenge, die das Gerät zu verarbeiten hatte, um tief in den dreihundert Jahre alten Stein vorzudringen, war immens. Aber es musste sein. Der alte Veit hätte vermutlich nicht mehr lang ausgehalten auf seinem Mauerpodest an der Karlsbrücke. Der Riss an der Oberfläche seines Halses war zu breit, und niemand wollte riskieren, dass der Kopf eines Tages herunterfiel und einen Touristen erschlug.

Agnes holte sich einen Becher Tee aus der Küche. Ihre Hände schmerzten, die Haut war trocken und rissig, die Nägel gebrochen. Vielleicht sollte sie ihre Hände auch einmal röntgen, um zu sehen, wie tief die Kerben ins Fleisch reichten. Sie sah auf ihr Handy. Mutters Pflegeheim in Hamburg hatte vor zwei Stunden versucht, sie zu erreichen, sie hatte das Klingeln des Telefons gar nicht mitbekommen. Sie wählte die Nummer, aber es nahm niemand ab.

Draußen in der Dunkelheit lag alles tief verschneit. Agnes öffnete das Fenster. Eisige Luft und ein kaum hörbares Rauschen der Stadt drangen in den Raum. Am Ufer der Moldau gingen die Leute vermutlich unter dem gelben Schein der eisernen Straßenlaternen spazieren. Fast konnte sie das Knirschen des Schnees unter ihren Schuhen hören.

Der Flur im Institut war verwaist, um diese Zeit war niemand mehr da. An seinem Ende fiel ein Spalt Licht unter der geschlossenen Tür ihres Büros auf den Fliesenboden. Kafka, ihr kleiner Kater, schlief hoffentlich in seinem Körbchen, er hatte Schlaf bitter nötig. Bei einem Sprung vom Wohnzimmerschrank auf den Fußboden war es passiert, Agnes hatte den Knochen knacken hören, ein Knacken wie bei einem Hühnerschenkel. Kafka hatte förmlich geschrien, so laut war sein Maunzen gewesen. Er musste wieder zu Kräften kommen nach der OP, aber was das anging, war Pavel zuversichtlich. Pavel hatte gesagt, die Operation sei gut verlaufen. Er hatte dem Kater das rechte Bein geschient, das jetzt verheilte. Pavel tippte auf Arthrose, was für einen Kater von gerade einmal sieben Jahren ungewöhnlich war.

Sie öffnete vorsichtig die Tür und steckte den Kopf in ihr Büro. Kafka döste auf seiner Decke unter dem Schreibtisch. Sein flauschiger weißer Kopf lag in einem Dreieckstrichter, den er tragen musste, um sich nicht den Verband vom Bein zu kauen. Sein Ohr zuckte, er träumte vermutlich. Die Schreibtischleuchte spendete weiches Licht, Agnes hatte es vorhin heruntergedimmt. Mutter auf dem Bild daneben wachte über Kafka. An der Wand darüber hing die Collage mit den vielen Fotos, die sie Mutter vor Jahren zum Geburtstag geschenkt hatte. Maria in Uniform, als sie befördert worden war. Maria mit Jonas am Strand auf der Düne von Helgoland, ihre Haare wehten im Wind, während Jonas ins Meer lief. Max hatte die Polaroidaufnahme gemacht, das hatte Maria einmal erzählt. Sie waren oft zu dritt im Urlaub gewesen, Max, Jonas und ihre Mutter. Einmal war Agnes dabei gewesen, obwohl sie nicht hatte mitfahren wollen.

Leise schloss sie die Tür. Noch einmal versuchte sie, im Pflegeheim jemanden zu erreichen. Doch auch dieses Mal nahm niemand ab.

Der vertraute Geruch geschnittenen Steins hing in ihrer Werkstatt. Auf der großen Arbeitsbank, den Werkzeugen an der Wand, den zwei großen Eichenschränken und dem ledernen Rollhocker lag eine feine Staubschicht. In den Regalen standen Torsi, Büsten und Tonscherben, ganze Teller und Becher aus dem frühen Mittelalter, die Agnes – nachdem sie ausgegraben oder aus der Moldau geborgen worden waren – restauriert hatte. Tage und Nächte hatte sie zugebracht, um Formen wiederzufinden und Farben herauszuschleifen, damit die Entstehungszeit der Exponate bestimmt werden konnte. Sie mussten für die Nachwelt erhalten werden.

Sie nahm einen kleinen Tonbecher zur Hand, ein Stück, das in einer Baugrube mitten in der Prager Altstadt gefunden worden war. Im Schein der Schreibtischlampe leuchtete seine cottofarbene Oberfläche. Menschen vor mehr als zweitausend Jahren hatten daraus getrunken – Wein vermutlich, der mehr nach Kräutern als nach Trauben geschmeckt haben musste. Sie hielt ihre Nase in das Innere des Bechers, aber er roch nach nichts.

Im Nebenraum piepte der Computer. Sie stellte das Gefäß zurück ins Regal. Die Röntgenaufnahme war fertig, Agnes zog ihren Rollhocker heran und setzte sich vor den Laptop. Sie zoomte mit dem Mauszeiger auf die Stelle am Hals der Veit-Statue. Der Riss war weit fortgeschritten und reichte tief ins Innere des Steins. Eine dauerhafte, kraftschließende Verbindung war nicht mehr gegeben, ihre Vermutung hatte sich bestätigt – die »Rübe« musste runter, wie Pavel es neulich formuliert hatte, und neu aufzementiert werden.

In der Werkstatt schaltete sie das Bedienfeld ein und schwenkte mit dem Steuerknüppel den Arm des Lastenträgers unter der Decke zur anderen Seite. Dort – direkt über der Skulptur – ließ sie die Tragegurte herab. Die Seilwinde surrte, der schrille Ton hallte in der Werkstatt.

Sie befestigte die Gurte unterhalb des Gesäßes des heiligen Veit, an dem ein Absatz durch das steinerne Gewand verlief. Hier fand der Gurt sicheren Halt. Sie zog die Verschlussschlaufen fest und ließ die Seilwinde ganz langsam anfahren. Veit setzte sich senkrecht in Bewegung und behielt seine Stabilität auch noch, als er vom Röntgentisch abhob und frei in der Luft schwebte. Hoffentlich ging das gut. Würde er jetzt zu Boden stürzen und zerbrechen, wäre der Schaden nicht in Geld zu bemessen – und Agnes ihren Job los. Bei der Anlieferung hatten vier Mann mit angepackt, um den Steinriesen in die Werkshalle zu schaffen.

Veit machte seine Sache gut. Er schwebte durch den Raum, als könne er fliegen. Agnes steuerte ihn geradewegs auf sich zu. Sie richtete seine Position so aus, dass er unmittelbar neben ihr hing. Langsam ließ sie ihn herab, mit einem kurzen Ruck kam er auf dem Fußboden zum Stehen. Er überragte Agnes um mindestens zwei Köpfe und starrte sie mit seinen toten Steinaugen strafend an.

»Reg dich nicht auf, alter Freund, ich will nur dein Bestes.« Sie löste die Gurte, ließ sie nach oben fahren und schwenkte den Lastenarm mit dem Steuerknopf in seine Ausgangsposition zurück.

Rübe runter – Pavel konnte manchmal wirklich sehr direkt sein. Allerdings auch sehr lustig. Er scherte sich nicht darum, wen er mit dem heiligen Veit vor sich hatte. Für ihn zählten die Lebenden, nicht die Toten. Das sagte er zumindest immer. Er hatte einen Hustenanfall vor Lachen bekommen, als Agnes ihm erzählt hatte, Veit sei der Schutzpatron der Winzer und Bierbrauer. »Guter Mann«, hatte Pavel gesagt und in der kleinen Rosékneipe am Fuße der Prager Burg eine weitere Runde Wein für sie beide bestellt.

Pavel tat ihr gut. Er war ein lebenslustiger Mensch und gehörte nicht zu der Sorte Männer, die nur Sprüche klopften und einen auf ganz cool machten. Von denen hatte sie viele kennengelernt und die Nase voll. Es war beruhigend und geradezu rührend gewesen, wie liebevoll und dennoch professionell Pavel sich um Kafka gekümmert hatte, bevor er dem wimmernden Tier auf dem OP-Tisch die Narkosespritze gab. Er hatte ihn sogar beim Aufwachen begleitet und eine Hand auf seinen Kopf gelegt, was er sonst seinen Sprechstundenhelferinnen überließ.

Agnes sah erneut auf ihr Handy. 18:47 Uhr. Pavel wollte längst hier sein. Sie musste sich noch umziehen, das Theater wartete nicht, die Vorstellung begann pünktlich um acht. *Wo bleibst du?*, schrieb sie ihm und legte das Telefon auf die Werkbank.

Sie holte die Flex aus dem Schrank, das Blatt war stumpf. Agnes löste die Fixierschraube in der Mitte, nahm das Blatt herunter und ersetzte es durch ein neues mit Diamantschneide. Sie ging zur Skulptur, sah sich den Riss am Hals an und rüttelte am Kopf. Nichts bewegte sich. Mit einer Drahtbürste rieb sie den Riss frei, entfernte Stein- und Moosreste aus der Spalte und pustete sie mit der Druckluftpistole sauber. Veit sah ihr dabei skeptisch zu. Wenn er wüsste, was ihm bevorstand.

Vorn im Flur knackte ein Schloss, die Türscharniere quietschten.

»Hallo«, rief Pavel.

»Ich bin in der Werkstatt«, rief Agnes zurück.

Er kam zu ihr und küsste sie. »Hey. Entschuldige. Ich habe mal wieder den Verkehr unterschätzt. Wie geht es unserem Patienten?«

Agnes legte die Stahlbürste zur Seite. »Kafka schläft den ganzen Tag. Vorhin hat er ein bisschen gefressen und viel getrunken.«

»Prima. Trinken ist gut, er hat viel Blut verloren. Ich sehe ihn mir später noch einmal an.«

Agnes küsste ihn wieder. Seine Lippen waren rau, aber warm. Seine Haut roch nach seinem Aftershave, hölzern und süß. Mit der Hand umfasste er ihren Hinterkopf, sie spürte seinen Kuss bis in die Knie. Nur langsam löste er seinen Mund von ihrem und nahm seinen Kopf zurück. Er blickte zur Seite.

»Und dein Heiliger? Wie steht's mit ihm?« Pavel klopfte Veit auf die Brust.

»Du hattest recht – der Kopf muss runter, der Riss ist zu tief. Ich mach das noch schnell, und dann springe ich unter die Dusche.«

»Kann ich dir irgendwie helfen?«

»Moment.«

Agnes schob einen dreistufigen Tritt an den heiligen Veit. Mit der Fernsteuerung ließ sie den Arm des Lastenkrans aus der Ecke schwenken und ein Tau über der Skulptur herabfahren. Aus einem der Eichenschränke nahm sie eine Schraubzwinge und ein Tuch und stieg die drei Stufen des Tritts hinauf. Sie verhüllte den Kopf mit dem Stoff, setzte die Schraubzwinge auf Höhe der Ohren an und drehte fest zu. Mit einem Ruckeln prüfte sie die Festigkeit der Zwinge, die zu halten schien. Sie verband die Zwinge mit dem Tau des Lastenkrans und zog auch dieses fest.

Pavel gab ihr Ohrenschützer, die Staubmaske und die Sicherheitsbrille, die auf der Werkbank bereitlagen. Sie setzte alles auf, danach reichte er ihr die Flex.

»Sei vorsichtig«, rief er ihr zu.

Sie nickte und startete das Elektrowerkzeug. Langsam setzte sie das Blatt am Riss an. Die Diamantschneide fraß sich wie von allein in den jahrhundertealten Stein, es staubte fürchterlich. Agnes' Hände wurden feucht, Arme und Oberkörper vibrierten unter der Kraft der Maschine, die sich unermüdlich in dem steinernen Hals vorarbeitete.

Agnes stoppte, von hier vorn kam sie mit dem Blatt nicht ganz durch.

»Alles okay?«, rief Pavel ihr zu. Seine Stimme war durch die Ohrenschützer nur gedämpft zu hören.

Sie startete die Flex erneut und setzte auf der anderen Seite an. Auch hier drang das rotierende Blatt in den Stein ein, als wäre er Butter. Eine Staubfontäne schoss Agnes entgegen, die Diamantschneide drang weiter und weiter vor. Bis der Stein ein Knacken von sich gab und keinen Widerstand mehr bot. Der Hals war durchtrennt, der Kopf baumelte in der Schraubzwinge am Tau.

Agnes stellte die Flex aus. Pavel nahm sie ihr aus der Hand und legte sie auf die Werkbank. Agnes stieg die Stufen ihres Tritts hinunter, und nahm Ohrenschützer, Maske und Schutzbrille ab. Sie rang nach Luft, als habe sie eine halbe Stunde auf dem Laufband hinter sich, und klopfte sich den Staub vom Oberkörper.

Agnes ging zur Fernsteuerung und ließ den Kopf des heiligen Veit ein Stück nach oben fahren, sodass er den Torso darunter nicht mehr berühren konnte.

Pavel sah zu ihm hinauf. »Du Rabiate«, kommentierte er und lachte.

»Feierabend«, sagte sie.

Ihr Handy klingelte. Die Hamburger Nummer erkannte sie sofort, Durchwahl siebzig am Ende – das war das Arztzimmer in Mutters Pflegeheim.

»Guten Abend, Frau Linz. Ich bin es, Dr. Meister.« Seine Stimme war leise und klang ernst. »Können Sie sprechen oder soll ich später noch mal anrufen?«

Agnes lehnte sich an die Werkbank. »Ist was mit meiner Mutter?«

Es knackte in der Leitung, ein kurzes Rauschen war zu hören und verschwand wieder.

»Ihre Mutter«, sagte er. »Sie ist … sie ist heute Morgen verstorben. Es tut mir sehr leid.«

Die Flex lag still auf der Werkbank, Agnes hörte noch immer das Kreischen der Scheibe, wie sie sich in den Stein fraß. Pavel rief ihr irgendetwas zu, aber sie verstand seine Worte nicht, sie sah nur, wie seine Lippen sich bewegten. Er kam auf sie zu, er berührte sie an der Schulter, sie sah es, aber sie spürte es nicht.

»Frau Linz? Sind Sie noch dran?« Dr. Meisters Stimme war laut und durchdringend.

»Ja. Ich bin noch dran. Sagen Sie … wie … wie ist sie gestorben?«

Dr. Meister räusperte sich am anderen Ende der Leitung. »Wir wissen noch nichts Genaues, aber wir gehen von Herzversagen aus.

Sie ist vermutlich ruhig eingeschlafen. Können Sie nach Hamburg kommen?«

Sie spürte nichts. Da war kein Schmerz in ihr, kein krampfender Bauch, kein zugeschnürter Hals, auch ihr Puls blieb ruhig. Dr. Meisters Anruf war das Ergebnis einer logischen Reihe, nicht mehr. Mutters Leben war kein Leben mehr gewesen, und Gott war gnädig mit ihr. Er hatte sie zu sich geholt. Sie lag in ihrem Bett, die Gesichtshaut faltig und voller Flecken, das graue Haar strähnig, ein leeres Lächeln, während ihr Blick durchs Fenster in den Park die Bäume und die Blumen und die Sonne suchte.

»Ich nehme morgen früh den ersten Zug.« Agnes legte auf. Sie schob das Telefon langsam in ihre Hosentasche. Staub tanzte in der Luft.

Sie griff mit beiden Händen in ihren Nacken, öffnete den Verschluss der Halskette und nahm sie in die Hand. Das kupferne Kruzifix mit dem Leib Jesu Christi darauf leuchtete. Als Mutter ihr den Anhänger geschenkt hatte, hatte sie gesagt, Gott passe für immer auf sie auf – auf sie beide. Es war Agnes' vierundzwanzigster Geburtstag gewesen – ein Jahr nach dem Unfall.

Pavel lehnte sich neben sie an die Werkbank. »Ich kümmere mich um Kafka«, sagte er. »Er kann mit zu mir.«

Agnes nickte. Jetzt kamen ihr doch die Tränen. Sie sah zur Seite. Der heilige Veit stand enthauptet da. Sein Kopf – eingehüllt in das schwarze Tuch – baumelte in der Luft wie an einem Galgen.

Agnes legte ihren Kopf an Pavels Brust und umklammerte fest seinen Oberkörper. Sie spürte seine Hand, die ihre Haare streichelte. Sie war zärtlich und weich, diese Hand. Wie Mutters.

3

HAMBURG-CENTRUM, JANUAR 2021

Mehr als sechs Stunden dauerte die Verhandlung jetzt schon, das Gericht hatte sich zur Beratung zurückgezogen. Jonas dröhnte der Kopf. Mehrere Zeugen hatten ausgesagt, der Kfz-Sachverständige hatte sein Gutachten erläutert. Danach war die Sache eindeutig gewesen: Als das Mädchen die linke Hintertür des Wagens öffnete und auf die Straße trat, blieben dem herankommenden Fahrzeugführer genau zwei Sekunden. Die Länge der Bremsspur ließ den Rückschluss zu, dass er höchstens vierzig Stundenkilometer gefahren war. Es war unmöglich für ihn gewesen, schneller zu reagieren. Das Mädchen wurde durch die Luft geschleudert und war an einen Brückenpfeiler geprallt. Sie erlag wenig später ihren Verletzungen.

Jetzt saß die Mutter des Mädchens, Louise Wallner, Jonas gegenüber im Gerichtssaal. Er hatte sie wegen fahrlässiger Tötung angeklagt, das Gesetz verpflichtete ihn dazu.

Sie war grau und klein, wirkte viel älter als einunddreißig, und ihre Augen waren gerötet. Sie hatte alles verloren, was ihr im Leben wichtig gewesen war. So hatte sie es vorhin bei ihrer Vernehmung formuliert, und noch immer klammerte sie sich jetzt an das Foto ihrer Tochter und legte es nicht aus der Hand. Sie fühle sich, als habe man ihr ein Messer ins Herz gestoßen, das hatte sie auch noch gesagt. Ein paar der Zuschauer hatten ihr unter Tränen zugehört.

Hans Möller war ein erfahrener Verteidiger, er hatte genau das Richtige getan und auf die Ausnahmevorschrift verwiesen, über der das Gericht gerade brütete. Jonas hatte ihm nicht widersprochen. In einem Punkt lag Möller allerdings falsch. Er hatte gesagt, Fälle dieser Art gehörten nicht vor Gericht. Die Frau hatte die ihr obliegende Sorgfaltspflicht verletzt. Sie hätte nicht zulassen dürfen, dass ihre Tochter zur Straßenseite aussteigt, sondern zur rechten, auf der ein Gehweg neben der Parkbucht verlief. Dann würde das Mädchen jetzt noch leben und könnte morgen mit ihren Freundinnen eingeschult werden. Natürlich gehörten solche Fälle vor Gericht.

Alle im Saal erhoben sich, als Richter Altmeier und die beiden Schöffen zurückkehrten und am Richtertisch Platz nahmen.

»Wir haben die Erwägungen der Verteidigung sorgfältig geprüft.« Altmeier räusperte sich, er lehnte sich mit verschränkten Unterarmen auf den Richtertisch. »Das Gericht sieht den Tatbestand der fahrlässigen Tötung als erfüllt an. Frau Wallner, Sie hatten eine besondere Obhutspflicht Ihrer Tochter gegenüber. Sie hätten erkennen können und erkennen müssen, dass eine erhebliche Lebensgefahr für Ihr Kind bestand, wenn es – wie geschehen – auf die viel befahrene Straße treten würde. Ihren Einwand einer kurzzeitigen, stressbedingten Gedankenlosigkeit kann das Gesetz nicht gelten lassen. Es sind gerade Fälle der vorliegenden Art, in denen eine ganz besondere Gewissenhaftigkeit notwendig und gefordert ist, damit solche Konsequenzen unbedingt verhindert werden.«

Einige der Zuschauer schüttelten den Kopf, andere nickten. Die Luft im Raum war zum Schneiden dick, Jonas' Hals kratzte.

Die Angeklagte saß mit eingefallenen Schultern da, ihr Stuhl war viel zu groß, sie versank darin.

»Aber«, sagte Altmeier, und seine Stimme war leiser als eben noch. »Sie sind durch die Folgen der Tat schon genug gestraft. Sie werden vermutlich die Bilder dieses furchtbaren Unglücks für immer in sich tragen. Ein Kind zu verlieren ist das Schlimmste und Schmerzhafteste, was einem Menschen widerfahren kann. Der Staat muss hier nicht zusätzlich strafen, der Gesetzgeber hat dafür eine Ausnahmevorschrift in § 60 Strafgesetzbuch vorgesehen, auf die Ihr Verteidiger zu

Recht hingewiesen hat. Diese Vorschrift wurde genau für Fälle der vorliegenden Art geschaffen. So haben Sie – unter juristischen Gesichtspunkten – zwar eine Straftat begangen. Sie werden dafür aber nicht belangt. Ich darf alle bitten, sich zu erheben. Im Namen des Volkes ergeht folgendes Urteil: Die Angeklagte ist der fahrlässigen Tötung schuldig. Von einer Strafe wird abgesehen. Sie trägt die Kosten des Verfahrens sowie ihre eigenen notwendigen Auslagen. Bitte setzen Sie sich.«

Das Kinn der Frau zitterte, sie blinzelte unentwegt. Möller neben ihr legte eine Hand auf ihren Unterarm und nickte lächelnd. Er sagte auch irgendetwas zu ihr, das Jonas aber nicht verstand. Wahrscheinlich verkaufte er ihr das Ergebnis als das seiner brillanten Verteidigung. Wenn der gewusst hätte. Jonas hatte die Sache schon heute früh mit Altmeier besprochen, vor der Verhandlung. Jonas war zu ihm ins Richterzimmer gegangen und hatte mit ihm den Weg über die Ausnahmevorschrift diskutiert. Altmeier hatte nur noch die Schöffen überzeugen müssen, aber das war offenbar nicht schwer gewesen.

Der Vorsitzende schloss die Sitzung. Jonas zog seine Robe aus, verstaute sie im Aktenkoffer und ging zum Ausgang. Das Telefon in der Hosentasche vibrierte. Eine unbekannte Handynummer hatte viermal versucht, ihn zu erreichen, und eine Nachricht war auch eingegangen: *Hier ist Max. Ruf bitte zurück. Ist dringend.*

Jonas sah zu, dass er aus dem stickigen Raum und dem nach Bohnerwachs stinkenden Flur an die frische Luft kam. Er hatte Max seit Jahren nicht mehr gesehen. Ihre Freundschaft hatte sich irgendwann zu einer Bekanntschaft entwickelt, die im Wesentlichen durch ihre gemeinsame Vergangenheit gehalten wurde und der der Impuls des Neuen fehlte. Wie ein Buch im Schrank, das man schon vor Langem gelesen hatte und trotzdem nicht wegschmiss. Jonas ärgerte sich im Grunde über diese Entwicklung, aber verhindert hatte er sie auch nicht.

Draußen auf den Stufen des Amtsgerichts Hamburg-Altona pfiff kühler Januarwind um die Backsteinecken. Der Himmel war grau verhangen, es regnete. Jonas schloss die Knöpfe seines Mantels. Unten auf der Elbe dröhnte eine Schiffssirene. Als Jonas zu seinem Wagen gehen wollte, den er direkt vor dem Gebäude geparkt hatte, stand Louise Wallner neben ihm. Sie starrte ihn aus schwarzen Augen an. »Ich wünsche Ihnen alles Gute, Herr Staatsanwalt. Und dass Sie immer alles richtig machen, Sie aufrechter Mann.«

Jonas roch ihren Atem, diese typische Mischung aus Zigaretten, Kaffee und Bitterkeit. Sie drehte sich um und ging davon. Dabei zog sie eine kleine Lederhandtasche hinter sich her. Die Tasche schleifte auf dem regennassen Boden, bis die Frau die Riemchen losließ und die Tasche auf dem Asphalt liegen blieb. Er war im Begriff, hinterherzulaufen, um sie aufzuheben und ihr zu bringen. Doch ein Passant kam ihm zuvor, rannte der Frau nach und drückte ihr die Tasche in die Hand. Sie starrte das Leder an, als sehe sie es zum ersten Mal, und ging weiter, bis sie hinter einer Hausecke verschwunden war.

Es sei dringend, hatte Max geschrieben. Jede Wette, dass er etwas ausgefressen hatte. Jonas wählte seine Nummer, aber es ging niemand dran. Also schrieb er eine Nachricht, knapp wie damals schon: *Finkenwerder, am Rüschkanal. Bin ab halb vier in der Werfthalle.*

Er steckte das Telefon zurück in die Hosentasche, zog seinen Mantel aus und verstaute ihn zusammen mit dem Koffer auf der Rückbank seines Bullis.

Er nahm es der Frau nicht übel. Sie konnte nicht wissen, dass es letztlich er gewesen war, der den Gedankenanstoß beim Richter veranlasst hatte. Trotzdem ärgerte ihn der Zynismus, mit dem sie reagiert hatte. Sicher litt sie und würde vielleicht nie mehr ein unbelastetes Leben führen. Doch dafür konnte Jonas nichts. Er hatte das getan, wozu er verpflichtet gewesen war – das Gesetz ließ ihm keinen Spielraum. Nur durch ihre Unachtsamkeit war ein sechsjähriges Mädchen ums Leben gekommen. Sollte sie doch zynisch sein, er musste das aushalten.

Der Bulli sprang sofort an, die Heizung aber nicht, die Scheiben blieben beschlagen. Es wurde Zeit für einen neuen Wagen, auch wenn Jonas an dem alten VW hing wie an einem Hund. Sie hatten eine Menge zusammen erlebt, waren in Portugal gewesen, in Schweden und auf unzähligen Festivals. Drei Buchstaben zierten die Heckscheibe: W.O.A – Wacken Open Air. Der Tacho zeigte über vierhunderttausend Kilometer, die Kräfte des Wagens ließen nach. Bei der Arbeit lachten ihn die Kollegen aus, dass er, der Oberstaatsanwalt, der Leiter der Abteilung für Kapitalverbrechen, allen Ernstes mit einem VW-Bus durch die Gegend fuhr wie ein Hippie in den Sechzigern. Dabei war der Wagen nicht einmal bunt. Er war dunkelgrün und – nun gut – an einigen Stellen von Rost bemalt. Aber das Getriebe und der Motor taten ihren Dienst, und sonst funktionierte eigentlich auch noch alles – bis auf die Heizung.

Jonas stellte das Gebläse auf die höchste Stufe, um wenigstens die Frontscheibe klar zu bekommen. Bevor er losfahren konnte, klingelte sein Handy. Er ging sofort ran, die Nummer des Ministeriums.

»Welcher Tag ist heute?« Gerd Mackensens Stimme, die sonst dunkel und tief war, verfiel fast in einen Singsang. Jonas hatte den Anruf erwartet. Immer, wenn in den letzten drei Wochen sein Telefon geklingelt hatte, war er zusammengezuckt.

»Freitag«, sagte Jonas.

»Falsch. Heute ist dein Glückstag, mein Lieber.« Gerd lachte.

»Spann mich nicht auf die Folter.« Jonas öffnete den obersten Knopf seines Hemdkragens. Sein Hals war trocken. Die Heizung kam allmählich in Gang, viel mehr, als ihm lieb war.

»Ich gratuliere«, sagte Gerd. »Wenn du dich in den nächsten sechs Monaten nicht völlig dämlich anstellst, sehe ich für dich im August die Ernennung.«

Der Dieselmotor knatterte, der Bulli vibrierte, ein Kribbeln stieg Jonas von den Beinen über den Bauch empor bis in den Brustkorb.

»Hey«, rief Gerd in die Leitung. »Bist du noch dran?«

»Ja, klar, entschuldige. Aber ich bin gerade …«

»Völlig aus dem Häuschen«, ergänzte Gerd. »Das kostet dich ein Abendessen, und ich bestimme das Restaurant.«

Jonas nickte, als könne Gerd es sehen. Er kannte nicht viele Staatssekretäre, aber die Handvoll, die er kennengelernt hatte, tickten wie Gerd: Sie alle waren gleicher unter den Gleichen. Ihr Einfluss auf die Justiz, auf die Besetzung der Posten und die Ausstattung der Gerichte mit Arbeitsmitteln war groß, keine Frage, aber eben nicht das alleinige Regulativ. Es kam immer noch auf den Einzelnen an, auf seine Leistungen und Verdienste, davon war Jonas überzeugt. Wenn er nicht der Richtige gewesen wäre für die Stelle, wäre sie ihm nicht angetragen worden. So war das.

Neben ihm flossen die Autoschlangen die Straße entlang, dreispurig, Stoßstange an Stoßstange. Wasser spritzte aus den Pfützen auf. Wildes Hupen, gestikulierende Fahrer – Stress in seiner reinsten Form.

Die Plackerei hatte sich gelohnt. Jahrelang hatte Jonas darauf hingearbeitet, jetzt sollte es endlich so weit sein: Er würde Generalstaatsanwalt der Freien und Hansestadt Hamburg. Jonas konnte es nicht fassen, obwohl es genau das war, was er immer gewollt hatte. Vielleicht war die Freude gerade so groß und überwältigend, dass er sie nicht greifen konnte. Er saß in seinem wackelnden VW-Bus und wusste nicht, was er sagen sollte.

»Gerd, ich danke dir. Danke, dass du gleich angerufen hast.«

»Klar doch. Und wenn du heute Abend einen trinken willst, melde dich.«

»Immer gern. Aber das müssen wir nachholen. Mein alter Herr wird morgen fünfundachtzig. Es gibt noch tausend Sachen vorzubereiten.«

»Oh, na dann hast du ja das passende Geschenk für ihn. Er wird sicher mächtig stolz auf dich sein, wenn du ihm die Neuigkeit mitteilst.«

Der Regen fiel auf die Windschutzscheibe und wurde von den Wischerblättern beiseitegeschoben. Damals, am Tag der Zeugnisvergabe, hatte es auch in Strömen geregnet. Er war klitschnass gewesen, als er mit dem Fahrrad zu Hause angekommen war. Vater hatte in seinem Herrenzimmer vor der großen Panoramascheibe mit Blick auf die Kieler Bucht gesessen und Zigarre geraucht. Im Raum hatte bitterer Qualm gehangen. Jonas hatte das Abizeugnis aus seiner Tasche geholt und es ihm voller Stolz vor die Nase gehalten. Vater hatte es in die Hand genommen, es studiert, Zeile für Zeile, Note um Note, nur, um dann einen einzigen Satz zu sagen: »Mit einer zwei Komma null bekommst du keinen Studienplatz in Jura.«

Die Worte hallten bis heute nach.

»Ja, sicher. Er wird sich freuen«, sagte Jonas schnell in sein Telefon und verabschiedete sich von Gerd.

Generalstaatsanwalt Dr. Jonas van Loon. Mit einem Zweier-Abi. Es wäre ihm gern egal gewesen, ob sein Vater sich darüber freute oder nicht.

Jonas schaltete das Radio an, der Klassiksender war noch eingestellt, am Nachmittag sendete er oft Filmmusik. Jonas drehte lauter, ein Symphonieorchester spielte eines seiner Lieblingsstücke – die Titelmelodie aus *Indiana Jones*. Er musste laut loslachen, als er an Harrison Ford mit Hut und Peitsche dachte. Jonas' Kommilitonen hatten ihn früher nur *Jones* genannt, wegen der Ähnlichkeit der Vornamen und der Narbe am Kinn. Jonas hatte sich – das musste er zugeben – geschmeichelt gefühlt.

Er legte den Gang ein und fuhr los.

An einem Freitagnachmittag mit dem Auto durch Hamburgs Innenstadt zu kreuzen war eine dämliche Idee. Die Zeit tropfte vom Ziffernblatt, ohne dass Jonas sich auch nur ein paar Meter von der Stelle bewegte. Nahm er eine Seitenstraße, erwies sie sich selbstverständlich nicht als Schleichweg, denn es dauerte nur ein paar Meter, und er stand entweder in einer Sackgasse oder vor einer Baustelle. Hamburg quoll über vor Autos, oberirdischen U-Bahnen, Bussen, Lkws, Fahrradfahrern, Fußgängern und neuerdings E-Rollern, die von allen die Unberechenbarsten waren. Die Straßen pulsierten wie Adern eines riesigen Lebewesens. Ein Irrenhaus. Jedes Mal fragte er sich aufs Neue, warum er noch immer hier lebte, doch die Antwort war einfach: Er brauchte das Flirren der Stadt, um andernorts zur Ruhe zu kommen. Auf seinem Boot etwa, wenn er allein war mit sich und den Gezeiten. Die Stille auf See konnte ohrenbetäubend sein, wie die dauerhaft klingende Saite einer Geige, bei der man nicht sicher war, ob man sie wirklich hörte.

In Finkenwerder wurde der Strom der Fahrzeuge schwächer, ein paar Nebenstraßen noch, und er parkte den Bulli am kleinen Yachthafen. Die Schnüre schlugen an die Schiffsmasten und klapperten, Möwen kreischten, aus der Werfthalle drang Männerlachen und Kaffeeduft. Die Elbe floss ruhig in Richtung Nordsee, sie scherte sich nicht darum, ob es laut war oder leise, ob es nach Abgasen stank oder ein sechsjähriges Mädchen von einem Auto überfahren worden war.

Max' Nachricht hatte aufgewühlt geklungen, das passte gar nicht zu ihm. Er war immer die Ruhe in Person und wusste stets, was zu tun war. Um diese Eigenschaft konnte man den Kerl wirklich beneiden. Es gab nur wenige Menschen mit solcher Besonnenheit. Ein bisschen war Max wie die Elbe, nur mit einem Gewissen. Ihm wäre der Tod des Mädchens nicht egal gewesen.

Jonas tippte eine weitere Nachricht an ihn ins Handy. *Was ist los?*

Er ging in die Werfthalle, die Alethea stand aufgeständert an der Seite. Ihr hölzerner Rumpf hatte dringend eine Überarbeitung nötig. Das Holz faulte an einigen Stellen und musste ausgetauscht werden, der alte Lack musste runter und eine neue Epoxidharzbeschichtung aufgetragen werden. Die Arbeiten würden einige Tage brauchen, aber Jonas hatte sich eine Woche Urlaub genommen, das Schiff hatte es verdient.

Das Handy brummte, eine Antwort von Max. *Maria ist tot. Ich habe Gott ein Schnippchen geschlagen.*

Jonas fuhr zusammen. Er sah durch die Halle. Die Narbe an seinem Kinn begann zu ziehen, dahinter ein stechender Schmerz im Kiefer. Die Tür zur Umkleidekabine stand einen Spalt offen. Er musste sich noch seinen Blaumann anziehen, bevor er mit den Arbeiten begann. Doch er war wie gelähmt und sank neben der Alethea auf den eisigen Betonboden. Er drückte seine kalte Hand an die Stirn und starrte auf den maroden Schiffsrumpf. Er würde Schwarz für die oberste Farbschicht nehmen.

Schwarz war Marias Lieblingsfarbe gewesen. Bei ihrer Kleidung, ihren Autos. Alles in ihrem Leben war schwarz. Die Tinte in ihrem Füllfederhalter ebenso wie ihre zum Zopf gebundenen Haare, die sie alle zwei Monate gefärbt hatte. Vor dem Tod hatte sie sich nicht gefürchtet. »Älterwerden ist nichts für Feiglinge«, hatte sie mal gesagt. Der Gedanke, eines Tages unter Qualen und Schmerzen sterben zu müssen, war ihr ein Graus gewesen. Jonas hatte sich nur wenige Male mit ihr darüber unterhalten, aber immer hatte Maria versucht abzuwiegeln und schnell das Thema gewechselt. Jetzt war sie tot, und Jonas hatte sie in den letzten anderthalb Jahren nicht mal mehr angerufen.

Er stand auf und strich mit der Hand über den morschen Schiffsrumpf. Ja, er würde Schwarz für die oberste Farbschicht nehmen. Schwarz fiel am wenigsten auf unter Wasser.

4

AHRENSBURG BEI HAMBURG, JANUAR 2021

»Sind Sie Dr. Max Keller?«, fragte einer der beiden Männer an der Eingangstür der Arztpraxis.

Weicher Regen fiel vom Himmel, und obwohl es erst halb vier am Nachmittag war, hielt bereits Dämmerung Einzug in den Straßen.

»Ja, der bin ich. Um was geht es?«, fragte Max.

Der Mann trug einen aus der Zeit gefallenen grauen Trenchcoat mit Gürtel und Schulterklappen. »Mein Name ist Jörg Pfeiffer, und das ist mein Kollege Claas Witt. Wir sind von der Kripo Hamburg, Mordkommission. Dürfen wir reinkommen?«

Das war schneller gegangen als gedacht. Maria war seit etwa zweiundfünfzig Stunden tot, und schon stand die Polizei bei ihm vor der Tür. Vermutlich hatte eine der Schwestern aus dem Pflegeheim sie gerufen. Nur warum? Anzeichen äußerer Einwirkung gab es nicht.

Max zwang sich zu einem Lächeln. »Muss ich mir jetzt nicht erst Ihre Ausweise zeigen lassen? Ich meine, so geht das doch, in Filmen.«

Die beiden Männer zogen Plastikkarten hervor und hielten sie Max vor die Nase. Die Schrift war zu klein und seine Augen zu schlecht, er konnte nicht erkennen, was auf den Karten stand. Aber die Fotos darauf stimmten mit den Gesichtern vor ihm überein, der eine mit Vollbart und Brille, der andere frisch rasiert und blond mit stahlblauen Augen. Max nickte und ging voraus in seine Praxis. Er hatte vorhin irgendwo seine Brille abgelegt und wusste nicht mehr, wo. Ohne Brille fingen die Augen an zu tränen, und er musste ständig blinzeln.

Neben der Tür zu seinem Arztzimmer stand der große Vogelkäfig. Die beiden Zwergpapageien darin hockten aneinandergekauert auf der Stange und kuschelten. Max schnalzte mit der Zunge, doch die Vögel reagierten nicht.

Der Empfangstresen war verwaist, es war Freitagnachmittag, seine Sprechstundenhilfe war schon im Wochenende. Er schenkte sich Kaffee ein. Die Tasse war schwarz und trug die Aufschrift *Zur Seite – ich bin Arzt*. Maria hatte sie ihm vor Jahren geschenkt.

»Mögen Sie auch?« Max deutete auf die Kaffeekanne und setzte sich auf den Stuhl hinterm Schreibtisch.

Die beiden Kommissare winkten ab.

Vermutlich hielten sie ihn für einen lausigen Arzt, so, wie es hier aussah. Der Empfangstresen war alt, an den Kanten war das weiße Furnier abgeplatzt, darunter schimmerte die Spanplatte hervor. Die Wandschränke stammten noch von Max' Vorgänger, von dem er die Praxis vor gut zehn Jahren übernommen hatte. Sie waren ebenso vergilbt wie das Linoleum auf dem Fußboden. Dazu die Unordnung, überall lag oder stand etwas herum, Zeitschriften, Kugelschreiber, benutzte Kaffeebecher, vertrocknete Pflanzen. Den Patienten entging vermutlich auch nicht, wie hier alles allmählich verwahrloste. Seit Monaten kamen fast nur noch die Stammkunden, alte Frauen und Männer, die Max seit Jahren kannte. Sie klagten immer über dieselben Beschwerden – Gichthände, Kreislaufschwäche, Rückenschmerzen. Vielleicht nahmen sie die chaotischen Zustände hier ebenso gottgegeben hin wie ihre Krankheiten – ein Zipperlein, halb so wild. Dennoch: Max musste dringend aufräumen und renovieren, und er brauchte unbedingt neues Mobiliar und eine moderne EDV-Anlage. Die Frage war nur, wovon er das bezahlen sollte. Er war froh, dass er das Gehalt für seine zwei Arzthelferinnen und die Auszubildende pünktlich überweisen konnte.

Er zog seinen Arztkittel aus, hängte ihn an den Wandhaken neben dem Tresen und nahm sein Handy aus der Kitteltasche. Jonas hatte geantwortet, Max hatte es gar nicht bemerkt. *Bin ab halb vier in der Werfthalle*, hatte er geschrieben. Die Werfthalle – Max war schon eine Ewigkeit nicht mehr dort gewesen. Gott sei Dank war Jonas erreichbar und hatte Zeit. Die beiden Kommissare waren zu früh gekommen, Max musste erst mit Jonas sprechen.

»Sie sind wegen Maria Linz hier.« Max schaltete das Handy aus und legte es auf den Schreibtisch. *Maria, du wolltest es so, du wolltest nicht leiden.*

Die Männer sahen sich an und zuckten mit den Schultern. Der eine trug eine Art Schimanski-Jacke, helles Beige mit unzähligen Taschen. Er war der frisch rasierte, seine rosige Haut glänzte, und das blonde, zum Mittelscheitel frisierte Haar hing ihm in die Stirn. Der andere mit dem Trenchcoat sah aus wie ein amerikanischer Footballspieler. Er war bestimmt zwei Meter groß, kräftig, Vollbartträger. Max wusste schon nicht mehr, wer von ihnen Witt und wer Pfeiffer war. Oder doch, der mit dem Mantel, der Große, das war Pfeiffer. An seinem linken Handgelenk blitzte eine Breitling hervor, und es bestand kein Zweifel: Es war die *Oceanrace Heritage 20*. Wie konnte sich ein Kriminalbeamter eine Uhr für über viertausend Euro leisten?

»Ist mit Ihren Augen alles in Ordnung?«, fragte Witt.

Max kniff die Augen zusammen. Das Brennen hatte zugenommen, Tränenflüssigkeit bildete sich und lief ihm über die linke Wange. Er musste seine gottverdammte Brille finden.

»Photophobie«, antwortete er, und die beiden Kommissare sahen sich erneut an. »Eine Störung der Lichtsensibilität. Nicht weiter tragisch, ich habe eine spezielle Brille dafür, so eine mit gelben Gläsern, ich weiß nur nicht, wo ich sie gelassen habe. Sie muss hier irgendwo sein.«

Pfeiffer nickte und ging zum Vogelkäfig. »Wie heißen die beiden?«

»A und B«, antwortete Max und sah schon die Fragezeichen in Pfeiffers Blick.

Pfeiffer zog die Augenbrauen hoch und lächelte. »Okay, lassen wir das. Fangen wir anders an: Kennen Sie Frau Linz näher?«

Max stellte den Kaffeebecher beiseite. Jetzt tränten ihm beide Augen. Das war immer so, wenn er seine Brille nicht trug. Marias Augen waren irgendwann geschlossen gewesen. Sie hatte friedlich ausgesehen, auch wenn ihre Haut blass gewesen war wie Segeltuch.

»Die Vögel heißen tatsächlich A und B. Es sind Erbstücke, wenn Sie so wollen. Sie hatten noch nie richtige Namen.«

»A und B.« Pfeiffer ahmte einen Pfeifton nach, von dem er wohl glaubte, er könnte zu den Papageien passen.

Max stand auf und schaltete die grellen Deckenstrahler aus. Jetzt spendete nur noch die kleine Schreibtischleuchte dumpfes Licht. Sofort ließ das Brennen in den Augen nach. »Natürlich kenne ich Maria Linz. Sie war meine Patientin. Und meine Tante.«

»War?«, fragte der andere, Witt. »Dann wissen Sie, dass sie tot ist?«

Maria hatte in ihrem Bett gelegen, die Haut faltig und sanft. Ihre grauen Haare waren zu einem Zopf gebunden, der neben ihrem Gesicht lag wie ein Stofftier, das sie beschützte.

Max beugte sich über seinen Schreibtisch, griff nach der Schachtel Prince Danmark und fummelte mit zitternden Fingern eine Zigarette heraus. Seine Hände waren steif von der Kälte in der Praxis. Er zündete die Zigarette mit einem Streichholz an und zog den Rauch tief in seine Lungen.

Pfeiffer schaute sich um, als suche er nach einem Schild an der Wand, das das Rauchen in der Praxis verbot.

»Sie wollte sterben«, sagte Max. »Ich habe sie dabei begleitet. Es war alles besprochen.«

Im Radio war leise Édith Piaf mit *Milord* zu hören. Ein wunderbares Lied, Michelle hatte es geliebt. Als sie und Max heirateten, hatte die Band es bei der Party am Abend mindestens dreimal gespielt, und jedes Mal hatten sie dazu getanzt.

Maria hatte auch gern getanzt. Am liebsten in ihrer Küche, mit Jonas oder Max. Es waren Abende gewesen, die nie zu Ende gegangen waren. Die Luft im Raum – warm und voller Qualm – war zum

Schneiden gewesen, wenn Maria Howard Carpendale aufgelegt hatte oder Roland Kaiser. Der Wein war in Strömen geflossen, die Welt hatte ihnen nichts anhaben können. Das Leben – ein Fest. Bis zu jener Nacht, bis zum Unfall.

»Dann hat sie also noch gelebt, als Sie sie vorgestern besucht haben?« Pfeiffer kam auf Max zu und blieb dicht vor ihm stehen, die Arme vor der Brust verschränkt.

Maria hatte Max aus kleinen, verschlafenen Augen angesehen. Sie hatte gelächelt und seine Hand ergriffen, um sogleich wieder ihre Augen zu schließen. Sie hatte ihn wohl nicht erkannt, oder möglicherweise doch. Aber das machte keinen Unterschied, denn ihr warmer Griff verriet ihm, dass sie zufrieden war und sich geborgen fühlte. Sie hatte keine Angst. Wer weiß, vielleicht war sie in Gedanken weit, weit weg, glitt auf der Alethea mit Max und Jonas durch die Ostsee, die rotorange schimmerte, während allmählich die Sonne unterging. Ja, sie sollte ihre schönen Gedanken an die vielen gemeinsamen Törns in sich behalten, schließlich wusste sie nicht, dass sie heute zum letzten Mal aufgewacht war. Aber es musste sein. *Maria, ich habe es dir versprochen, und ich werde mein Versprechen halten.*

»Sie hat geschlafen«, sagte Max. »Ich habe sie geweckt, sie hat mir zugenickt. Das war unser Zeichen.«

»Ihr Zeichen?«, fragte Witt. »Wofür?«

Max drückte die halb aufgerauchte Zigarette in den Aschenbecher. »Wir wollten nicht mehr sprechen, wenn es so weit ist. Es war alles gesagt. So hatten wir es verabredet.«

Max ging zum Vogelkäfig. Aus dem Schränkchen daneben griff er das Futter und füllte die Näpfe nach. Noch immer zitterten seine eisigen Hände. Der Boden des Käfigs war voller Kot. Max nahm die Tüte mit dem Vogelsand und streute reichlich davon über die Kotflecken. Der Sand bildete kleine Wellen und Hügel, wie Dünen am Meer.

Der Urlaub auf Helgoland. Maria hatte einen neuen Golf gekauft, einen schwarzen mit neunzig PS und Musikanlage. Max war fünfzehn oder sechzehn Jahre alt. Sie fuhren mit dem Wagen nach Cuxhaven und setzten mit der Fähre zur Insel über. Es war Sommer, ein heißer Sommer, selbst an der Nordsee. Max musste vorsichtig sein mit seinem Bein. Es war in den vergangenen Monaten mehrmals operiert worden, ein komplizierter Trümmerbruch der Kniescheibe, aber jetzt schien alles gut zu verheilen. Dennoch, die stechenden Schmerzen waren immer da.

Er stellte den Vogelsand zurück in den Schrank.

»Wie war ihr Gesundheitszustand?« Witt lehnte noch immer mit dem Ellenbogen auf dem Tresen. »Gab es Anzeichen einer Verschlechterung? Hat sie vielleicht über Herzprobleme geklagt? Atembeschwerden? Irgendetwas?«

»Nein. Sie war stabil in letzter Zeit. Physisch jedenfalls.«

Maria hatte in ihrem Zimmer am Fenster gesessen und nach draußen in den verregneten Park gestarrt. Sie reagierte nicht, als Max ihr eine Hand auf die Schulter legte und sie ansprach. Im Zimmer roch es nach Urin. Maria hatte sich eingenässt, ein dunkler Fleck hatte sich auf ihrer Hose gebildet. »Ich werde die Puppe Lissy nennen«, sagte sie. In den letzten Wochen sagte sie das ständig, manchmal mehrmals am Tag, aber niemand von den Pflegekräften wusste, was damit gemeint war. Max wusste es.

Er ging zurück hinter den Tresen und setzte sich auf seinen Stuhl.

Die beiden Kommissare misstrauten ihm, ihr Instinkt für Lügen war ausgeprägt. Das war ihr Job, Max nahm ihnen das nicht übel. Dennoch musste diese Fragerei ein Ende haben, Max brauchte Zeit. Er musste seine Gedanken sortieren und sich klar darüber werden, welche Schritte zu folgen hatten. Er hatte nichts Unrechtes getan, doch das würden Pfeiffer und Witt anders sehen, wenn sie erfuhren, was vor rund zweiundfünfzig Stunden wirklich geschehen war. Für sie bestand die Welt aus schuldig und nicht schuldig, aus schwarz und weiß. Was ihnen fehlte, das waren die unzähligen Graustufen, die das Leben bereithielt. Doch mit ihnen hier und jetzt darüber zu philosophieren wäre vergebene Liebesmüh gewesen. Sie würden ihn nicht verstehen, ganz gleich, wie viel er reden würde, wie sehr er versuchen würde, die einzelnen Graustufen zu erläutern, die es zwischen Leben und Tod, zwischen schuldig und nicht schuldig gab. Als Polizeibeamte lebten sie in einer viel klarer strukturierten Welt, in der alles erlaubt war, was das Gesetz nicht verbot. Eine klare Trennlinie, die Orientierung bot. Wenn doch alles nur so einfach gewesen wäre.

»Was genau ist passiert?«, fragte Pfeiffer.

Jetzt wurde Max sogar das schwache Licht der Schreibtischlampe zu grell. Er musste die gottverdammte Brille finden.

Im Radio spielten sie schon den ganzen Tag Oldies. Jetzt waren die Beatles an der Reihe, *Yesterday.* Tränen drückten hinter Max' Augen. Er schluckte trocken.

»Entschuldigung.« Er nahm sich ein Taschentuch aus der Schublade und wischte sich über die Wangen. Er durfte jetzt nicht die Fassung verlieren. Die zwei Kommissare waren nicht dumm, sie würden tiefer graben und sicher bald herausfinden, dass Maria die Medikamente wegen ihrer Demenz unmöglich selbstständig eingenommen haben konnte. Doch es war bestimmt nicht Max' Aufgabe, sie mit der Nase darauf zu stoßen, wie alles gelaufen war. Sollten sie nur weiter im Dunkeln tappen, das kam ihm ganz recht. Sie konnten ihm nichts nachweisen, er war die Abfolge seiner Handlungen und der Konsequenzen in Gedanken tausendmal durchgegangen und sich sicher gewesen. Jetzt standen zwei Kripoleute in seiner Praxis und stellten ihm unangenehme Fragen. Auch das hatte er mit einkalkuliert. Alles lief nach Plan.

»Die Sache nimmt Sie ziemlich mit, was?« Witt sah ihn durchdringend an. Sein Blick verriet nicht, ob er die Frage ernst meinte oder Max nur aus der Reserve locken wollte.

»Maria Linz war wie eine Mutter für mich, eine Mutter, die ich nie hatte. Ich dachte, mit fünfzig Jahren Lebenserfahrung wäre ich abgebrühter. Da hab ich mich wohl getäuscht. Ja, die Sache nimmt mich mit.«

»Eine Schwester im Pflegeheim hat uns erzählt, Frau Linz habe ihre Außenwelt nicht mehr wahrgenommen, sie habe niemanden mehr erkannt, habe nicht mehr gesprochen, sich nicht mehr bewegt. War das überhaupt noch ein richtiges Leben?« Pfeiffer verschränkte wieder seine Arme vor der Brust.

»Gibt es denn ein falsches?«, fragte Max.

»Sagen Sie es uns.« Witt richtete sich vom Tresen auf.

»Maria Linz wollte sterben. Das ist alles, worauf es ankommt.«

»Und Sie haben ihr dabei geholfen, weil sie Ihnen leidgetan hat«, sagte Pfeiffer.

»Ja, und weil ich es als meine ärztliche Pflicht angesehen habe«, ergänzte Max.

»Und wie haben Sie ihr geholfen?«, fragte Witt.

Da war er, der Zeitpunkt. Max musste das Programm abspielen, das er in Gedanken so oft durchgegangen war und das ihn unangreifbar machte – jedenfalls so lange, wie es keine handfesten Beweise gab, die gegen ihn sprachen.

»Ich habe Diazepam und Chloroquin besorgt. Das Chloroquin habe ich in einem Kaffeebecher voll Milch gelöst und Honig dazugegeben, viel Honig, wegen der Bitterstoffe. Die Lösung habe ich auf den Nachttisch gestellt. Frau Linz hat den Becher an sich genommen und getrunken, danach das Diazepam. Ich bin währenddessen bei ihr geblieben, wie ich es ihr versprochen habe. Nach ein paar Minuten ist sie eingeschlafen und kurz darauf bewusstlos geworden. Der Tod ist eine gute Stunde später eingetreten, ich habe das alles aufgeschrieben. Ich habe sie zugedeckt, das Licht an ihrem Nachttisch ausgeschaltet und bin gegangen.«

Die beiden Kommissare sahen sich an. Witt drehte sich zu Max. »Sie hat das Medikament selbst eingenommen?«

Max nickte.

»Die Frau war hochgradig dement.« Pfeiffer stand mit durchgestrecktem Rücken vor dem Tresen. »Nach dem, was wir bisher wissen, waren ihre motorischen Fähigkeiten erheblich eingeschränkt. Wie konnte sie da den Becher zum Mund führen?« Seine Stimme war weder laut noch leise, nicht warm, aber auch nicht kalt. Sie klang ein bisschen wie die Stimme eines Pastors bei einer Beerdigung, der am Grab eine Trauerrede hielt. Ein lineares Säuseln.

Die beiden hatten ihre Hausaufgaben gemacht. Natürlich wussten sie von Marias Erkrankung. Aber sie waren keine Mediziner, sie konnten unmöglich den Grad der Alzheimer-Demenz einordnen, selbst wenn sie mit den Ärzten oder den Schwestern darüber gesprochen hatten. Maria hatte das Personal immer wieder überrascht. Trotz des fortgeschrittenen Stadiums war sie in lichten Momenten imstande gewesen, selbstständig zu essen oder zu trinken, auch wenn sie wahrscheinlich nicht mehr wusste, was sie tat.

»Ich kann mich nur wiederholen. Frau Linz hat den Becher selbst an sich genommen und getrunken. Sie hat gewusst, was sie tat. Als sie mich gesehen hat, an ihrem Bett, da hat sie gelächelt und genickt. Alzheimerpatienten geben uns immer wieder Rätsel auf, und Maria Linz war eine Kämpferin, bis zuletzt. Sie wollte sterben – und hat nicht gelitten.« Max' Hände waren noch immer eiskalt. Er stand auf und drehte die Heizung höher. Einer der Papageien gab einen Ton von sich, als wollte er sich auch über die Kälte im Raum beschweren.

Witt deutete auf Max' steifes Bein. »Darf ich fragen, was da passiert ist?«

Max blieb am Heizkörper stehen, die warme Luft kroch ihm den Rücken empor. »Ein Unfall in meiner Jugend. Halb so wild, der Meniskus meckert nur bei nasser Kälte.«

Witt nickte, als wüsste er, wovon Max sprach. Er ging rüber zum Arzneischrank, dessen rechte Tür offen stand, und betrachtete die steril verpackten Spritzen, das Stethoskop, die silbernen Nierenschalen, die Medikamentenschachteln.

»Wir haben bei der Verstorbenen zwei frische Einstichstellen am linken Unterarm entdeckt. Und unter dem Bett lag eine Spritze.«

Na klar, das war es, was die beiden Polizisten auf den Plan gerufen hatte: die Spritze, die nicht auf Marias Medikationsplan gestanden hatte. *Max, du Idiot.* Sie musste in der Aufregung unters Bett gefallen sein.

»Ich habe ihr Metoclopramid injiziert – ein Mittel, um Krämpfe und Erbrechen auszuschließen.«

Witt drehte sich um. »War sie da noch bei Bewusstsein?«

»Nein«, sagte Max. »Aber der Körper kann auch im Zustand der Bewusstlosigkeit noch Abwehrreaktionen erzeugen, die das Gehirn wahrnimmt. Das wollte ich vermeiden.«

»Warum?« Pfeiffer hatte noch immer seine Arme vor der Brust verschränkt. Sein Schnurrbart wirkte verzerrt, das schummrige Licht der Schreibtischlampe warf ihm einen Schatten ins Gesicht.

»Die Transmitter im Gehirn senden Botenstoffe aus, der Patient kann in innere Panik verfallen, trotz der Bewusstlosigkeit. Das wollte ich ihr ersparen, Maria sollte ruhig und ohne Angst einschlafen, wie sie es sich gewünscht hat.«

Maria hatte die Wucht des Chloroquins nicht mehr mitbekommen. Das hatte Max ihr versprochen, und er hatte Wort gehalten. Die faltige Haut ihres Arms war ganz warm gewesen. Max hatte ihre Knochen gespürt, ein Arm, so dünn wie bei einem Kleinkind. Er hatte Max so oft umarmt, hatte ihm Zuversicht gegeben und Geborgenheit. Vielleicht war es der Arm gewesen, in dem Maria als kleines Mädchen ihre Puppe Lissy getragen hatte. Sie hatte nicht mehr gewusst, wer Max war, sie hatte ihr eigenes Spiegelbild nicht mehr erkannt. Aber an Lissy – an die hatte sie sich erinnern können. Manche Rätsel der Medizin würde der Mensch nie aufklären.

Von draußen huschten die Lichter der vorbeifahrenden Autos durch die Fenster in die Praxis. Das Rauschen der Reifen auf dem Asphalt war zu hören. Max hatte Marias alten Golf nie verkauft. Er stand seit Jahren in der Garage, hinten auf dem Hof. Vielleicht wartete er darauf, endlich wieder gefahren zu werden.

»Wissen Sie, was mich stutzig macht?«, fragte Witt, und Max wusste, was jetzt kam.

»Sie glauben, dass ich sie getötet habe«, sagte er.

»Es geht nicht darum, was ich glaube«, sagte Witt. »Es geht darum, was ich weiß und was ich nicht weiß.«

»Und was wissen Sie nicht?«

»Hm«, machte Witt. »Ich bin mir noch nicht sicher, ob Sie uns die Wahrheit sagen, Herr Doktor. Frau Linz ist Polizistin gewesen. Das heißt, sie war gewissenhaft. Wenn sie ihren Tod tatsächlich gewollt und geplant hat, hätte sie dann nicht einen Abschiedsbrief hinterlassen? Eine Patientenverfügung oder irgendetwas, mit dem sie Sie von jedem Verdacht freispricht? Ihr war doch mit Sicherheit genauso klar wie Ihnen, dass mit einer Beihilfe zur Selbsttötung erhebliche Schwierigkeiten auf Sie zukommen können. Sie waren Ihr Arzt.«

Max zwang sich zu einem Lächeln. »Natürlich. Sie hat alles festgehalten. Die Unterlagen sind im Safe in ihrem Zimmer. Wir haben das alles schon vor Jahren niedergeschrieben.«

Pfeiffer stellte sich neben Witt, er überragte ihn um mindestens anderthalb Köpfe. »Der Safe war leer, Herr Doktor. Kein Schmuck, keine Papiere, gar nichts.«

Im Raum war nur der Sekundenzeiger der Uhr zu hören. Die Konturen der Männer verschwammen. Sie waren weit weg, und doch konnte Max ihr Atmen hören. Dieser Pfeiffer log. Maria hatte alles niedergeschrieben, Max hatte ihr dabei geholfen, sie waren es wieder und wieder durchgegangen, als Maria noch bei vollem Verstand gewesen war. Sie hatten beide geweint dabei. Es war so irreal und doch zum Greifen nah gewesen. »Der Tod gehört zum Leben«, hatte sie gesagt, und sie hatten sich bei den Händen gehalten.

Seine Augen begannen wieder zu brennen, Max musste sie zusammenkneifen. Heute Nachmittag hatte er seine Brille noch gehabt, sie konnte doch nicht einfach weg sein, sie musste hier irgendwo liegen.

»Entschuldigen Sie mich bitte einen Moment, ich brauche meine Brille.« Max begann zu suchen. Im Medikamentenschrank war sie nicht, auf dem Schreibtisch auch nicht, das Sideboard dahinter war leer. Er ging rüber in den Röntgenraum, nichts. Weiter ins Wartezimmer. Zehn Lederfreischwinger, der Tisch in der Mitte mit den *Lesezirkel*-Zeitungen und den Prospekten über Rauchentwöhnung und diabetische Ernährung. Die Brille war nicht da. Er stieß die Tür zum Behandlungszimmer auf und schaltete das Licht an, sofort stach es ihm in die Augen. Auf der Liege, dem kleinen Tisch, dem Regal an der Wand: nichts. Er schaltete das Licht wieder aus, ging zurück zum Empfang. Er blieb am Eingang stehen, die beiden Beamten hatten sich nicht von der Stelle bewegt. Max flüsterte: »Wo ist die Scheißbrille?«

Die Kommissare kamen auf ihn zu. »Herr Dr. Keller«, sagte Witt mit seiner viel zu kräftigen Stimme. »Sie verlassen bis auf Weiteres nicht die Stadt. Halten Sie sich bitte zu unserer Verfügung.«

Max wollte etwas erwidern, aber Pfeiffer griff in seine Manteltasche, zog die Brille mit den gelben Gläsern heraus und reichte sie ihm. »Die lag neben dem Tresen auf dem Fußboden. Ich wollte nicht, dass jemand drauftritt.«

Die Kommissare gingen zur Eingangstür. Witt drehte sich noch einmal um und ließ seinen Blick durch das Innere der Praxis schweifen, bis er Max direkt ansah. »Wir sehen uns sicher wieder, Herr Doktor. Schönen Abend noch.«

Die Tür fiel mit einem leisen Klicken ins Schloss.

Max setzte die Brille auf. Sie hatten sie ihm vorenthalten, obwohl sie mitbekommen hatten, wie sehr er sie brauchte. Ein kleiner, perfider Trick, um ihn einem Stresstest zu unterziehen. Und das war erst der Anfang, so viel stand fest. Umso dringlicher war das Gespräch mit Jonas, er wusste sicher, wie man mit solchen Situationen umging.

Max schaltete das Radio aus. Er konnte keine Geräusche mehr ertragen. Er löschte auch das Licht. Nur ein schwacher grauer Schein von den Straßenlaternen fiel noch in den Raum.

Der Safe war also leer – das war unmöglich. Max hatte die Unterlagen selbst hineingelegt, zusammen mit Maria, und außer ihnen beiden kannte niemand den Zahlencode.

Er setzte sich auf den Boden, lehnte sich mit dem Rücken an die Wand und zündete sich eine Zigarette an.

Sie hatten oft zu dritt in Marias Küche Monopoly gespielt, manchmal war auch Agnes dabei gewesen. Bis in die Nacht hinein hatten sie beisammengesessen, hatten Straßenzüge gekauft und Häuser gebaut. Wer die Schlossallee besaß, gewann zumeist. Und wer Pech hatte, kam hinter Schloss und Riegel: *Gehe in das Gefängnis. Begib Dich direkt dorthin. Gehe nicht über Los. Ziehe nicht DM 4000 ein.*

5

KIELER UMLAND, HEILIGABEND 1978

Großmutter gab ihm die Schachtel mit den Christbaumkugeln in die Hand, er sollte sie am Tannenbaum verteilen. Der Baum war riesig, bestimmt zwei Meter groß, und er war genauso schön gewachsen wie die Tannenbäume in Max' Märchenbüchern, ein vollkommen gleichförmiges Dreieck mit einer geraden Spitze darauf. Die saftigen Nadeln leuchteten dunkelgrün.

Großmutter hatte gebacken. Der Duft des Marmortopfkuchens vermischte sich mit dem der Tannennadeln. Aus dem Radio erklang Weihnachtsmusik mit reichlich Glockengeläut. Sie würden heute noch in die Kirche gehen, Vater wollte mitkommen, der Gottesdienst gehörte Heiligabend für ihn dazu, auch wenn er sich sonst nichts aus Weihnachten machte.

Sicher hockte er unten in seiner Wohnung und trank. Er trank immer, wenn er nicht arbeitete, meistens schon am Mittag. Dann saß er an seinem Küchentisch, starrte auf den vollen Aschenbecher vor sich und zündete sich die neue Zigarette mit der alten an. Max mochte den Rauch nicht, der in Vaters Wohnung hing wie eine dicke Staubschicht.

Vorhin hatte Vater ihn gerufen, Max war sofort zu ihm runtergelaufen. Vater hatte in der Küche gestanden, in der sich das dreckige Geschirr in der Spüle türmte. Die Essensreste auf den Tellern waren längst angetrocknet. Vater war unrasiert und forderte Max auf, den Müll nach draußen zu bringen. Max bot an, auch den Abwasch zu machen, doch Vater deutete eine Ohrfeige an und sagte, das könne er schon allein, da solle Max sich mal keine Sorgen machen. Er mache das schließlich seit Jahren selbst, seit Max auf der Scheißwelt sei. Sein Vater sagte immer Scheißwelt, doch Max verstand nicht, warum. Vater hatte sich eine neue Zigarette angesteckt und ein Glas Köm gekippt. Max brachte den Müll raus und ging zurück zur Großmutter hinauf. Vater brüllte ihm noch irgendetwas hinterher, das Max nicht verstand. Schnell schloss er die Tür hinter sich, als er in Großmutters Wohnung war. Er rannte in sein Zimmer und versteckte sich unter seinem Deckbett. Er schloss die Augen ganz fest und betete. Er erzählte dem lieben Gott von seinem Vater und bat darum, ihm zu helfen. Gott sollte machen, dass Vater glücklich war, dass er einmal lachte, und vor allem, dass er mit dem Trinken aufhörte. Der Alkohol machte ihn böse, obwohl er kein böser Mensch war. Doch wenn er trank, verlor er die Kontrolle. Manchmal war Max nicht sicher, ob Vater ihn dann noch erkannte und wusste, dass Max sein Sohn war. Max waren die Tränen auf die gefalteten Hände getropft, und er war erst wieder unter der Decke hervorgekommen, als Großmutter ihm ein Stück von dem warmen Topfkuchen ins Zimmer gebracht hatte.

Nun verteilte Max die roten Kugeln am Christbaum. Großmutter legte ihm immer wieder die Hand auf die Schulter, streichelte ihm die Wange. Ihre Hand war warm, Großmutter lächelte.

Er kam nicht an die oberen Zweige, dafür war er zu klein, obwohl er mit seinen acht Jahren größer war als die meisten in seiner Klasse. Großmutter hob ihn hoch, und so konnte er auch die Baumspitze schmücken.

Danach waren die Kerzen an der Reihe, weiße Wachskerzen, die in kleinen silbernen Haltern steckten. Max klippte sie zusammen mit Großmutter an den Baum. Angezündet wurden sie erst später, wenn Bescherung war. Max hatte ein Bild für Großmutter gemalt. Darauf war ihr Hof zu sehen mit dem Wohnhaus und dem Stall und den Weiden dahinter. Das Stalltor stand einen Spalt offen, eine der Kühe – Clara – lugte nach draußen. Max hatte sich viel Mühe gegeben und

Claras Gesicht gewissenhaft gezeichnet, aber die Augen und der Mund waren etwas groß geraten. Das sah komisch aus, aber es war eine Kuh, das würde Großmutter sofort erkennen.

Alle dreißig Kühe hatten schon heute Vormittag eine Extraportion Futter bekommen. Die meisten Tiere kannte Max beim Namen, Rosi, Ute, Heidi und Clara – er hatte sie alle gern, und wenn er groß war, würde er den Hof übernehmen. Großmutter sagte das immer, es klang gut und friedlich. Sein Vater hatte dazu keine Lust, wie er zu so vielen Dingen keine Lust hatte. Die Jungs aus Max' Klasse gingen mit ihren Vätern an den Wochenenden angeln oder unternahmen Radtouren. Sie zelteten mit ihren Vätern und spielten Fußball mit ihnen. Max' Vater saß nur in seiner Küche. Er hockte auf der Eckbank, trank Bier und Schnaps und rauchte Reval ohne Filter. Wenn Max ihn besuchte, wussten beide nicht, was sie miteinander anfangen sollten, und die Schlagermusik, die aus Vaters Radio kam, übertönte die Stille.

Früher war Max aus freien Stücken zu ihm gegangen, eigentlich wollte er gern bei Vater sein. Was er sich wünschte, das war eine Umarmung, eine einzige, kurze Zärtlichkeit, selbst wenn Vater nach Schweiß und Zigaretten roch. Mit der Zeit jedoch hatte er immer weniger den Drang verspürt, nach unten zu gehen. Er machte stattdessen Hausaufgaben in seinem Zimmer oder las. Die Bücher, die ihn interessierten, waren dicker geworden, und das große Thema, das ihn faszinierte, war das Reisen durch die Zeit. Ja, das wäre was gewesen: einmal in die Vergangenheit reisen, zu den Dinosauriern vielleicht oder ins Mittelalter, um zu erleben, wie die Ritter gegeneinander kämpften. Vielleicht aber musste er gar nicht so weit zurückgehen, vielleicht reichten nur ein paar Jahre, zwölf oder dreizehn. Dann hätte Max seine Mutter treffen und erleben können, wie sie war. Wie sie lachte und wie sie roch. Und wie sie sich auf Max gefreut hatte, den sie nie kennenlernen durfte. Max' Mutter war bei seiner Geburt gestorben, Vater sprach oft davon, manchmal schrie er dabei. Er sagte, mit Max sei Gottes Zorn auf die Welt gekommen und habe

Mutter mit sich genommen. Max konnte sich nicht erklären, was er damit meinte, aber eines stand für ihn fest: Mutter hätte die Kühe auf dem Hof auch gemocht.

Es war lustig, dass Clara Großmutters Namen trug. Clara war eine stolze, große Kuhdame, die immer sauberer als die anderen schien und manchmal den Eindruck machte, als lächele sie, wenn Max sie streichelte. Er konnte Stunden und Tage im Stall verbringen, die Boxen sauber machen, die Kühe melken oder ihnen frisches Wasser und Futter geben. Dann war er für sich, niemand störte, und er musste vor niemandem Angst haben, nicht einmal vor Vater, denn der kam nie in den Stall.

Clara gab von allen Kühen die meiste Milch. Großmutter machte aus einem Teil davon Käse. Unten im Keller gab es einen Raum, in dem er lagerte. Alle paar Wochen mussten die Laibe abgewaschen und getrocknet werden. Max mochte den würzigen Duft, der einem schon im Kellerflur in die Nase stieg. Großmutter sagte, man müsse behutsam vorgehen, die kleinste Unachtsamkeit könne monatelange Arbeit zunichtemachen, Käse benötige Zeit und Zuwendung, nur dann reife er zu einem guten Stück und könne sein ganzes Aroma entfalten. Max' Augen wurden weit, wenn Großmutter die dicken, gelben Riesen aus dem Regal hob, mit Salzlake abrieb, sie sorgsam trocken tupfte und wieder zurückhievte. Ihm lief das Wasser im Mund zusammen.

Mit der Zeit war ihm klar geworden, dass alles in der Welt ein Kreislauf war. Die Tage und die Nächte, die einander abwechselten, das Futter der Tiere, das die Qualität ihrer Milch bestimmte, ja sogar der Tod seiner Mutter, der Vaters Leben verändert hatte. Jedes Ergebnis hatte seinen Ursprung, und nichts geschah ohne den Segen Gottes. Es war wichtig, die Dinge ernst zu nehmen und ihnen mit Respekt zu begegnen, so wie Gott selbst. Das fing beim Füttern der Tiere an und reichte bis zum Anschneiden eines Käselaibs, wenn Großmutter die Zeit für gekommen hielt.

Max betete jeden Abend in seinem Zimmer, damit Gott freundlich blieb zu ihm, zu Großmutter, dem Hof und auch zu Vater. Und wenn Vater einen ganz besonders wütenden Tag hatte, den er mit viel Schnaps runterzuspülen versuchte, betete Max schon am Nachmittag. Beten konnte man nie genug, das sagte auch Großmutter immer.

Der Baum war fertig geschmückt. Als Letztes hatte Max die kleinen Strohengel drangehängt.

»Und jetzt kommt das Wichtigste«, sagte Großmutter. Sie verschwand in ihrem Schlafzimmer, Max hörte die Türen ihres Kleiderschranks. Sie fand offenbar nicht gleich, wonach sie suchte, denn es dauerte lange, bis sie zurück in der Wohnstube war.

Max traute seinen Augen nicht. Sie hatte fünf Pakete auf dem Arm und legte sie – eines nach dem anderen – unter den Weihnachtsbaum. Max bekam ein schlechtes Gewissen, er hatte nur ein einziges Bild gemalt, und dem standen jetzt fünf Pakete gegenüber.

Großmutter hatte offenbar bemerkt, dass ihm mulmig geworden war. Sie setzte sich neben ihn auf den Fußboden, und gemeinsam sahen sie die Geschenke und den Baum an. Die Pakete waren in wunderschönes Weihnachtspapier eingeschlagen. Es glänzte blau und schaute aus wie der Nachthimmel. Ganz viele Sternschnuppen waren darauf abgebildet und goldene Kerzen. Großmutter hatte einmal gesagt, wenn man eine Sternschnuppe sieht, dürfe man sich etwas wünschen. Bestimmt galt das nicht für Sternschnuppen auf Geschenkpapier, doch er traute sich nicht zu fragen und wünschte einfach drauflos. Aber er hatte gar nicht viele Wünsche, eigentlich gab es nur einen. Vater sollte mit dem Trinken aufhören, dann würde sich alles andere von selbst richten.

»Du bist etwas ganz Besonderes«, sagte Großmutter zu ihm, und er spürte, wie seine Unterlippe zu bibbern begann. Er dachte an die Zeitreisenden in seinen Büchern und wäre jetzt gern ein paar Tage zurückgeflogen, um noch ein oder zwei weitere Bilder zu malen. Aber er war inzwischen alt genug, um zu wissen, dass das nicht funktionierte. Und als könne seine Großmutter Gedanken lesen, sagte sie: »Du bist das größte Geschenk, das ich mir vorstellen kann.«

Ihre alten Knochen bereiteten ihr etwas Probleme, sich vom Boden aufzurichten, und als sie stand, brauchte sie einen Moment, bevor sie sich in Bewegung setzte und erneut das Wohnzimmer verließ. Als Max allein war, rutschte er ein Stück nach vorn in Richtung Baum. Er betastete eines der Geschenke, und sofort sah er zur Stubentür hinüber. Zum Glück blieb sie verschlossen. Was mochte wohl in all den Paketen verborgen sein? Neue Turnschuhe vielleicht, die er sich so sehr wünschte. Und in dem etwas kleineren ein neues Buch. Eines, von dem Großmutter wusste, dass es ihm gefallen würde. Es konnte auch ein Füllfederhalter sein, ein echter, wie ihn Erwachsene besaßen. Das wäre ein wundervolles Geschenk gewesen, in der Schule hatten sie schon ein bisschen mit dem Füller geübt, und Max wollte es unbedingt richtig gut können, damit er selber ausgedachte Geschichten aufschreiben konnte. Er hörte die Weihnachtsmusik aus dem Radio, er sah die funkelnden roten Kugeln am Baum, und er stellte sich vor, wie es wohl wäre, wenn seine Mutter jetzt neben ihm säße. Was sie tun, was sie sagen und wie sie aussehen würde. Er kannte Bilder von ihr. Die Frau darauf war eine Frau wie andere auch, sie hatte ein wenig Ähnlichkeit mit seiner Deutschlehrerin Frau Pönat. Dasselbe schwarze, schulterlange Haar, die weichen Gesichtszüge und die kleine Nase, die mit ein paar Sommersprossen gesprenkelt war. Aber anders als Frau Pönat hatte seine Mutter auf einem der Bilder, die bei Vater im Schlafzimmer standen, einen beigen, breitkrempigen Hut auf dem Kopf und lachte. Sie stand an einem menschenleeren Strand und hielt den Hut mit beiden Händen gegen den Wind fest. Sie lachte in die Kamera und sah glücklich aus. Keine Ahnung, wie alt sie zu dem Zeitpunkt war, zwanzig oder fünfundzwanzig Jahre vielleicht, und sie tanzte. Max verfolgte ihre Bewegungen, sie hüpfte über den Sand, und im Hintergrund rauschte das Meer, er konnte es ganz genau hören. Sie sah so glücklich aus, ihr Lachen war so schön, es tat gut, dieses

Lachen, es war, als lache sie nur für ihn, für ihren Sohn. Und doch war sie Max so fremd. Sie war ein Geist, aber Max spürte ihre Berührung. Sie war da, und sie war nicht da. Sie war fort, und sie war nicht fort. Und doch konnte er sie nicht anfassen. Er konnte sie nicht anfassen, weil er es nicht durfte, und er durfte es nicht, weil er für ihren Tod verantwortlich war. Vater würde ihm das nie verzeihen, niemals. Max war für ihren Tod verantwortlich, niemand sonst. Manchmal schlug ihn Vater dafür.

In diesem Moment öffnete sich die Tür der Wohnstube. Vater hatte sich einen Anzug angezogen. Er trug eine Krawatte und hatte sich rasiert. Er lächelte, als er einen großen, bauchigen Jutesack in den Raum zog und unter den Baum legte.

»Ich habe mit deinem Onkel zusammen ein Loch gegraben«, sagte er. »Auf der Straße, groß genug für den ollen Schlitten.« Vater lachte.

»Ein Loch?«, fragte Max.

»Ja, ein Loch. Sieh nach, es ist noch da.«

»Wofür denn?«

Wieder lachte sein Vater. »Na, damit der Weihnachtsmann haltmacht bei uns. Was meinst du, woher das da sonst kommt?« Er zeigte auf den Jutesack.

Draußen wurde es allmählich dunkel, und es hatte zu schneien begonnen. Wann sollte Vater mit Onkel Lutz ein Loch gegraben haben? Max hatte nichts gehört vorhin, und Onkel Lutz war lange nicht mehr auf dem Hof gewesen. Außerdem war die Straße vor dem Hof asphaltiert, da konnte man gar kein Loch graben, schon gar nicht mal eben so.

»Was ist denn da drin?«, fragte Max.

Vater zog die Augenbrauen hoch. »Das wirst du schon noch sehen. Ich sage nur: Wir brauchen jede Menge Platz dafür in deinem Zimmer.«

Nein, das konnte nicht sein. Das konnte Max nicht glauben. Hatte sein Vater wirklich …? Max wollte schreien vor Freude.

Vater ging zum Schrank und holte eine Flasche Aquavit heraus, aus der er sich eingoss und trank. »Glaubst wohl, dein Vater ist nicht vorbereitet, was?«, lachte er und schüttete sich gleich noch einmal nach.

Großmutter kam in die Stube. Sie trug eine schwarze Hose und eine weiße Bluse dazu. »Es wird Zeit«, sagte sie, und Max lief in sein Zimmer, um sich auch frische Kleidung anzuziehen.

Er zappelte vor Glück, als er seine Jeans und den braunen Pullover aus dem Schrank kramte. Max hatte es immer gewusst: Vater hatte ihn lieb, Vater war kein schlechter Mensch. Neulich noch, in der Küche unten, da hatte Vater von einem guten Geschäft gesprochen, das er gemacht hatte. Da hatte er bestimmt viel Geld bekommen, und davon nahm er jetzt ein bisschen, um Max' größten aller Wünsche zu erfüllen: eine elektrische Eisenbahn, mit Schienen, einer Dampflock und jeder Menge Anhänger. Den Schreibtisch würde er verrücken müssen, der käme vor das Fenster. Das Bett kam daneben, so hatte er an der rechten Wandseite genügend Platz für eine Holzplatte, auf der er die Eisenbahn aufbauen konnte. Es roch nach Großmutters Topfkuchen, es roch nach Tannenzweigen, und Max konnte gar nicht schnell genug seinen Pullover überziehen, sich die Haare kämmen und zurück in die Wohnstube laufen. Morgen früh. Schon morgen früh würde er damit beginnen, alles umzustellen, und wer weiß, vielleicht würde ihm Vater ja sogar dabei helfen. Sein Herz hüpfte, er konnte es nicht erwarten, den Weihnachtsgottesdienst hinter sich zu bringen, um gleich danach die Geschenke auszupacken. Um dann mit seinem Vater die elektrische Eisenbahn aufzubauen.

Er schloss die Tür seines Zimmers und rannte über den Flur in die Wohnstube. Großmutter schaute ernst, als sie noch einmal sagte: »Es wird Zeit.«

Die Kirche war bis auf den letzten Platz gefüllt. Großmutter, Vater und Max fanden eine Nische in der vorletzten Reihe. In der Kirche war es kalt, wie jedes Jahr zu Weihnachten. Die Orgel spielte ein paar Töne, um die Zeit zu überbrücken, bis der Gottesdienst begann. Vorn, in den ersten Reihen, saßen ein paar seiner Mitschüler. Sie saßen zwischen Vater und Mutter und trugen Hemd und Krawatte. Max wünschte sich auch eine Krawatte, so eine, wie Vater sie heute trug, dunkel, schlicht und breit. Das Kerzenlicht flackerte an den Wänden, und die Augen der anderen Kinder leuchteten. Alle grinsten und zappelten auf ihren Sitzen hin und her.

Max überlegte, wie es wohl wäre, wenn auch er zwischen Vater und Mutter säße, einer Mutter, die ihm die Hand hielt und ihrem Mann einen liebevollen Blick zuwarf. Michael, sein Tischnachbar in der Klasse, schimpfte immer über seine Mutter. Er sagte, sie sei voll streng, sie erlaube ihm gar nichts, nicht einmal in den Wald gehen dürfe er, in die Glüsig, an den kleinen Teich, der dort lag. Dabei war es so schön dort. Max war oft da, schaute den Karpfen zu, wenn sie sich an der Wasseroberfläche sonnten. Einmal war Michael mit seinem Fahrrad aufgetaucht und hatte sich zu Max gesetzt. Gemeinsam hatten sie den Fischen zugesehen und sich ausgemalt, wie es wäre, wenn man ein Fisch sei. Ob man dann auch zur Schule gehen müsse und was man in der Fischschule wohl lernen würde. Sie hatten beide gelacht, und Michael war schon bald wieder aufgebrochen, weil seine Eltern sich sicher Sorgen machten. Max hatte den Rest des Tages allein dort am Teich verbracht, hatte auf die Fische gestarrt und sich ausgemalt, er müsste auch gleich nach Haus, um den Eltern die Sorgen zu nehmen. Doch auf ihn warteten keine Eltern, er konnte einfach sitzen bleiben, solange er wollte.

Der Pastor betrat den Altarraum. Die Orgel wurde lauter, die Gemeinde begann zu singen. Vorne an einer Tafel waren Zahlen angeschlagen, die auf die Liednummern im Gesangbuch verwiesen. Max blätterte und las den Text, ohne mitzusingen. Sein Vater neben ihm roch nach seiner Küche, nach Bratenfett, Zigaretten und Alkohol. Er summte mit und schaute währenddessen nicht von seinem Buch auf.

Es folgte die Weihnachtsgeschichte, die Max auswendig kannte. Josef und Maria waren mit einem Esel unterwegs. Sie bekamen kein Zimmer in den Herbergen und mussten in einem Stall übernachten. Da hausten Schafe und Esel und andere Tiere, und Max dachte an die Kühe, die zu Hause standen. Clara fror vielleicht. Sie war schon älter, und Großmutter hatte gesagt, eines Tages müsse er sich von ihr verabschieden. Max konnte sich das gar nicht vorstellen: den Hof ohne Clara.

Immer wieder sang die Gemeinde, bis zuletzt das Vaterunser gebetet wurde und der Gottesdienst endlich vorüber war. Augenblicklich strömten die Leute dem Ausgang zu, die Kinder sprangen herum und zogen ihren Eltern an den Mänteln, während sich die Erwachsenen eine frohe Weihnacht wünschten.

Der Weg bis zum Hof dauerte nicht mehr als eine Viertelstunde, aber heute kam er Max ewig vor. Er rannte voraus und konnte nicht verstehen, weshalb Großmutter und Vater so langsam gingen. Auf dem ganzen Weg hatten sie nicht ein einziges Wort miteinander gesprochen, aber das war nicht ungewöhnlich, sie redeten nie viel miteinander. Wenn Max einmal einen Sohn hätte, dann würde er ihn auf dem Weg von der Kirche zurück zum Christbaum auch zappeln lassen. Aber er würde mit ihm reden, das stand fest. Er würde Hand in Hand mit ihm durch den Schnee gehen und sich mit ihm auf die Bescherung freuen. Die Bescherung war schließlich das Schönste an Weihnachten.

Als sie auf dem Hof angekommen waren, stoppte Vater vor der Eingangstür. »Heute machen wir etwas Besonderes«, sagte er.

Max konnte vor Aufregung kaum stillstehen. Vater ging ins Haus und kam mit dem Jutesack, den er vorhin unter den Baum gelegt hatte, zurück. »Wir gehen zu Onkel Lutz rüber, er wartet schon.« Vater lachte dabei und drückte Max das zusammengeknotete Ende des Sacks in die Hand. Er sagte: »Du trägst ihn, aber sei vorsichtig.«

Es sollte also wahr werden. Vater hatte mit Onkel Lutz zusammen eine Eisenbahn gekauft. Max durfte sie tragen, und bei Onkel Lutz würden sie sie gemeinsam auspacken.

Max betastete den Sack von außen, der Inhalt war komisch weich.

»Finger weg«, rief Vater.

Max zog sofort seine Hand zurück, Vater sollte nicht böse auf ihn sein. Großmutter sah Vater mit zusammengekniffenen Augen an. Max konnte sich die Ernsthaftigkeit in ihrem Blick nicht erklären. Er nahm den Sackzipfel und zuckelte los. Der Sack war schwer. Großmutter blieb ein paar Schritte zurück. Max ging, und er konnte seine Erwartung und seine Freude kaum bändigen. Es war eisig kalt heute Abend, der Pulverschnee wehte vom Bürgersteig in die Luft. Bis zu Onkel Lutz waren es einige Straßen, der Sack wurde schwerer und schwerer, aber Max gab nicht auf. Er war außer Atem, seine Finger waren ganz steif, aber er zog den Sack weiter. Aus den Fenstern der Häuser strahlte warmes Licht, Christbäume leuchteten auf die Straßen, und die weißen Schneeflocken funkelten wie Glitzerstaub.

Als sie endlich ankommen waren, öffnete Onkel Lutz die Tür. Er betrachtete Max, der völlig außer Atem war, und schaute auf den Sack. Onkel Lutz begann zu lachen. Er lachte dermaßen laut, dass es in der Häuserzeile hallte, und Max wusste nicht, was so lustig war.

»Du Blödmann«, sagte Onkel Lutz zu Vater und trat die zwei Treppenstufen auf die Straße. Er hob den Sack an und öffnete die Kordel.

»Hört auf«, schrie Großmutter und wollte den Sack an sich reißen. Aber Vater stellte sich ihr in den Weg. Onkel Lutz schüttete den Inhalt des Sacks auf den Boden. Was da auf die Straße fiel, war ein Haufen Kartoffelschalen. Als Max auf die Knie ging und die Kartoffelschalen mit den Händen griff, hörte er nichts mehr. Außer das Lachen. Das Lachen der beiden Männer, die neben ihm standen und sich krümmten.

Großmutter verpasste Vater eine Ohrfeige und warf Onkel Lutz einen düsteren Blick zu. Sie griff Max am Arm und zog ihn mit sich. Max drehte sich im Gehen noch einmal um. Die beiden Männer gingen ins Haus, und Max wusste, dass sein Vater heute nicht mehr zum Hof zurückkehren würde.

6

AHRENSBURG BEI HAMBURG, JANUAR 2021

Von den vielen Geschichten, die Großmutter Max als Kind erzählt hatte, war ihm die Legende vom »Steinalt« besonders im Gedächtnis geblieben. Der Steinalt, so hieß es, sei ein alter, schwerreicher Kaufmann gewesen, der nicht sterben wollte. Immer wenn der Tod zu ihm gekommen war, um ihn zu holen, hatte er ihn fortgeschickt. Schließlich wurde er so alt, dass er niemanden mehr kannte, denn alle waren vor ihm gestorben, sogar seine Kinder und seine Enkel. Das Leben hielt keine Freude mehr für ihn bereit. Daraufhin wollte er nun doch sterben, aber jetzt wollte der Tod ihn nicht mehr. Der Kaufmann suchte den Tod nachts in einer Kirche auf. Er kletterte über eine Leiter, die von Arbeitern stehen gelassen worden war, unters Dach und wartete. Er wartete so lange, bis er geschrumpft und versteinert war.

Max stützte sich mit einer Hand am Altar ab und sah nach oben. Die Ahrensburger Bonifatiuskirche besaß Ähnlichkeit mit der katholischen Sankt-Nikolauskirche in Kiel, die er als Kind mit Großmutter oft besucht hatte. Unterhalb des Kirchendachs verlief ringsherum eine bunte Fensterreihe. Die roten, blauen und gelben Scheiben zeigten Priester, Esel, Kruzifixe und Nonnen in ihren Gewändern. Darüber wölbte sich ein dreigeteiltes, weiß gekalktes Kuppeldach, das von steinernen Rippenbogen getragen wurde.

Damals, in der Sankt-Nikolauskirche, hatte Großmutter gesagt, der versteinerte Kaufmann säße noch heute unter dem Dach und schaue auf die Gläubigen herab. Max hatte bei jedem Gottesdienst Ausschau nach ihm gehalten, doch der Steinalt war nie zum Vorschein gekommen.

Max' Blick wanderte an der Decke entlang. Vielleicht hatte sich der Kerl ja hier irgendwo versteckt und nicht in Kiel. Der mehrteilige Kuppelaufbau schien sich zu bewegen, doch außer den Rippenbogen und den gekalkten Flächen dazwischen war nichts zu sehen. Langsam ging er zurück zum Ausgang, während er die Kuppel nicht aus den Augen ließ. Doch die Steinfigur zeigte sich auch hier in Ahrensburg nicht.

Großmutter war in der Kirche in Kiel getauft und konfirmiert worden, und dort hatte auch der Trauergottesdienst für sie stattgefunden. Vierzig Jahre war das jetzt her, vierzig Jahre, in denen Max nur ein einziges Mal wieder ein Gotteshaus betreten hatte. Hier und heute war das zweite Mal, und er hatte keine Ahnung, warum.

Die Luft war kalt, seine Schritte hallten in dem riesigen Gewölbe. Das Hauptschiff war lichtdurchflutet und maß eine Höhe von wenigstens fünfunddreißig Metern. Über dem Altar aus Kalkstein hing ein großes, bronzenes Kruzifix. Links daneben führten einige Stufen hinauf zur Kanzel. Sie war aus weißem Holz gefertigt und rundherum mit goldenen Ornamenten und Bildern von Geistlichen verziert. Sie trugen lange Gewänder und auf den Köpfen prunkvolle Bischofsmützen. Zu ihren Füßen lagen Menschen, die flehend emporschauten, während die Kirchenmänner ihre rechte Hand über ihren Köpfen erhoben.

Jeden Sonntag hatte Max mit Großmutter den Gottesdienst besucht und rauf zur Kanzel gestarrt, während der Pfarrer die Predigt vorgelesen hatte. Großmutter hatte Wert darauf gelegt, dass Max seine besten Kleider anzog. Eine dunkelbraune Cordhose und einen grauen Wollpullover, dessen kratzender Rollkragen ihn manchmal wie Gottes Zeigefinger zur Aufmerksamkeit gemahnt hatte, wenn er zwischendurch an alles Mögliche dachte, nur nicht daran, der Predigt zu folgen. Hatte er sich in solchen Momenten ertappt gefühlt, war das Jucken am Hals zur Qual geworden.

Dennoch: Max hatte als Kind gern den Gottesdienst besucht. Er war fasziniert gewesen von den Menschen, über die in der Bibel berichtet wurde, von Moses etwa, der die Zehn Gebote auf dem Berg Sinai empfangen und der Menschheit verkündet hatte. Oder von Jona, der von einem Wal verschluckt und wieder an Land gespien wurde. Als Kind hatte Max sich gefragt, wie es wohl in einem Wal aussah und ob es überhaupt genügend Licht gab, um die Hand vor Augen zu erkennen. Dass die Geschichte biologisch-medizinisch betrachtet an den Haaren herbeigezogen war, war Max natürlich erst Jahre später klar geworden, als Kind machte man sich da aber die dollsten Vorstellungen. Die Kritik der reinen Vernunft kam erst mit dem Erwachsenwerden. Vielleicht hatte Maria deshalb so oft davon gesprochen, dass man sich immer eine Restportion Kind bewahren sollte.

Vorgestern früh hatte Max ihren Puls gemessen, der allmählich flacher geworden war. Sein Kinn hatte dabei gezittert, er hatte sich gehasst für das, was er tat, und schon kurz darauf ihre kalte Stirn geküsst. Seine Tränen waren auf ihr Gesicht gefallen. *Mach's gut, Maria, à bientôt.*

Max schüttelte den Kopf über sich selbst. Er gehörte nicht in eine Kirche, schon lange nicht mehr. Aber ihr Licht hatte vorhin, als er die Straße entlanggegangen war, so warm und weich durch die Ornamentfenster nach draußen gestrahlt. Diese beiden Polizeibeamten vorhin, Pfeiffer und Witt, hatten ihr Übriges dazu getan, dass Max starr vor Kälte geworden war. Da war das Licht so einladend gewesen, wie eine Hand, die ihm entgegengestreckt wurde.

Er hatte vor Jahren mit dem Glauben abgeschlossen. Gott hatte es noch nie gut mit ihm gemeint. Es gab für Max keinen Grund mehr, zu diesem Gott aufzuschauen oder ihn gar zu verehren. Das hatte er lange genug getan, hatte sich immer wieder angeboten als Diener, aber Gott hatte ihm in die Suppe gespuckt. Nur diesmal nicht, bei Maria, da hatte Max die Fäden in der Hand behalten. *Damit hast du nicht gerechnet, was, du verlogener Gott, du. Ich habe es dir gezeigt, diesmal war ich schneller, diesmal ist deine perfide Rechnung nicht aufgegangen.* Das war ein Grund zu feiern, aber bestimmt keinen Gottesdienst.

Max entzündete eine Kerze am Tisch rechts neben der Eingangstür und stellte sie zu den anderen. Die kleinen Flammen züngelten unruhig, auch wenn keinerlei Luftzug zu spüren war.

Eine kümmerliche Vase mit einem Trockengesteck befand sich links auf dem Tisch, daneben stand eine runde Schale aus hellem Holz. Sie sah unbenutzt aus. Max nahm sie vorsichtig in die Hand und betrachtete sie von allen Seiten. Das Holz war kalt, aber weich und geschmeidig. Sie war aus einem Stück gefertigt und leicht, er tippte auf Kiefer. Max roch daran, aber außer Holz konnte er keine weiteren Gerüche wahrnehmen. Er stellte sie zurück. Es war Marias Schale, beschloss er. Sie war leer. *Schau her, Maria. Du musst keine Angst mehr haben, du bist außer Gefahr.*

Er schloss die Augen und konnte seinen Atem hören, der im Kirchenschiff hallte.

»Verzeihung, suchen Sie etwas?« Ein alter, mit Hut und Mantel gekleideter Mann, der in der hintersten Bankreihe saß, lächelte Max an. Er musste gekommen sein, als Max am Altar gestanden hatte. Die Haut des Alten schimmerte grau und hing faltig herab, weiße Bartstoppeln wuchsen ihm auf Kinn und Wangen.

Max fror, Gänsehaut hatte sich auf seinen Armen breitgemacht. »Ich, äh … ich …«

»Setzen Sie sich doch«, sagte der Mann, der offenbar nichts Besseres zu tun hatte, als an einem eisigen Spätnachmittag im Januar eine menschenleere Kirche aufzusuchen.

Er setzte sich neben den Alten auf die Bank. Der Mann roch nach einem Hauch Gin. »Ich mache mir nicht viel aus Kirchen«, sagte Max.

»Das ist schade«, entgegnete der Alte. »Aber dann ist heute ein besonderer Tag.«

Ein besonderer Tag – da hatte er wohl recht. Maria war tot, Max hatte ihr geholfen, und jetzt saß er in einem unterkühlten Gotteshaus, von dessen Gemälden ihm hohe Kirchenmänner vorwurfsvolle Blicke zuwarfen. Es war eigenartig: Wenn Max sich auf die Blicke einließ, konnte er glauben, die Männer lebten und entstiegen jeden Moment den Kunstwerken, um auf ihn zuzugehen.

»Sie sind Herr Dr. Keller.«

»Sie kennen mich?« Max war der Mann vollkommen fremd.

»Sie haben mich mal behandelt, in Ihrer Praxis, vorn in der Landstraße. Aber das ist lange her.«

»Behandelt? Ich kann mich ehrlich gesagt nicht an Sie erinnern.«

»Das macht nichts. Das ist normal.« Der Alte griff in seine Hosentasche, zog ein Stofftaschentuch hervor und schnäuzte sich die Nase. Seine Hand zitterte. Dann faltete er das Tuch behutsam zusammen und schob es zurück in die Hose.

Maria hatte in den letzten Jahren häufig den Andachtsraum im Pflegeheim besucht. Als sie jünger gewesen war, hatte sie sich nichts aus Gott und der Kirche gemacht. Mit zunehmendem Alter war es ihr wichtiger geworden. Sie habe Frieden finden wollen, hatte sie gesagt, Frieden mit sich und der Welt. Vielleicht erging es dem Alten neben Max ähnlich.

»Kommen Sie häufiger hierher?«, fragte er.

»Oh, ja, jeden Tag, und jeden Tag erfahre ich Gottes Wort neu.« Die Sonne, die durch eines der großen, bunten Fenster schien, ließ das Gesicht des Alten gelb erscheinen.

»Was sagt er Ihnen denn, Ihr Gott?«

Der Alte kniff die Augen zusammen und wölbte die Lippen ein Stück nach vorn.

»Darf ich Ihnen eine Gegenfrage stellen?«

»Nur zu«, sagte Max.

»Woraus nährt sich für Sie Hoffnung?«

»Wie meinen Sie das?«

»Ganz einfach: Hoffen wir auf Grundlage von Erkenntnis, oder ist es gerade ihr Fehlen, das uns hoffen lässt?« Der Alte zog die Augenbrauen hoch, seine Augäpfel waren gerötet.

Er schien nicht dumm zu sein, seine Frage war berechtigt, auch wenn Max nicht wirklich wusste, worauf er hinauswollte. Aber egal, wenn es ihn schon einmal hierher verschlagen hatte, konnte er sich auch auf das Gespräch mit einem Greis einlassen. Wer weiß, vielleicht hockte der Steinalt in Wahrheit gar nicht unterm Dach, sondern saß tagtäglich hier auf dieser Bank und wartete auf Menschen, mit denen er plaudern konnte. Heute hatte es eben Max erwischt. Der Gedanke amüsierte ihn.

»Nun, ich denke, Hoffen, Wünschen, Glauben … das alles ist immer dann wichtig, wenn wir mit rationalen Gedanken nicht weiterkommen, wenn wir erkennen, dass es zwischen Himmel und Erde noch mehr gibt als Logik. Hoffnung ist eine … eine Zuflucht. Eine Zuflucht aus Hilflosigkeit.«

Der Alte schmunzelte. »Oh, ja«, sagte er. »So sehe ich es auch. Denn anderenfalls ließe uns die Metaphysik verzweifeln.« Er drehte seinen Kopf nach vorn und sah zum Altar.

Eine Weile saßen sie schweigend da. Links neben dem Altar hing ein Ölgemälde an der Wand. Darauf legte ein Geistlicher in weißem Gewand einem Mann in Lumpen eine Hand auf den Kopf. Der Mann kniete und hatte die Hände gefaltet, er blickte erwartungsvoll zum Erlöser auf.

Max gehörte nicht hierher, er war ein Fremdkörper zwischen all den Heiligen. Das letzte Mal, das er in einer Kirche gewesen war, lag lange zurück. Zehn Jahre und zehn Monate, um genau zu sein. Es war am 23. März 2010 gewesen, an einem Dienstag. Zwei Särge hatten vorne am Altar gestanden. Orgelmusik, die leise und doch ohrenbetäubend gewesen war. Bunte Wiesenblumen überall.

Heute, hier in dieser Kirche, waren keine Särge aufgebahrt. Kein Blumenschmuck, der den Altarraum füllte, keine Menschen, keine Tränen, und doch konnte Max alles davon sehen. Die Bilder verblassten nicht.

»Nichts geschieht zufällig im Leben«, sagte der Alte.

»Wie meinen Sie das?«

Der Kopf des Mannes wackelte, er konnte ihn nicht stillhalten. Sah nach Morbus Parkinson aus. Die Dopamin produzierenden Nervenzellen im Mittelhirn starben allmählich ab, dadurch kam es zu Bewegungsstörungen. Der Mann sollte es mit Cabaseril oder Pergolid versuchen.

»Sie sind aus einem bestimmten Grund hier, junger Mann.« Der Alte nickte, seine wässrigen Augen glänzten.

»So, ich muss jetzt gehen.« Max wollte aufstehen. Er brauchte Sauerstoff. Ihm war noch immer kalt, doch er spürte seine Wangen glühen. Es war ein Fehler gewesen, hier hineinzugehen, er hatte nichts in einem Gotteshaus verloren. Die kalten Wände, das Hallen der Worte, die Düsternis – alles stieß Max ab.

Der Alte ergriff seinen Arm. »Ich kann Ihnen sagen, weshalb Sie hier sind.«

Max mochte den Kerl nicht, es war falsch gewesen, sich auf ein Gespräch mit ihm einzulassen. In den Augen des Alten tanzte Kerzenlicht, und sein Griff war erstaunlich kräftig. Er schien zu lächeln, aber in seinem Blick lag ein Vorwurf.

»Sie haben sich an Gott versündigt«, sagte der Alte. »Gott gibt das Leben und er nimmt es. Sie haben unrecht getan, und nun suchen Sie nach Vergebung.«

»Lassen Sie meinen Arm los.«

Der Alte nahm seine Hand weg.

»Wovon reden Sie überhaupt?«, wiegelte Max ab.

»Das wissen Sie, Herr Keller. Ich habe Maria Linz gekannt. Sie wohnte im Luisenhof im Zimmer neben meiner Schwester. Im Garten sind wir manchmal zu dritt spazieren gegangen. Das liegt schon ein Weilchen zurück, aber es war immer sehr schön.«

Maria hatte nie erwähnt, dass sie eine Freundin im Pflegeheim hatte, und Max konnte sich an das Gesicht dieses Alten beim besten Willen nicht erinnern.

Max stand auf. Ganz egal, was der Mann wusste oder auch nicht wusste, er wollte jetzt nicht weiter mit ihm reden. Er sah auf den Alten herab, dessen Blick auf den Altar gerichtet war. Er hatte nur noch wenige Haare, und sein Schädel war gesprenkelt mit Pigmentflecken. Wäre der Mann nicht so alt gewesen – Max hätte ihn ohrfeigen können. Dieser Kerl wusste nichts, gar nichts. Saß hier und machte einen auf weise.

»Ich wünsche Ihnen einen schönen Tag«, sagte Max und ging.

Bevor er die Tür öffnete, rief der Alte durch das riesige Kirchenschiff. »Und ich hörte eine Stimme vom Himmel her rufen: Schreibe! Selig die Toten, die im Herrn sterben, von jetzt an.«

Max drehte sich zu dem Alten um und ergänzte: »Ja, spricht der Geist, sie sollen ausruhen von ihren Mühen; denn ihre Werke begleiten sie.«

Der Alte drehte sich um und starrte ihn an.

Max ging noch einmal zu ihm. »Die Offenbarung des Johannes«, sagte er. »Vierzehntes Kapitel. Ich kenne die Bibel. Ich kenne sie besser, als mir lieb ist. Versuchen Sie nicht, mich mit dem Wort Gottes zu beeindrucken.« Er drehte sich um und verließ die Kirche.

Draußen war die Luft kalt und frisch. Das war wirklich das letzte Mal gewesen, dass er ein Gotteshaus betreten hatte. Gott und er – sie passten einfach nicht zusammen. Gott war ein Taschenspieler, ein Zocker und ein Sadist obendrein. Er hatte vorhin durch das Kirchenfenster dieses einladende, freundliche Licht auf die Straße geschickt, und Max war darauf hereingefallen.

Was für ein kauziger Spinner dieser Alte war. Er hatte keine Ahnung vom Leben, und deshalb hatte er auch keine Ahnung vom Tod. Es gehörte nicht viel dazu, Bibelsprüche auswendig zu lernen und sie in die Welt hinauszuposaunen, das konnte Max auch. Jacobus zum Beispiel: *Des Menschen Zorn tut nicht, was vor Gott recht ist.* Das war auf den ersten Blick konsequent und richtig. Sah man jedoch genauer hin, wurde deutlich, wer Diener war und wer Herr. Immer, durch die gesamte Bibel hindurch, ging es um des Menschen Unterwürfigkeit vor dem Herrn. Er: der Allmächtige. Die Menschen: seine Schafe. Warum hatte in der jahrtausendealten Menschheitsgeschichte nie jemand danach gefragt, wie es wohl gewesen wäre, wenn man das Verhältnis umgedreht hätte? *Gottes Zorn tut nicht, was vor den Menschen recht ist.* Eine Umkehr der Hierarchien wäre das gewesen, und Gott, dieser Kartenspieler, hätte endlich was zu hören bekommen, wenn er mit seinem Zorn die Welt verdarb.

Eines stand fest: Max hatte für Maria getan, was getan werden musste. Jeder Handgriff war ihm schwergefallen, er hatte sich dafür gehasst. Aber er hatte sich nicht versündigt, das ganz sicher nicht. Und was ging das schon einen alten Mann an, den er nicht einmal kannte.

Umkehr der Hierarchien – das war gut. Die eigene Unterordnung drehte sich zur Überordnung. Maria erweckte das nicht wieder zum Leben. Aber in diesem Licht betrachtet, war ihr Leiden auch nicht mehr in Gottes Hand gewesen. Max hatte Gott um einen Trumpf gebracht. Endlich.

Er zog die gefalteten Seiten aus der Innentasche seiner Jacke und betrachtete sie im diffusen Licht der gelben Straßenlaterne. Wie gut, dass er alles kopiert hatte – Marias Patientenverfügung, die Vorsorgevollmacht, ihren Abschiedsbrief. Er nahm sein Handy und wählte Jonas' Nummer.

7

HAMBURG, NAHE LANDUNGSBRÜCKEN, JANUAR 2021

Der Unterbau eines Schiffs war das Wichtigste. Viele glaubten, die Segel oder das Ruder seien es, aber das stimmte nicht. Wenn die Segel oder das Ruder nicht mehr funktionierten, konnte man den Kahn immer noch in den Hafen bringen. Bei einem defekten Rumpf dagegen, in den Wasser eindrang, wurde das schon schwieriger. Das Schiff sog sich langsam voll, wurde schwerer und schwerer, und irgendwann bekam man das Wasser nicht mehr fort. Keine Ahnung, warum die meisten von Jonas' Segelfreunden Geld und Arbeit auf Taue, Segeltuch und Pinne verwendeten, während das Holz ihrer Schiffe verfaulte. Hobbysegler. Sie waren die Mehrheit, aber was sollte es, Jonas blieb seiner Philosophie treu. Und deshalb mussten die Planken an der Unterseite raus.

Er setzte die Handkreissäge an. Die Späne flogen, es roch nach warmem Holzschnitt, die Zähne des Rundblatts fraßen sich souverän vorwärts. Das Kreischen der Säge erfüllte die ganze Halle. Es war lange her, dass er am Schiff gearbeitet hatte. Es tat gut, raus zu sein aus den Akten, raus aus der Theorie. Er konnte Handwerker verstehen, die abends nach Hause kamen und zufrieden waren mit dem Tagessoll, das sie erfüllt hatten. Wenn der Fliesenboden ordentlich gelegt war oder die Fassade richtig gedämmt. Sie hatten ein Ziel, und sie hatten es erreicht. Ein Staatsanwalt dagegen kämpfte regelmäßig gegen Windmühlen, selbst wenn das Gericht seinem Antrag folgte und der Angeklagte hinter Schloss und Riegel kam. Aber das war etwas anderes. Das Werk eines Staatsanwalts blieb vage. Es war unsichtbar, ein Ideal, wie das Recht überhaupt. Es funktionierte nur, wenn die Menschen daran glaubten. Wie bei einem hölzernen Schiffsrumpf, dem sich die Mannschaft auf hoher See anvertraute. Wenn er morsch war, musste er erneuert werden. Immer wieder. Es war statisch – aber nur auf Zeit.

Die morschen Holzplanken fielen zu Boden, das schimmlige Brackwasser, das sich im Rumpf gesammelt hatte, floss auf den Hallenboden. Jonas legte die Kreissäge beiseite und stieg vom Gerüst. Er wischte sich den Schweiß und das Sägemehl aus dem Gesicht und ging rüber zur Werkbank.

In der Halle, die sicher zwanzig mal sechzig Meter maß, machten sich zwei Männer an einem Schiff zu schaffen. Jonas kannte sie nicht. Sie schliffen die Decksplanken ab und hoben nur kurz die Hand zum Gruß.

Jonas öffnete die unteren beiden Türen seiner Werkbank und holte Pappe hervor, um sich Schablonen für die Zuschnitte zu zeichnen. Hinter ihm quietschten die rostigen Scharniere des Hallentors. Ein Torflügel öffnete sich nach innen, und ein Mann trat ein. Jonas erkannte ihn erst auf den zweiten Blick.

Max, eingehüllt in eine dunkelgrüne Wachsjacke, war alt geworden. Noch immer zog er das linke Bein nach, aber das war es nicht. Seine Haare waren kurz und grau geworden, seine breite Statur wirkte schwerer und unbeweglicher als früher, wenn er jetzt vor Jonas stand und ihn durch seine gelben Brillengläser ansah.

»Du kannst so was doch überhaupt nicht«, sagte er und lächelte.

»Na, jedenfalls besser als du.« Jonas legte die Schablone auf der Werkbank ab, die Männer umarmten sich.

»Lange her«, sagte Max.

»Ziemlich lange. Willst du ein Bier?«

»Nichts lieber als das.«

Jonas ging zum Kühlschrank, holte ein alkoholfreies und ein echtes Bier heraus und öffnete sie. Das echte gab er Max, sie stießen miteinander an.

Max trug seine Brille mit den gelben Gläsern. Sein Gesicht war blass und voller Bartstoppeln. Dennoch: Er schien der Alte zu sein, das Lächeln in seinem Gesicht war warmherzig wie eh und je. Er deutete zum aufgeständerten Schiffsrumpf. »Die Alethea. Dass ich die noch mal wiedersehe. Da hast du dir ja was vorgenommen.«

»Ich kann dir sagen … Aber Reben wird sich freuen. Er hat sie mir vor ein paar Jahren für kleines Geld vermacht.«

»Reben lebt noch? Wie alt ist er denn jetzt?«

»Sechsundachzig«, antwortete Jonas. »Und topfit. Vor allem in der Rübe.«

»Scheiße«, sagte Max.

»Warum scheiße?«

»Weil ich ihm schon vor Jahren versprochen habe, ihn zu besuchen im Stift.«

Das war das Eigenartige bei alten Menschen, die man mehr als sein halbes Leben kannte. Jonas hatte auch immer ein schlechtes Gewissen, ganz gleich, ob er Reben besuchte oder nicht. Vielleicht hing das mit einer natürlichen Autorität des Alters zusammen. Man fragte sich, wie man es ihnen recht machen konnte, und schon bei der Frage hatte man Sorge, an der Antwort zu scheitern. Wenn Jonas bei ihm war, rang er oft nach Worten, weil er den intelligenten, großen Mann von einst nicht mit Geschwätz langweilen wollte. Doch besuchte er ihn nicht, verlangte sein Verantwortungsgefühl, sich mehr um den einsamen Mann zu kümmern. Dabei wusste Jonas gar nicht, ob er seinen alten Professor jemals gelangweilt hatte oder ob er wirklich einsam war. Vielleicht sollte er ihn einfach das nächste Mal fragen.

Drüben am anderen Schiff arbeiteten sie mit dem Bandschleifer, ein sonores Dröhnen erfüllte die Halle.

Max nippte an seinem Bier und starrte zu Boden. »Maria ist tot.«

Jonas stand an der Werkbank neben ihm, Max' Schulter lehnte direkt an seiner. Er hatte den Eindruck, dass Max zitterte. Jonas drehte sich zur Seite und nahm Max in den Arm. Der umklammerte Jonas' Rücken.

»Was ist passiert?«, fragte Jonas.

Max löste sich aus der Umarmung. »Ich habe mich noch nie so beschissen gefühlt.«

Max hatte eine Alkoholfahne, doch betrunken wirkte er nicht. Er stand gerade, ohne zu schwanken, und er sprach klar und deutlich, wenn auch leise. Sein Blick schien starr auf seinen Schuhen zu kleben, er sah kaum auf.

»Bist du mit dem Auto hier?«, fragte Jonas.

Max schüttelte den Kopf. »Keine Sorge. Ich habe mir von Ahrensburg ein Taxi genommen.« Auf der Arbeitsfläche der Werkbank fuhr er mit dem Zeigefinger ein paar der Furchen ab, die das Holz über die Jahre abbekommen hatte. Tiefe Furchen, Brandlöcher vom Lötkolben, Farbspritzer, verunglückte Nägel. Max' Fingern schien nichts zu entgehen. Er ließ sich Zeit beim Ertasten der Unebenheiten.

»Sie wollte sterben«, sagte er. »Sie wollte nicht sabbernd im Lehnstuhl sitzen und nichts mehr mitbekommen vom Leben. Wir sind das oft durchgegangen in den letzten Jahren, immer wieder. Und ihr Entschluss stand fest.«

Das passte zu Maria, sie war konsequent gewesen. Wenn Schluss war, war Schluss, ob in einer Beziehung zu einem Mann oder gegenüber einer Freundin, die sich aus Marias Sicht zu einer Ziege entwickelt hatte. Allerdings hatte sie immer am Leben gehangen. Solange Jonas sie gekannt hatte, war ihr das Leben mit all seinen Möglichkeiten und Schönheiten, wie sie es nannte, unendlich viel wert gewesen. Schwer vorzustellen, dass sie Zettel und Stift in die Hand genommen und nüchtern kalkulierend ihren Tod organisiert haben sollte. Konsequenz hin oder her – *das* passte nicht zu ihr.

Drüben am anderen Schiff erzählten sich die Männer irgendetwas und lachten; das Arbeiten hatten sie eingestellt. Sie stießen mit ihren Bierflaschen an. Ein kalter, trockener Wind fegte über den Betonboden und wirbelte Sägemehl auf. Max hatte vorhin, als er in die Halle kam, das Tor nicht ganz geschlossen.

»Mir geht es mit Maria wie dir mit Reben. Ich habe sie vor anderthalb Jahren das letzte Mal besucht und ihr versprochen, regelmäßiger zu kommen.« Jonas nippte an seinem Bier, der Hopfen war bitter. Er war eben – obwohl in Hamburg geboren – doch kein richtiger Norddeutscher, da hatte Maria schon recht gehabt. Sie hatte es nie böse gemeint, wenn sie das gesagt hatte. Vielleicht war ihr das Leben an der Nordsee auch zu rau gewesen. Sie hatte manchmal so Andeutungen gemacht oder einen betrübten Blick in den Augen gehabt, wenn sie über die Dünen hinaus aufs Meer gesehen hatte. Dann konnte sie melancholisch werden und schien irgendetwas zu vermissen. Doch darüber gesprochen hatte sie nie, und jetzt war es dafür zu spät.

»Du hast ihr geholfen, oder?«, fragte Jonas, obwohl er die Antwort ahnte.

»Ja, das habe ich.«

»Wie? Wie habt ihr es gemacht?«

Max ging zum aufgeständerten Schiff und strich mit der flachen Hand über den Holzrumpf. Er griff in das Loch, das im Holz klaffte, und hatte im selben Augenblick ein Stück morsche Rumpfplanke in der Hand. »Oje«, sagte er. »Da hast du dir aber was vorgenommen.« Er legte das faulige Brett auf den Boden.

»Mach ruhig weiter«, entgegnete Jonas. »Das wird nicht das letzte bleiben, das raus muss.«

Wenn Max ihr beim Sterben geholfen hatte, kam es für eine mögliche Strafbarkeit seiner Handlungen darauf an, was genau er getan hatte. Schon lange war anerkannt, dass nicht jede Form der Sterbebegleitung strafrechtlich sanktioniert wurde, doch die Grenzen verliefen fließend, und ein schwierig zu erfassender Graubereich bestand bis heute.

Max nahm einen Lappen von der Werkbank und wischte sich damit die Hand sauber. Seine Bewegungen waren langsam, jeden Finger rieb er einzeln ab. Maria hatte ihm alles bedeutet. Für ihn war sie seine Familie gewesen, seine Zuflucht. Sie war der Mantel gewesen, den er anzog, wenn er gefroren hatte. Zwei Verbündete, einer des anderen Halt. Er konnte ihr unmöglich etwas angetan haben, was sie nicht gewollt hatte.

»Sie hatte wahnsinnige Angst vorm Sterben«, sagte Max und legte den Lappen behutsam auf die Werkbank zurück. »Ich musste ihr versprechen, dass sie nichts mehr mitbekommt, wenn ihre Atmung langsamer wird und sie allmählich erstickt. Wenn wir uns darüber unterhalten haben, hat Maria manchmal die Luft angehalten, solange sie konnte, um auszuprobieren, was mit ihr geschieht, was sie fühlt. Sie konnte es sich nicht vorstellen, dass sie ohne Schmerzen und Panik gehen würde, einfach einschlafen. Aber sie hat mir vertraut. Und ich habe sie nicht enttäuscht.«

»Wie habt ihr es gemacht?«, fragte Jonas noch einmal.

»Ich habe ihr Chloroquin und Diazepam gegeben und dann noch MCP.«

»MCP?«, fragte Jonas.

»Metoclopramid – ein Mittel, damit sie die Tabletten nicht gleich wieder ausbricht. Sie wurde erst bewusstlos, dann sind Herz und Atmung stehen geblieben. Sie hat nichts gespürt.«

»Hat sie das alles selbst eingenommen?«

Drüben drehten die Männer ihr Radio lauter. Sie saßen auf zwei Holzkisten vor ihrem Schiff und sahen sich irgendetwas auf einem Handy an. Immer wieder lachten sie und zeigten abwechselnd auf das kleine Display.

Max kaute auf seiner Unterlippe, an einer Stelle war die Haut gerissen und blutete. Er setzte seine Brille ab und rieb sich die Augen. »Deshalb bin ich hier, mein Freund. Du musst mir helfen.«

Jonas' Telefonat mit Gerd lag nur wenige Stunden zurück. Er wusste, dass er sich nicht dämlich anstellen durfte in den nächsten Monaten. Dann ging alles glatt, und er würde Generalstaatsanwalt. Im Grunde verlief das Leben an Land genauso wie das auf See: In einem Moment war das Wasser ruhig, es lag sanft da und schlummerte, und der Wind blähte freundlich die Segel. Das Schiff hatte Fahrt aufgenommen und glitt dem Horizont entgegen. Bis plötzlich dunkle Wolken aufzogen und mit einem Mal klar war, dass es nicht mehr lange dauern würde, bis das Unwetter auf einen herabstürzte. Max war sicher nur aus einem Grund hergekommen. Er hatte Sterbehilfe geleistet und trug jetzt die nicht unberechtigte Sorge in sich, eine rechtliche Grenze überschritten zu haben. Also suchte er den Rat seines Freundes, der sich im Strafrecht auskannte wie kaum ein Zweiter. Das Problem war nur: Als Staatsanwalt stand Jonas auf der anderen Seite, er vertrat die Anklage. Was Max brauchte, war eine Verteidigung. Und jede Art der Hilfe, die er von Jonas forderte, konnte nur einen bedenklichen Eingriff in ebendieses Koordinatensystem darstellen; das konnte er unmöglich von Jonas verlangen.

Max' Augen tränten.

»Hey«, rief Jonas zu den beiden Männern am anderen Schiff hinüber. »Stört es euch, wenn ich die Deckenfluter ausmache?«

»Kein Problem«, rief einer von ihnen zurück.

Jonas trat ans Eingangstor. Er schaltete das grelle Licht aus und eine Leuchte an, die direkt neben dem Tor an der Wand hing. Er ging zurück zu Max und ließ sich auf der Kiste nieder, in der er Taue, Planen und Winschkurbeln verstaut hatte. Max setzte sich neben ihn, er streckte das linke Bein von sich und fasste sich ans Knie. »Danke«, sagte er.

»Deine Augen sind nicht besser geworden, was?«

Max lachte bitter. »Wenn das so weitergeht, sehe ich bald gar nichts mehr.«

Die Männer drüben rauchten und tranken Bier und blickten auf ihr Handy. Sie waren ganz mit sich beschäftigt, Max konnte also ganz offen sein. Doch er verbarg etwas, Jonas spürte das. Jonas war sein Freund, es spielte keine Rolle, dass sie sich vier oder fünf Jahre nicht gesehen hatten. Sie hatten nur selten miteinander telefoniert und sich ab und an ein paar Fotos per WhatsApp geschickt, um bei dem anderen nicht völlig in Vergessenheit zu geraten.

Jetzt saß Max hier, hier in der Schiffshalle bei ihrer alten Alethea. Er zog wie früher sein Bein nach und trug die Brille mit den gelben Gläsern. Seine Stimme – warm und tief – klang wie damals, und auch der Stoppelbart war noch da, auch wenn er inzwischen grau schimmerte. Fast dreißig Jahre lag ihre gemeinsame Studienzeit zurück, und obwohl sie sich lange nicht gesehen hatten, fehlte nicht viel, und Jonas stand wieder mit Max an Deck ihres Schiffes und fuhr mit ihm unter dem Jubel der Zuschauer in den Kieler Hafen ein.

Dennoch – sosehr Jonas sich seinem alten Freund verbunden fühlte, so sehr spürte er eine Distanz. Max durfte Jonas alles anvertrauen, selbst etwas so Aberwitziges wie die Behauptung, er habe Maria mit einem Kissen erstickt oder mit bloßen Händen erwürgt. Jonas würde alles für sich behalten – aber er würde Max nicht helfen. Das ging zu weit. Jonas durfte sich auf seiner eigenen Zielgeraden keinen Patzer erlauben.

Drüben lachten die Typen schon wieder laut auf. Allmählich wurde es Jonas zu viel. Sie saßen doch nicht am Tresen einer lausigen Kneipe, sondern in der Schiffshalle eines renommierten Segelklubs. Das war kein Ort für alkoholgeschwängerte Gespräche – und überhaupt: Was die sich die ganze Zeit zu erzählen hatten, konnten sie ja auch in irgendeiner Kneipe oder bei sich zu Hause besprechen.

Jonas sah Max ins Gesicht, seine Lippen waren trocken und spröde. »Hör mal … Ich denke, ich muss dir nicht sagen, dass ich auf der anderen Seite stehe. Ich bin Staatsanwalt. Was du brauchst, das ist ein Verteidiger, nicht mich.«

Max setzte seine Brille auf. »Nein, Jonas. Ich brauche dich. Ein Verteidiger ist schön und gut. Aber der kennt mich nicht. Vorhin waren schon zwei Kerle von der Mordkommission in der Praxis und haben Fragen gestellt.«

Mordkommission – die Kripo hatte also gleich den großen Besteckkasten aufgemacht. Ihr Leiter, Claas Witt, war ein hervorragender Ermittler, Jonas arbeitete gern mit ihm zusammen. Aber er war auch ein Heißsporn.

»Was hast du ihnen gesagt?«

»Nichts. Nur, dass Maria die Medikamente selbst eingenommen hat. Aber das werden sie mir nicht lange abkaufen.«

»Warum nicht?«

Max holte Luft. »Maria hatte Alzheimer, vorgerücktes Stadium.«

Die Männer an der anderen Ecke der Halle entschlossen sich endlich zu gehen. Sie kamen auf Max und Jonas zu. Sie hatten sich gegenseitig den Arm um die Schulter gelegt und torkelten lachend an ihnen vorbei. »Viel Spaß«, wünschten sie noch, bevor das Hallentor quietschte und mit einem Knall ins Schloss fiel.

Draußen ertönte ein Schiffshorn – das Zeichen der Schlepper, die einen Containerriesen durch die Elbe in den Hafen brachten. Im Inneren der Halle knackte leise ein Heizkörper.

Alzheimer. Vorgerücktes Stadium. Jonas wusste davon, die Diagnose hatte sie an ihrem sechsundsechzigsten Geburtstag erhalten, gut zehn Jahre war das jetzt her. Er hatte davon erfahren, als er Maria das letzte Mal besucht hatte im Pflegeheim vor anderthalb Jahren. So lange hatte er keinen Kontakt mehr zu ihr gehabt. Immer war alles andere wichtiger gewesen, der Job, seine Ehe, auch wenn sie längst im Eimer war, das Segeln. Ständig war da etwas gewesen, das ihn davon abgehalten hatte, Maria zu besuchen. Und ein Besuch – mein Gott –, er hätte nicht mehr als drei Stunden in Anspruch genommen, wenn überhaupt. Drei Stunden. Für sie wäre es viel mehr gewesen.

Jonas hob das morsche Holz vom Boden auf und warf es in die kleine Kunststoffwanne zum Verschnitt. Seine Narbe am Kinn begann zu stechen. Er hielt inne und stand einen Moment regungslos da. Drei Stunden – Maria hätte geweint vor Freude. Er legte seinen Kopf in den Nacken und sagte leise und mehr zu sich selbst: »Scheiße.«

Max hockte noch immer auf der Holzkiste. Er zog mit seiner Schuhspitze die Fugen des Betonpflasters auf dem Boden nach.

»Du lässt ewig nichts von dir hören, und jetzt kommst du hierher, weil ich dir in einem möglichen Strafprozess helfen soll, ausgerechnet ich – als Staatsanwalt. Wie stellst du dir das vor? Hast du eine Ahnung, was du da von mir verlangst?«

Die Worte kamen schnell über Jonas' Zunge, und zu laut waren sie wohl auch. Aber das machte nichts. Max sollte nur merken, dass Jonas verärgert war. Er konnte nicht einfach in sein Leben platzen, das zumindest beruflich in geregelten Bahnen verlief. Max konnte nicht mal so eben hier aufkreuzen und alles durcheinanderbringen. Jonas hatte ihm viel zu verdanken, keine Frage. Aber Schuld war irgendwann abgetragen, sie hielt nicht ewig, sie verblasste mit den Jahren. Seit dem Unfall waren zweieinhalb Jahrzehnte vergangen, ein Vierteljahrhundert. Nach so langer Zeit konnte keiner mehr ein Faustpfand einlösen.

Max sprang auf und packte Jonas fest am Arm. »Hab ich damals gezögert? Hab ich eine Sekunde darüber nachgedacht, ob ich dir den Arsch rette? Nein, das habe ich nicht, falls du dich erinnern kannst. Weil ich wusste, was für dich auf dem Spiel steht. Jonas, die Praxis ist alles, was ich noch habe. Wenn ich ein Berufsverbot kriege, bin ich erledigt. Ich habe dich nie um einen Gefallen gebeten, die ganzen Jahre nicht. Aber jetzt brauche ich dich, verdammt noch mal.«

»Lass mich los.« Jonas zog seinen Arm weg. Er nahm die Handkreissäge von der Werkbank, wickelte das Stromkabel auf und packte sie in den Schrank.

Irgendwann hatte der Tag kommen müssen. Das Band von damals wurde zur Schlinge, Jonas hatte es schon in der Nacht des Unfalls gewusst. Keine Freundschaft war so selbstlos, dass die Vergangenheit sie nicht einholen konnte. Sehenden Auges hatte er sich erpressbar gemacht, getragen von der irrsinnigen Hoffnung, die Zeit werde es richten, die Zeit werde die Wahrheit unwahr machen und die Realität verblassen lassen. Was für eine Naivität.

»Ich habe Schulden, Jonas, eine Menge Schulden. Solange ich noch arbeiten kann, halte ich den Kopf über Wasser. Aber wenn die mir meine Zulassung wegnehmen … Du musst mir helfen.«

»Schulden? Du bist Arzt, du verdienst gut.«

»Ich habe noch immer die Praxis abzubezahlen, und dann sind da manchmal ... na ja, ein paar Extras, wenn du verstehst, was ich meine.«

»Prostituierte?« Jonas war erstaunt über sich, er war sonst nicht so direkt.

»Quatsch«, antwortete Max gereizt. Die Haut über seinen Wangenknochen war gerötet. »Aus dem Alter bin ich raus. Nein, ich fliege öfter in die Staaten, nach Florida, sonst ersticke ich hier. Ich sammle Armbanduhren. Und Rotwein. Erinnerst du dich noch an die IWC, die Reben damals getragen hat? Die *Big Pilot*. Ich hatte gerade zusammen mit Michelle die Eigentumswohnung gekauft, war völlig blank, aber die IWC, genau das gleiche Modell, das Reben hatte – die musste sein. Hat neu damals über zwanzigtausend Mark gekostet.« Max hielt Jonas das linke Handgelenk mit der Uhr entgegen. »Läuft immer noch.«

Eine schöne Uhr, aber Jonas wäre im Leben nicht darauf gekommen, so viel Geld dafür auszugeben.

»Die Praxis wirft nicht mehr viel ab. Das Röntgengerät ist uralt. Meine Bordeauxsammlung im Keller ist mehr wert. Da solltest du mal durchschauen. Ich habe sogar noch einen St. Emilion Grand Cru classé, 1986er Jahrgang. Die Pulle allein ist locker ein paar Hunderter wert. Nur von meinen Scheißkrediten komme ich nicht runter. Bisher hat das alles gepasst, irgendwie ... auf Knirsch ist es immer weitergegangen. Aber ...«

»Aber?«

»Wenn ich nicht mehr als Arzt arbeiten kann, geht das Licht aus. Endgültig.«

Das hatte er sich ja früh überlegt. Max hatte noch nie mit Geld umgehen können, schon als Student nicht. Tagsüber hatte er im Hörsaal gesessen, nachts war er Taxi gefahren. Es war Jonas ein Rätsel gewesen, wann er schlief oder für Klausuren lernte. Doch anders hätte er sich die Rotweine, die er schon damals kistenweise gekauft hatte, nicht leisten können. Jonas musste an die vielen Bierrunden in der Kneipe denken, die Max geschmissen hatte, oder die Besuche beim Griechen, wenn er ohne besonderen Grund gleich zehn Freunde auf einmal zum Essen eingeladen hatte. Schon damals lag der Gedanke nah, dass Max Keller der Welt etwas beweisen musste.

Jonas nahm Hammer und Meißel von der Werkbank und verstaute sie in der Schublade darunter. Er wischte mit dem Handtuch über die Fläche, Staub wirbelte auf.

Max sagte: »*Quid pro quo*. So nennt ihr Juristen das doch, oder?«

Jonas legte das Tuch in den Wandschrank und schloss die Tür. »Weißt du, was ich nicht verstehe, Max?«

»Was?«

»Offenbar hast du damit gerechnet, dass das, was du tust, strafbar ist – warum hast du es dann überhaupt getan? Ich meine ... Selbst wenn es Marias Wunsch war – du wusstest doch, dass du in dem Moment vielleicht sogar einen Mord begehst. Und jetzt kommst du hierher, erzählst mir was von finanziellen Schwierigkeiten und erwartest meine Hilfe. Hast du noch alle Tassen im Schrank?«

Max zündete sich eine Zigarette an und blies den Rauch in die Halle. »Du irrst dich, Jonas. Es war kein Unrecht. Ich habe ihr die Tabletten gegeben, ja, weil sie selbst nicht mehr dazu in der Lage war. Aber sie wollte es so. Genauso hatten wir es vereinbart. Sie wollte sterben, und ich habe ihr bei diesem Wunsch geholfen. Ist das Unrecht?«

Was Unrecht war und was nicht, entschieden weder Max noch Jonas. Es gab Gesetze dafür, Vorschriften, Paragrafen, die für alle gleich waren, auch für Max Keller, der für den Tod seiner Tante zumindest mitverantwortlich war. Aber das hatte Jonas nicht zu entscheiden.

Jonas hätte sich damals bei dem Unfall nicht darauf einlassen dürfen, an der Wahrheit zu drehen. Er war gefahren, und er war es, der schuld war an Achims Tod. Sicher: Wenn er damals alles zugegeben hätte, stünde er heute nicht da, wo er war. Doch die Medaille hatte zwei Seiten. Wenn er damals alles zugegeben hätte, hätte Max ihn jetzt nicht erpressen können. Und genau das war es, was er empfand: Erpressung. Max ließ ihm keine Wahl.

»Du weißt genauso gut wie ich, dass du dich strafbar gemacht hast. Als du Maria die Tabletten in den Mund geschoben hast, war das aktive Sterbehilfe, und die ist nicht erlaubt. Mensch, Max, sei doch bitte nicht so naiv.«

Max schüttelte den Kopf und lachte. »Ihr Juristen mit eurer Haarspalterei. Du kannst mir doch nicht allen Ernstes erzählen, dass es in Ordnung ist, wenn ich einem Patienten die Tabletten nur hinstelle und er sie selbstständig einnimmt, während es verwerflich sein soll, wenn ich dem Patienten bei der Einnahme helfe, weil er selbst nicht mehr dazu imstande ist. Jonas, ich bitte dich. Da wird eine Grenze gezogen, die vollkommen willkürlich ist. In beiden Fällen will der Patient doch sterben. Und ob ich ihm nun den Becher zum Mund führe oder ihn nur auf den Nachttisch stelle, ist doch scheißegal.«

»Nein, das ist es nicht.«

»Nein? Dann erklär es mir.« Max war aufgebracht.

»Da gibt es nichts zu erklären«, gab Jonas zurück. »So ist das Gesetz, daran haben wir uns zu halten.«

»Im Gesetz steht genau diese Grenze?«

»Sei nicht albern, Max. Natürlich nicht. Aber die Rechtsprechung, die dazu ergangen ist, ist eindeutig. Seit Jahrzehnten.«

»Ach so, verstehe. Und weil die Gerichte das seit Jahrzehnten so sehen, muss es zwangsläufig richtig sein. Sag mal, merkst du nicht selbst, wie dämlich das Argument ist?«

»Darum geht es nicht.«

»Sondern?«

Jonas hatte Mühe, ruhig zu bleiben. »Tu nicht immer so, als stündest du über dem Gesetz. Das Gesetz gilt auch für dich. Und bei Abgrenzungsproblemen kommt es zwangsläufig zu der Frage, warum die Grenze da verläuft und nicht dort. Aber das hast du nicht zu bewerten, Max. Und ich auch nicht. Wir haben uns allein danach zu richten, Punkt. Wenn du Grenzverschiebungen diskutieren willst, musst du in die Politik gehen. Max, was du getan hast, war ein Kapitalverbrechen, ob Maria sterben wollte oder nicht. Also hör auf damit, strafrechtsphilosophische Grundsatzdebatten mit mir zu führen.«

Im Heizkörper gluckerte das Wasser, er hätte längst entlüftet werden müssen. Die Halle wurde nie richtig warm, auch wenn Jonas jetzt alles andere war als kalt.

Max zog sein linkes Bein nach, als er hinüber zur Kiste ging und sich wieder setzte. Er stützte sich mit dem Ellenbogen auf dem Knie ab und strich sich mit der Hand über die Bartstoppeln. Dabei starrte er zu Boden, die Stirn in Falten gezogen. »Kapitalverbrechen«, wiederholte er. »Ich habe also ein Kapitalverbrechen begangen, als ich Marias letzten sehnlichsten Wunsch erfüllt habe. Mannomann, da fährst du aber schweres Geschütz auf.«

Natürlich setzte Max das zu. Aber das lag nicht in Jonas' Verantwortung. Max war kein Jurist, doch als Arzt wusste er genau, was er durfte und was nicht. Die Rechtsprechung hatte vor Jahrzehnten diese Grenze gezogen, und sie wurde jedem Mediziner bei jeder zweiten Fortbildung eingetrichtert. Jonas hatte selbst genügend solcher Seminare gegeben. Er nahm Max die gespielte Unwissenheit nicht ab. Und was Gesetz war, galt auch für ihn, ganz gleich, ob er es kannte oder nicht.

»Die Gefahr, Jonas, liegt nicht im Relativen. Sie versteckt sich im Absoluten.«

»Wie meinst du das?«, fragte Jonas.

»Gut«, sagte Max.

Max, der Philosoph. Die Gespräche mit ihm damals waren tiefgründig gewesen, nie ohne Anspruch. Doch jetzt war nicht die Zeit für Philosophieren, jetzt kam es auf das echte Leben an.

»Weiß es Agnes schon?«

Max zuckte mit den Schultern. »Ich nehme an, eine von den Schwestern wird sie angerufen haben. Aber ich weiß es nicht.«

Jonas hatte seit Jahren nichts von Agnes gehört. Sie war nach dem Studium nach Prag gegangen. Sie hatten noch ein paarmal miteinander telefoniert, doch das hatte bald aufgehört.

»Lebt sie noch in Tschechien?«

»Keine Ahnung«, sagte Max. »Ich habe seit der Beerdigung nicht mehr mit ihr gesprochen.«

Das war vermutlich auch Jonas' letzter Kontakt zu ihr – die Beerdigung von Michelle und Clara. Er setzte sich auf die Kiste neben Max. »Sie wird durchdrehen, wenn sie es erfährt.«

Agnes und Maria – eine Hassliebe zwischen Mutter und Tochter. Zwei Alphatierchen von klugem Geist. Sie hatten sich aneinander gerieben und doch nicht ohne den anderen gekonnt.

»Sie hasst mich sowieso seit damals. Also was soll's?« Max schob Zeigefinger und Daumen an der Nasenwurzel unter die Brille und rieb sich die Augen.

Vielleicht sollte Jonas Agnes anrufen, sie vorbereiten auf das, was sich da gerade zusammenbraute. Er nahm sein Telefon aus der Hosentasche und ging seine Kontakte durch. Wenn er Glück hatte, war der Prager Festnetzanschluss noch aktuell. Er ging das Menü zurück, auf der Startseite stand Gerds Nummer, die Nummer des letzten Telefonats. Es lag keine drei Stunden zurück, doch Jonas war sich gerade nicht sicher, ob er es überhaupt geführt hatte. Noch war er nicht zum Generalstaatsanwalt ernannt worden, und natürlich warteten die anderen beiden Bewerber – darunter sein eigener Boss – nur darauf, dass Jonas einen Fehler machte. Die ganze Sache stand noch immer auf wackligen Füßen.

Er drehte sich zur Seite. »Max, ich mache das nicht. Das kannst du nicht von mir verlangen. Ich weiß, was ich dir verdanke. Aber wenn rauskommt, dass ich für dich ein Strafverfahren manipuliere, bin ich erledigt.«

Max starrte Jonas eine Weile an. Er beugte sich zu ihm vor, bis er mit seinem Mund ganz nah an Jonas' Ohr war. »Wenn du es nicht tust, bin *ich* erledigt. Und das habe ich nicht verdient, das weißt du.«

Er holte die gefalteten Papiere aus der Innentasche seiner Wachsjacke und drückte sie Jonas in die Hand. »Lies das. Maria hat alles aufgeschrieben. Ich bin kein Verbrecher, wirst sehen.« Er zog den Reißverschluss der Jacke hoch bis unters Kinn und ging zum Tor. Bevor er es öffnete, drehte er sich noch einmal zu Jonas um. »Hey, *Jones*, du bist doch Archäologe. Kennst du die Legende vom Steinalt?«

Max und seine Geschichten. Ihm fiel zu jeder Lebenslage etwas ein. Schon damals, während der Studienzeit, hatte er alle damit genervt. Jonas sah ihn wortlos an.

»Das ist aber schade«, sagte Max in das Schweigen hinein und verschwand durch das Tor, durch das er gekommen war.

Jonas betrachtete die gefalteten Seiten in seiner Hand, las Überschriften, erste Zeilen. Auf einer Seite stand: »Im Vollbesitz meiner geistigen Fähigkeiten erkläre ich Folgendes.«

Maria, Max, Agnes. Der Triumph bei der Regatta und wenig später Achims blutüberströmtes Gesicht. *Hau ab*, hatte Max zu Jonas gesagt, und Jonas war losgerannt. Der Wald war finster und nass und kalt gewesen, und eine Eule hatte in die Nacht gerufen. Jonas konnte sie noch immer hören. Ein Ruf wie eine Anklage.

8

TOLKSTORF BEI KIEL, OKTOBER 1981

Es hatte ein Scherz sein sollen, mehr nicht. Ein Schülerstreich, wie er für Sechstklässler ganz normal war, ein kleiner Ausbruch aus dem strengen Internatsalltag. Niemand war ernstlich in Gefahr geraten durch diesen Scherz, so weit wäre Max nicht gegangen. Rektor Grammel aber war er Anlass genug, den Delinquenten in der Rektorenstube antreten zu lassen.

Max stand vor dem großen Holzschreibtisch. Es war ein sonniger, kalter Freitag, an dem alle Schüler das Internat verlassen und ihre Familien bis zum Sonntagabend besuchen durften. Max war seit drei Monaten nicht zu Hause gewesen, er konnte es kaum erwarten, Großmutter endlich wiederzusehen. Sie hatte ihm geschrieben, heute Abend würde sie sein Lieblingsgericht kochen: Fischstäbchen mit Kartoffelpüree und Remouladensoße.

Das Internat Schloss Tolkstorf lag in einem Waldstück nahe Schleswig. Die Bäume warfen ihre bunten Blätter zu Boden, und das Essen im Speisesaal wurde mit jedem Tag deftiger. Immer öfter gab es Eintopf, meistens mit Kohl, Rindfleisch und Kümmel, und ebendieser Kohl war es jetzt, der in Max' Bauch rumorte.

Rektor Grammel legte die Tabakspfeife vor sich ab und erhob sich aus seinem Schreibtischstuhl. Er schritt über die knarrenden Dielen vors Fenster und sah hinaus in den großen Park mit den roten Kastanien, dem Teich und den Trauerweiden, deren Äste schlapp herunterhingen. Nur das Ticken der Standuhr in der Ecke war zu hören. Grammel hielt seine fleischigen Hände auf dem Rücken verschränkt, der Siegelring – das Zeichen des ehrwürdigen Jungeninternats – quetschte sich in die Haut des kleinen Fingers seiner rechten Hand.

»Wie lauten die Prinzipien unseres Hauses?«, fragte er.

»Würde, Wahrheit, Fleiß, Demut«, sagte Max wie aus der Pistole geschossen.

Rektor Grammel nickte in den Park hinaus. »Sehr gut, junger Mann.« Er drehte sich um und schaute Max ins Gesicht. Sein dicker Schädel glänzte zwischen dem Haarkranz. Die schwarzen Augenbrauen sahen aus wie Bürsten. Er nahm ein Stofftuch aus der Hosentasche, betupfte seine Stirn und kam auf Max zu. Ganz dicht vor ihm blieb er stehen. Grammel benutzte ein herbes Rasierwasser, es roch nach feuchtem Waldboden. Der Mann überragte ihn um mindestens zwei Köpfe.

»Weißt du, warum du bei uns bist, Max?« Seine Stimme war tief wie ein Kontrabass, sie ging durch Mark und Bein.

Die Oktobersonne fiel ins Zimmer, die Standuhr schlug dreimal zur vollen Stunde.

»Ich bin hier, damit aus mir ein anständiger Mensch wird, Herr Direktor.«

Grammel nickte. »Richtig, mein Junge. Damit aus dir ein anständiger Mensch wird.« Er beugte sich so weit herab, dass Max glaubte, die bürstigen Augenbrauen des Mannes auf seiner Stirn zu spüren.

»Und?«, fragte Grammel ruhig. »Meinst du, du bist auf einem guten Weg?«

Grammels Atem war bitter, eine Mischung aus Kaffee und Tabak. »Ich … es … es tut mir leid. Ich habe einen Fehler gemacht.« Es ging nicht mehr, er konnte seine Tränen nicht mehr zurückhalten. Er wollte nicht, dass Grammel böse auf ihn war. Max schloss die Augen und setzte sich in seine Zeitmaschine. Er musste die Augen nur fest genug zusammendrücken und die Luft anhalten. Um ihn herum wurde alles weiß, weiß und warm. Er würde durch Licht hindurchfliegen, durch einen gleißenden Tunnel, der ihn zurückbringen würde in das Klassenzimmer, in dem er die Stinkbombe, diese kleine Ampulle mit der klaren Flüssigkeit darin, zu Boden geworfen und zertreten hatte. Max würde zurückspulen wie bei seinem Kassettenrekorder und an einer Stelle einsetzen, an der die Ampulle noch unversehrt in seiner Hand lag. Diesmal ließe er Maik und Thomas, seine beiden Mitschüler, einfach stehen. Sollten sie das mit der Stinkbombe doch selber machen. Er ging einfach aus dem Klassenzimmer, ohne sich von ihnen anstacheln zu lassen. Sollten sie ihn doch einen Feigling nennen, na und? Wenn sie so mutig waren, konnten sie es ja selbst machen.

Grammel richtete sich auf. Er trat an seinen Schreibtisch und zündete sich eine Pfeife an. Rauchschwaden stiegen zur Decke. Er hustete. »Setz dich«, sagte er und deutete auf die lederne Sitzgruppe in der Ecke vor der Standuhr.

Max ließ sich in einen der Sessel fallen und versank beinahe darin. Grammel setzte sich ihm gegenüber, lehnte sich zurück und schlug die Beine übereinander. Der Sessel roch nach Leder und kaltem Tabak.

Das Zimmer war so eingerichtet, wie Max sich ein Rektorenzimmer in einem englischen Jungeninternat vorstellte. Das hatte er vor ein paar Monaten im Fernsehen gesehen, bei einer Dokumentation, die er zusammen mit Großmutter angeschaut hatte. Grammels Möbel waren aus schwerem dunklem Holz gefertigt, die beiden Sessel und das Sofa aus glänzendem weinrotem Leder. Auf dem Dielenboden lag ein großer Perserteppich, und in der Ecke tickte eine mächtige Standuhr. Fehlte nur noch eine Ritterrüstung, dann wäre das Zimmer für ein Spukschloss perfekt gewesen.

»Weißt du, mein Junge, anderen einen Streich zu spielen – so etwas habe ich in meiner Kindheit auch getan. Das gehört zum Erwachsenwerden dazu. Der Unterschied ist nur, dass ich nie jemandem damit geschadet habe. Verstehst du, was ich sagen will?«

Die Sonne stand jetzt über der Trauerweide und schien direkt durchs Fenster. Sie stach auf Max' dunkelblaue Schuluniform, ihm wurde warm. Die Luft im Zimmer war trocken und erfüllt vom

Rauch der Pfeife. Noch immer hatte er den Gestank der Buttersäure aus der kleinen Glasampulle in der Nase, sicher befand sich ein Rest der Flüssigkeit unter seinem Schuh.

»Es ist doch niemand verletzt worden«, sagte er.

Grammel ließ mit seinem Blick nicht von ihm ab. Er paffte an der Pfeife, und seine Bürstenaugenbrauen bewegten sich aufeinander zu und wieder auseinander. Sie führten ein Eigenleben und befehligten Augen, Mund und Nase, überhaupt das ganze Gesicht, in dem sie klebten. »Darüber, junger Freund, solltest du noch einmal nachdenken. Und ich bin großzügig. Du bekommst ausreichend Zeit, dir noch einmal genauestens Gedanken über den Vorfall zu machen. Ich bin deshalb so großzügig, weil ich an dich glaube, Max Keller. Du bist ein sehr guter Schüler, der beste in Mathematik. Wir werden allen da draußen zeigen, was wir für einen anständigen Kerl aus dir machen. Und dann werden alle sehen, dass du dein Stipendium zu Recht bekommen hast. Das möchtest du doch auch, oder etwa nicht?« Grammel schaute ihn streng an.

»Doch, ja … unbedingt«, sagte Max. Das Stipendium hatte er weniger seinen mathematischen als seinen herausragenden sportlichen Fähigkeiten zu verdanken. Max hatte schon im Kindergartenalter mit Leichtathletik begonnen, und als er in der dritten Klasse gewesen war, hatte er in seiner Altersklasse die schleswig-holsteinischen Landesmeisterschaften gewonnen. Soweit Max sich erinnern konnte, war sein Vater damals das erste Mal stolz auf ihn gewesen. Danach hatte Max noch mehr trainiert, er hatte jede freie Minute genutzt, und sein Vater hatte ihn unterstützt, indem er ihn an den Wochenenden zu Turnieren gefahren hatte. Es folgte die Bewerbung für ein Stipendium am Internat Schloss Tolkstorf, und als die Zusage gekommen war, hatte Vater den Umschlag aufgerissen und geweint beim Vorlesen.

»Darf ich jetzt gehen?«, fragte Max. Er lugte zur Uhr an der Wand. In einer halben Stunde fuhr der Bus, der die Schüler, die nicht von ihren Eltern abgeholt wurden, zum Bahnhof nach Schleswig brachte.

Grammel antwortete nicht. Stattdessen schritt er wieder zum Fenster und starrte hinaus in den Park. Auch Max stand auf und war im Begriff, zur Tür zu gehen und die Rektorenstube zu verlassen, als Grammel sich zu ihm umdrehte. »Du gehst nirgendwo hin.«

Max verstand nicht. Er musste noch packen und die Schuluniform gegen andere Kleidung tauschen. Die Zeit bis zur Abfahrt des Busses verrann wie Sand zwischen den Fingern.

»Bitte, Herr Direktor, ich …«

»Du wirst dein Wochenende hier verbringen«, unterbrach ihn Grammel. »Ich habe bereits mit deinem Vater telefoniert. Er ist mit mir der Ansicht, dass dein Verhalten nicht folgenlos bleiben kann.«

Davon wusste Großmutter bestimmt nichts, das hatten die beiden Männer an ihr vorbei ausgemacht. Sie stand wahrscheinlich gerade in ihrer Küche, in der es schon nach zerlassener Butter und gebratenem Fisch duftete.

»Bitte, Herr Direktor, ich war seit Ende der Sommerferien nicht mehr zu Hause. Ich möchte zu meiner Großmutter, so sehr.«

»Das, junger Freund, hättest du dir früher überlegen müssen. Du wirst bis Montag früh zu Unterrichtsbeginn in dem Klassenraum bleiben, den du verschandelt hast. Das ganze Erdgeschoss stinkt, obwohl die Tür zum Raum verschlossen ist.« Grammel kam auf Max zu: »Du wirst auf dem Boden schlafen, ohne Bettzeug und ohne Kissen. Und wage es ja nicht, aus dem Fenster zu steigen und abzuhauen. Die Fenster bleiben geschlossen. Du wirst die Luft im Klassenzimmer mit deiner Lunge reinigen, mit nichts sonst. Hast du mich verstanden?«

Max schluckte und nickte. Tränen rannen ihm übers Gesicht. Er sah Großmutter vor sich, sie saß an ihrem Küchentisch, den Kopf in ihre knochigen Hände gestützt. Neben ihr auf dem Herd stand die Pfanne mit den Fischstäbchen. Die Panade war goldbraun gebraten, aber die Butter in der Pfanne wurde allmählich wieder fest, während sie auskühlte.

»Jetzt geh«, sagte Grammel.

Der Hausmeister hatte – wie er es abends immer tat – die zentrale Heizungsanlage auf Nachtbetrieb umgestellt. Max schlotterte in dem verwaisten Klassenzimmer wie ein Kalb im Winter. Er kauerte auf dem kleinen Holzstuhl, auf dem er auch im Unterricht saß, und blies warmen Atem in seine Fäuste. Im Klassenraum stank es fürchterlich, viel schlimmer als im Kuhstall, wenn nicht ausgemistet war. Max war übel, Kopfschmerzen hämmerten gegen seine Schädeldecke. Inzwischen war es nach einundzwanzig Uhr. Was hatte er sich nur dabei gedacht, diese bescheuerte Stinkbombe zu zertreten? Max galt bei seinen Mitschülern wegen der guten Noten als Streber, was dazu geführt hatte, dass er sich mündlich kaum noch am Unterricht beteiligte. Doch er konnte machen, was er wollte – das Stigma des verdächtigen Überfliegers, den die Lehrer liebten, wurde und wurde er nicht los. Maik hatte die Ampulle besorgt, und Thomas hatte gesagt, Max müsse das machen, erst dann sei er einer von ihnen. Max hatte gezögert, doch der Gedanke, künftig in den Pausen bei ihnen stehen zu dürfen, hatte ihn zu sehr gelockt. Maik hatte ihm im Flur die kleine Ampulle in die Hand gedrückt, Thomas hatte die Tür zum Klassenzimmer aufgehalten. Als Max im Raum gestanden und überlegt hatte, wohin er das Fläschchen am besten werfen solle, war die Tür ins Schloss gefallen. Maik und Thomas waren abgehauen. Max hatte die Ampulle hinterm Lehrerpult auf den Boden fallen lassen und war draufgetreten. Der faulige Gestank der Buttersäure hatte sich schnell ausgebreitet, und als Max den Raum hatte verlassen wollen, war die Tür aufgegangen. Schneider, sein Geschichtslehrer, hatte sofort gerochen, was los war, und Max an der Schulter gepackt. Maik und Thomas waren nicht mehr zu sehen gewesen.

Max schob vier der umherstehenden Tische zu einer Fläche zusammen. Sie genügten für seine Körpergröße als Schlafplatz. Er legte sich auf die Seite, winkelte die Beine an und atmete in den Ärmel seines Pullovers. Er zitterte am ganzen Körper, seine Zähne klapperten.

Und er stieg wieder in seine Zeitmaschine. Als Ankunftszeit gab er den 30. November 1955 ein. In der Pausenhalle der Schule hingen die Porträts aller Lehrer, darunter standen das Geburtsdatum und der Tag, an dem sie ins hiesige Kollegium aufgenommen worden waren. Grammel war am 4. Mai 1920 geboren worden und unterrichtete seit dem 1. Dezember 1955 auf Schloss Tolkstorf Deutsch und Englisch. Max landete in der Nacht zum 1. Dezember 1955. Er lief durch die dunkle Schule, seine Schritte hallten in den Fluren. Er betrat das Rektorenzimmer und durchsuchte den Schreibtisch. Er fand Grammels Zeugnisse und Bewerbungsunterlagen, alles Originale. Er nahm sie in die Hand, hielt sie in die Luft und wollte sie zerreißen. Doch die scharfen Ränder des Papiers schnitten in seine Handflächen. Das Blut tropfte auf den Boden und auf die Schreibtischplatte. Max warf alles von sich und rannte zurück. Er sprang in seine Zeitmaschine und flog davon. Alles um ihn herum wurde schwarz, nur ein paar winzige Lichter funkelten, sie sahen aus wie Sterne. Bis auch sie fort waren. Max flog weiter und weiter, aber er hatte vergessen, eine neue Ankunftszeit in den Zeitgenerator einzugeben. Er schloss die Augen. Die Maschine vibrierte, immer tiefer drang er in die Dunkelheit vor. Er glitt noch dahin, hinein in eine tiefe Nacht.

Das Knacken des Türschlosses weckte ihn. Der Klassenraum erstrahlte taghell. Max sah nach draußen, Raureif hatte sich auf die Kastanien und die Trauerweiden gelegt. Nebel hing über dem Teich. Der Himmel leuchtete orange.

Die Schulter und der Hüftknochen, auf denen er gelegen hatte, taten ihm weh.

»Max, Besuch für dich.«

Max erkannte die Stimme des Hausmeisters, der in den Raum trat, zwei weitere Personen folgten ihm, es waren ein Polizist und eine Polizistin.

Max richtete sich auf. Die Polizistin ging vor ihm in die Hocke und lächelte. Sie trug einen blonden Pferdeschwanz und sah freundlich aus.

»Bist du der Max? Max Keller?«

Max nickte.

Der Polizist schaute sich im Klassenzimmer um und verzog das Gesicht. »Mein Gott, was stinkt denn hier so?« Er warf dem Hausmeister einen scharfen Blick zu. »Was haben Sie mit dem Jungen gemacht?«

»Das fragen Se mal besser den Direktor, ich weiß nix.«

»Bist du okay, junger Mann?«, fragte der Polizist.

Max nickte noch einmal.

»Wir würden dich gern nach Hause bringen«, sagte die Polizistin.

»Ist Papa auch hier?«

Die beiden Beamten sahen sich kurz an. Die Frau sagte: »Wir fahren dich zu ihm, einverstanden?« Sie half Max vom Tisch auf.

»Mann, das ist ja wirklich widerlich«, sagte der Polizist und schaute noch einmal durch den Raum.

Max ging mit der Frau zu seinem Zimmer. Die Betten seiner Mitschüler waren verwaist. Er nahm eine Jacke und eine Mütze aus seinem Schrank. »Soll ich alle meine Sachen mitnehmen?«, fragte er.

»Nein, eine Jacke reicht erst mal«, sagte sie.

»Ist Großmutter auch zu Hause?«, fragte er.

»Komm jetzt«, sagte die Frau und strich Max übers Haar.

In diesem Moment kam ein Junge auf ihn zu. Max kannte ihn, er war in der Parallelklasse, Max hatte ihn schon ein paarmal auf dem Schulhof gesehen, er hatte oft allein dagestanden. »Kann ich dir helfen?«, fragte der Junge.

Max freute sich, er hätte niemals damit gerechnet, dass er ihn ansprechen würde.

»Danke«, sagte er. »Aber ich muss nach Hause. Wie heißt du?«

Der Junge gab Max die Hand. »Ich bin Jonas. Jonas van Loon.«

Max schlug umständlich in die Hand ein. »Ich bin Max.«

»Wir müssen jetzt«, sagte die Polizistin und nahm Max mit sich.

Im Fortgehen drehte sich Max noch einmal um. Jonas van Loon hielt seine Hand in die Luft und lächelte.

Die Beerdigung fand eine Woche später statt. Großmutter war an einem Herzinfarkt gestorben. Vater hatte das nicht wissen können, als er sie gefunden hatte. Zu jenem Zeitpunkt hatte sie bereits in einer riesigen Blutlache in Max' Zimmer gelegen. Sie war dabei gewesen, alles für seinen Besuch herzurichten. Sie hatte gerade sein Bett aufgeschüttelt, als sie plötzlich keine Luft mehr bekam und umgefallen war. Im Fallen war sie mit dem Kopf auf die Steinfensterbank geknallt.

Als Vater sie entdeckte hatte, war er von einem Verbrechen ausgegangen. Er glaubte, Einbrecher hätten Großmutter niedergeschlagen. Als ob irgendjemand auf dem Hof einbrechen würde. Wusste doch jeder, dass es da nichts zu holen gab. Vater jedenfalls hatte Großmutter erst zwölf Stunden später gefunden, als er in den frühen Morgenstunden das ganze Haus nach ihr abgesucht hatte. Auf die Frage der Polizei, warum er zu dieser Uhrzeit nach ihr gesucht habe, hatte er geantwortet, er habe um fünf Uhr noch kein Licht im Kuhstall gesehen und sich Sorgen gemacht. Fünf Uhr sei die Zeit zum Melken, da habe er sich auf die Suche begeben. Außerdem habe er Hunger gehabt, seine Mutter habe ihm immer das Frühstück zubereitet, selbst wenn er die Nacht durchgetrunken habe.

Als der Arzt eingetroffen war, hielt Großmutter Max' Deckbett noch immer mit einer Hand fest umschlossen. Leichenstarre. Der Arzt hatte gesagt, ihr Leben hätte möglicherweise gerettet werden können, wenn sie frühzeitig gefunden worden wäre.

Die Friedhofskapelle neben der Kieler Sankt-Nikolauskirche war klein, sie bot nicht genügend Platz für alle, die gekommen waren, um von Großmutter Clara Abschied zu nehmen. Max saß in der ersten Reihe neben Vater und starrte auf den Sarg, der mit Blumengestecken und unzähligen Kränzen geschmückt war. Die Orgel spielte, bis der Pfarrer das Wort ergriff. Er sagte, Gott habe Großmutter zu sich befohlen. Max konnte sich keinen Reim darauf machen, was das bedeuten sollte. Sicher, Großmutter war gestorben. Aber warum hatte Gott sie zu sich befohlen? Eine solche Umschreibung für den Tod eines Menschen klang nach einem Zwang, dem sich irgendwann jeder zu beugen hatte. Aber das war unfair, Max wusste, dass Großmutter noch nicht hatte gehen wollen. Das hatte sie immer zu Max gesagt. »Wir werden noch viel zusammen erleben«, hatte sie gesagt. Und auch wenn sie alt gewesen war mit ihren dreiundsiebzig Jahren, war sie doch stets Herr ihrer selbst gewesen. Es war nicht richtig von Gott, einen Menschen zu sich zu befehlen, wenn der Mensch das gar nicht wollte. Dazu hatte Gott kein Recht, das durfte er nicht.

Max wollte nicht länger auf dieser harten Bank sitzen, sein Hintern tat ihm schon weh, er stand auf. Er war steif vor Angst, aber es ging nicht anders. Er bewegte sich mechanisch, und vielleicht war es diese Art der Bewegung, die gemeint war, wenn man befehligt wurde.

»Setz dich hin«, herrschte Vater ihn an.

Durch die Menge zog ein Raunen, der Pfarrer unterbrach seine Predigt, die Orgel fing an zu spielen.

Max trat vor zum Sarg und berührte das kalte, glatte Holz. Er drückte gegen den Sargdeckel, er rüttelte daran. In dieser Kiste sollte tatsächlich Großmutter liegen? Max konnte sich das überhaupt nicht vorstellen. Was war, wenn sie plötzlich aufwachte und keine Luft mehr bekam? Sie würde Todesängste ausstehen in der dunklen Enge. Sie würde nach Max rufen und vielleicht sogar nach Vater, und als er jetzt genau hinhörte, hörte er Großmutters Stimme. Max rüttelte weiter am Sarg und begann, mit den Fäusten dagegen zu trommeln. Die Schläge hallten dumpf in der Kapelle.

Sein Vater sprang auf und versuchte Max wegzuziehen, zurück auf die Bank, aber Max widersetzte sich. Die Weinkrämpfe, die Besitz von seinem Körper ergriffen hatten, machten ihn stark. Er klammerte sich, so fest er konnte, an den Sarg, er legte seinen Kopf darauf und schloss die Augen. Vater griff um seine Hüften und riss ihn fort. Kerzenständer fielen zu Boden, die Leute sprangen von ihren Sitzen auf. Vaters Griff war fest, sein Atem stank nach Schnaps. Das Letzte, woran Max sich später erinnern würde, war sein eigener Schrei. Er schallte durch die Kapelle, kratzte in Max' Hals. Bis er versiegte. Bis es still in ihm wurde. Totenstill. Und alle Kraft aus seinem Körper gewichen war.

9

HAMBURG-WINTERHUDE, JANUAR 2021

»Na, bist du mal wieder geflüchtet?« Lara stand in der Tür zum Musikkeller.

»Hey, ich dachte, du wolltest erst morgen kommen?« Jonas legte seine Gitarre und das Poliertuch beiseite, sprang vom Stuhl auf und umarmte seine Tochter. »Komm rein. Magst du was trinken?«

»Was Großes, bitte.« Sie setzte sich auf das rissige Ledersofa unter dem kleinen Kellerfenster. Draußen fielen lautlos Schneeflocken zu Boden.

»Der Flieger morgen wäre erst gegen Mittag in Hamburg angekommen. Das war mir zu spät – wir wollen doch nicht, dass Opa schimpft.«

Ob verspäteter Flieger oder sonst was: Jonas' Vater würde irgendetwas finden, über das er sich ärgern konnte, zumal es sein Geburtstag war, da musste alles stimmen. Die kleinste Kleinigkeit konnte ihn stur und mürrisch wie einen alten Esel machen.

Lara zündete sich eine Zigarette an. Sie hielt die Schachtel Jonas hin.

Er winkte ab. »Hab aufgehört.«

»Du? Aufgehört? Quatsch.«

»Halbes Jahr schon.«

»Wow. Respekt. Wenn ich mit allem gerechnet hätte ... Wegen Mama?«

Jonas sah auf die Schachtel, die Lara auf den Tisch geworfen hatte, eine kleine Packung, leuchtend blau, ein Versprechen von Freiheit.

Die schlichte Lüge, die darin offen zutage trat, hatte Jonas jahrzehntelang nicht gestört. Wacken ohne Selbstgedrehte – das wäre wie ein Gesetz ohne Buchstaben gewesen oder ein Song ohne Noten.

»Ich weiß gar nicht, ob deine Mutter mir das Rauchen in letzter Zeit überhaupt noch übel genommen hat. Ich dachte einfach, irgendwann ist es so weit, da musst du damit aufhören. Und außerdem …«

»Außerdem?«

»Außerdem ist es nicht strafbar, wenn ich wieder anfangen würde. Schauen wir mal. Momentan geht's mir ohne jedenfalls ganz gut. Aber sag, was macht Wien? Hast du deine Violine mitgebracht?«

Lara zog an ihrer Zigarette und grinste. Der Augenblick, an den Jonas in den letzten Tagen oft gedacht hatte, war gekommen: Er mit seiner Tochter hier in seinem Keller, sie rauchen, trinken etwas zusammen und reden über Musik. Alles musste genau so sein, es durfte kein Detail fehlen, aber jetzt fehlte eines: Jonas rauchte nicht mehr. Es war schwer, sich von geliebten Gewohnheiten loszusagen, und fast hätte er zur Schachtel auf dem Tisch gegriffen, nur um der alten Zeiten willen, aber das wäre eine Inkongruenz seiner Worte zu seinem Tun gewesen, und das wollte er nicht. Nicht für sich selbst und auch nicht Lara gegenüber.

Er holte zwei Gläser aus dem kleinen, hölzernen Barregal an der Wand, nahm Cola, Bacardi und Eiswürfel aus dem Kühlschrank und goss ein.

Lara stieß mit ihm an und trank einen gehörigen Schluck. Sie sah wundervoll aus: Ihre langen, kastanienfarbenen Haare hatte sie zu einem Zopf gebunden, dazu ihr schmales Gesicht mit der kleinen Nase und den weichen Wangenknochen. Sie trug roten Lippenstift und dunkel geschminkte Augen und hatte sich ein enges, schwarzes Kleid angezogen, das bis zur Mitte ihrer Oberschenkel reichte. Ihre Beine steckten in einer blickdichten, ebenfalls schwarzen Nylonstrumpfhose, und an den Füßen trug sie wie immer ihre dicken Doc Martens. Seine Tochter war zu einer Frau geworden, auch wenn er sie bis heute mit ihren Zöpfen und ihrer Puppe im Arm am Sonntagmorgen ins Ehebett krabbeln sah.

»Hast du mit deiner Mutter gesprochen? Sie war vorhin oben, hat gebügelt.«

Lara drückte ihre Zigarette im Aschenbecher aus. Immer wieder tippte sie mit dem Stummel auf dem Glasboden des Aschers herum, die Glut war längst erloschen, bis sie ihn hineinwarf. »Weißt du, was sie mich gefragt hat?«

Das Zusammentreffen zweier Dickschädel. Die eine aus konservativem Haus ohne Verständnis für die Studienwahl der Tochter. Die andere ein freier Geist, ohne Verständnis für das Hausfrauenleben der Mutter. Je älter Lara wurde, desto selbstbewusster wurde sie. Christiane konnte das nicht verstehen, sie wollte nicht akzeptieren, dass sie keine Freundin in ihrer Tochter hatte. Andere Mütter gingen mit ihren Töchtern shoppen und ins Kino. Sie unterhielten sich mit ihnen über ihre Männerbeziehungen und ließen sie teilhaben an ihrem Leben. Auf diese Ebene hatten Lara und Christiane es nie geschafft, keine Ahnung, warum. Lara hatte im Gegenteil die Nähe zu Jonas, ihrem Vater, gesucht. Das schmeichelte ihm bis heute, auch wenn seine Frau ihm diese Vertrautheit übel nahm.

»Sie hat dich gefragt, warum du noch immer diese furchtbar klobigen Schuhe trägst.« Jonas trank einen Schluck aus seinem Glas. Die Mischung war gut, der Alkohol nicht überbetont.

Lara lachte. »Du hast echt einen siebten Sinn, Vaddi. Genau das waren ihre Worte. Ich kann sie halt nicht glücklich machen.«

»Na, da sind wir ja schon zu zweit.«

Lara hörte auf zu lachen, sie sah sich im Raum um. Jonas hatte dicke Schaumstoffmatten an Wände und Decke geklebt. Auf der rechten Seite hatte er vor Jahren eine kleine Holzbühne gezimmert. In einer Ecke stand ein Schlagzeug, das Jonas nur noch selten benutzte, daneben die Ständer mit den vier Gitarren, von denen immerhin eine inzwischen eine Akustikgitarre war, keine E-Gitarre mehr, wie er sie jahrelang gespielt hatte. Wer weiß, vielleicht kam mit dem Alter die Lust auf mehr Harmonie und Wohlklang. Der war mit einer E-Gitarre nur begrenzt zu erreichen. Neil Young hätte sich vermutlich im Grabe umgedreht, wenn er sein *Harvest Moon* auf einer stromverstärkten *Jackson* oder einer *Fender* hätte zupfen müssen – das wäre einer Straftat gleichgekommen. Für den umgekehrten Fall galt das nicht unbedingt. Es gab wunderschöne Rock-Balladen, in denen eine tragende E-Gitarre nicht wegzudenken war, allen voran das Intro von Jonas' Lieblingsstück: Metallicas *Nothing else matters*.

»Erzähl, was macht das Studium? Haben sie dich mit den Schuhen am Konservatorium mittlerweile vor die Tür gesetzt?« Jonas nahm seine Zwölfsaitige mit dem Wurzelholzkorpus auf den Schoß und polierte mit dem Mikrofasertuch die Korpusdecke.

»Schuhe sind denen ziemlich egal, wenn du dein Instrument beherrschst. Inzwischen komme ich – glaube ich – auf sechs Stunden täglich. Schau mal.« Sie neigte ihren Kopf zur Seite und deutete auf ihren linken Kieferknochen. »Habe ich da schon Hornhaut?«

Das war seine Lara: Humor wie der Vater. Und mit Ernst bei der Sache. Wenn sie an etwas glaubte, blieb sie dran und führte es zur Perfektion.

»Macht es dir trotzdem noch Spaß?« Er nahm das kleine Fläschchen Holzöl zur Hand, gab ein paar Tropfen auf seinen Lappen und wischte über die Gitarre.

»Klar macht's noch Spaß, absolut. Aber es gehört wohl dazu, dass man hin und wieder an sich zweifelt und den Mut verliert. Weißt du, was mich wahnsinnig macht? Wenn ich zum dreiundzwanzigsten Mal an der immergleichen Stelle im ersten Satz bei Vivaldis *Herbst* die Doppelgriffe verhaue. Das klingt alles so einfach, aber spiel das mal, und dann in dem Tempo. Noch mal von vorn und noch mal und noch mal, und irgendwann sind die Finger dann so hart, dass ich kaum mehr den Bogen in der Hand halten kann. Und anstatt auf das Engelchen zu hören und eine Pause einzulegen, gewinnt das Teufelchen, und ich mache weiter. Bescheuert. Aber ich kann nicht anders. Und am anderen Tag läuft's dann ja auch meist wieder rund. Von daher: alles gut. Im Mai ist übrigens schon Zwischendiplom.«

»Ja, ich weiß«, sagte Jonas. »Am Fünfundzwanzigsten. Hab ich mir notiert.«

Die neue Gitarre hatte eine münzgroße Delle in der Oberfläche. Unterhalb des Stegs, der die Saiten hielt, spürte Jonas eine leichte Vertiefung. Sie war zum Glück nicht besonders ausgeprägt, aber sie war da, und sie war neu, neuer als die Gitarre, die er sich vor vier Wochen zu Weihnachten selbst geschenkt hatte. »Ich fürchte, was deinen Ehrgeiz angeht, hast du meine Gene geerbt. Ich konnte früher auch nicht aufhören, hab nächtelang über meinen Büchern gesessen und bin nicht eher ins Bett, bevor der Fall aus der Lernkontrolle gelöst war. War manchmal ziemlich anstrengend, aber trotzdem – 'ne gute Zeit.«

»Yep«, sagte Lara, »geht mir genauso. Aber sag, stimmt was nicht?« Sie zeigte auf den Lappen, mit dem Jonas immer wieder über dieselbe Stelle fuhr.

»Da ist 'ne Delle. Keine Ahnung, wie die dahinkommt.«

Lara zog die Stirn kraus. »Mamas Staubsauger?«

Jonas unterbrach sein Wischen. »Kann sein. Aber eigentlich geht sie hier nicht rein.«

»Ist es schlimm?«

»Was, dass deine Mutter nicht hier reingeht?«

»Quatsch. Die Delle.«

Jonas hielt die Gitarre gegen das Licht. »Nee, halb so wild. Dem Klang wird's keinen Abbruch tun.«

Lara lachte erneut. »Bei deinem tauben Metal-Gehör bestimmt nicht.«

»Ey!«, gab er mit gespielter Empörung zurück und legte die Gitarre zurück auf seine Oberschenkel. »Für mein Alter bin ich ja wohl noch ganz gut beisammen.«

Sie nickte, stand auf und drückte ihm einen Kuss auf die Stirn.

Jonas legte den Lappen beiseite, hängte sich die Gitarre um und zupfte an den Saiten. Er drehte die Wirbel dabei vorsichtig in die eine Richtung und wieder ein kleines Stück zurück.

»Stopp«, sagte Lara neben ihm. »Die E-Saite ist gut so.«

Jonas zupfte noch einmal und schüttelte den Kopf. »Da fehlt noch was, nur ein Hauch. Pass auf.« Er zupfte abermals und drehte den Wirbel minimal nach rechts. Der Ton schob sich leicht nach oben, aber Lara hatte recht: So klang er nicht rund. Er drehte den Wirbel zurück und zupfte wieder. Beide nickten sich zu und sagten wie aus einem Mund: »Passt.«

Lara setzte sich zurück aufs Sofa und trank aus ihrem Glas. »Ich habe übrigens noch eine Überraschung für dich.«

»Eine Überraschung?«, fragte Jonas. »Was denn für eine?«

»Geduld, Vaddi, Geduld.«

Lara brachte immer eine Kleinigkeit mit, wenn sie zu Besuch kam. Sachertorte, ein Bild der Spanischen Hofreitschule oder ein Notenheft, mit dem sie Jonas abverlangte, ein klassisches Stück von Bach oder Beethoven auf einer seiner E-Gitarren zu spielen. Sosehr Vater und Tochter die Leidenschaft für Musik teilten, so sehr gingen ihre Geschmäcker auseinander. Aber darauf kam es nicht an. Was zählte, war der Moment – er und seine erwachsene Tochter, hier zusammen in seinem Musikkeller.

Sie kannte Jonas zu gut und wusste um seine Ungeduld. Und sie machte sich einen Spaß daraus, ihn zappeln zu lassen. Und um ehrlich zu sein: Er genoss es, am langen Arm ihrer Gunst zu verhungern.

»Rate mal, wer vorhin bei mir war, in der Schiffshalle.« Jetzt hätte er wirklich gern eine geraucht. Nur eine, mit seiner Tochter. Die Schachtel lag auf dem Tisch, ihr Blau leuchtete unnatürlich.

»Keine Ahnung, sag.«

»Dein Patenonkel.«

»Max? Ach ja, den gibt's noch, den schlechtesten Patenonkel der Welt?«

Jonas öffnete das Fenster, die kalte Luft strömte ins Zimmer. Der Schnee blieb auf den Terrassenplatten liegen. Durch die blattlose Hecke konnte man über die Straße hinweg ein Stück der Außenalster erkennen.

»Er hat Probleme.«

»Klar. Sonst hätte er dich ja auch nicht besucht.«

»Geh nicht zu hart mit ihm ins Gericht. Es war nicht meine stärkste Idee, ihn zu deinem Paten zu machen. Aber er ist ein guter Kerl.«

Lara stellte sich neben Jonas und sah hinaus auf die Alster. Ein paar Autos fuhren durch die Straßen. »Kann ich nicht beurteilen. Hab ihn hundert Jahre nicht gesehen. Was hat er denn für Kummer?«

»Maria ist tot. Er hat ihr dabei geholfen. Sie wollte es so, sagt er.«

»Sagt er? Wie meinst du das?«

Jonas schloss das Fenster, es wurde zu kalt im Raum. »Max hat mir einen Abschiedsbrief von Maria gegeben. Darin heißt es, sie wolle sterben, wenn ihr Leiden nicht mehr umkehrbar sei. Sie hat Max gebeten, ihr bestimmte Medikamente in ausreichender Menge zu geben, damit sie sterben kann.«

»Na, und? Dann hat er doch alles richtig gemacht. Oder ist das rechtlich nicht okay? Ich kenne mich da nicht aus.«

Jonas und Lara setzten sich nebeneinander aufs Sofa.

»Verschwinde«, hatte Max damals zu ihm gesagt. Achim hatte tot zwischen ihnen im feuchten Gras gelegen, neben ihnen der völlig zerstörte Golf. Und Jonas war losgerannt – so schnell er konnte.

»Papa? Was hast du? Wenn Maria doch alles aufgeschrieben hat, wo ist dann das Problem?«

Er sah Lara an und atmete durch. »Die Seiten, die Max mir vorhin gegeben hat, sind mit dem Computer getippt und ausgedruckt worden.«

»Ja, und?«

»Sie sind nicht unterschrieben. Ich weiß nicht einmal, ob sie überhaupt von Maria stammen. Theoretisch kann sie jeder geschrieben haben.«

Lara nahm seine Hand. »Traust du ihm das zu? Ich meine, wozu das Ganze? Was hätte er denn von ihrem Tod gehabt? Hat er sie beerbt oder so was?«

»Nicht, dass ich wüsste. Er hätte vermutlich gar nichts davon gehabt. Aber das ist es ja gerade.«

»Das ist was gerade?«

»Das, was ich mir nicht erklären kann. Irgendetwas stimmt an der ganzen Sache nicht, ich weiß nur noch nicht, was.« Jonas nahm sein Glas vom Tisch und trank aus. »Ich mache mir noch einen. Und du?«

»Danke«, sagte Lara. »Ich habe noch.«

Jonas ging zum Kühlschrank und schenkte sich Bacardi und Cola nach, dazu zwei Eiswürfel. Er verschloss die Kühlschranktür und drehte sich um. »Lass uns das Thema wechseln. Heute ist Freitagabend, ich komme da jetzt sowieso nicht weiter.« Er trank. Diesmal hatte die Mischung etwas mehr Bacardi abbekommen.

Lara stand auf. »Hast recht.« Sie drückte ihm einen Kuss auf die Wange. »Rühr dich nicht von der Stelle. Ich bin sofort wieder da.« Sie verließ den Raum, der mit einem Mal riesengroß wirkte.

Die Uhr im Regal zeigte Viertel vor zwölf. Max hatte Jonas vor gut drei Stunden in der Werfthalle verlassen, und Jonas hatte seither an nichts anderes denken können als an Maria und ihren Tod. Eine Armbanduhr für über zwanzigtausend Mark. Max war wirklich bescheuert, so viel Geld für eine Uhr auszugeben. Maria hätte das sicher auch nicht gutgeheißen, aber wahrscheinlich hatte er es auch immer vor ihr verheimlicht.

Die Patientenverfügung, die Vorsorgevollmacht, der Abschiedsbrief – alles computergeschrieben und nicht unterzeichnet. Was zum Teufel war da geschehen? Irgendwo war ein Haken, Jonas erkannte ihn nur noch nicht.

Die Tür öffnete sich. »Weißt du noch, was ich dir mal versprochen habe, als mein Studium losging?« Lara trug ihren Violinenkasten bei sich und legte ihn auf dem Tisch vor dem Ledersofa ab.

»Hilf mir auf die Sprünge, Schatz.«

Sie öffnete den Koffer, nahm einen Satz Notenblätter heraus und drückte sie Jonas in die Hand. Das konnte nicht sein. Sie machte es wirklich wahr.

»Ist das dein Ernst?«

Sie griff nach ihrer Violine und bestieg die kleine Holzbühne, die nur etwa zwei Meter in der Tiefe und vier in der Breite maß. »Los, komm her.«

Seine erste, eigene Gitarre, eine gebrauchte *Yamaha Super Flighter 500*, die Lara vom Bodenständer nahm, hatte er sich zu seinem achtzehnten Geburtstag gekauft, im Sommer 1988, natürlich sehr zum Missfallen seines Vaters, der Hardrock bis heute gern als »Negermusik« bezeichnete. Darin stand Christiane ihrem Schwiegervater in nichts nach, obwohl sie Jonas anfangs für seine coolen Gigs angehimmelt hatte.

Lara hielt ihm die E-Gitarre entgegen. »Für mich ist das noch immer deine schönste. Ich schlage vor, du nimmst die. Jetzt komm schon, komm hoch hier.«

Jonas stieg auf das Podest. Seine Tochter war verrückt. Sie ahnte nicht, was sie ihm in diesem Moment für eine Freude bereitete. Er hatte es nur ein einziges Mal zu ihr gesagt, zu Beginn ihres Studiums, und es war mehr das Formulieren eines Wunsches gewesen, keineswegs eine Auflage oder Pflicht.

Sie hatten beide ihre Notenblätter vor sich. Jonas hängte sich den Gurt seiner Yamaha über die Schultern, schaltete den Verstärker ein und schob den Klinkenstecker in die Gitarre. Er zupfte kurz an und regulierte die Lautstärke.

»Lauter«, sagte Lara. »Den Song muss man laut spielen.«

Wie recht sie hatte. Jonas drehte lauter. Bevor er zum ersten Akkord ansetzte, trat er noch einen Schritt zu Lara hinüber, beugte sich zu ihr und gab ihr einen Kuss auf die Stirn. »Deine Mutter wird uns aufhängen.«

»Du eröffnest«, sagte Lara. Er trat zurück vor seinen Notenständer, doch er brauchte die Noten gar nicht, er kannte sie auswendig und hatte das Stück schon unzählige Male gespielt – nur nicht mit Violinenbegleitung seiner Tochter. Er hätte auf der Stelle losheulen können. Doch er räusperte sich, schlug mit dem rechten Fuß den Takt an und ließ mit dem Plektron die Saite der Gitarre schwingen. Laras Violine setzte kurz darauf perfekt mit dem offenen E-Moll-Arpeggio ein, und sofort überzog eine Gänsehaut Jonas' gesamten Körper. *Nothing else matters*. Richtig: Nichts anderes zählte. Nicht jetzt, nicht hier, nicht irgendwann. Jonas drehte die Lautstärke auf, in den Boxen fauchte der Bass. Lara hatte die Augen geschlossen, sie ließ den Bogen über die Saiten ihrer Violine schweben und bewegte sich tanzend zum Rhythmus der Musik.

»*... and nothing else matters.*« Jonas sang mit, es ging nicht anders. Auch er schloss jetzt die Augen und zog wieder und wieder mit dem Plektron über die Saiten. Der Bass und die Lautstärke der Musik fuhren ihm in den Magen, die Holzbretter unter seinen Füßen vibrierten, Jonas konnte die stickige, nasse Luft des Musicclubs in Hamburg, in dem er so oft aufgetreten war, riechen. Es folgte die dritte Strophe, deren Text Laras Violine ersetzte, dann die vierte, und als sie ins Outro mündeten, öffnete sich die Zimmertür, und Christiane stand im Raum.

Lara und Jonas stoppten abrupt ihr Spiel, Jonas drehte den Verstärker leiser.

»Sagt mal, habt ihr mal auf die Uhr gesehen?« Christianes Stimme war laut. »Es ist nach Mitternacht, und Opa hat morgen Geburtstag.«

»Komm, setz dich«, sagte Jonas. »Wir spielen es noch einmal. So, wie ich es damals für dich gespielt habe, weißt du noch, im Musicclub auf dem Kietz. Komm schon, wir machen auch leiser. Setz dich hin und hör zu. Unsere Tochter ist der Hammer. Glaub mir. Sie spielt fantastisch.«

Christiane rieb sich mit der Hand übers Gesicht. »Ich bin müde. Gute Nacht.« Die Tür knarrte, als sie sie beim Rausgehen hinter sich zuzog.

»Tut mir leid«, sagte Lara.

»Schon gut. War mit zu rechnen.« Jonas schaltete den Verstärker aus und stellte die Gitarre zurück in den Ständer. »Du warst großartig.« Er küsste Lara noch einmal die Stirn, ging von der Bühne und ließ sich ins Ledersofa fallen. Er konnte sich nicht erinnern, wann er zuletzt ein solches Kribbeln im Bauch verspürt hatte. Christianes Auftritt tat dem keinen Abbruch. Es mochte bereits nach Mitternacht sein, aber an ein Zubettgehen war nicht zu denken. Ja, vielleicht, vielleicht würde er morgen kleine, blutunterlaufene Augen haben, und sein Alter würde es sofort erkennen, dass der Sohn die Nacht vor dem fünfundachtzigsten Geburtstag des Vaters zum Tag gemacht hatte. Und wenn schon. Der Alte fand sowieso immer etwas, das er Jonas zum Vorwurf machen konnte. Eine durchzechte Nacht war da das geringste Übel.

Lara legte die Violine auf die Barhocker, die auf der Bühne standen, kam zu Jonas und setzte sich neben ihn.

Er nickte mit dem Kopf nach vorn zum Tisch. Inkongruenz – was für ein bescheuertes Wort, hier und jetzt mit seiner Tochter in seinem Mucke-Keller.

Lara verstand ihn sofort. Sie nahm die leuchtend blaue Schachtel, und zog zwei Zigaretten heraus. Jonas zündete seine mit dem alten Benzinfeuerzeug an, er hatte das typische Zippo-Klacken beim Zuschnellen des Deckels vermisst.

Der Rauch breitete sich in seinen Lungen aus, die Vernunft konnte ihn mal, der Moment war zu gut dafür. Er nahm gleich noch einen Zug.

»Ich mach morgen mit«, sagte Lara.

»Mitmachen? Wobei?«

»Opa wird Klavier spielen. Er hat mich gefragt, ob ich ihn begleite. Du könntest mit der Yamaha dazukommen. Oder mit der Zwölfsaitigen.

Du müsstest dich nur mit Mozart anfreunden. Opa fänd's bestimmt toll.«

Sein Vater und freuen. Ganz sicher nicht, zumindest nicht über seinen Sohn. Und schon gar nicht über dessen Gitarren, mit denen er »Negermusik« spielte. Lara meinte es gut, doch sie wusste nicht, wie groß die Geringschätzung war, die Karl seinem Sohn entgegenbrachte, ganz gleich, was Jonas tat. Er hatte seinen Alten noch nie zufriedenstellen können. Das hatte lange Zeit geschmerzt, inzwischen war es egal, jedenfalls meistens.

»Ich weiß, du liebst Mozart, aber sorry: Ich kann die Musik nicht ausstehen. Macht ihr zwei das morgen mal besser ohne mich.«

Lara rollte mit den Augen. »Mozart ist nicht gleich Mozart. Es kommt drauf an, wie man ihn spielt. Komm schon. Tu es für mich.«

Sein Alter am Klavier. Wahrscheinlich würde er seinen Smoking tragen, und natürlich würde niemand wagen, ihn darauf aufmerksam zu machen, wie sehr der Stoff bereits glänzte und wie sackähnlich das Oberteil an den Schultern hing. Karl in seinem Element, der Präsident des Hanseatischen Oberlandesgerichts Hamburg a. D. Alle in seiner Familie waren wohlgeraten, die Tochter Chefärztin an der Charité, zwei Verwandte Staatssekretäre in Berlin, ein dritter Senator in der Hamburger Bürgerschaft. Nur sein Sohn hatte es nie zu etwas gebracht, sein Sohn liebte Heavy Metal und Hardrock und kannte sich bestenfalls im Strafrecht aus. Sein Gesetzbuch hatte lächerliche dreihundertsechzig Paragrafen, nicht dreitausend, wie bei ihm, dem erhabenen Zivilrechtler und ehemaligen OLG-Boss.

»Wenn ich morgen mit einer Gitarre auflaufe, schmeißt Opa mich wahrscheinlich achtkantig raus. Schatz, ich glaube, das ist keine gute Idee.«

Lara lehnte sich auf dem Sofa zurück und schüttelte den Kopf. »Ihr Männer seid manchmal echt anstrengend. Hast du mal daran gedacht, dass er inzwischen fünfundachtzig ist? Vielleicht ist er einfach nur glücklich, alle aus seiner Familie um sich herum zu haben.

Ich glaube kaum, dass er ausgerechnet bei dir morgen das Kriegsbeil ausgräbt.«

»Da kennst du aber deinen Großvater schlecht.«

Lara beugte sich vor und legte einen Arm um Jonas' Schultern. »Sei nicht so stur. Tu es mir zuliebe, bitte. Wirst sehen, es wird ihm gefallen. Vertrau deiner Tochter.«

Jonas sah auf die kleine Holzbühne. Vater war noch nie hier unten gewesen, Jonas hatte es ihm angeboten, wenn er in den letzten Jahren manchmal zu Besuch kam. Das Gespräch mit Christiane bei einer Tasse Kaffee und frischem Kuchen war ihm immer wichtiger gewesen als ein Blick in die heiligen Hallen seines Sohnes.

Dennoch: Vielleicht hatte Lara recht, und Vater wurde allmählich altersmilde. Jonas musste ja keine E-Gitarre nehmen, als Akustikgitarre würde die Zwölfsaitige ohnehin besser zu Klavier und Violine passen – und natürlich zu Mozart.

Lara zog ein paar Blatt Papier aus ihrem Violinenkoffer. »Schau mal, das haben wir letztes Semester als Studienarbeit aufbekommen.«

»Was ist das?« Jonas faltete die Seiten auf.

Lara strahlte. »Das ist ein bisschen Amadeus für die Gitarre. Der zweite Satz seines Klavierkonzerts Nr. 21, Andante.«

»Vaters Lieblingskonzert«, sagte Jonas.

»Eben«, sagte Lara. »Geige und Gitarre wechseln sich zwischen den Klaviersoli ab, ich hab's entsprechend umgeschrieben. Probier's aus.«

»Du spinnst.« Jonas starrte Lara an. Ihre schönen weißen Zähne, um die man sie beneiden konnte. Die zarte, glatte Haut ihrer Wangen, das braune Haar. Und ihr Lachen, das ihre Augen zum Strahlen brachte. Es half nichts: Als Vater war er ihr vollkommen ausgeliefert. Er konnte ihr keinen Wunsch abschlagen. Er gab ihr einen Kuss auf die Stirn und sagte: »Aber nur, wenn wir dann noch eine zusammen rauchen.«

10

KIELER UMLAND, MITTE OKTOBER 1984

Drei Jahre nach Großmutters Tod machten die Behörden Ernst. Es war Oktober 1984 – Max verbrachte die Herbstferien zu Hause –, als zwei Männer vom Veterinäramt im Kuhstall standen. Sie notierten unentwegt, fotografierten die Boxen und begutachteten die Tiere, die vollkommen ausgemergelt waren. Vater saß in der Küche auf seiner Eckbank, er war unrasiert wie immer, und seine grauen Haare hingen ihm vom Kopf. Max begleitete die Männer, er ging ihnen voraus und versuchte, den Kot von den Einstellplätzen zu entfernen, bevor sie zu ihm aufgeschlossen hatten; es war ein unmögliches Unterfangen, die Schaufel war zu klein für all den Dreck. Die Hintern der Tiere waren schwarz verkrustet, ihr Fell verklebt, die Augen klein und rot unterlaufen.

Clara hatte es am schlimmsten erwischt. Sie konnte nicht mehr auf ihren dünnen Beinen stehen und lag auf dem verschmierten Betonboden. Ihr Wiederkäuen war langsam und folgte nur noch dem angeborenen Instinkt. Wenn sie sich über ihre Nase leckte, konnte Max ihre Zunge sehen, sie war zu einem graublauen Fleischlappen verkümmert.

Überall stank es nach Kuhdung und saurem Futter. Die Metallgitter der Boxentüren hatten an vielen Stellen Rost angesetzt. Großmutter wäre fuchsteufelswild geworden, wenn sie das alles noch hätte erleben müssen. Ihr Tod war zu schnell gekommen, sie hatte testamentarisch zwar noch die Hoffolge auf Max verfügt, doch Max war minderjährig und Vater sein Vormund. Da half es nicht, Vater immer wieder anzuflehen, sich mehr um die Tiere, den Stall und den ganzen

Hof zu kümmern. Die Mächte aus der Schnapsflasche hatten längst Besitz von ihm ergriffen, der Alkohol hielt ihn in einer eigenen Welt gefangen. Und Onkel Lutz, Vaters einzige Bezugsperson, schied als helfende Hand aus, er hatte eigene Sorgen, wie er es nannte – worin sie auch immer bestehen mochten.

Mit ihren über siebzig Jahren war Großmutter die Einzige gewesen, die den Hof zusammengehalten hatte. Sie hatte nur fünf Stunden Schlaf gebraucht und sich den Rest des Tages um die Tiere, das Haus, den Einkauf, um Max und um seinen Vater gekümmert. Max war jetzt vierzehn, im Grunde noch ein Kind, aber er wusste, dass er schon viel erwachsener war als andere in seinem Alter.

Clara legte ihren Kopf auf den Boden, ihre Augen waren zu Schlitzen geschrumpft, und der Schwanz, mit dem sie früher unentwegt nach Fliegen geschlagen hatte, bewegte sich nicht mehr. Max hockte sich zu ihr und streichelte ihren Kopf. Sie hatte immer die meiste Milch gegeben, jetzt war ihr Euter schlapp und klein wie ein nasser Jutesack mit matschigen Kartoffelschalen darin. Die Zitzen waren trocken und blass, und ihre Hüftknochen stachen kantig hervor.

Die beiden Männer vom Veterinäramt warfen sich einen flüchtigen Blick zu und nickten.

»Komm«, sagte einer von ihnen zu Max und streckte ihm eine Hand entgegen.

Max stand auf und trat aus der Box. Wie zum Abschied hob Clara noch einmal den Kopf und drehte ihn in Max' Richtung, ihr linkes Auge war von Eiter verklebt. Max' Hals wurde eng, und ihm war furchtbar kalt. Einer der Männer legte eine Hand auf seine Schulter und zog ihn mit nach draußen, und Max wusste, dass er Clara und die anderen Kühe heute das letzte Mal gesehen hatte, noch bevor er den Schuss hörte, der im Inneren des Stalls fiel. Max stand auf dem Hof, es regnete. Er sah Großmutter vor sich und die saftigen Wiesen im Sommer, wenn die Sonne darauf schien und alles erwärmte. Er roch die gebratenen Forellen, die Großmutter in der Pfanne zubereitete, und er hörte ihr Lachen, wenn er vergeblich versuchte, Milch aus Claras Zitzen in den Zinkeimer zu bekommen.

Der Regen fiel prasselnd auf die Betonplatten. Max schloss die Augen. Er presste sie ganz fest zusammen, aber sosehr er sich anstrengte, sosehr er hoffte und flehte – der Albtraum ging nicht fort. Der Traum war Realität. Aus ihr gab es kein Erwachen.

Das Licht von Vaters Küchentisch fiel in die Dämmerung des späten Nachmittags. Vater hockte gekrümmt am Tisch, eine Bierflasche vor sich, im Mundwinkel eine Zigarette. Max musste zu ihm, Vater brauchte seine Hilfe. Im Wind klapperten die Dachziegel. Max musste zu ihm, und gemeinsam würden sie einen Weg finden, auch ohne Großmutter, ohne die Tiere, es gab bestimmt einen Weg.

Der Mann fragte: »Hast du Verwandte, zu denen wir dich bringen können?«

Max schüttelte hastig mit dem Kopf. Nur nicht zu Onkel Lutz, nur nicht zu seinen großen, behaarten Händen. Max konnte Vater nicht im Stich lassen. Morgen früh würde er wieder einen klaren Kopf haben, er würde geduscht haben und nicht mehr so nach Alkohol riechen und Rauch. Wenn Vater nachher im Bett lag, würde Max die Küche aufräumen, das Fenster aufreißen. Er würde die Teller spülen und die Gläser und den Aschenbecher. Er würde klar Schiff machen, wie er es immer in seinem Zimmer tat und wie sie es auch im Internat von ihm verlangten. Grammel war im Grunde ein netter Kerl, er hatte selbst gesagt, er meine es gut mit Max, und das meinte er mit Sicherheit ernst. Natürlich musste er streng sein, das war seine Aufgabe als Lehrer, aber er half Max. Er half ihm dabei, ein anständiger Mensch zu werden, und wenn Max jetzt an ihn und an Schloss Tolkstorf dachte, an seine Stube, den Unterricht und seine Mitschüler, spürte er ein Verlangen, das er sich kaum einzugestehen traute: Er wäre lieber dort gewesen als auf dem Hof.

Der andere Mann kam aus dem Stall. Er strich Max über den Kopf. »Tut mir leid, mein Junge«, sagte er. »Ich bin Tierarzt, weißt du? Sie hätte sich nur noch gequält. Es musste sein.« Er steckte eine Pistole in seine Manteltasche.

Max zitterte am ganzen Leib. Er versuchte, es zu unterdrücken, die Männer sollten es nicht mitbekommen. In der Küche hob sein Vater die Bierflasche zum Mund, man konnte ihn durch die Fensterscheibe sehen. Max stellte sich vor, eines Tages würden andere Männer kommen und auch über seinen Vater sagen: »Es musste sein.« Sie würden in die Küche gehen, einer würde Max mit nach draußen nehmen, und Max würde einen Schuss hören. Max schämte sich für diese Gedanken, aber sie kamen von selbst, er konnte nichts dagegen tun.

»Ich möchte reingehen«, sagte er.

Der Wind hatte nachgelassen, der Regen hing wie nasser Staub in der Luft. Eine Krähe, die in einer der Tannen vorn an der Hofeinfahrt saß, quäkte in der Dämmerung. Max war steif vor Kälte. *Sie hätte sich nur noch gequält*. Die Worte hatten sich in seinem Kopf festgebrannt.

Gemeinsam mit den beiden Männern betrat er das Haus. Feuchte Wärme hing in der Eingangsdiele. In der Küche lief ein Schlager, der Sänger sang »Lass uns leben«.

»Herr Keller, der Hof ist ab sofort gesperrt. Die Rinder werden morgen auf einen anderen Hof verbracht. Und Sie werden eine Anzeige wegen Tierquälerei bekommen. Haben Sie das verstanden?« Der Veterinär hatte die Hände in seine Manteltaschen gesteckt. Bestimmt hielt er in der rechten die Pistole fest.

Bevor Vater antworten konnte, trat Max an seine Seite. Ihm liefen die Tränen übers Gesicht, aber das war egal. »Ich kümmere mich um alles. Die Tiere versorgen und den Stall auf Vordermann bringen. Das verspreche ich Ihnen. Mein Vater wird mir dabei helfen. Morgen geht es ihm besser, glauben Sie mir. Morgen geht es ihm besser, und wir bekommen das hin. Und wir holen uns Hilfe, nicht, Vater? Hilfe von unserm Nachbarn, der kennt sich aus mit Rindern, der hat selbst einen großen Hof. Und Arbeiter. Die wissen manchmal gar nicht, was sie den ganzen Tag machen sollen. Die stehen nachmittags nur rum. Der Onno, dem der Hof gehört, der sagt das selbst. Die haben Zeit. Die können bei uns mit anpacken. Das hat der Onno gesagt, ein paar Mal hat er das schon gesagt. Glauben Sie mir. Sie müssen mir das glauben. Der Onno, der weiß, was zu tun ist. Stimmt doch, Vater, nicht? Onno macht das.«

Vater hing gebeugt über dem Tisch, im überquellenden Aschenbecher vor ihm glomm eine Kippe. Die Asche war länger als der Rest der Zigarette. Vater nickte.

»Der Onno«, sagte einer der Männer. »So, so. Aber der kommt zu spät, der Onno.« Er legte Papiere auf den Küchentisch. »Das hier ist der Bescheid, mit dem Ihr Hof geschlossen wird, Herr Keller. Sie hatten Zeit genug.«

»Nein!«, rief Max. Er riss die Papiere vom Tisch und drückte sie dem Mann in die Hand. »Wir kriegen das hin. Das müssen Sie mir glauben. Vater, sag du es Ihnen.«

Vater nickte. Er drückte die alte Zigarette im Aschenbecher aus und zündete sich eine neue an.

Der Mann legte den Bescheid auf die schmutzigen Töpfe, die sich auf dem Herd türmten. »Tut mir leid, Junge. Aber es geht nicht anders. Der Hof wird erst mal geschlossen.«

Dann verließen sie das Haus. Die Tür fiel ins Schloss.

Vater verschränkte die Arme vor sich auf dem Tisch, legte seinen Kopf darauf und schloss die Augen. Max packte Vaters Oberkörper und legte ihn auf die Eckbank. Er legte seine Beine hoch, zog ihm die Schuhe aus und breitete die Wolldecke, die auf der Bank lag, über ihn. Er strich ihm das graue Haar glatt und tat dann etwas, das er noch nie zuvor getan hatte: Er küsste Vater die Stirn.

Er trat ans Fenster und schloss die Vorhänge. Vater begann zu schnarchen. Max legte ihm die Arme auf die Brust, und jetzt lag Vater ganz friedlich da, er schien fast zu lächeln. Sein Gesicht war weiß, die Augenhöhlen waren eingefallen und schwarz. Er sah aus wie ein Toter.

Von draußen war ein Motorengeräusch zu hören. Max nahm den Vorhang zur Seite und sah einen Lastwagen rückwärts vor das Stalltor fahren. Der hintere Teil des Lasters öffnete sich, eine Rampe sank zu Boden, und ein Gabelstapler fuhr heraus. Ein paar Männer in weißen Schutzanzügen gingen in den Stall, der Gabelstapler folgte ihnen. Max wandte sich ab, er wollte Claras Abtransport nicht mit ansehen.

Als er die dreckigen Teller aus dem Spülbecken räumte, klingelte es an der Tür. Er öffnete, und eine Frau von vielleicht dreißig Jahren lächelte ihn an. Max konnte das Alter der Menschen nicht gut schätzen. Sie mochte vielleicht älter sein, vielleicht auch jünger, aber mit der dicken weiße Daunenjacke, die sie trug, und der Wollmütze auf dem Kopf konnte er sich noch weniger festlegen.

»Hallo, Max, mein Name ist Svea Herzog. Ich bin vom Jugendamt. Darf ich reinkommen?«

Max kannte Geschichten von Frauen vom Jugendamt, ein paar seiner Mitschüler, vor allem Thomas, hatten sie ihm erzählt. Thomas war in einer Pflegefamilie aufgewachsen, alle naselang war eine *Tussi* – Thomas' Wort – zu ihnen nach Hause gekommen und hatte blöde Fragen gestellt. Wie es ihm denn so ginge, ob er glücklich sei und sich wohlfühle und so weiter. Thomas sagte immer, seine *Bewährungshelferin* – auch sein Wort – sei komplett spießig und verklemmt. Den Eindruck machte die Frau, die jetzt vor Max stand, nicht, auch wenn er nicht wusste, welchen Eindruck sie überhaupt auf ihn machte.

Er trat ein Stück zur Seite. Draußen auf dem Hof war alles ruhig, es war inzwischen dunkel geworden, nur das Licht aus dem Stall fiel ins Freie, ebenso wie das Motorengeräusch des Gabelstaplers, der im Inneren zu rangieren schien.

Die Frau kam in die Diele und schaute sich um. Sicher nahm sie den kalten Zigarettenrauch und den Geruch des schmutzigen Geschirrs aus der Küche wahr, aber sie ließ sich nichts anmerken. Sie lächelte weiter. Vielleicht war sie noch ganz andere Gerüche und Anblicke gewohnt. Der Gedanke machte Max irgendwie zufrieden.

Er ging mit ihr ins Wohnzimmer. Das war zwar einigermaßen aufgeräumt, aber er schämte sich für die Bauernschränke, die alten, mit grünem Samtstoff bezogenen Sitzmöbel und die dicken Perserteppiche auf dem Parkettboden. Er wusste nicht, warum er sich schämte, schließlich hatte es die Sachen schon immer hier gegeben, solange er sich erinnern konnte, und sie waren ihm immer gleichgültig gewesen. Wann hatte er hier schon mal gesessen, in Vaters guter Stube? Das konnte man an zwei Händen abzählen, die meiste Zeit hatte er oben bei Großmutter verbracht, entweder in ihrem kleinen Bauernwohnzimmer, in ihrer Küche oder in seinem Kinderzimmer. Jetzt aber war es anders. Jetzt spürte er eine Verantwortung für die Dinge, die ihn umgaben, er war schließlich so eine Art Stellvertreter für seinen Vater, und der war immerhin Chef auf dem Hof. Max war verantwortlich für die Sitzmöbel, die dröge umherstanden, für die Teppiche mit ihren verblassten und platt getrampelten indischen Mustern und die Schränke und die Ölbilder an der Wand. Er trug plötzlich Verantwortung für das ganze Haus, für den Hof, die Tiere, für Vater. Und vielleicht war es dieses Gefühl, für den Moment Familienoberhaupt zu sein, das ihn wünschen ließ, alles wäre wie in einem ganz normalen Haus, auf einem ganz normalen Hof mit gesundem Vieh und geharkter Kiesauffahrt.

Die Frau setzte sich in einen der dicken Sessel und nahm ihre Mütze ab. Blondes Haar kam zum Vorschein, das am Hinterkopf zu einem Dutt gebunden war. Ohne Mütze wirkte die Frau jünger als dreißig, sie konnte auch Anfang zwanzig sein.

»Wollen wir uns duzen?«, fragte sie. »Du kannst gern Svea zu mir sagen.« Ihre Stimme klang weich und kräftig zugleich, nicht zu hoch, nicht zu tief. Eine gute Stimme.

»Klar«, sagte Max und nickte.

Die Frau, Svea, trug ein frisches Parfum, nicht so eines, wie Max es von seiner Großmutter oder der Lehrerin Pönat kannte. Die rochen süß und schwer, dass man Kopfschmerzen davon bekam. Svea dagegen roch nach Duschgel mit Zitrone. Ihr Lächeln passte dazu. Max stellte sich ihre Haare vor, wenn sie offen waren, sie reichten bestimmt bis zur Mitte ihrer Schulterblätter. Er kannte ein paar Mädchen aus der Partnerschule, dem Reinbek-Internat, die trugen alle kurze Haare und waren fürchterlich langweilig und albern. Wenn sie zu Besuch auf Schloss Tolkstorf waren, gluckten sie in Gruppen zusammen und kicherten ständig. Sprach man sie an, erröteten sie und brachten außer einem Grinsen nichts hervor. Svea dagegen saß da in dem alten grünen Samtsessel, hatte den Rücken durchgestreckt und wirkte zufrieden, fast fröhlich, und das passte irgendwie nicht hierher, nicht heute und auch sonst nicht.

Svea schien Erfahrung zu haben mit besoffenen Vätern und piefigen Bauernstuben. Auf der einen Seite vermittelte sie einen selbstbewussten Eindruck, auf der anderen Seite schien sie etwas schüchtern, als taste sie sich in einem dunklen Tunnel langsam vor.

»Also, die Sache ist die. Das klingt jetzt wahrscheinlich ziemlich dämlich in deinen Ohren, aber so steht es im Gesetz: Es besteht der Verdacht, dass dein Kindeswohl gefährdet ist. Das heißt so, ›Kindeswohl‹, obwohl du natürlich kein Kind mehr bist mit deinen vierzehn Jahren. Dein Vater ist schwer krank, er ist mit der Gesamtsituation völlig überfordert. Und zu deinem Onkel besteht offenbar kein wirklicher Kontakt. Das bedeutet, wir müssen uns etwas für dich einfallen lassen. Du kannst jedenfalls nicht auf Dauer hierbleiben.«

Sein Vater war nicht überfordert, er tat nur so. Er verstellte sich. Er verstellte sich, weil er keine Lust verspürte auf den Stall, die Kühe, die Käseherstellung. In Wahrheit aber konnte er anpacken und auch ein guter Vater sein, Max musste es ihm nur zeigen. Es waren nicht Vaters Versäumnisse, die hier zur Debatte standen, es waren Max' Unzulänglichkeiten als Sohn. Gemeinsam konnten sie es schaffen. Diese Svea wusste gar nichts.

»Wenn du mich zu meinem Scheißonkel schickst, hau ich ab.«

Sie lächelte. »Keine Sorgen, wenn du da nicht hinwillst, musst du es auch nicht. Ich weiß zwar nicht, was dein Onkel für ein Typ ist, aber wir finden schon was für dich. Du gehst ins Internat, richtig?«

Max nickte. Rektor Grammel war zwar streng, aber bei Weitem nicht so ein Arschloch wie Onkel Lutz.

»Dann bist du ja während der Schulzeit schon mal versorgt. Wir werden einen Betreuer für dich bestellen. Der kann zum Beispiel darauf aufpassen, dass dein Geld ordentlich verwaltet wird. Deine Großmutter hat dir fast siebzigtausend Mark vererbt, und einiges ist noch da. Dein alter Herr hat nicht alles durchgebracht.«

Siebzigtausend Mark. Das war ja eine Unmenge. Davon hörte Max zum ersten Mal, Vater hatte nie etwas erzählt. Von siebzigtausend Mark konnte man locker zwei, drei Leute für den Stall einstellen. Wenn Vater doch nur einmal mit ihm darüber geredet hätte, Max hätte sofort die Schule geschmissen und das Geld für den Hof verwendet. Das war schließlich immer Großmutters Wunsch gewesen, nicht das noble Schloss Tolkstorf.

»Was ist von dem Geld noch da?«, fragte er.

Svea zuckte mit den Schultern. »Ich glaube, so knapp um die dreißigtausend. Bis zum Abi reicht das für die Schule locker.«

»Die Schule ist mir scheißegal. Es geht um den Hof. Großmutter wollte, dass ich ihn übernehme. Und jetzt? Jetzt werden die Tiere weggeholt. Und ich auch. Was soll dann aus meinem Vater werden?«

»Max, lass uns ehrlich sein. Der Hof ist nicht mehr zu retten. Vielleicht müssen die anderen Tiere auch getötet werden. Ich habe vorhin kurz mit dem Tierarzt vom Veterinäramt gesprochen – es sieht nicht gut aus. Dein Vater wird den Hof verkaufen müssen. Und was aus ihm wird … Ich weiß es nicht. Aber das ist auch nicht meine Aufgabe. Meine Aufgabe ist es, auf dich aufzupassen.«

Na, herzlichen Glückwunsch. Da saß eine wildfremde Frau, die höchstens zehn Jahre älter war als Max, und machte einen auf Aufpasser. Wenn er es recht bedachte, schämte er sich doch nicht für Vaters gute Stube und den Muff, der in ihr klebte. Er mochte Verantwortung übernommen haben, aber die ging bestimmt nicht so weit, um sich vor einer völlig unbekannten Tante für irgendwas schämen zu müssen. Wer wusste schon, aus was für einer Familie sie selbst kam. Vielleicht hatte sie ihren Job nur deshalb gewählt, weil sie irgend so ein Helfersyndrom wegen ihrer verkorksten Kindheit hatte. Im Bio-Unterricht hatten sie neulich erst über solche Sachen gesprochen. Der Helfer rennt dabei einem Ideal hinterher, das er selbst bei seinen Eltern oder überhaupt in seiner Kindheit nie gehabt hat. Womöglich sah es bei Sveas Eltern viel schlimmer aus als hier. Die sollte sich bloß nicht so aufspielen.

Es gab Ferienprogramme im Internat, einige Schüler blieben immer dort. Wenn der Hof schon über die Wupper ging, was sollte Max dann noch hier? Vater würde schon irgendwie klarkommen. Vielleicht in einer kleinen Wohnung in der Stadt, da konnte Max ihn besuchen. Irgendwer musste auf ihn aufpassen, irgendwer musste ihm sagen, dass er mit dem Trinken Schluss machen musste. Der Alkohol war das Böse an ihm, nicht er selbst, das ganz bestimmt nicht.

Aber es half nichts: Max war allein. Er hatte weder Mutter noch Vater, Großmutter Clara gab es auch nicht mehr. Und jetzt musste auch noch der Hof dran glauben. Das Letzte, was Max hatte. Alles, was ihm blieb, war das Internat. Sollte Grammel ihm doch weiterhin Ohrfeigen verpassen, die taten nur ein paar Minuten lang weh. Ohrfeigen waren besser als diese Svea und ihre Kollegen vom Jugendamt, die ihn in so eine beschissene Pflegefamilie stecken wollten.

Dreißigtausend Mark. Wahnsinn, was man damit alles machen konnte. Wenn er doch nur schon etwas älter gewesen wäre, sechzehn oder so, dann würden sie ihn vielleicht allein auf dem Hof lassen, und alle naselang käme einer vom Jugendamt, würde gucken, ob alles läuft, und es würde laufen, darauf könnten die sich aber verlassen.

Doch Großmutters gebratenen Fisch – den gab es nicht mehr, genauso wenig wie Vaters stinkenden Atem. Alles löste sich auf, wie Vaters Zigarettenqualm, wenn er auf seiner Eckbank in der Küche saß und im Hintergrund das Radio Drecksschlager von der Liebe und dem Lachen spielte. Der Rauch seiner Zigarette schlängelte sich an seinem Kopf empor zur Decke. Dort blieb er noch einen Moment hängen. Bis er weg war, einfach in nichts aufgelöst.

Es war noch nicht lange her, dass sich Max in Momenten wie diesen seine Zeitmaschine vorgestellt hatte. Sie war ihm immer ein treuer Freund gewesen. Er hatte sich hineinsetzen können, eine Zeit eingeben und fortfliegen. Doch aus dem Alter war er raus, seine Fluchten mit der Zeitmaschine kamen ihm mittlerweile kindisch und albern vor. Was jetzt herrschte, war offenbar das echte Leben.

Svea sah auf ihre Armbanduhr. »Heute ist Freitag, schon nach sechs. Im Amt ist jetzt keiner mehr. Wenn du willst, kannst du erst mal fürs Wochenende mit zu mir kommen. Ich koche uns was. Und am Montag sehen wir weiter. Was meinst du? Deal?« Sie stand auf und zog ihre Mütze wieder auf den Kopf. Ihr Mund lächelte Max an, ihre Augen glänzten.

Max ging zu ihr, und aus einem Reflex heraus musste er sie umarmen. Er schlang seine Arme fest um sie, und ihre Hände lagen warm auf seinem Rücken. Sein Körper verkrampfte, die Tränen schossen ihm unweigerlich in die Augen. Es war ihm egal, dass er vor Svea heulte, was sie von ihm in diesem Moment dachte. Es tat gut, dass sie da war. Diese fremde Frau, die ihm mit einem Mal gar nicht mehr so fremd vorkam, tat gut. Ihre Arme taten gut, ein bisschen fühlten sie sich wie Großmutters Arme an. Es war eine flüchtige Geborgenheit, aber doch kam es ihm für den Moment so vor, als würde er die Frau schon lange kennen. Hier bei ihr, an ihrem Körper, in ihrer Nähe, fühlte er in diesem Augenblick nur eines – sich verstanden.

Svea rieb mit ihrer Hand fest über seine Schultern, bis sie den Griff löste. Sie war im Stehen ein paar Zentimeter kleiner als Max. Ihr Gesicht war dicht vor seinem, ihm schoss Hitze in die Wangen. Sie legte ihre Hände darauf und sagt: »Na los, dann pack mal ein paar Sachen.«

11

KIEL, HEILIGABEND 1984

Das Zimmer war nicht so schön wie Agnes' Kinderzimmer, aber kein Vergleich zu vorher. Bislang hatten hier nur alte Koffer und Gerümpel gestanden, und es war immer kalt gewesen. Mama hatte die Sachen mürrisch in den Keller geräumt oder weggeschmissen. Die Sonne schien nie durchs Fenster, weil der Raum nach Norden ausgerichtet war und im Garten eine riesige Tanne davorstand. Aber der Schreibtisch, das Bett und die hellen Holzschränke, die Mama von den Nachbarn und ihren Kollegen bei der Polizei besorgt hatte, waren hübsch, auch wenn an einigen Kanten schon das Furnier abgeplatzt war. Mama hatte Herrn Paul, den dicken Mann aus dem Nachbarhaus, die Wände weiß streichen und einen neuen, grünen Teppich verlegen lassen, sie selbst hatte Gardinen mit rotem Karomuster aufgehängt. Die Heizung wärmte den Raum, und Mama hatte sogar eine kleine Stereoanlage für Max besorgt.

Agnes stellte die Obstschale mit Äpfeln, Bananen, einer Packung Schogetten und einem Raider ins Regal und ging rüber zur anderen Flurseite in ihr eigenes Zimmer, das breiter, länger und heller war als der Raum, der für Max vorgesehen war. Sie setzte sich an ihren Schreibtisch vor dem Fenster, zog die kleine, hölzerne Schublade auf und nahm Block und Kugelschreiber heraus. Es wurde Zeit, dass sie ein richtiges Notizbuch bekam, eines, das in Leder eingeschlagen war und dessen Seiten Linien oder Karos hatten, um gerade und sauber schreiben zu können. Das Schreiben auf den DIN-A4-Zetteln machte keinen Spaß. Überall in der Schublade flogen die einzelnen Seiten umher, die sie immer wieder ordnen und mit einer Büroklammer zusammenhalten musste. Ja, ein richtiges Buch, ein gebundenes, mit einem Bändchen in der Mitte, das wär's. Es stand ganz oben auf der Wunschliste, die sie für das Christkind geschrieben hatte.

Agnes notierte:

Heute Morgen ist das Zimmer für Max fertig geworden, er soll jeden Moment hier sein. Ich bin ein bisschen aufgeregt, obwohl ich gar nicht weiß, warum. Er war schon zweimal hier, um sich umzuschauen. Er sieht nett und gut aus, trägt etwas längere braune Haare und ist einen Kopf größer als ich. Kein Wunder, er ist vierzehn, also drei Jahre älter. Ich stelle mir vor, dass er so eine Art großer Bruder für mich werden könnte. Meine Freundinnen sagen zwar, dass ihre großen Brüder total rumnerven und voll ätzend sind. Aber das glaube ich nicht. Ich hätte gern einen älteren Bruder, der mich beschützt, wenn ich mal von irgendwem blöd angequatscht werde. Also mal abwarten, wie er so ist, wenn er erst mal hier wohnt.

Sie legte den Stift beiseite und schob das Blatt Papier zu den anderen in die Schublade. Es wurde wirklich Zeit für ein anständiges Notizbuch. Diese Zettelwirtschaft ging gar nicht.

Auf ihrem Wunschzettel stand an zweiter Stelle ein neues Schlafsofa, eines zum Ausklappen. Das alte Bett mit den hohen weißen Holzsprossen an Kopf- und Fußteil sah aus wie ein Babybett. Das musste dringend ersetzt werden. Agnes hatte schon Decken über die Sprossen gehängt, aber das war natürlich kein Dauerzustand. Sie war schließlich kein Kleinkind mehr.

Sie ging hinunter in die Küche. Im Flur stoppte sie am Vogelkäfig und gab Anton und Boogie, den zwei bunten Zwergpapageien, einen Hirsezweig durch die Gitterstäbe. Die zwei hüpften auf ihren Stangen heran und pickten mit ihren Schnäbeln drauflos.

In der Küche schob Mama den Kuchen in den Backofen, Agnes schnappte sich die beiden Rührstäbe vom Mixer und leckte den süßen Teig ab.

»Verdirb dir nicht den Magen«, sagte Mama und zündete sich eine Zigarette an.

Im Radio wurden schon den ganzen Tag über Weihnachtslieder gespielt. Mama hörte immer den Sender, bei dem auch Geschichten vorgelesen wurden, und jetzt – zu Weihnachten – gab es welche aus der Bibel. Maria und Josef waren auf der Suche nach einem Schlafplatz, aber alle Herbergen waren voll, sodass sie in einem Stall übernachten mussten. Agnes kannte die Weihnachtsgeschichte auswendig, aber sie war immer wieder schön, weil viele Menschen den Eltern und dem kleinen Jesuskind halfen. Ein bisschen war es so wie das, was Mama und Agnes für Max vorbereiteten. Er hatte zwar ein Zuhause, im Internat, aber das war kein richtiges Zuhause, es war mehr ein Landschulheim wie bei einer Klassenfahrt. Da konnte man schlafen und essen und so weiter, aber ein gemütliches Sofa in einem warmen Wohnzimmer oder eine Küche mit Weihnachtsliedern und einem Kuchen im Backofen gab es da nicht. Und außerdem wurde Max heute aus dem Krankenhaus entlassen, da gab es noch weniger von alledem. Mama und Agnes würden künftig auf Max aufpassen, wie Gott auf Jesus und seine Eltern aufpasste. Agnes fand, das war ein schöner Gedanke.

»Wann kommt er?«, fragte sie.

»Er müsste schon längst hier sein«, sagte Mama und sah auf die orangefarbene Uhr an der Wand. »Hast du dein Zimmer aufgeräumt?«

Agnes nickte und leckte den zweiten Rührstab ab. Im Teig waren klein gemahlene Nüsse und Honig. Er war etwas klebrig, aber unheimlich lecker. So leckeren Kuchenteig hatte Max bestimmt noch nie gegessen. Er war auf Omas Bauernhof aufgewachsen, da war alles so dreckig, und es stank überall nach Gülle. Der Geruch hing sogar in Omas Kleidern und in ihren Haaren, und wenn sie mal hierher nach Kiel zu Besuch kam, roch das ganze Haus danach. Sie konnte bestimmt nicht so gut backen wie Mama.

Mama hatte erzählt, Max sei auf dem Hof eine Kellertreppe hinabgestürzt. Er hätte sich dabei das Knie gebrochen. Das war wahrscheinlich sehr schmerzhaft, und Max musste sicher einen Gips tragen. Sandra, aus ihrer Klasse, hatte sich mal den Arm gebrochen und hatte auch einen Gips bekommen. Sie hatte gesagt, sie hätte gar nicht so große Schmerzen gehabt, aber es hätte immer gejuckt, ganz schlimm gejuckt.

Mama drückte ihre Zigarette in den Aschenbecher, zog die Kochschürze mit dem Blumenmuster aus und hängte sie an den Türhaken. »Na komm, meine Süße«, sagte sie. »Machen wir uns ein bisschen hübsch fürs Christkind, ja?«

Agnes sprang von der Eckbank auf, griff Mamas Hand und zog sie mit sich durch den Flur. Anton und Boogie piepten.

»Ihr bekommt auch ein Weihnachtsgeschenk«, rief Agnes und lief die Treppe hinauf.

Im Badezimmer hing schon das Kleid bereit, Mama hatte es ganz neu gekauft. Es war dunkelblau mit einem breiten, weißen Kragen. Dazu gab es eine helle Strumpfhose und die neuen schwarzen Schuhe, die ein Riemchen und einen kleinen Absatz hatten. Das waren richtige Damenschuhe. Agnes hüpfte, als Mama das Kleid ins Licht hielt. Zum Glück musste sie damit nicht auf Omas Bauernhof, dafür war das Kleid viel zu schade. Sowieso war sie nur ein- oder zweimal dort gewesen, sie konnte sich gar nicht mehr so genau daran erinnern. Nur der Gestank und der ganze Dreck waren ihr in Erinnerung geblieben.

Die Heizung knackte, im Raum war es warm, während draußen stille Schneeflocken an den Fensterscheiben vorbeifielen. Agnes warf ihre Hose und den Pullover von sich und schlüpfte in das Kleid. Sie betrachtete sich im Spiegel. Im grellen Deckenlicht glänzten ihre schwarzen Haare, die schon fast bis zum Hintern reichten – na ja, also bis zu den Schulterblättern auf jeden Fall.

Mama flocht ihr Zöpfe, aber sie lächelte dabei nicht so wie sonst. Sie sah ein bisschen traurig aus, ihre Haut war blass, und ihre Augen waren klein und müde.

»Mama?«

»Ja?«

»Magst du Max nicht?«

Mama nahm einen Gummi und fixierte ihn am Zopfende. Sie kämmte die andere Seite, zog drei Haarstränge auseinander und begann erneut zu flechten.

»Wie kommst du darauf?«

Der zweite Zopf war am Haaransatz zu fest gebunden, aber Agnes traute sich nicht, es auszusprechen. Ebenso wenig, dass sie Mama heute früh belauscht hatte. Aber was hieß schon »belauscht«, Mama hatte im Flur gestanden und mit ganz normaler Stimme telefoniert.

»Heute Morgen, als du mit Svea am Telefon geredet hast, da hast du gesagt, das wäre alles keine gute Idee. Möchtest du nicht, dass Max bei uns wohnt?«

Mama band auch um den zweiten Zopf einen Gummi und drehte Agnes zu sich. Sie zog die Augenbrauen nach oben.

»Weißt du … mein Bruder, also Max' Vater, und ich … Wir haben uns nie gut verstanden. Ich ärgere mich sehr über ihn. Er lässt alles verkommen, und die Oma war mit allem überfordert. Er hat sich immer auf andere verlassen. Und jetzt ist es so weit, dass ich mich um seinen Sohn kümmern soll. Ich möchte das gern machen, wirklich. Ich habe aber auch ein bisschen Angst davor. Was ist, wenn es Max bei uns nicht gefällt? Wenn er mich doof findet oder vielleicht sogar dich?« Jetzt lachte Mama wieder.

»Ach Quatsch«, sagte Agnes. »Der wird sich in seinem neuen Zimmer bestimmt voll wohlfühlen. Vor allem, weil's da nicht nach Kuhstall stinkt.«

Mama lachte noch einmal. »Da hast du recht.« Sie streichelte Agnes' Wange. »Früher, weißt du, da gab es eine Zeit, in der der Hof richtig schön und gepflegt war. Es gab Angestellte, einen Stall voller Pferde und einen riesigen Heuboden, auf dem ich als Kind gespielt habe. Oma Clara hat mir und meinen Freundinnen selbst gebackenes Brot und Käse und Milch gebracht, und wir sind nicht vor Einbruch der Dunkelheit ins Haus gekommen, so herrlich war es draußen. Es roch nach frisch gemähtem Gras, nach den Pferden, und sonntags haben wir uns alle schön gemacht und sind in die Kirche gegangen. Das war eine tolle Zeit. Ich hätte mir gewünscht, dass du das auch erlebst.«

Jetzt war Mamas Lachen wieder fort. Ihre Augen blinzelten ganz schnell.

»Warum durfte ich nie auf den Hof? Warum sind wir so selten da gewesen, nur zwei- oder dreimal?«

Mama griff Agnes' Hand und drückte sie an ihre Brust. »Ich hatte meine Gründe, glaub mir. Aber dafür bist du noch ein bisschen zu jung. Ich erzähle es dir, wenn du ein paar Jahre älter bist. Einverstanden?«

Agnes nickte, obwohl sie zu gern gewusst hätte, was damals passiert war. Es hatte sicher irgendetwas mit Max' Vater zu tun. Aber von blöden Gedanken wollte sich Agnes jetzt nicht ihre Weihnachtsstimmung verderben lassen. Sie umarmte Mama und gab ihr einen Kuss auf den Mund.

Mama richtete sich auf. Sie stellte sich vor den Spiegel und begann sich zu schminken, als es unten an der Tür klingelte.

Das war er bestimmt, das war bestimmt Max. Hoffentlich konnte er mit seinem schlimmen Bein die Treppe hochsteigen, sonst würde er unten im Wohnzimmer auf dem Sofa neben dem Weihnachtsbaum schlafen müssen und konnte gar nicht sein neues Zimmer begutachten, und Agnes' Zimmer auch nicht. Sie schaute in den Spiegel, die Zöpfe saßen perfekt. Sie schlüpfte in die neuen Schuhe, schloss die Riemchen und rannte los.

»Warte«, rief Mama ihr hinterher, aber Agnes lief weiter.

Anton und Boogie piepten wild durcheinander und hüpften auf ihren Stangen hin und her. Die Absätze der neuen Schuhe klackerten auf dem Fliesenboden im Flur, als sie zur Tür ging. Sie öffnete.

»Hallo«, sagte Svea, die Max auch bei den letzten beiden Malen begleitet hatte.

»Hi«, sagte Max. Er stand, auf zwei Krücken gestützt, auf dem Treppenabsatz. Das bandagierte Bein sah aus, als sei es eingeschneit worden.

Mama kam zur Tür und gab Svea und Max die Hand. »Hallo, Max. Schön, dass du da bist.«

»Ja, danke.« Er lächelte.

»Kommt doch rein, ich mache uns einen Tee.«

»Das ist nett«, sagte Svea. »Aber ich muss gleich wieder los, sonst kriege ich Ärger zu Hause. Wir haben ja alles besprochen. Und wenn es noch Fragen gibt, Sie wissen ja, wie Sie mich erreichen.«

Mama nickte.

Svea übergab ihr eine pralle Reisetasche und klopfte Max auf die Schulter. »Und für dich gilt das natürlich auch: Melde dich, wenn irgendwas ist, okay?«

»Okay«, sagte Max.

Der würde Augen machen, wenn er sein neues Zimmer zu Gesicht bekam. Zuletzt hatte er es gesehen, als es noch eine Rumpelkammer gewesen war. Am liebsten hätte Agnes es ihm sofort gezeigt, aber Mama hatte vorhin gesagt, sie solle sich zurücknehmen und Max nicht gleich überfallen. Doch je schneller er sich hier zu Hause fühlte, desto schneller war alles wieder wie immer. Nur, dass dann einer mehr im Haus lebte.

Max humpelte auf seinen Krücken in den Flur und weiter bis zur Küche. Das ganze Erdgeschoss roch nach Nusskuchen. Es war ein komischer Gedanke, dass ab jetzt ein Junge, Agnes' Cousin, den sie im Grunde gar nicht kannte, bei ihnen wohnen sollte. In den letzten Tagen und Wochen nach den Herbstferien, als das immer klarer geworden war, fand Agnes das total spannend und irgendwie witzig. Umso merkwürdiger war es jetzt, als es Realität wurde. Er würde jeden Morgen mit am Frühstückstisch sitzen und abends mit vor dem Fernseher im Wohnzimmer. Agnes würde die Klospülung hören, wenn sie bereits im Bett lag und Max noch im Bad war. Und er würde dabei sein, wenn Mama ihr abends vor dem Kamin Geschichten vorlas. Mama war ihre Mama, nicht seine. Das sollte ihm klar sein, aber das war es bestimmt auch.

Max ließ sich auf einen der Stühle am Küchentisch fallen. Mama nahm ihm die Krücken ab und stellte sie in die Ecke hinter der Tür. Sie setzte sich neben Agnes auf die Eckbank und zündete sich eine Zigarette an. Aus dem Radio erklang *Last Christmas* von Wham, ein ganz neues Weihnachtslied, das sogar Mama gut fand, obwohl es auf Englisch war.

Draußen im Flur krakeelten die Zwergpapageien. Es schien, als wollten sie das Lied mitsingen.

»Also«, sagte Mama. »Nochmals herzlich willkommen. Wir haben dir dein Zimmer oben hergerichtet, das können wir uns gleich mal ansehen. Kannst du mit den Dingern überhaupt Treppen steigen?« Mama zeigte auf die Krücken in der Ecke.

»Ach, bestimmt«, sagte Max. »Dauert vielleicht ein bisschen länger, aber wird schon gehen.«

»Hast du Hunger?«, fragte sie. »Der Kuchen ist gleich so weit.«

»Er riecht großartig.« Max sah zum Backofen.

»Agnes, sei so gut und hol uns Teller und Gabeln, ja?« Sie sah weiter Max an. »Tut das Bein sehr weh?«

Agnes hatte noch nie Teller und Gabeln holen müssen, wenn Besuch da war, das hatte immer Mama gemacht.

»Nein«, sagte Max. »Ich merke es kaum. Aber die Schiene ist tierisch unbequem.«

Mama lachte. »Das glaube ich«, sagte sie. »Wann kommt sie weg?« Sie aschte ihre Zigarette ab.

Mama war mit einem Mal wie ausgewechselt. Vorhin hatte sie sich noch Sorgen gemacht, dass Max es hier doof finden könnte. Doch von dieser Angst war jetzt nichts mehr zu spüren. Sie redete mit ihm, als hätte er schon immer hier gelebt und sei nur mal eben fort gewesen. Aber okay: Er war Gast und sollte sich wohlfühlen.

»Der Arzt hat gesagt, wenn's gut läuft, dann bin ich sie in sechs Wochen los.« Max klopfte mit einem Fingerknöchel auf den Verband.

Agnes stand auf, holte drei Teller aus dem Schrank und verteilte sie auf dem Tisch. Sie nahm Kuchengabeln aus der Schublade und legte eine an jeden Platz.

»Sechs Wochen«, sagte Mama. »Na, die kriegen wir schon rum.« Sie drückte ihre Zigarette im Aschenbecher aus.

»Wie ist das überhaupt passiert?«, fragte Agnes.

»Agnes, bitte. Darüber möchte Max bestimmt nicht sprechen. Sei nicht immer so neugierig.« Mama stand auf und sah in den Backofen. »Ich glaub, der ist gut.« Sie nahm ein paar Topflappen, holte den Kuchen aus der dampfenden Hitze und stellte ihn auf die Küchenzeile neben der Spüle. »Magst du ihn anschneiden?«

Sie gab Agnes das große Brotmesser in die Hand und setzte sich wieder. Immer wenn Agnes Kuchen anschnitt, sah Mama ihr dabei zu. Jetzt schaute sie zu Max. Max' Schultern hingen ein Stück nach vorn. Er sah irgendwie verloren aus auf dem Küchenstuhl, wie eine Schaufensterpuppe von Horten, die zwar tolle Kleidung trug, aber wegen ihres aufgemalten Blicks und ihrer Starrheit unnahbar wirkte.

Der Kuchen dampfte, aber er roch nicht mehr so gut wie noch vor ein paar Minuten. Das Aroma, das in der Luft lag, war bitter und irgendwie salzig. Agnes setzt das Messer an und schnitt den Knust ab.

An ihrer Frage, wie Max sich das Knie gebrochen hatte, konnte Agnes nichts Schlimmes finden. Mama hatte ganz schön schroff reagiert, obwohl sie bestimmt genauso neugierig war. Oder vielleicht wusste sie es bereits. Aber warum machte sie dann so ein Geheimnis daraus?

»Also«, sagte Mama zu Max. »Wir machen es an Heiligabend immer so, dass wir bei Einbruch der Dunkelheit die Kerzen am Baum einschalten, eine Kassette mit Weihnachtsliedern anmachen und uns dann bescheren. Bist du damit einverstanden? Das Christkind hat bestimmt auch ein paar Geschenke für dich vorgesehen.«

Mama würde nicht alles umwerfen, was sie und Agnes schon immer so gemacht hatten, nur weil ein Fremder vielleicht dagegen war. Agnes schnitt ein zweites Stück Kuchen ab. Es war etwas dünn geraten und zerbröselte in zwei Teile.

»Ich finde es schön, dass ich hier sein darf«, sagte Max. »Ich mach alles mit, was ihr macht.«

Mama nickte.

»Wo ist meine Tasche?«, fragte Max.

Mama stand auf. »Ich hol sie dir.« Sie ging in den Flur und brachte die Tasche herein, die sie neben Max auf den Boden stellte.

Agnes schnitt ein drittes Stück Kuchen ab, ein dickeres diesmal. Mit einem Tortenheber legte sie es auf den Teller, der vor Max stand. Den Knust bekam Mama, und das zerbrochene Stück nahm sie selbst.

»Danke«, sagte Max und lächelte Agnes dabei an.

Er hatte bestimmt bemerkt, dass er das schönste Stück bekommen hatte.

Er beugte sich zu seiner Tasche hinunter, zog den Reißverschluss auf und nahm zwei in Geschenkpapier eingeschlagene Päckchen heraus, die er auf den Tisch legte. »Ich habe euch auch etwas mitgebracht.«

Mama legte eine Hand darauf. »Das ist ja lieb. Danke schön. Ich schlage vor, die legen wir zu den anderen unter den Tannenbaum. Dann könnten wir die Bescherung ja schon fast starten, draußen wird's langsam dunkel. Und danach gehen wir in die Kirche. Was meint ihr?«

»Super«, sagte Agnes. Sie setzte sich an den Tisch und biss vom Kuchen ab. Er war noch warm. Eines der beiden Geschenke, die Max mitgebracht hatte, musste für sie sein. Was da wohl drin war? Zum Glück hatte sie vorhin auch noch etwas für ihn eingepackt. Das Problem war nur, dass beide Pakete, die vor ihr lagen, größer waren als das, was Agnes für ihn vorgesehen hatte. Aber egal, wenn er sich nicht darüber freuen würde, konnte sie es auch nicht ändern. Der liebe Gott urteilte nicht nach der Größe von Geschenken.

Max biss von seinem Kuchen ab und schloss die Augen beim Kauen. Agnes hatte es gewusst: Er hatte noch nie so guten Kuchen gegessen, jede Wette. Allerdings: Für einen großen Bruder redete er zu wenig. Tanja, ihre Mitschülerin, hatte erzählt, ihr Bruder würde ihr andauernd irgendwelche Vorschriften machen und sie foppen. Davon war Max weit entfernt, aber klar: Er war ja auch erst ein paar Minuten hier. Er würde sich bestimmt noch ändern, wenn er erst einmal ganz angekommen war. Agnes wünschte sich eigentlich gar nicht, dass er sie foppte, aber ein bisschen wünschte sie es sich doch. Das war eine merkwürdige Situation, und auch Mama war irgendwie anders. Sie grinste die ganze Zeit, trug ihm seine Tasche vor die Nase, und pickte mehr mit der Gabel in ihrem Kuchenstück herum, als dass sie es aß.

Dennoch: Es war spannend, dass Max hier saß und ab heute hier leben würde. Er musste unbedingt sein Zimmer sehen. Das war bestimmt besser als das auf dem Hof oder im Internat. Und vom Internat musste er auch erzählen, das war sicher spannend, so ganz ohne Eltern.

Vom Flur hörte Agnes die zwei Papageien meckern. Sie erzählten sich nachmittags immer etwas, vor allem, wenn es draußen allmählich dunkel wurde.

Im Radio dudelte Klaviermusik. Die Gabeln kratzten über die Teller, während die Kerzenflamme auf dem Küchentisch ruhig in der Luft stand. Agnes wusste nicht, was sie sagen sollte, alles, woran sie dachte, kam ihr blöd und überflüssig vor. Sie hätte Max gern gefragt, ob er jetzt lieber zu Hause bei sich auf dem Hof oder im Internat wäre, aber sie hatte Sorge, dass sie ihn mit einer solchen Frage traurig machte. Auch hätte sie gerne gewusst, ob er es schön fand hier im Haus. Aber das kam ihr aufdringlich vor. Sie aß weiter ihren Kuchen, genau wie Mama und Max. Und zum Glück war bald die Klaviermusik zu Ende, und es kam wieder ein englisches Lied, das Agnes nicht kannte. Es war viel Glockenklingen darin.

Mama schob ihren Teller beiseite und stand auf. »So«, sagte sie. »Ich ziehe mir schnell noch etwas anderes an, und dann können wir starten. Soll ich deine Tasche mit hochnehmen?«

»Oh, ja, danke«, sagte Max mit vollem Mund.

Agnes musste grinsen.

Auch sie und Max standen vom Tisch auf. Max schnappte seine Krücken und humpelte in den Flur. Anton und Boogie waren plötzlich verstummt und saßen dicht aneinandergekauert auf ihrer Stange. Max beachtete die beiden nicht weiter, er konzentrierte sich auf die Reihenfolge seiner Schritte und das Voranstellen der Krücken. Langsam erklomm er Stufe um Stufe, bis er die Treppe geschafft hatte und in der Tür zu seinem neuen Zimmer stand. Er schaltete das Deckenlicht an.

»Wow«, sagte er und ging hinein.

»Gefällt es dir?«, fragte Mama.

»Ja, sehr. Vielen Dank. Ich weiß gar nicht, was ich … Es ist wirklich toll geworden, Danke schön.«

»Na prima«, sagte Mama. »Dann bis gleich.« Sie verschwand im Schlafzimmer und schloss die Tür hinter sich.

Max ließ sich aufs Bett fallen und atmete durch. Agnes blieb im Türrahmen stehen. Auf sein Knie durfte sie ihn nicht ansprechen, auf den Hof und seinen Vater auch nicht und womöglich noch nicht einmal auf das Internat.

»Magst du dich setzen?«, fragte er. Er schaltete die Nachttischlampe ein

»Hmhm«, machte Agnes und nahm auf dem Schreibtischstuhl Platz.

Er rieb mit der flachen Hand über seinen Verband. »Die Kniescheibe ist in drei Teile zersprungen«, sagte er leise. »Der Arzt hat gesagt, es wird lange dauern, bis ich wieder richtig laufen kann. Ziemlicher Mist. Ich hoffe, ich bin bis zur kommenden Saison wieder fit.«

»Kommende Saison?«

»Ja, ab Mai nächsten Jahres. Ich mache Leichtathletik, und am ersten Mai geht immer das Training los. Im Juli finden dann die

Schulmeisterschaften statt. Letztes Jahr bin ich in meiner Altersklasse Zweiter geworden.«

»Oh, super. Dann bist du ziemlich sportlich, was?«

»Wie man's nimmt.« Er betastete das geschiente Knie und ließ seinen Kopf dabei ein wenig hängen.

»Hast du dich beim Sport verletzt?« Agnes musste das einfach fragen. Daran war nichts unhöflich und selbst wenn. Mama war noch im Schlafzimmer und konnte nichts hören.

»Nein.« Max sah durch das Fenster nach draußen. Die große Tanne trug Schnee auf ihren Zweigen. »Mein Vater war auf der Kellertreppe gestürzt. Ich wollte ihm helfen. Ich bin zu ihm, hab mich runtergebeugt und da ... da hat er versucht, allein wieder auf die Beine zu kommen. Er hat das nicht mit Absicht gemacht. Ich stand halt blöd da, ich wollte ihm ausweichen und bin die Stufen runtergesegelt. Bei irgendeiner Stufe muss ich mit dem Knie auf die Kante geschlagen sein. Ich konnte richtig hören, als der Knochen brach. Das hat laut geknackt, wie ein trockener Ast.«

Agnes griff an ihr Knie. Die Scheibe war ein bisschen beweglich. Unten an der Außenseite konnte Agnes ihren Zeigefinger fast ein kleines Stück darunterschieben. Doch dabei spürte sie sofort einen stechenden Schmerz. Was mussten es erst für Schmerzen sein, wenn die ganze Scheibe in drei Teile brach. Agnes hätte wahrscheinlich das ganze Haus zusammengeschrien.

»Ich hab das ganze Haus zusammengeschrien«, sagte Max.

Agnes lachte innerlich.

»Das hat so unglaublich wehgetan.«

»Das glaube ich dir. Aber es wird bestimmt ganz schnell besser. Die nächste Zeit kannst du dich hier ja erst einmal ausruhen.«

»Ja«, antwortete Max. »Das ist gut.«

Die Schlafzimmertür ging auf, die Scharniere quietschten, Mama hatte sie noch immer nicht geölt, sie schob es seit Wochen vor sich her. Sie hatte ihren hellblauen Hosenanzug angezogen, den breiten schwarzen Ledergürtel angelegt und ihre Haare zu einem Zopf gebunden. Wie hübsch sie war, andere Mütter sahen mit neununddreißig nicht so gut aus und auch nicht so jung.

»Wollen wir?«, fragte sie.

Die Treppe mit den Krücken hinabzusteigen schien schwieriger zu sein als hinauf. Mama stützte Max unter dem linken Arm und gab ihm Halt, während er langsam die Stufen einzeln nahm.

Im Wohnzimmer schaltete Agnes die Lichterkette am Baum an und schmiss ein Holzscheit in den Kamin. Im Raum roch es nach Tannennadeln und verbranntem Holz.

Mama drückte auf den Kassettenrekorder, *O du fröhliche* erklang. Sie hatte die Wohnzimmertür offen gelassen, Anton und Boogie zwitscherten zur Musik mit.

Mama holte einen Briefumschlag unter dem Baum hervor und überreichte ihn Agnes. »Frohe Weihnachten, mein Schatz«, sagte sie, umarmte Agnes und gab ihr einen Kuss.

»Frohe Weihnachten«, antwortete Agnes und öffnete neugierig den Briefumschlag. Zum Vorschein kam ein selbst gebastelter Gutschein. Die Buchstaben des Wortes »Gutschein« waren dabei mit verschiedenen Farben im Halbkreis auf das Papier geschrieben. In der Mitte war ein hellgrünes Sofa abgebildet. Agnes wollte nicht enttäuscht sein, aber sie konnte nicht anders, auch wenn unter dem Baum noch mehr Geschenke lagen und einige davon gewiss für sie bestimmt waren.

Mama zog die Augenbrauen hoch und streichelte Agnes' Wange. »Die im Möbelladen hatte mir versichert, dass es bis Weihnachten geliefert wird. Ich habe da gestern extra noch mal angerufen, aber es ist keiner ans Telefon gegangen. Es tut mir leid, meine Süße. Aber es wird ganz bestimmt gleich nach Weihnachten da sein.« Mama drückte Agnes fest an sich und gab ihr einen Kuss auf die Wange. Sie roch nach Zigarettenqualm. Dann drehte sich Mama um.

Max hielt ihr eines der Geschenke entgegen, die er mitgebracht hatte, das andere gab er Agnes, und auch er wünschte frohe Weihnachten. Auf der Kassette folgte das nächste Lied, *Stille Nacht, heilige Nacht.*

Agnes riss das Geschenkpapier auf. Sie hielt eine flache, dunkle Holzkiste in ihren Händen, die Kiste war aufklappbar.

»Was ist das?«, fragte sie.

»Mach's auf. Ein Backgammonspiel. Kennst du Backgammon?«

Agnes schüttelte den Kopf. Sie hatte den Namen schon einmal gehört, aber was sich dahinter verbarg, wusste sie nicht.

»Wir spielen es immer im Internat, abends auf unserm Zimmer. Es macht voll Spaß. Ich kann es dir beibringen, wenn du möchtest.«

»Hmhm«, machte Agnes und öffnete die Kiste. Das Holz war mit braunem Samt ausgekleidet. Auf jeder Hälfte waren abwechselnd schwarze und weiße, schmale Dreiecke abgebildet, die sich mit ihren Spitzen gegenüberlagen. An den Außenseiten waren runde Spielchips eingeklemmt, daneben vier Würfel und zwei Lederbecher. Das sah alles edel und geheimnisvoll aus, und Agnes hatte keine Ahnung, was man damit spielen konnte. Sie klappte die Kiste wieder zu.

»Ich würde es auch gern lernen«, sagte Mama und lachte. Ein neues Spiel zu lernen war immer gut. Sie konnten es später ja zu dritt noch ausprobieren.

Max saß auf dem Fußhocker vor dem Fernsehsessel und hatte das geschiente Bein von sich gestreckt. Er lächelte und sah glücklich aus, aber vielleicht war auch ein bisschen Traurigkeit dabei, weil er an sein richtiges Zuhause auf dem Hof denken musste. Agnes konnte sich überhaupt nicht vorstellen, Weihnachten irgendwo anders zu feiern als zu Hause.

Mama packte ihr Geschenk von Max aus. Es war eine silberne Kette mit einem recht großen Kruzifix und einer Jesusfigur darauf. Es war wunderschön, das Gesicht der Figur war gar nicht von Schmerz verzerrt, im Gegenteil, es wirkte fast zufrieden.

»Oh«, sagte Mama. »Das ist doch … Ich fasse es nicht. Das ist doch die Kette meiner Mutter.«

Max nickte. »Ich hab sie neulich mitgenommen, einfach so. Ich hatte Angst, dass sie verloren geht. Großmutter hat sie so sehr gemocht. Und ich dachte … Ich dachte, du hättest sie gern.«

Mamas Kinn zitterte. Sie umarmte Max und gab ihm einen Kuss auf die Wange. »Danke«, sagte sie. »Das war genau richtig.« Sie nahm das Kruzifix noch einmal in die Hand und sah es einen Moment lang an. Sie strich Max übers Haar und blickte zu Agnes.

Nun überreichte auch Agnes ihre Geschenke an Max und Mama. Für Max hatte sie ein Bild gemalt mit einer grünen Wiese, einem großen Kirschbaum darauf und einer lachenden Sonne. *Herzlich willkommen* hatte sie in Großbuchstaben oben drüber geschrieben. Max bedankte sich und sagte, er werde es sich über sein neues Bett hängen.

Für Mama hatte Agnes eine Bibel besorgt. Sie war ganz neu und eingeschlagen in einen weinroten Einband. Jeder Mensch sollte eine Bibel besitzen, das hatte Pastor Willbert gesagt und Agnes nach dem letzten Gottesdienst heimlich eine aus der Neulieferung für die Gemeinde zugesteckt.

»Ui«, sagte Mama. »Eine Bibel. Auch sehr schön. Vielen Dank, mein Schatz.« Sie legte das Buch sogleich beiseite, ohne es überhaupt aufzuschlagen. Gefiel es ihr nicht? Oder wusste sie, dass Agnes es nicht von ihrem Taschengeld gekauft hatte? Warum sah sie nicht hinein? Neue Bücher rochen doch immer so gut, und Mama mochte den Geruch, das hatte sie schon ganz oft gesagt.

»Freust du dich nicht?«, fragte Agnes.

Mama wandte sich zu ihr. »Natürlich freue ich mich. Wie kommst du darauf, dass ich mich nicht freuen könnte. Es ist eine tolle Bibel. Wir können gleich morgen zusammen ein bisschen darin lesen, was meinst du?«

Na also, Mama freute sich. Agnes nickte.

Mama überreichte Max ein Geschenk. »Rate, was es ist.«

Max zuckte mit den Schultern. »Ein Sack mit Kartoffelschalen jedenfalls nicht.«

»Kartoffelschalen? Wie kommst du denn darauf?« Agnes musste lachen.

Max winkte ab. »Ist 'ne längere Geschichte. Egal. Erzähle ich ein andermal.« Behutsam löste er die Tesafilmstreifen und faltete das Papier auf. Das Papier segelte zu Boden, Max hielt das Geschenk in die Luft.

Agnes' Lachen verflog auf einen Schlag. Das konnte nicht sein. Das musste ein Irrtum sein. Mama hatte ihm sicher das falsche Paket gegeben. Das war nicht für ihn bestimmt, das war für Agnes bestimmt. Aber Mama lächelte nur, sie machte keine Anstalten, einen Irrtum aufzuklären.

Max strich mit seinen Fingerspitzen über das hellbraune Leder des Notizbuchs. Er schlug die Seiten auf, sie waren liniert, und in der Mitte klemmte ein Lesebändchen.

Genauso eines hatte Agnes sich gewünscht. Das wusste Mama doch ganz genau. Sie hatte doch den Wunschzettel, den Agnes geschrieben hatte, an sich genommen und in ihre Hosentasche gesteckt.

Agnes sah unter den Baum. Keines der Geschenke, die noch darunter lagen, besaß die Größe des Päckchens, das Max soeben ausgepackt hatte.

Mama ging zum Schrank, öffnete die Barklappe und holte drei der guten Gläser hervor, von denen sie zwei mit Saft und eines mit Sekt füllte.

»Lasst uns erst mal anstoßen«, sagte sie und gab Max als Erstes ein Glas.

Er legte das Notizbuch vor sich auf den Fußboden, direkt neben Agnes. Sie berührte das Leder, es war warm und weich, und sie konnte sogar den typischen Geruch wahrnehmen.

Mama hielt ihr ein Glas entgegen. Aber Agnes hatte keinen Durst mehr.

12

HAMBURGER HAFEN, JANUAR 2021

Gestern Abend noch hatte Jonas es Lara prophezeit, jetzt hatte sich die Prophezeiung erfüllt: Vater trug seinen alten Smoking, und niemand hatte den Mut, ihm zu sagen, wie klein und eingefallen er darin aussah. Er stand gebeugt am Seiteneingang der Louisiana Star, dem Schaufelraddampfer im Südstaatenflair, der gleich über die Elbe schippern würde, und begrüßte jeden ankommenden Geburtstagsgast persönlich mit Handschlag, manche sogar mit einer Umarmung und einem Schulterklopfen, was Jonas gekünstelt vorkam; Vater hatte noch nie körperliche Nähe gemocht.

Auf Vaters Rücken zeichnete sich ein kleiner Buckel ab, und die Ärmel seines Smokings hingen ihm fast bis zu den Fingerspitzen. Die schwarze, viel zu große Samtfliege stammte vermutlich aus den Siebziger- oder Achtzigerjahren. Roy Black hätte sie gestanden, bei Vater sah sie aus wie eine Geschenkschleife ohne Geschenk.

Vater ließ sich hofieren. Hamburgs Erster Bürgermeister war gekommen und auch der Justizsenator, beide in Jonas' Alter und dazu mit rotem Parteibuch – gleich zwei Gründe für seinen Alten, die Männer nicht ernst zu nehmen. Doch er machte gute Miene zu bösem Spiel, lächelte freundlich, gab ihnen die Hand und deutete sogar eine kleine Verbeugung an. Der Bürgermeister wollte noch etwas sagen, aber Vater wandte sich schon wieder der Schlange an Gästen zu, die auf den Landungsbrücken auf Einlass warteten.

Der Bürgermeister nickte Jonas kurz zu, schnappte sich ein Sektglas vom Tablett, das eine Kellnerin über die roten Samtteppiche balancierte, und nahm ein Bad in der Menge. Klaus Geerds dagegen, der Justizsenator, steuerte geradewegs auf Jonas zu.

»Moin, van Loon. Großer Tag heute für Ihren alten Herrn, was?«

»Offensichtlich«, sagte Jonas. Es hatte keinen Zweck, ein Gespräch darüber anzufangen, wie unsinnig es war, auf das Älterwerden stolz zu sein, schon gar nicht mit einem Mann, der seinerseits langsam, aber sicher auf die sechzig zusteuerte und dessen Gunst Jonas zurzeit nicht verspielen sollte. Geerds hatte mit den Jahren seine Haare eingebüßt, sein Kopf war bis auf einen weiß schimmernden Haarkranz kahl, die Kopfhaut glänzte.

»Steht Ihnen ja nun auch bald bevor.«

»Was?«, fragte Jonas. »Sehe ich so alt aus?«

Geerds lachte laut auf. »Nein, natürlich nicht. Ich meine *Ihren* großen Tag. Im Rathaus habe ich noch niemanden gehört, der nicht mit Ihrer Nominierung einverstanden wäre. Nur die Konservativen ... Da müssen wir vermutlich noch ein wenig Überzeugungsarbeit leisten, ein paar Stimmen brauchen wir von denen. Aber da bin ich zuversichtlich. Es gibt keinen vernünftigen Grund, Sie nicht zu ernennen, van Loon.«

Deshalb war Jonas nie in die Politik gegangen. Es ging um Personen, nicht um die Sache. Es lag auf der Hand, dass die Konservativen lieber einen anderen Kandidaten auf dem Posten des Generalstaatsanwalts sehen würden und nicht ausgerechnet einen Kerl, der mit einem rostigen VW-Bulli durch die Stadt fuhr und Heavy Metal dabei hörte. So was war verdächtig und roch eher nach Staatszersetzung als nach Chefankläger.

»Ich danke Ihnen, dass Sie sich so für mich einsetzen. Das ist wirklich sehr freundlich.«

»Ich rufe Sie an«, sagte Geerds und mischte sich unter die Leute.

Noch immer strömten Gäste aufs Schiff und suchten einen Platz im Unterdeck. Die Tische waren mit weißem Damast eingeschlagen. Kerzenleuchter standen in ihrer Mitte, das Licht flackerte gegen das

Hamburger Grau an, das sich an diesem späten Vormittag auf die Elbe gelegt hatte. Der riesige, von Panoramafenstern umgebene Raum wirkte mit seinen schweren Lüstern wie ein Festsaal auf See.

Jonas ging zur Bar und bestellte Kaffee. Im Hintergrund leuchtete das rote Schaufelrad, das gleich seine Arbeit aufnehmen würde. Die Rundfahrt bis raus nach Wedel zur Schiffsbegrüßungsanlage und zurück durch den Containerhafen sollte rund drei Stunden dauern. Einer der Höhepunkte war das Duett von Großvater und Enkelin, er am Flügel, sie mit der Violine. Allerdings kam heute noch ein drittes Instrument hinzu – die profane Gitarre eines verkorksten Sohnes. Jonas hätte sich ohrfeigen können, dass er sich gestern von Lara dazu hatte überreden lassen. Geerds würde die Konservativen überstimmen, Jonas würde Max im Rahmen seiner Möglichkeiten zur Seite stehen, und der liebe Herrgott würde sogar Wasser in Wein verwandeln. Alles würde passieren, nur eines nicht: dass Jonas' Vater sich über die Gitarrenbegleitung seines Sohnes freute.

Zwei Bootsleute holten die Gangway ein, die Tür wurde geschlossen. Die Motoren starteten, der Fußboden und die Tische vibrierten leicht. Hier und da kicherten einige ältere Damen, und Vater ging nach vorn auf die Bühne zum Mikrofon, das neben dem schwarzen Flügel stand.

Der Dampfer legte ab, das Schaufelrad begann sich im Wasser zu drehen. Das Schiffshorn heulte auf.

Isabell war also nicht gekommen. Eine Notfalloperation war Jonas' großer Schwester dazwischengeraten, vermutlich stand sie jetzt am OP-Tisch und unterstrich ihre chefärztliche Unentbehrlichkeit. Kein Wunder, dass Vater und sie sich so gut verstanden. Beide waren sich ihrer Einzigartigkeit bewusst, und dieses Bewusstsein war es, das eine innige Verbundenheit hervorrief. Geeint im Genie – da hatte der eine natürlich Verständnis, wenn die andere – genialitätsbedingt – nicht am fünfundachtzigsten Geburtstag anwesend sein konnte. Über Jonas' Fehlen am heutigen Tag hätte sich der Alte mit Sicherheit furchtbar aufgeregt. Und genau das war es, was die Sache so schizophren machte, denn im Grunde hatten sich Vater und Sohn nicht viel zu sagen und konnten einander gut entbehren.

»Lieber Herr Bürgermeister, lieber Herr Justizsenator, liebe Frau Präsidentin des Oberlandesgerichts, liebe Senatorinnen und Senatoren, liebe Freunde.« Vater ließ eine Pause entstehen und sah durch die Reihen vor sich. Das tat er immer, wenn er eine Rede hielt. Nicht mit Reden ziehe man Aufmerksamkeit an sich, sondern mit Schweigen – mit Schweigen im richtigen Moment. Das hatte er Jonas schon vorgebetet, als der noch Schüler in der Mittelstufe gewesen war. Offenbar war genau jetzt ein solcher Moment gekommen. Vater kostete ihn aus. Hinter Jonas arbeitete das Schaufelrad und ließ Wasser gegen die Scheibe spritzen. Die Wellen auf der Elbe, die ein vorbeiziehender Containerriese auf Reisen schickte, schlugen an die Bordwand, die Louisiana Star schaukelte behutsam. Keiner gab einen Ton von sich.

»Neulich wurde mir gesagt, wenn jemand in meinem Alter eine Rede hält, dann möge er sich kurzfassen. Denn manchmal sei das Schwert schärfer als das Wort, und der Sensenmann rede nicht viel.«

Die Gäste lachten, ein paar klatschten kurz in die Hände. Vater besaß Charme, er konnte selbst mit seinen fünfundachtzig Jahren humorvoll sein. Jonas hatte das fast vergessen. Der Alte machte seine Sache da vorn auf der Bühne gut.

»Liebe Gäste von nah und fern, es ist mir eine große Freude, Sie und euch heute hier zu sehen. Ich erspare uns jetzt weite Ausschweifungen, die meisten von euch wissen ja sowieso alles von mir – oder sagen wir: jedenfalls das meiste. Darüber könnt ihr euch nachher noch genug untereinander austauschen.«

Christiane saß als Einzige vorn an dem runden Zehnertisch, der für die Familie reserviert war, und schaute nach draußen auf die Elbe. Sie stützte den Kopf auf ihrer Hand ab und hing ein wenig schräg auf ihrem Stuhl. Jonas hatte keine Ahnung, was gerade in ihr vorging.

Auf ihn wirkte sie traurig, obwohl sie so sehr auf diesen Tag hingearbeitet und alles für ihren Schwiegervater organisiert hatte. Die Einladungen, die Schiffsreservierung, die Koordination der Präsente bis hin zum Verfassen einer Presseerklärung für das *Hamburger Abendblatt* und die *Neue Juristische Wochenschrift*.

»Ich habe heute die große Ehre, Ihnen meine Enkeltochter, Lara van Loon, vorzustellen.«

Lara trat aus den Reihen der Gäste, stellte sich neben ihren Großvater und verbeugte sich mit einem Lächeln. Sie trug einen hellgrauen Hosenanzug, und es war fraglich, ob der ihrem Großvater zusagte. Lauter Applaus brach los.

»Lara studiert an der Musikhochschule Wien klassische Violine und wird mich sogleich begleiten, wenn ich mit meinen …«, er betrachtete seine Hände, »… mit meinen alten Knochen versuche, ein paar zusammenhängende Töne aus diesem Flügel da herauszubekommen.« Er deutete auf den Flügel neben sich.

Jonas drehte sich vorsichtig zur Theke und nahm einen Schluck aus seiner Kaffeetasse. Wie schön es gewesen wäre, wenn Vater ihn nur ein einziges Mal in seinem Leben so gelobt hätte, wie er es jetzt bei seiner Enkelin tat. Einmal ein gutes Wort, ein Wort, das ihn aufgebaut hätte, gestärkt. Schon als Kind hatte Jonas sich danach gesehnt. Sicher, Vater hatte sich über gute Schulnoten gefreut und ihm später, als er seine Doktorwürde erwarb, auf die Schulter geklopft. Aber irgendetwas hatte dabei immer gefehlt, eine Umarmung vielleicht oder ein Zuspruch, der aus tieferen Regionen kam als der der Anstandsebene. Doch dazu war Vater nie imstande gewesen, dafür hatte Mutter herhalten müssen. Sie war viel zu früh gestorben.

»Ich möchte Ihnen und euch, liebe Freunde, aber noch eine Ankündigung machen.«

Erneut ließ er eine Pause entstehen, während die Gäste sich fragend ansahen. Die Glassteine des mächtigen Kronleuchters, der von der Decke hing, zitterten von dem Brummen der Motoren. Vaters

Gesichtsausdruck war ernst, aber freundlich. Er blickte durch die Reihen der Gäste und zwinkerte Jonas zu.

»Es ist nicht immer leicht, die richtigen Worte zu finden, schon gar nicht gegenüber dem eigenen Sohn, der Zeit seines Lebens seinen eigenen Willen durchsetzen musste und beim Vater damit nicht immer auf Gegenliebe gestoßen ist …«

Was tat der Alte da? Jonas stellte seine Tasse ab und sah zur Bühne. Er spürte die Blicke der umherstehenden Gäste, ein unruhiges Tuscheln ging durch die Reihen.

»Ich habe von meinem Vater gelernt, dankbar zu sein, dankbar für alles, was er mir ermöglichte. Und ich hätte mich niemals getraut, seine Erwartungen zu enttäuschen.«

Das sah ihm ähnlich: Er versammelte Land und Leute, um seiner lebenslangen Unzufriedenheit mit dem Sohn Luft zu machen. Eine Generalklarstellung, damit es auch jeder wusste: Der Sohn taugte nichts. Kaputte Ehe, kaputtes Auto, kaputtes Verhältnis zum Vater, dem Meister aller Klassen.

Jonas sah rüber zum Ausgang. Jetzt war klar, warum der Alte unbedingt auf einem Schiff feiern wollte – eine Flucht war unmöglich, er kam hier nicht weg.

Lara stand noch immer neben ihrem Großvater und starrte zu Boden. Die langen Haare hingen seitlich an ihrem Kopf herab, Jonas konnte ihr Gesicht nicht sehen. Sie waren sich so nah gewesen gestern Abend, sie waren Verbündete gewesen, als sie bis in die Nacht hinein Mozart geübt hatten. Mozarts Klavierkonzert Nr. 21 – Vaters Lieblingsstück. Wenn Jonas jetzt seine Zwölfsaitige in der Hand gehabt hätte … Er hätte sie am Tresen zerschlagen können oder noch besser: vorne auf dem Scheißflügel, direkt neben seinem Alten.

»Doch Dankbarkeit, liebe Freunde, setzt Großmut voraus, Verständnis und Akzeptanz. Derjenige, der stets nur erwartet und fordert, wird niemals Dankbarkeit erfahren, auch wenn er manches zum Gelingen beigetragen hat.«

Der Erste Bürgermeister nickte bei diesen Worten. Lara hob ihren Kopf, sie lächelte und biss sich auf die Lippen. Bugwasser schlug von der Elbe hoch und klatschte an die riesigen Frontscheiben.

»Mein Vater hat mich vieles gelehrt, und ich habe ihm viel zu verdanken. Wenn er nicht gewesen wäre … dann wäre ich wahrscheinlich Hafenmeister geworden oder Kapitän. Durch ihn aber habe ich Rechtswissenschaften studiert, und ein bisschen Kapitän bin ich ja auch gewesen, an meinem Gericht.«

Die Leute lachten und applaudierten wieder. Lara sah zu Jonas und zwinkerte mit dem linken Auge.

Was ging hier vor?

»Mein lieber Jonas, wo steckst du? Bitte komm zu uns.« Vater streckte einen Arm aus.

Das konnte nur ein Scherz sein.

Jonas ging nach vorn und blieb ein paar Meter vor der Bühne stehen. »Vater?«

»Bitte, komm zu uns. Komm zu uns auf die Bühne. Ja, so ist es gut. Meine lieben Freunde, für alle, die ihn noch nicht kennen sollten: Dies ist mein Ältester, Jonas. Er ist ein Dickkopf. Er hat einen furchtbaren Musikgeschmack, er kleidet sich in seiner Freizeit mit zerrissenen Jeans und kann nichts außer Strafrecht und Gitarre spielen. Aber … beides beherrscht er in Perfektion.«

Erneut brach Applaus los. Dieser verrückte Kerl. Dieser verrückte, alte Zausel. Stellte sich vor seine Geburtstagsgäste und holte zum vermeintlichen Tiefschlag aus, um jetzt nach Jonas' Hand zu greifen und sie fest in seiner zu halten.

»Aber …« Vater unterbrach das Klatschen der Leute, indem er mit seiner freien Hand durch die Luft winkte. Er drehte seinen Kopf zur Seite und sah Jonas in die Augen. »Ich habe nie einen so scharfsinnigen und bedachten Juristen kennengelernt wie ihn. Sie sehen vor sich den zukünftigen Generalstaatsanwalt der Freien und Hansestadt Hamburg. Etwas Besseres kann dieser Stadt nicht passieren.«

In diesem Augenblick überschlug sich der Applaus. Jonas umarmte Vater und presste seinen Oberkörper fest an sich. Vater roch nach Birkenhaarwasser und einer Spur Rotwein. Die Geräusche um ihn herum versiegten, die Menschen bewegten sich in Zeitlupe, bis ihre Bewegungen stillstanden. Jonas hörte Vaters Herz schlagen, er sah, wie die Atmung seinen Brustkorb hob und senkte. Jonas kam noch einmal mit dem Rad heim. Durch den Regen war er gefahren, das Abiturzeugnis war nass geworden in der Tasche auf dem Gepäckträger. Jonas ging in Vaters Arbeitszimmer. Mit zitternder Hand hielt er ihm das Zeugnis entgegen. Vater sah Jonas in die Augen. Doch diesmal stellte Vater nicht auf die für ein Jurastudium angeblich zu schlechte Abi-Note ab. Diesmal begann er zu lächeln, klopfte Jonas auf die Schulter und schickte Mutter in den Keller, um Sekt zu holen, von dem guten.

Lara ging ans Mikrofon. »Meine Damen und Herren. Sie werden jetzt Zeugen einer Weltpremiere. Ein Klavier, eine Geige und eine zwölfsaitige Akustikgitarre spielen für Sie Mozarts Klavierkonzert Nr. 21 in C-Dur, Köchelverzeichnis 467, zweiter Satz, Andante.«

Sie bat ihren Großvater ans Klavier. Der starrte sie und Jonas mit großen Augen an. Damit hatte er nicht gerechnet. Er war heute nicht der Einzige, der für eine Überraschung gut war. Er schüttelte den Kopf, trottete zum Flügel und nahm auf dem Hocker davor Platz. Jonas hängte sich die Gitarre um, die er vorhin hinter der Bühne versteckt hatte, Lara stimmte ihre Geige.

Im Saal unter Deck wurde es still, Lara eröffnete. Sie und Jonas wechselten sich bei den Sätzen, die für die Violine bestimmt waren, ab – wie sie es heute Nacht einstudiert hatten. Vaters Soloklavier folgte. Seine Finger, die Jonas zuletzt knochig und voller Gicht vorgekommen waren, glitten über die Tasten wie bei einem Zwanzigjährigen, auch wenn er sich hier und da einen kleinen Patzer erlaubte. Sein Spiel war wundervoll, Jonas hatte ihn noch nie zuvor so gefühlsbetont gehört, er sah ihm nur noch zu, er hörte nur noch zu, ohne die Noten im Blick zu behalten. Fast hätte er seinen Einsatz verpasst.

Sie flogen durch Mozarts Klänge, als hätten sie schon hundertmal zusammen gespielt. Jonas konnte nicht fassen, dass ihm diese Musik tatsächlich zu gefallen begann. Der Satz endete geradezu vergnügt – mit jubelnden Akkorden von Klavier, Gitarre und Geige und einem nicht weniger jubelnden Publikum.

Christiane war von ihrem Platz am Familientisch aufgestanden und applaudierte auch. Doch ihr gezwungenes Lächeln verriet, was sie seit wenigen Minuten nicht mehr mit ihrem Schwiegervater verband: die Unfähigkeit, zufriedengestellt zu werden.

13

HELGOLAND, JULI 1987

Ein kräftiger, warmer Wind fegte über das Hochplateau der Insel, bestimmt mit Stärke sieben oder acht. Die Luft roch nach Kräutern und Meersalz.

Max scherte aus der Linie des Trampelpfads aus und lief über die Wiese. Er rannte auf ein Schaf mit dichtem, langem Fell zu, das hilflos auf dem Rücken lag. Maria sah Jonas an, als wüsste er, was in Max gefahren war. Beine und Kopf des Tieres waren unter Wollbergen vergraben. Max hockte sich davor. Er legte beide Hände an die Flanken und drückte es sanft nach vorn. Der massige Körper kippte zur Seite, die kurzen Beine strampelten und suchten Halt auf dem moosigen Boden. Das Tier fasste Tritt, richtete sich auf und lief zur Herde zurück, die nur ein paar Meter weiter graste. Max stemmte sich hoch, er sah dem Schaf noch einen Augenblick nach, bevor er zurückkam.

»Schafe schubsen«, sagte er. »Eine sehr beliebte Sportart hier auf der Insel.«

Maria lachte. »Du Verrückter. Was sollte das denn jetzt?«

Max rieb sich Grasreste von den Knien. »Die Tiere sind überzüchtet. Ihre Wolle wächst zu schnell. Werden sie nicht rechtzeitig geschoren, können sie sich kaum mehr bewegen. Irgendwann fallen sie dann um und kommen nicht mehr hoch. Und wenn sie so liegen bleiben, bilden sich Koliken aus. Die Viecher können daran krepieren. Deshalb muss man sie ein bisschen schubsen, damit sie wieder auf die Beine kommen. Gut, oder?« Max stemmte seine Hände in die Hüften, hob das Kinn und grinste. »Ich könnte glatt Tierarzt werden.«

»Du bist ein Held.« Jonas klopfte Max auf die Schulter. Er verlor nie die Freude am Leben, selbst dann nicht, wenn es – wie heute – seinem Vater schlecht ging. »Ich hab das übrigens heute Morgen beim Frühstück ernst gemeint. Wenn du zu deinem Vater ins Krankenhaus möchtest, sag Bescheid, ich komme mit. Wir könnten die Fähre nachher um sechs nehmen, in drei Stunden.«

Max schüttelte den Kopf. »Der war schon so oft im Krankenhaus, dieses eine Mal wird er auch noch überleben. Und außerdem …«

»Außerdem?«, fragte Jonas. Wenn sein Vater heute ins Krankenhaus gekommen wäre, hätte es Jonas keine Minute mehr hier gehalten. Väter konnten Fluch und Segen zugleich sein. Bei Max war er ausnahmslos Fluch.

»Und außerdem wäre es ihm scheißegal, ob ich ihn besuche oder nicht. Also kann ich's auch lassen.«

Jonas nickte. Der Wind fegte über das grüne Hochplateau. Max' Alter gab tatsächlich nichts darauf, seinen Sohn zu sehen. Jonas hatte ihn nur zweimal gesehen, als er Max auf den Hof seiner verstorbenen Großmutter Clara begleitete, um ein paar Sachen aus seinem Zimmer zu holen – Kassetten, Jeans, Turnschuhe. Max hatte ihn gebeten mitzukommen und ihn im selben Atemzug davor gewarnt. Sein Alter sei unberechenbar, hatte Max gesagt. Und das, was Jonas in der Küche an der Eckbank zu sehen bekommen hatte, war mehr als nur ein heruntergekommener Kerl gewesen. Es war das Elend pur. Im Raum hatte es nach Fäkalien gestunken. Max' Vater hatte geraucht und Schlager im Radio gehört. Jonas war nach draußen an die frische Luft gerannt, sonst hätte er sich übergeben.

Max sah raus aufs Meer. Er hatte die Hände hinter seinem Kopf verschränkt und lächelte.

»Kommt«, sagte Maria. »Da vorn ist eine Bank.«

Sie gingen den Pfad entlang. Die Sonne ließ die Nordsee wie glühendes Metall schimmern. Draußen auf See, ganz hinten am Horizont, waren Tanker und Containerschiffe unterwegs. Sie bewegten sich nicht und wirkten wie angepinnt. Einmal auf einem solchen Kahn mitfahren, das wär's. Von Hamburg nach Shanghai und zurück. Tagelang auf See und kein Land in Sicht. Kein Internat, keine Klausuren, kein beschissener Rektor Grammel. Vater war zur See gefahren, er hatte sich für vier Jahre bei der Marine verpflichtet, bevor er sein Jurastudium begonnen hatte. Wenn er davon erzählte, leuchteten seine Augen.

Marias Haare wehten im Meereswind. Sie sprang mehr, als dass sie ging. Max stapfte ein paar Meter hinter ihr, und dann folgte Jonas. Jeder war mit sich beschäftigt, und doch waren sie in den vergangenen vier Tagen eine eingeschworene Gemeinschaft geworden. Beim Frühstück tuschelten die anderen Gäste schon über sie. Wahrscheinlich fragten sie sich, was die Frau Anfang vierzig mit den beiden Teenagern anstellte. Allein die Vorstellung, dass sie so denken konnten, beflügelte Maria, und sie legte abends in der kleinen Hotelbar die Arme auf Max' und Jonas' Schultern und verteilte abwechselnd Küsse auf ihren Wangen. Es war herrlich, mit anzusehen, wie sich manche Gäste an den Bartischen zur Seite drehten. Jonas' Eltern hätten sich genauso verhalten, vor allem sein Vater. Zum Glück war er in Hamburg und damit weit weg. Der tadellose Marineoffizier a. D.

Jura. Richter oder Staatsanwalt werden. Alle würden sagen, der Sohn eifert seinem Alten nach. Aber darum ging es Jonas nicht. Er wollte es wirklich. Jura war Mathematik, war Logik. Das Gesetz zu kennen verschaffte einem in Diskussionen stets einen argumentativen Vorteil, das hatte Jonas oft genug bei seinem Vater erlebt. Das Internat hatte den Besuch von Vorlesungen an der Uni in Hamburg organisiert. Erst vor ein paar Wochen hatte Jonas eine Strafrechtsvorlesung im Erstsemester gehört. Professor Reben, ein kleiner Herr mittleren Alters mit Fliege und Haarkranz, hatte mit den Worten eröffnet, dies sei die Veranstaltung, in der Blut aus dem Overheadprojektor fließe. Der ganze Saal hatte gelacht, und der Funke war sofort auf Jonas übergesprungen. Schon der erste Fall, den der Professor geschildert hatte, war faszinierend gewesen: Ein Täter hatte nachts seinem Nebenbuhler aufgelauert und ihn erschossen. Allerdings stellte sich heraus, dass es gar nicht der Nebenbuhler war, sondern ein wildfremder Mann, den der Täter nur für den Nebenbuhler gehalten hatte. Den hatte er natürlich nicht umbringen wollen. War er trotzdem ein Mörder? Jonas hatte sich den Namen dieses realen Falls gemerkt: Es war der Rose-Rosahl-Fall, so hieß auch die Entscheidung des Bundesgerichtshofs dazu. Es ging um einen *error in personam*, also einen Irrtum über die wahre Identität des Opfers. Dieser Irrtum war strafrechtlich unbeachtlich, es kam allein darauf an, dass der Täter überhaupt einen Menschen hatte töten wollen. Das genügte für seinen Vorsatz. Die Frage, *wen* er hatte umbringen wollen, war unwichtig. Jonas war fasziniert gewesen, wie differenziert dabei argumentiert wurde, wie präzise Gesetze und Rechtsprechung auf die Feinheiten eines Falles achteten. Mochten andere doch denken, er tue dem Vater einen Gefallen, wenn er Jura studierte. Er wusste, dass dieser Wunsch aus seinem tiefsten Selbst kam. Und wenn er dadurch – gewissermaßen als Nebeneffekt – noch ein wenig Vaters Stolz hervorrufen konnte, war das auch nicht schlecht.

Maria ging ein paar Meter voraus. Sie machte an einer Bank halt, die zum Meer ausgerichtet war. Sie stand auf einem kleinen Vorsprung direkt am tief abfallenden Steilufer, das mit dicken Glasscheiben zwischen einer Reihe Stahlpfosten gesichert war. Der salzige Wind hatte das Glas über die Zeit milchig werden lassen. Rechts daneben, in vielleicht achtzig Metern Entfernung, ragte die Lange Anna aus der Nordsee empor, das rotfelsige Wahrzeichen Helgolands.

Maria nahm ihren Rucksack ab und holte drei Flaschen Bier heraus. Max und Jonas setzten sich zu ihr und tranken.

Max fummelte mit dem Daumennagel am Silberpapier des Flaschenhalses herum. »Ist alles okay mit Agnes?«, fragte er Maria.

»Was meinst du?« Maria hatte ihre Stirn in Falten gelegt. »Was soll nicht okay sein mit ihr?« Sie stellte die Flasche neben sich ab und band ihren vom Wind zerzausten Zopf neu.

»Sie ist nur ein einziges Mal mit uns draußen gewesen. Am ersten Abend, seitdem hockt sie in ihrem Hotelzimmer rum und liest oder macht sonst was.«

Ein paar Basstölpel schwebten durch die Luft. Sie bewegten ihre Flügel kaum. Man konnte glauben, sie hingen an unsichtbaren Schnüren.

»Kennst sie doch.« Maria zuckte mit den Schultern. »Sie macht ihr eigenes Ding. Das nennt man wohl Pubertät. Mein Mädchen. Am ersten Abend war sie noch ganz gut drauf, fand ich. Sie hat sogar ein paarmal richtig gelacht, als wir da hinten gesessen haben.« Sie zeigte zu der Stelle, wo sie sich zu viert den Sonnenuntergang angesehen hatten. »Ich bin schon froh, dass sie überhaupt mitgekommen ist. Manchmal glaube ich wirklich, sie hasst mich.«

Jonas kannte Agnes nicht gut genug, um beurteilen zu können, was in ihr vorging. Aber es war offensichtlich, dass Mutter und Tochter zurzeit auf unterschiedlichen Frequenzen funkten. Maria war keine Polizeibeamtin, wie Jonas sie sich immer vorgestellt hatte. Dafür war sie viel zu verrückt und ausgelassen. Sie tanzte in ihrer Küche zu AC/DC und leerte dabei nicht selten eine Flasche Wein, während Agnes in ihrem Zimmer saß und sich auf ihren nächsten Einsatz als Messdienerin im Gottesdienst vorbereitete. Max hatte oft davon erzählt. Maria trug Lederhosen und enge Oberteile, Agnes dagegen weite Strickpullis, und ihre langen schwarzen Haare steckte sie zu einem Dutt zusammen.

»Nicht dich, Maria«, sagte Max in den Wind hinein. »Mich. Mich hasst sie.«

Maria drehte sich zu ihm. »Dich? Red keinen Quatsch. Du bist der große Bruder. Sie bewundert dich.«

Max zupfte ein Stück Silberpapier vom Flaschenhals und schnippte es in die Luft. »Du weißt genau, dass das nicht stimmt. Vielleicht wollte sie mal, dass es so wird. Aber ich bin ein Eindringling für sie. Ich habe ihr die Mutter streitig gemacht.«

»Unsinn«, sagte Maria etwas lauter. »Sie hat doch alle Möglichkeiten. Sie kann tun und lassen, was sie will. Ich hindere sie nicht daran. Und du auch nicht. Sie muss nur mal aufhören, ständig in ihrer komischen Bibel zu lesen. Das ist doch nicht normal.«

Auch davon hatte Max Jonas erzählt. Agnes hatte sich einen Holztisch in ihr Zimmer gestellt und ein großes Kruzifix darübergehängt. Es sah aus wie ein kleiner Kirchenaltar, hatte Max gesagt. Jonas hatte ihn gefragt, warum Agnes das getan hätte, aber Max hatte keine Antwort darauf gewusst. Anscheinend hatte sie ein paar Freundinnen in der Kirchengemeinde gefunden, die genauso tickten. Die Mädchen würden sich ständig treffen, und wenn sie zusammensäßen, würden sie sich aus der Bibel vorlesen. Jonas kam das reichlich beknackt vor, aber letztlich musste jeder tun, was er für richtig hielt.

Max stand auf und stellte sich an den Zaun. Er wischte flüchtig über die Glasscheibe, seine Hand hinterließ eine Spur in der matten Salzschicht. Die Wolken zogen schnell, manchmal schoben sie sich vor die Sonne und ließen Licht und Schatten miteinander spielen.

Er drehte sich zu Jonas und Maria um. »Wisst ihr was? Ich habe eine Idee. Die Menschen müssen da abgeholt werden, wo sie stehen, richtig? Deshalb gehen wir jetzt ins Hotel und schlagen Agnes vor, dass wir uns alle eine Geschichte aus der Bibel aussuchen. Die trägt dann jeder vor, und wir reden darüber. *Jones*, für dich wüsste ich schon eine: *Jonas und der Wal.*« Er lachte und nippte an seiner Flasche.

Maria schippte mit der Fußspitze ein paar Moosbüschel aus der Rasenfläche. »Sie wird uns für verrückt erklären.«

Da mochte Maria recht haben. Es war dennoch eine gute Idee. Hol die Menschen da ab, wo sie stehen – Jonas wusste wieder, warum er Max so mochte. Der Kerl war anständig. Und er kannte die Menschen.

»Einen Versuch ist es wert«, sagte er, auch wenn er nicht die leiseste Ahnung hatte, wie er Geschichten in der Bibel finden sollte. Doch das machte nichts. Max wusste es. Er kannte sich aus mit der Heiligen Schrift. Er hielt zwar keine großen Stücke darauf, wie er oft sagte, aber er war mit ihrem Inhalt vertraut. Vielleicht war das wirklich eine Möglichkeit, um Agnes mehr einzubinden in das, was ihre Mutter, Max und Jonas waren: eine unausgesprochene, eine selbstlaufende Einheit.

»Meinetwegen.« Maria stand auf.

»Ja«, rief Max aus und streckte die Arme zum Himmel. »Lasst uns quatschen miteinander. Lasst uns Geschichten erzählen, von mir aus auch aus der Bibel. Und dann wird gefeiert. Wir trinken einen zusammen und tanzen und machen Party. Das Scheißleben ist zu kurz für Trübsal und Rumheulerei.« Er hüpfte auf der Wiese umher und lachte.

Wie ausgelassen er mit einem Mal war, so kannte Jonas ihn. Doch mit einem Mal hielt Max inne. Er bückte sich und hob einen alten Tennisball auf. Vermutlich hatte ein Hund ihn beim Spielen vergessen. Max betrachtete den Ball von allen Seiten. Er sah Jonas an und grinste. Er holte aus, hielt einen Moment in der Bewegung inne und warf den Ball in seine Richtung. Jonas duckte sich, und der Ball flog an ihm vorbei. Er traf Maria am Hinterkopf.

»Autsch«, rief sie und drehte sich um. »Sag mal ...«

»Oh, nein, entschuldige. Das war ein Versehen, das wollte ich nicht. Ich wollte Jonas treffen. Tut mir leid.«

Maria fasste sich an die Stelle, an der der Ball sie erwischt hatte, und schüttelte den Kopf. »Du Esel«, sagte sie. »Übermut tut selten gut.«

Jonas hob seinen rechten Zeigefinger, er musste das jetzt raushauen. »Das war vorsätzliche Körperverletzung.«

Max lachte. »Ich wollte dich treffen, du Blödmann.«

»Das macht nichts«, sagte Jonas. »Das ist ein *error in personam.*« Okay, der Rose-Rosahl-Fall passte nicht völlig, aber es klang schlau.

»Hä?« Max kam auf Jonas zu. »*Error* ... was? Hast du das von deinem Alten, du angehender Staranwalt?«

»Nicht Staranwalt. *Staats*anwalt.« Jonas trank sein Bier aus. Natürlich musste Max sofort Jonas' Alten ins Spiel bringen. Aber es wäre müßig gewesen, hier und jetzt, auf dieser Insel, an dieser Küste mit ihrem Sommerwind und dem Kräuterduft in der Luft, eine Diskussion darüber anzufangen. »Los, ab ins Hotel«, sagte er nur, legte Max einen Arm über die Schulter und zog ihn mit sich.

Auf dem Oberland war der Duty-free-Shop noch geöffnet. Max schob Jonas mit hinein, Maria wartete draußen und rauchte. Der kleine Laden war vollgestopft mit unzähligen Artikeln, vor allem Parfum und Alkohol. Die Sachen waren nicht wirklich günstiger als auf dem Festland, aber die Touristen in kurzen Kakihosen und Sandalen kauften, als gebe es kein Morgen.

Max steuerte auf das riesige Regal mit Spirituosen zu. »Hier« sagte er und zog eine Whiskeyflasche heraus. *Jura* stand darauf. »Alter, die nehmen wir. Passt doch super zu dir.«

Da hatte Max recht, nur würde die Frau an der Kasse nicht mitspielen. Sie guckte schon mürrisch zu ihnen herüber.

»Na, ’n büschen jung, wa? Das wird nix, Jungs.«

Max winkte Maria zu. Sie sah durch die Fensterscheibe, trat ihre Kippe aus und kam herein. »Gibt’s ein Problem?«

»Sind Sie die Mutter von den beiden?«, fragte die Kassiererin.

Maria sah erst Max, dann Jonas an. Ernst und mit trockener Stimme sagte sie: »Haben sie was ausgefressen?«

»Nee«, machte die Kassiererin und klang dabei wie das Schaf, dem Max vorhin auf die Beine geholfen hatte. Die dicke Frau hinter der Kasse sah auch so aus, als bräuchte sie dann und wann einen Schubs, um sich fortbewegen zu können.

»Die wollen Whiskey kaufen. Sind Sie nu die Mutter oder nich?«

»Klar, wer sollte ich sonst sein? Mein Name ist Linz, Maria Linz. Und das sind meine beiden Söhne Max und Jonas. Jungs, sagt guten Tag zu der Frau.«

»Guten Tag«, sagten die beiden wie aus einem Mund. Max musste sich zusammenreißen, um nicht in schallendes Gelächter auszubrechen,

Jonas konnte es am unterdrückten Lachen und den zuckenden Lippen erkennen.

»Was kostet der?«, fragte Maria und zeigte auf die Flasche, die auf dem Laufband stand.

»Vierundzwanzig neunzig«, sagte die Kassiererin.

Maria zog ihr Portemonnaie hervor, zahlte, nahm die Flasche und bedankte sich. Draußen vor der Ladentür ging sie ein paar Schritte um die Hausecke herum.

»Sagt mal, habt ihr sie noch alle? Ihr seid sechzehn. Das ist fünfundvierzigprozentiger Fusel.« Sie hielt Max und Jonas die Flasche entgegen.

»Das ist kein Fusel«, sagte Max empört. »Das ist ein zwölf Jahre alter Single Malt. Und er ist extra für Jonas gemacht.« Jetzt schoss es aus Max heraus – das Lachen, das er zurückgehalten hatte. Es war ansteckend. Maria war angesäuert, aber es half nichts, Jonas musste mitlachen.

»Ihr seid zwei Vögel«, sagte sie und ging Richtung Treppe, die zum Unterland führte.

Nach etwa dreißig Stufen kam ein Absatz, von dem aus die Hausdächer im unteren Teil der Insel zu sehen waren. Hier kamen kaum Menschen vorbei, die meisten nahmen den Aufzug, ihnen war die Treppe mit ihren hundertvierundachtzig Stufen vermutlich zu lang.

Maria stoppte. Sie grinste. »Na dann mal los, ihr Helden!« Sie öffnete die Flasche, trank einen Schluck und reichte sie Max. Der sah Jonas verblüfft an.

»Was ist?«, fragte Jonas. »Du wolltest die Pulle doch unbedingt kaufen. Also, worauf wartest du?« Er nahm Max die Flasche aus der Hand und setzte an. Der Alkohol war scharf und brannte im Hals.

Schnell entriss Max ihm die Flasche und trank ebenfalls. »Boa«, machte er und kniff die Augen zusammen. »Du bist Polizistin, Maria. Du darfst uns so was nicht geben.« Er trank gleich noch einmal.

Was machte es schon? Hier auf dieser Insel waren sie unter sich. Keiner, der ihnen Vorschriften machte, und Maria spielte sich nicht wie eine Erziehungsberechtigte auf. Auch sie setzte die Flasche noch einmal an.

»Jura«, sagte sie und lachte. »Toller Name für einen Whiskey.«

Von unten kamen ein paar Leute die Treppe herauf. Ihre Oberkörper wippten bei jedem Schritt, mit dem sie Stufe um Stufe nahmen. »Moin«, sagte einer von ihnen völlig außer Atem.

»Moin, Moin«, grüßte Maria zurück und ließ die Flasche hinter ihren Rücken gleiten.

Die Sonne war verschwunden. Ein dickes Wolkenband hatte sich vor sie geschoben, doch noch immer war der Wind warm und roch nach Salz. Draußen auf dem Meer kreuzten ein paar Segler. Von hier oben waren sie nur stecknadelgroß.

Der Alkohol wärmte, er breitete sich im Kopf aus, Jonas spürte einen Schwindel aufsteigen.

Max zeigte auf die Segler. »*Jones*, weißt du was? Lass uns segeln. Segeln ist cool. Ich will segeln. Mit dir.«

Die winzig kleinen Schiffe hüpften über die Wellen. Das musste ein gutes Gefühl sein. Frei und klar und auf sich allein gestellt.

»Ja«, antwortete Jonas. »Lass uns segeln. Bin dabei.«

»Lasst uns mal weiter. Agnes köpft mich sonst.« Maria verstaute den Whiskey in ihrem Rucksack, legte ihre Arme auf Jonas' und Max' Schultern, und gemeinsam gingen sie die Treppe hinunter.

Rickmers Hotel lag direkt am Hafen, ein nicht sonderlich schöner dreigeschossiger Bau aus den Siebzigerjahren. Weiße Fassade, dunkelbraune Holzfenster mit allerlei Schiffsmodellen darin. Eine Drehtür führte ins gut zwanzig Quadratmeter große Foyer. Der nasse Sand unter den Sohlen schmirgelte beim Gehen auf den schwarz-weiß gesprenkelten Bodenfliesen. Durch die Glastür zur Linken war der Blick frei auf die kleine, menschenleere Bar mit ihren dunkelgrünen Wänden und dem Mahagonitresen, an dem Maria, Max und Jonas gestern bis Mitternacht gesessen hatten, während Agnes gleich nach dem Abendessen aufs Zimmer gegangen war. Sicher würden sie auch heute wieder dort sitzen, aber vielleicht gab es ja tatsächlich eine Möglichkeit, Agnes mehr mit einzubinden. Immer wenn Jonas miterlebte, dass sie sich herauszog aus gemeinsamen Ausflügen, bekam er ein schlechtes Gewissen. Agnes tat ihm auf unerklärliche Weise leid, und er selbst fühlte sich unwohl, wenn sie ging und die Gruppe verließ. Warum das so war, wusste er nicht, aber die Spannungen, die zwischen ihr und Max herrschten, waren nicht zu übersehen. Sie ignorierte ihn, wo es ging, sie schenkte ihm keinerlei Aufmerksamkeit. Wenn er beim Frühstück etwas erzählte, schmierte sie sich ihr Brötchen, biss hinein und sah zum Fenster hinaus. Wenn er sie fragte, ob sie nicht Lust habe, mit ins Oberland zu kommen, antwortete sie mit einem knappen »Nö«. Alles, was Max tat, ließ sie an sich abprallen. Dabei war er wirklich bemüht, freundlich und rücksichtsvoll mit ihr umzugehen. Sie sollte ihn nicht für einen schlechten Kerl halten, das hatte er nicht verdient. Er hatte nichts Schlimmes getan. Max war bei ihr und Maria eingezogen, weil Max' Vater ein Säufer war. Das Jugendamt hatte die Idee gehabt. Das hatte nicht Max sich ausgedacht.

Die Frau hinterm Tresen stand auf, als Maria, Max und Jonas auf die Rezeption zugingen. »Frau Linz, gut, dass Sie da sind.« Sie sah Max und Jonas an, beugte sich etwas über den Tresen zu Maria und sagte leiser: »Das Krankenhaus in Kiel hat noch einmal angerufen. Sie möchten bitte dringend zurückrufen. Hier ist die Nummer, Sie können mein Telefon benutzen.« Rasch stellte sie den Apparat auf den Tresen der Rezeption und verschwand in Richtung Bar.

Max lachte nicht mehr. Der Anruf konnte nur mit seinem Vater zu tun haben.

Maria nahm den Hörer auf und wählte.

»Linz hier«, sagte sie. »Herrn Dr. Paul, bitte. Er bat um Rückruf.«

Max ließ sich auf das Ledersofa am Fenster fallen. Jonas setzte sich neben ihn. Max sah an Jonas vorbei, hinaus zum Hafen. Es hatte zu regnen begonnen, Touristen liefen mit ihren aufgespannten Schirmen am Fenster vorbei. Schwarze Wolken türmten sich am Horizont auf und schoben sich über die Insel.

Maria sprach etwas in den Telefonhörer, das Jonas nicht verstand. Mit der anderen Hand strich sie sich durchs Haar. Irgendwann legte sie auf und kam an den Tisch. Sie setzte sich auf die Sofalehne neben Max und legte ihm einen Arm auf die Schultern. Er griff nach ihrer Hand und hielt sie fest.

»Er ist tot, richtig?«, fragte Max.

Maria richtete sich auf. »Ja. Akuter Herzinfarkt, hat der Arzt gesagt. Max, es tut mir so leid.« Sie nahm seinen Kopf und zog ihn an ihren Brustkorb. Max ließ es geschehen, sein Oberkörper kippte zu Marias Seite.

Es war nicht klar, was in ihm vorging. Das Verhältnis zu seinem Vater hatte Max immer als »beschissen« bezeichnet, doch wenn er von seiner Kindheit erzählt hatte, vom Hof und den Kühen und der Großmutter, dann hatte er manchmal fast wehmütig gesagt, wie schön es gewesen wäre, wenn sein Vater für ihn da gewesen wäre, für ihn und den Hof. Dann wäre alles gut geworden. Hasste er seinen Vater? Man konnte doch eigentlich keinen Menschen hassen, den man vermisste.

Maria sagte leise zu Max: »So wie ich dich liebe – das kann sich keiner vorstellen.«

Sie meinte es sicher so, wie sie es sagte, und sie sagte es ohne Angst. Es war genau das, womit Agnes ein Problem hatte, es war ein Defizit für sie, eine Unnatürlichkeit, die es nicht geben durfte. Die Gefühle der eigenen Mutter: Sie waren für einen nicht leiblichen Jungen stärker als für die eigene Tochter. Max löste sich aus Marias Umarmung und gab ihr einen Kuss auf die Stirn. Er zog ihren Rucksack auf, den sie neben dem Tisch abgestellt hatte, holte den Jura heraus und ließ den Korken herausploppen. »Das Zeug hat ihn umgebracht«, sagte er, hielt die Flasche kurz vor sich in die Luft und trank.

Maria nahm ihm die Flasche aus der Hand und stellte sie auf den Tisch. »Max, dein Vater ist tot. Mein Bruder. Ich muss tausend Sachen regeln, wir müssen zurück nach Kiel.«

Max setzte noch einmal die Flasche an. Diesmal nahm Jonas sie ihm weg.

»Was soll denn das?«, fragte Max. »Ich denke, wir feiern heute? Wir feiern das Leben? Scheiße, ja, mein Alter ist tot. Na und? Wen interessiert das schon? Seid doch mal ehrlich. Interessiert es dich, *Jones?* Oder dich, Maria? Ja, er war dein Bruder. Und was hat er für dich getan?« Max' Stimme wurde lauter. »Einen Scheißdreck. Er hat sich um nichts gekümmert. Um dich nicht, um mich nicht, nicht um den Hof oder sonst was. Nur um sich. Und dass er immer schön seinen Pegel hält.« Max riss Jonas die Flasche aus der Hand und trank. »Um nichts …«, sagte er leise. »Um nichts und niemanden. Hat seinem Sohn Kartoffelschalen zu Weihnachten geschenkt, als der geglaubt hat, er schleppt eine elektrische Eisenbahn durchs Dorf … Schreien, das konnte er. Kommandieren und durch alle Etagen brüllen. Und seine Ohrfeigen – die saßen, auf die war Verlass. Wenn du dir so 'n Ding erst mal eingefangen hast, stellste keine Fragen mehr. Und dann heulste auch nicht mehr. Dann siehste nur noch zu, daste wegkommst. Am liebsten bis zum Mond. Oder zurück ins Mittelalter. Setzt dich einfach in deine Zeitmaschine, stellst die Wunschzeit ein und fliegst los.« Max stellte die Flasche auf den Tisch.

Jonas' Vater war ein gänzlich anderer Mensch als Max' Vater. Er war Akademiker, gebildet, bekleidete als Richter am Oberlandesgericht – ein hoch angesehenes Amt. Er war Jonas gegenüber nie laut geworden, hatte nie die Beherrschung verloren, und Jonas hatte ihn auch noch nie betrunken erlebt. Aber in einem schienen die beiden alten Herren sich ähnlich zu sein: in der Unfähigkeit, einen Sohn zu lieben.

Jonas nahm die Flasche und trank ebenfalls. Eine Möwe knallte draußen an die Fensterscheibe, die drei zuckten zusammen. Die Möwe hüpfte ein Stück auf dem Rasen entlang und erhob sich wieder in den regengrauen Himmel.

Maria stopfte den Korken in die Flasche und steckte sie zurück in ihren Rucksack. Ihre Bewegungen waren flach und langsam, gerade so, als führten Arme und Hände etwas aus, was der Kopf nicht wollte. »Wir fahren morgen zurück«, sagte sie. »Tut mir leid, Max, aber es muss sein. Bist du so weit okay?«

Max drehte sich wieder zum Fenster. Er zeichnete in der Luft die Konturen nach, die die Möwe an der Scheibe hinterlassen hatte. Es goss in Strömen, am Horizont war kein helles Wolkenband zu erkennen.

»Bei mir sterben immer alle«, sagte er.

14

KIEL, JUNI 1996

»Hier unten«, schrie eine Männerstimme. »Sie müssen hier runterkommen. Wir brauchen einen Arzt, schnell.«

Maria sprang zurück in den Streifenwagen und griff nach dem Funkgerät. »Zentrale?«

»Ja, höre.«

»Wo bleibt der verdammte Notarzt?«

»Ist unterwegs. Hast du nicht längst Feierabend?«

»Keine Ahnung. Schick noch einen Wagen. Ich gehe da erst mal runter.«

Es war fünf Uhr früh. Die Nacht hing schwarz und nebelig über der verlassenen Bundesstraße, deren Leitplanke an einer Stelle zerrissen war wie Flatterband.

»Wo ist Franz?«, fragte Heinz aus der Zentrale.

»Den habe ich gerade zu Hause abgesetzt.« Sie hängte das Funkgerät in die Station ihres Streifenwagens.

»Maria? Maria?«

Das Blaulicht kreiste durch die Nacht. Maria holte eine Warnleuchte aus dem Kofferraum und stellte sie einige Meter entfernt hinter einer Kurve in die Fahrbahnmitte.

»Wo bleiben Sie denn?«, rief der Mann von unten.

Seine Stimme klang vorwurfsvoll. Aber vielleicht bildeten sich ihre müden Nerven das auch nur ein.

Sie nahm den Verbandskasten und die Taschenlampe und stieg über die zerstörte Leitplanke den Abhang hinunter. Das Gras war feucht, kalt und glatt, der Nebel so dicht, dass sie kaum die Hand vor Augen sah. Der Vollmond spendete diffuses Licht, das immer wieder hinter vorbeiziehenden Wolken verschwand. Der Kegel ihrer Taschenlampe zitterte. Maria lief auf den Unfallwagen zu. Es war ein Golf, der mit der Front an einem dicken Baum klebte.

»Gut, dass Sie da sind«, sagte der Mann, dessen Stimme jetzt ruhiger wirkte. »Kommen Sie. Einer ist tot.«

Zusammen gingen sie Richtung Autowrack, Maria leuchtete ihnen den Weg mit der Taschenlampe aus, der Lichtpunkt hastete vorweg wie ein Hund, der an der Leine zog.

»Einer ist tot«, sagte der Mann wieder. Aus den Bäumen rief eine Eule in die Nacht.

Das Licht der Taschenlampe erfasste das hintere Nummernschild des Wagens, KI ML 237. Das war nicht wahr. Maria wurde schneller. Das war unmöglich. Das war nicht Max' Golf, das war er einfach nicht. Aber es bestand kein Zweifel. Als sie sich weiter dem Heck des Wagens näherte, reflektierte das Nummernschild hell wie Flutlicht.

Maria schrie. »Max?« Sie rannte auf das Auto zu. »Max, wo bist du?«

Er saß mit dem Rücken an die linke Hintertür des Wagens gelehnt. Seine Haare, sein Gesicht, alles war blutverschmiert. Achim lag mit dem Kopf auf Max' Oberschenkeln, Max' Hand ruhte auf Achims Körper.

Maria fiel auf die Knie. »Mein Gott, Max, was ist passiert?« Sie berührte sacht sein Gesicht.

Er versuchte zu lächeln, aber seine Augen fielen immer wieder zu. Die Wangenknochen und seine Stirn waren geschwollen. Maria wischte ihm, so gut es ging, Dreck und Blut aus dem Gesicht.

»Bring mich hier weg«, flüsterte er. »Mir ist so kalt.«

Sie zog ihre Uniformjacke aus und legte sie ihm um die Schultern. Sein Atem stank nach Bier und Schnaps. Mit der Hand strich sie über sein nasses, verknotetes Haar und sah zu Achim. Er regte sich nicht. Sie fühlte seinen Puls am Hals. Der Hals war hart und voller Blut.

»Der ist doch tot, oder?« Der Mann zündete sich eine Zigarette an.

»Ja, verdammt, er ist tot. Sind Sie jetzt zufrieden?« Kaum hatte Maria es ausgesprochen, ärgerte sie sich über ihre Worte. Aber der Kerl ging ihr auf die Nerven. Ein Voyeur wie tausend andere.

Sie stand auf und ging zu ihm. »Sie verlassen jetzt bitte den Unfallort und warten oben auf den Krankenwagen.«

Der Mann trat ein paar Schritte zurück. »Ich wollte nur helfen. Kein Grund, gleich auszurasten.« Der weiche Boden unter seinen Füßen schmatzte, als er sich Richtung Abhang davonmachte.

»Wir wollten zu Agnes«, sagte Max. »Wir hatten es ihr versprochen.« Tränen liefen ihm übers Gesicht. Seine Hand lag auf Achims Kopf. Tränen fielen ihm auf den Handrücken.

Maria fror ohne ihre Jacke, aber Max brauchte sie nötiger. Diese gottverdammten Jungs. Einer cooler als der andere. Ständig mussten sie sich und dem Rest der Welt was beweisen. Bis es eines Tages so endete wie hier – mit einem toten Jungen, der gerade mal knapp über zwanzig Jahre geworden war. Wenn Agnes davon erfuhr, würde sie zusammenbrechen. Für sie war Achim Lebensglück pur gewesen. Jetzt war er fort, mit einem Mal, und schuld daran war ihr betrunkener Cousin, der – abgesehen von einer Platzwunde, ein paar Hautabschürfungen und vermutlich einer Gehirnerschütterung – nichts weiter abbekommen hatte.

Aus der Ferne erklang ein Martinshorn.

»Wo ist Jonas?«, fragte Maria.

Das Martinshorn kam näher.

»Hast du was zu trinken?«, fragte Max. »Ich habe Durst.«

»Der Krankenwagen ist gleich da. Sie haben bestimmt Wasser dabei.« Maria richtete sich auf. »War Jonas nicht mit im Auto? Ihr wart doch zu dritt unterwegs.«

Max hielt die Augen geschlossen. Sein Kopf fiel nach hinten an die Autotür.

Maria leuchtete mit der Taschenlampe die eingedrückte Motorhaube ab, die gebrochene Stoßstange, die zerborstene Windschutzscheibe. Sie schritt um die Front des Wagens herum. Die Beifahrertür stand offen. Der Fußraum war eingequetscht, der Sitz aus der Halterung gehoben, er hing schräg aus der Tür heraus. Sie leuchtete ins Innere. Auf der Sitzfläche hatte sich eine Blutlache ausgebreitet. Die Fläche über dem Handschuhfach war eingeknickt, und auch hier klebten Blutspritzer und Tausende Glassplitter. Der Anschnallgurt hing nach draußen.

Maria ging zurück und beugte sich zu Max hinunter. »Max?«, sie rüttelte an seiner rechten Schulter.

Er verzog das Gesicht und stieß einen stummen Schrei aus.

»Was ist?«, fragte sie.

Er hielt sich das Schlüsselbein. »Vorsicht. Ich glaub, das ist gebrochen.« Er stöhnte und versuchte zugleich, es zu unterdrücken.

Oben auf der Straße stoppte der Rettungswagen. Der Mann lief auf den Sanitäter zu, der herausgesprungen war und sich rasch eine Sicherheitsweste überzog.

Das rechte Schlüsselbein also. Maria schob vorsichtig die Uniformjacke, die sie Max über die Schultern gelegt hatte, beiseite und öffnete zwei Knöpfe seines Hemds.

»Was machst du?«, fragte er mit gepresster Stimme.

»Hör auf zu sprechen. Das strengt dich zu sehr an. Der Arzt ist gleich da.« Sie zog die rechte Hemdseite ein Stück auf. Die Haut darunter zeigte auf der oberen rechten Brust eine Schürfwunde, die wie eine rote Bremsspur aussah. Kleine Bluttropfen sickerten aus ihr heraus. Auf Höhe des Schlüsselbeins ragte unter der Haut gut sichtbar eine Hälfte des Knochens ins Nichts, er war eindeutig gebrochen. Das erklärte die heftigen Schmerzen, unter denen Max litt.

Sie verschloss vorsichtig die Hemdknöpfe, zog die Jacke wieder darüber und legte ihre Stirn an seine.

»Hallo?«, rief eine Männerstimme, die durch den Nachtnebel hallte. Zwei Sanitäter stiegen über die Leitplanke und kamen den Abhang herunter. Der Schrei der Eule war wieder zu hören. Diesmal kam er von weiter weg. Maria richtete sich auf.

»Moin, POK Linz«, sagte sie. »Schlüsselbeinbruch rechts, Platzwunde über dem Auge, Schürfwunden, und ich vermute eine HWS-Distorsion zweiten oder dritten Grades. Bei dem anderen Mann konnte ich keinen Puls mehr ertasten, ich nehme an, er ist tot.«

»Alles klar«, erwiderte einer der Sanitäter. »Dann schauen wir doch mal.« Er beugte sich zu Max herunter, der jetzt ein wenig die Augen öffnete. »Guten Morgen, können Sie mich verstehen?«

Max nickte.

»Und klar sehen können Sie mich auch, ja?«

Max nickte noch einmal.

Der Sanitäter fühlte den Puls an Achims Hals. Er tastete mehrere Stellen ab, wartete, legte die Finger noch einmal um. Er richtete sich auf und wandte sich an Maria. »Der Kerl hat 'ne Fahne von hier bis nach Bordesholm. Was meinen Sie, ist er gefahren oder der Verstorbene?«

Keiner von beiden war gefahren. Achim besaß keinen Führerschein, und Max hatte Verletzungen davongetragen, die er sich kaum auf dem Fahrersitz zugezogen haben konnte.

»Ich weiß es nicht«, antwortete sie. »Ich habe ihn noch nicht weiter vernommen, dafür schien er mir kreislaufmäßig zu instabil.«

Der Sanitäter nickte. »Völlig richtig. Wir nehmen ihn erst mal mit. Für den anderen brauchen wir einen Leichenwagen. Kümmern Sie sich darum.«

Es ging nicht anders. Die Tränen kamen einfach, sie schossen Maria in die Augen und liefen ihre Wangen herab. Agnes und Achim – sie saßen in der Küche auf der Eckbank. Es war früher Morgen, er hatte das erste Mal mit Agnes bei Maria übernachtet. Die beiden tranken Kaffee, und Agnes konnte nicht von ihm lassen. Immer wieder lachte sie ihn an, küsste ihn auf die Wange, drückte ihren Kopf an seine Schulter.

»Frau Linz, alles in Ordnung?« Der Sanitäter hielt ihr ein Taschentuch hin.

Sie nickte, schnäuzte sich die Nase und tupfte sich die Augen trocken. »Der Verstorbene ist der Freund meiner Tochter. Und der andere ist mein Neffe.« Sie presste kurz die Faust vor den Mund. »Ich weiß nicht, wie das passieren konnte. Ich weiß es einfach nicht.«

Der andere Sanitäter – vielleicht war er auch Arzt – legte einen Arm auf ihre Schultern und zog sie ein Stück zur Seite. »Kommen Sie, ich bringe Sie ins Warme, Sie zittern ja am ganzen Leib.« Im Gehen drehte sie sich noch einmal um. »Sie passen auf ihn auf, ja?«

»Natürlich«, sagte der Mann, der neben Max im Gras kniete.

Sein Kollege begleitete Maria die Böschung hinauf, setzte sie in den Rettungswagen und gab ihr einen Becher Tee. Er breitete eine graue Decke aus und legte sie Maria über die Schultern. »Ruhen Sie sich einen Moment aus. Ich bin gleich wieder da.«

Sie nickte.

Er sprang aus dem Wagen und stieg erneut die Böschung hinab.

Das Blaulicht von Marias Streifenwagen schnitt tonlos durch die Nacht. Nebel hing wie ein dichter Schleier über der Straße. Ein paar Vögel zwitscherten aus unsichtbaren Bäumen. Marias Finger waren steif vor Kälte.

Max und Jonas hatten irgendwas ausgeheckt. Max hatte bestimmt nicht am Steuer gesessen, das passte alles nicht zusammen. Sie hatten gestern die Regatta gewonnen, Maria hörte noch Max' begeisterte Stimme am Telefon, als er es ihr gegen Abend erzählt hatte. Die beiden Jungs wollten einen trinken und ihren Sieg feiern, hatte Max gesagt, und sie war noch so dumm gewesen, ihnen viel Spaß zu wünschen. Schon zu diesem Zeitpunkt, das Telefonat mochte gegen neunzehn Uhr gewesen sein, war seine Zunge schwer gewesen, das hatte Maria sofort herausgehört. Sie kannte ihn und wusste, wann Alkohol im Spiel war. Jonas war im Hintergrund gewesen, auch ihn hatte sie gehört. Beide hatten Agnes versprochen, noch zu ihrer Geburtstagsparty zu kommen. Wenn sie jetzt auf dem Weg dorthin gewesen waren – wo war Jonas?

Sie zog ihr Nokia aus der Tasche und wählte seine Nummer. Niemand ging dran. Sie legte die Decke zur Seite und stieg aus dem Rettungswagen.

Ein weiterer Streifenwagen kam angefahren und stoppte. Die beiden Kollegen, Hannes und Matthias, stiegen aus. Maria wies sie ein, deutete beim Erzählen die Böschung hinab, sagte auch, dass noch ein Leichenwagen nötig sei.

»Fahr nach Hause und schlaf dich aus«, sagte Matthias. »Wir machen das hier schon.«

Maria gab den beiden die Hand, ging zu ihrem Wagen und startete den Motor. Sie drehte ab und fuhr los.

Was immer die Jungs im Schilde führten, es war nichts Gutes. Vielleicht war Jonas nach Hause gelaufen. Das waren von hier aus gut zehn Kilometer. Oder er war bei Agnes, aber die Strecke bis zu ihr war fast doppelt so lang.

Achim war tot. Maria musste es ihr sagen, sie sollte es nicht von einem Kollegen erfahren.

Agnes feierte sicher noch mit ihren Freunden und wartete auf ihn. Aber er kam heute nicht mehr zu ihr, er kam nie mehr zu ihr. »Mama, er ist ein Geschenk. Wir wollen heiraten.« Als Agnes das gesagt hatte, waren ihr die Tränen übers Gesicht gelaufen, sie war in die Luft gesprungen, ein paar Mal hintereinander. Maria hatte sie in den Arm genommen und lange festgehalten. Es hatte in den letzten Jahren nur wenige Momente gegeben, in denen sie und Agnes sich so nah gewesen waren.

Sie bog in die Jahnstraße ein, parkte vorm Haus und rannte hinein. »Jonas?« Sie warf einen Blick ins leere Schlafzimmer und ging ins Wohnzimmer. Alles war dunkel und verwaist, sie schaltete das Licht ein. »Jonas, bist du hier?«

In Max' Zimmer war er nicht, in der Küche auch nicht. Sie lief in den Keller. Im Saunaraum: nichts. Im kleinen Weinkeller: auch nichts. Die Waschküche war leer, die Garage auch. Sie ging zurück nach oben.

Aus dem Schlafzimmerschrank holte sie ihre dunkelblaue Strickjacke, zog sie über und band sich ihren weißen Seidenschal um den Hals.

Vielleicht hatte er keinen Haustürschlüssel gehabt. Sie ging ins Wohnzimmer zurück, öffnete die Terrassentür, trat nach draußen und schaltete das Licht an der Fassade ein.

Tatsächlich, da lag er. In der Hollywoodschaukel. Sie lief zu ihm. »Jonas, mein Gott.«

Er erwachte. Sein Gesicht war wie das von Max blut- und dreckverschmiert. Zwischen Kinn und Unterlippe klaffte eine verkrustete Wunde, die bestimmt zwei Zentimeter lang war.

»Kannst du aufstehen?«

Er nickte und legte seinen Kopf auf ihre Schulter. Blut und Dreck schmierten auf den weißen Stoff ihres Schals.

Sie half ihm auf die Beine, legte seinen Arm auf ihre Schultern und schleppte ihn ins Haus. Im Wohnzimmer setzte sie ihn in die Sofaecke. »Soll ich dich ins Krankenhaus bringen?«

Er schüttelte heftig den Kopf. »Nein, kein Krankenhaus. Ich will nur schlafen.«

Sie setzte sich zu ihm. »Jonas, was ist passiert? Erzähl es mir, bitte.«

Sie nahm ein Taschentuch von der Fensterbank und tupfte vorsichtig seine Stirn und das Kinn ab.

»Wir waren zu spät«, sagte er, und die Augen fielen ihm wieder zu. »Wir hatten es Agnes versprochen. Wir hatten es ihr versprochen. Und jetzt ist Achim tot.«

»Ja, ich weiß. Ich war am Unfallort. Max ist im Krankenhaus.«

Jonas liefen Tränen über die blutigen Wangen. Seine Augen sahen unruhig im Raum hin und her, aber sie machten an nichts fest. »Uns ist einer entgegengekommen. Ich … Max wollte ausweichen. Da sind wir den Abhang runter. Es ging alles so furchtbar schnell.«

Maria griff nach seinen Armen, drehte seinen Oberkörper zur Seite und legte ihn aufs Sofa. Er roch mindestens genauso stark nach Alkohol wie Max. Sie setzte sich zu ihm.

»Jonas, du brauchst einen Arzt. Die Wunde muss genäht werden.« Sie drückte mit einem Taschentuch darauf.

Wieder schüttelte er den Kopf. »Kein Arzt. Kein Krankenhaus. Das darf keiner wissen.«

»Was meinst du?«

»Keiner darf das wissen«, stammelte er noch ein wenig vor sich hin, bevor er ruhiger wurde und einschlief.

Sie nahm das schnurlose Telefon vom Tisch. Die Nummer kannte sie auswendig. Sogar die Privatnummer hatte sie – für Notfälle. Aber sicher hatte Viola – als Frauenärztin – keinen Fall wie diesen vor Augen gehabt, als sie Maria ihre Nummer gegeben hatte.

Sie ging die Kontaktliste durch und stoppte bei K – Dr. Viola Ketelsen.

Es dauerte nur ein paar Signaltöne, und sie meldete sich mit ihrem Nachnamen.

»Hi Viola. Entschuldige die frühe Störung. Aber kannst du zu mir kommen?«

»Moin, Maria. Was ist los?«

»Das erzähle ich dir, wenn du hier bist. Bitte. Kommst du? Es ist wichtig. Und bring etwas mit, um eine Wunde zu nähen.«

Maria legte auf, stellte das Telefon zurück auf den Tisch und ging in die Küche. Sie nahm sich eine Cola aus dem Kühlschrank und trank. An der Pinnwand hing das Foto von Agnes und Achim. Sie standen vor einer Geisterbahn auf dem Hamburger Dom, eine Vampirfigur breitete ihren schwarzen Umhang aus und deutete einen Biss in Achims Hals an. Er verzog das Gesicht, und Agnes lachte. Das Blut an den Vampirzähnen war nicht echt. Es war nur rote Farbe. Anders als die Flecken auf Marias weißem Halstuch.

15

KIEL, FEBRUAR 2021

Schneeregen fiel auf die schwarzen Schirme und in das offene Grab. Weiße Rosen schmückten den Eichensarg, der zwei Meter tief im Erdreich stand. Der lehmige Boden an den Seiten war von Nässe durchtränkt und rutschte in kleinen, aber stetigen Strömen hinab. Es schien, als habe die Natur damit begonnen, Marias Leichnam zu verdauen.

Agnes hatte sich bei Jonas eingehakt. Sie weinte nicht, aber Jonas spürte das Zittern ihres Körpers. Max stand auf der gegenüberliegenden Längsseite des Grabes und starrte unentwegt herüber.

Agnes trug eine große Sonnenbrille, trotz der dunkelgrauen Wolken, die den Himmel bedeckten. Sie hielt ihren Kopf ein wenig zur Seite geneigt und lehnte an Jonas' Schulter. Jonas sah in die schlammige Grube. Er hatte seinen Arm um Agnes gelegt, seine Hand ruhte auf ihrem Ellenbogen.

Viele Trauergäste waren gekommen, einige in Polizeiuniform, andere in Ledersohlen, die sicherlich allmählich aufgeweicht waren. Ein paar Frauen waren mit viel zu dünnen Mänteln gekleidet, an denen der eisige Wind zerrte. Im Februar irrten die Menschen sich oft beim Wetter. Die Tage waren schon wieder länger, und die Sonne konnte wärmen. Aber davon durfte man sich nicht täuschen lassen – es war noch nicht Frühling. Jonas' Zehen waren nass und steif vor Kälte.

Pastor Wieg, der am Fußende stand und eine offene Bibel in der rechten Hand hielt, verschanzte sich während seiner Predigt hinter

Gottes Gesetzen, indem er salbungsvolle Worte vorlas. Er, dieser dicke Mann, der tragend und gelangweilt wirkte, hatte sich für heute einen Spruch aus den Psalmen zurechtgelegt. »Gelobt sei der Herr täglich. Gott legt uns eine Last auf, aber er hilft uns auch. Wir haben einen Gott, der da hilft, und den Herrn, der vom Tode errettet.«

Für Max musste das wie ein übler Scherz klingen. Ihm hatte Gott ein Leben lang Lasten auferlegt. Einen Tyrannen als Vater. Der Verfall des geliebten Hofes. Und jetzt Maria, von der Max behauptete, sie wäre – wenn er ihr nicht geholfen hätte – erstickt und in Todesangst gestorben, im einsamen Kampf mit sich selbst.

»Alle eure Sorgen werft auf ihn, denn er sorgt für euch. Erde zu Erde, Asche zu Asche, Staub zu Staub.« Pastor Wieg schippte ein Schäufelchen Sand, der eigens an das Grab gefahren worden war, auf Maria. Die feuchten Sandklumpen klatschten auf das Holz des Sarges.

Efeu und vertrocknete Blumen schmückten die umliegenden Gräber. Moos hatte sich auf die Grabsteine gelegt und die Namen und Sterbedaten darauf umschlungen. Wurzelwerk war aus dem Boden gekrochen und hob die Waschbetonplatten der Gehwege an.

»Gehet hin in Frieden und gedenket dem Herrn, der allmächtig ist.« Pastor Wieg bekreuzigte sich.

Die Trauergemeinde kam in Bewegung. Nach und nach traten die Leute vor und warfen Blumen und eine Schaufelspitze Sand ins Grab. Max stolperte kurz, als er einen Schritt zurücktrat, hielt sich aber auf den Beinen. Als er an der Reihe war, warf auch er mit der Schaufel Sand in die Grube, machte aber gleich darauf anderen Platz, die sich von Maria verabschieden wollten. Agnes warf eine Rose ins Grab, Jonas stand hinter ihr und hatte seine Hand auf ihre Schulter gelegt. Der Schneeregen wurde zu Schnee, dicke Flocken fielen vom Himmel.

Agnes hatte die Sonnenbrille abgenommen, sie sah zu Max und musterte ihn. Ihre Augen waren gerötet, ihr Kinn zitterte. Sie trat zu ihm. »Verschwinde endlich aus meinem Leben«, sagte sie leise, aber

Jonas verstand jedes Wort. Sie schüttelte kaum erkennbar den Kopf und ging schnellen Schrittes Richtung Friedhofsausgang.

»Komm mit«, sagte Jonas zu Max. »Nur auf einen Kaffee. Für Maria.«

Max zog den Schal fester um seinen Hals. Die Kirchenglocken läuteten.

»Ich denke, es ist besser, wenn ich fahre. Ihr braucht mich nicht.«

Jonas griff Max' Hand. »Agnes nicht. Aber ich vielleicht.«

Vorn auf der Straße sprangen die ersten Autos an. Das Grab lag nur ein paar Meter entfernt. Ein Leichnam in einer Holzkiste. Maria in der kalten Erde. Ein Leben, das es nicht mehr gab, und Erinnerungen, die mit jedem Tag ein wenig mehr verblassten. Erinnerungen an die Eckbank in ihrer verrauchten Küche, an die Sommerurlaube auf Helgoland – vergilbte Polaroids, deren Konturen verschwammen.

»Glaubst du, ich habe einen Fehler gemacht?«, fragte Max mit leiser Stimme.

Jonas trat auf der Stelle. »Komm schon, lass uns gehen.«

Max griff nach Jonas' Arm und zog ihn mit sich zur Grube. Der Matsch am Fuße des Erdhügels, auf dem die Kränze aufgebahrt waren, glitschte unter den Schuhen. »Schau rein, Jonas. Komm schon. Schau genau hin. Da liegt sie, unsere Maria. Hast du eine Ahnung, was sie zuletzt durchgemacht hat? Wenn sie dagesessen hat, in ihrem Sessel, und auf die Elbe gestarrt hat? Sie hatte Angst, Jonas. Unbeschreibliche Angst. Nicht vor dem Tod, oh, nein. Der Tod hat viele Gesichter, und wenigstens eines davon lacht. Was ihr Angst gemacht hat, war die Qual bis dahin, das Leiden, die Schmerzen. Nicht mehr atmen zu können, ersticken zu müssen. Sieh hin, mach schon. Da unten liegt sie. Das ist unsere Maria da unten. In dieser gottverdammten Holzkiste.«

Aus Jonas' Haaren tropfte das Wasser. Er rieb sich mit dem Handrücken unter der Nase entlang. »Lass uns das nicht hier diskutieren, Max. Lass uns woanders darüber reden. Ich bitte dich.«

»Warum? Warum nicht hier? Stört dich ihre Anwesenheit? Nein, Jonas, lass uns hier darüber reden, hier und jetzt. Du verschanzt dich hinter deinen Paragrafen. Aber denk doch mal nach. Überleg mal, was sie für uns getan hat. Sie war immer da, Tag und Nacht. Hat uns Spiegeleier gebraten, wenn wir nachts besoffen nach Hause gekommen sind. Hat uns getröstet, wenn wir Liebeskummer hatten, und uns Mut gemacht, wenn wir traurig waren. Erinnere dich an den Unfall, Jonas – sie hat ihren Job für dich riskiert. Und jetzt? Jetzt liegt sie da, guck hin. Guck dir diesen lächerlichen Sarg an mit diesen dämlichen Blumen. Davor hatte sie keine Angst. Aber leiden, das wollte sie nicht. Und das habe ich ihr erspart. Die Sorge habe ich ihr genommen. Was hättest du getan an meiner Stelle? Hättest du ihr gesagt: ›Entschuldigung, liebe Maria, aber ich darf dir nicht helfen, das wäre Unrecht. Du musst leider allein mit deinem Tod klarkommen.‹ Hättest du ihr das sagen können, Jonas?«

Der nasse Schlamm an den Seiten des Grabes lief weiter in die Grube. Vermutlich hätte es keiner helfenden Hand mehr bedurft, und das Erdreich wäre nach einer Weile von ganz allein so weit abgerutscht, dass es den Sarg bedeckt und das Loch geschlossen hätte.

»Max, komm, hör auf damit. Ich will das nicht mit dir besprechen. Nicht hier.«

»Ach so, dann brauchen wir also ein warmes Zimmer und einen schönen Schreibtisch dazu, ja?«

»Werd nicht zynisch.«

»Ich? Zynisch? Na wunderbar. Der Einzige, auf den sie zuletzt zählen konnte, war ich. Ich habe die Scheiße ausgelöffelt, keiner von euch hat sich um Maria gekümmert. Agnes nicht, und du auch nicht. Weißt du eigentlich, wie oft sie nach euch gefragt hat? Wie sehr sie sich nach einem Besuch, nach irgendeiner Geste gesehnt hat? Aber nein, der große Jonas musste ja Karriere machen. Und die Tochter? Keine Ahnung – die hat in Prag ihr Leben gelebt, während ihre Mutter allmählich verfallen ist. Nur ein Besuch, Jonas, ein einziger Besuch … Du hast keine Vorstellung davon, was ihr das bedeutet hätte. Stattdessen stellst du dich heute hier hin und hältst mich für einen Verbrecher.«

Marias Arme – dürr wie die Beine eines Vogels. Zitternd hatte sie Jonas umarmt bei ihrem letzten Abschied, nachdem er sie in ihrem Rollstuhl durch den Park gefahren hatte. Im vergangenen Juli war das gewesen, nein, im Juli davor; es war mehr als anderthalb Jahre her. Sie hatte Jonas noch erkannt, aber seinen Namen nicht mehr erinnert und ihn immer wieder mit »Max« angesprochen. Anderthalb Jahre. Verdammt.

Die letzten Besucher hatten den Friedhof verlassen. Ein Gärtner kam, er nahm wortlos die Kränze vom Erdhügel und legte sie beiseite.

»Marias Grab ist nicht der richtige Ort, an dem wir zwei das ausdiskutieren sollten. Lass uns gehen, komm schon. Wir trinken noch einen Kaffee zusammen und meinetwegen auch drei Schnäpse. Aber ich will jetzt hier weg.«

»Hab ich mich in deinen Augen schuldig gemacht?«

»Komm jetzt.«

Max zog an Jonas' Arm. »Sag schon: Gehöre ich deiner Meinung nach in den Knast?« Regentropfen liefen ihm über das Gesicht.

Der Gärtner hatte inzwischen den Erdhügel freigelegt. Die braune Erde wirkte unnatürlich inmitten der weißen Landschaft, es schien, als bewege sie sich.

»Also schön. Ich will dir mal was sagen, Max. Für dich haben Gesetze noch nie gegolten. Du hast immer gemacht, was du wolltest. Aber die Menschen sind nun mal nicht alle gleich, und ich für meinen Teil akzeptiere Grenzen. Natürlich habe ich Maria viel zu verdanken. Aber irgendwann im Leben ist Schuld auch einmal abgetragen. Irgendwann kommt der Moment, da müssen wir uns entscheiden: Wollen wir uns treu bleiben, oder wollen wir unser ganzes Leben und alles, woran wir jemals geglaubt haben, über den Haufen werfen? Du brauchst vielleicht keine Grenzen, Max. Du brauchst keinen gesteckten Rahmen. Aber ich brauche ihn, ich, verdammt. Ich kann nicht morgens aufstehen und mich vom Tag überraschen lassen. Ich brauche Linien, Ziele, etwas, woran ich glaube. Das mag für dich lächerlich klingen oder spießig oder sonst was. Aber so bin ich nun mal. Und wenn du wissen willst, ob du dich schuldig gemacht hast, dann sag ich dir: Ja, verdammt, das hast du. So wie ich damals. Ich habe mich auch schuldig gemacht, und glaub mir: Es vergeht kein Tag, an dem ich nicht daran denke und mir nichts sehnlicher wünsche, als dass ich die Zeit zurückdrehen könnte. Wir waren bescheuert damals, wir beide. Wir hätten nie in dieses Scheißauto steigen dürfen. Aber passiert ist passiert. Und ich bin vor der Wahrheit weggelaufen, mein ganzes Leben lang.«

Es war ein Fehler gewesen, sich damals nicht zu stellen. Die Schatten der Vergangenheit verblassten nicht, nur weil man vor ihnen floh, im Gegenteil: Sie wurden länger mit jedem Schritt, mit dem man ihnen zu entkommen versuchte. Max war kurz davor, denselben Fehler zu machen. Er verheimlichte Jonas etwas. Maria hatte ihn zu ihrem Alleinerben eingesetzt, und unter dem Abschiedsbrief fehlte ihre Unterschrift, ebenso wie unter ihrer angeblichen Patientenverfügung. Es war schwer zu glauben, aber Max spielte mit gezinkten Karten.

Auf einem der Nachbargräber stritten zwei Kolkraben um eine Haselnuss. Sie schlugen mit den Flügeln und krähten, während sie immer wieder aufeinander losgingen. Max klatschte in die Hände, die Vögel stoben auf und hüpften zur Seite.

»Mach nicht denselben Fehler, den ich damals gemacht habe, Max. Stell dich deiner Verantwortung. Tu es einfach.«

»Klar«, sagte Max. »Das ist so typisch für dich. Klammerst dich an Gesetze, ohne ihren Sinn zu hinterfragen. Du hast dich nicht geändert in all den Jahren. Du bist immer noch auf der Flucht, auf der Flucht vor dir selbst. Damals bist du gerannt, so schnell du konntest. Und heute? Heute rennst du nicht mehr, du stehst einfach nur da. Aber das Ergebnis ist das gleiche.«

Schnee bedeckte die Erde. Der Friedhof, das Dach der kleinen Kapelle, die Autos auf dem Parkplatz – alles war mit einer weißen

Schicht überzogen. Maria hatte einmal gesagt, wenn es schneit, schickt Gott seinen Frieden auf die Erde.

»Wenn der Tod dich anlächelt, dann lächele zurück. Maria hat das begriffen, Jonas. Bei dir scheint's noch 'ne Weile zu dauern.« Max schlug seinen Mantelkragen hoch.

»Max?«

»Jonas?«

»Die Papiere, die du mir gegeben hast, die Patientenverfügung und Marias Abschiedsbrief …«

»Was ist damit?«

»Es sind einfache Computerausdrucke. Sie sind nicht unterschrieben.«

»Und das heißt was?«

»Dass sie als Beweismittel nichts wert sind. Das heißt es.«

Max kniff die Augen zusammen. »Du glaubst also, ich habe mir das alles nur ausgedacht?«

»Sag du es mir.«

Max schüttelte den Kopf. »Wie kannst du nur …« Er drehte sich um und ging Richtung Ausgang.

»Und sie hat ein Testament hinterlassen«, rief Jonas ihm hinterher.

Max blieb stehen. Im Hintergrund polterte es. Der Gärtner hatte damit begonnen, die Erde ins Grab zu schaufeln, die Brocken schlugen auf den Sargdeckel. Die Grabsteine um ihn herum standen wie zum Appell angetreten.

»Du bist ihr Alleinerbe, Max. Sie hat dir alles vermacht, jeden Cent.« Jonas ging Max hinterher.

»Woher weißt du das?«, fragte Max.

»Die Kripo ermittelt noch. Witt hat mich angerufen, er hat beim Nachlassgericht angefragt.«

Vorn auf dem Parkplatz lehnte Agnes am Wagen und wartete. Ihr Gesicht war weiß wie das einer Porzellanpuppe. Sie hatte ihre Sonnenbrille abgesetzt und starrte zu Jonas und Max herüber. Sie bewegte sich nicht.

Sie hasste Max, weil sie es nicht besser wusste. Weil sie die Wahrheit von damals nie erfahren hatte. Und jetzt hatte er sie auch noch um ihr Erbe gebracht.

»Du hast gesagt, du brauchst Geld.« Jonas' Hände waren hart vor Kälte, obwohl sie in Handschuhen steckten. Er zog sie aus und schob seine Hände in die Manteltasche.

Max zündete sich eine Zigarette an. »Und deshalb soll ich sie umgebracht haben, ja?«

»Du kapierst es nicht, Max. Es geht nicht darum, was ich glaube. Es geht darum, dass gerade ein Rad in das andere greift. Du drückst mir Papiere in die Hand, die du theoretisch selbst verfasst haben könntest, um den Verdacht von dir abzulenken. Dabei bist du bisher der Einzige, der behauptet, Maria habe sterben wollen. Dann erzählst du mir, dass du fast pleite bist. Und ein paar Tage später erfahre ich, dass du Maria beerbst. Du musst doch selbst sehen, dass da sehr viele Merkwürdigkeiten im Spiel sind?«

Max legte den Kopf in den Nacken und sah in den Himmel. Schneeflocken legten sich auf seine gelben Brillengläser, bevor sie schmolzen.

Objektiv betrachtet passte alles zusammen, und alles sprach gegen Max. Auch wenn Jonas sich nicht vorstellen konnte, dass er Maria kaltblütig ermordet hatte, zeichnete sich doch ein Bild ab, das ihn erheblich belastete.

»Das Testament hat Maria vor ungefähr zwei Jahren verfasst, um Weihnachten herum. Ich konnte es ihr nicht ausreden. Da hat sie mich als Alleinerben eingesetzt. Das macht mich wohl kaum zum Verbrecher.« Er schnippte die Kippe an die Kirchenmauer.

»Sag mir, was wirklich passiert ist, Max. Sonst kann ich dir nicht helfen.«

Max legte Jonas eine Hand auf die Schulter. »Ihr Abschiedsbrief, die Patientenverfügung – es lag alles in ihrem Tresor. Ich selbst habe es dort hineingetan. Das schwöre ich dir. Und es war alles von ihr unterschrieben. Ich hatte mir nur Kopien mitgenommen. Aber ich verspreche dir: Bei meinem nächsten Mord bin ich schlauer.« Er drehte sich um und ging.

Ein paar Meter entfernt stand der Gärtner. Er hatte seinen Arm auf den Schaft der Schaufel gestützt. Die Kirchturmuhr schlug dreimal. Kalte Nässe kroch Jonas die Beine hoch. Agnes winkte ihn zu sich. Er war wie festgefroren.

16

HAMBURG-CENTRUM, FEBRUAR 2021

»KHK Witt hat mich angerufen«, sagte Jan Körber. »Der Verdächtige heißt Max Keller, Allgemeinmediziner in Ahrensburg. Er soll eine alte Frau getötet haben.«

Körber saß Jonas am großen Konferenztisch gegenüber. Es war Montagmorgen, neun Uhr. Neben Körber hatte Kollege Bormann Platz genommen, der kurz vor seiner Pensionierung stand, und daneben die junge Kollegin Malzkies, die an ihrer Kaffeetasse nippte.

Witt, der Leiter der Mordkommission eins der Hamburger Polizei, saß nicht mit am Tisch, er war Jonas gegenüber wortbrüchig geworden.

Jan Körber war ambitioniert und ehrgeizig. Er war der Jüngste in Jonas' vierköpfiger Truppe – der Abteilung sechsundsechzig, dem Referat für Straftaten gegen das Leben. Er hatte sein zweites Staatsexamen mit »sehr gut« bestanden, war eloquent und selbstbewusst und wollte beruflich weiterkommen. Justizsenator Geerds war sein Schwiegervater. Jonas mochte ihn, er war ein guter Mann, aber mit seinem Ehrgeiz genau das Gegenteil dessen, was Max jetzt brauchte.

»Wann haben Sie mit Witt gesprochen?«, fragte Jonas.

Im Raum hing trockene Heizungsluft, Körber blätterte in einer Fallakte. Karin Malzkies neben ihm trank einen Schluck Wasser.

»Ich glaube, letzten Mittwoch oder Donnerstag«, sagte Körber. »Warum?«

Vor vier oder fünf Tagen also. Kein Zeitraum, in dem wesentlich neue Ermittlungsergebnisse zu erwarten waren, zumal ein Wochenende dazwischenlag – auch Ermittler der Mordkommission waren letztlich Beamte, die Wert auf ihren Dienstschluss legten.

Peter Bormann, rechts von Körber, goss sich Kaffee ein.

Jonas hatte Kommissar Witt aufgefordert, alles, was mit der Sache Keller zusammenhing, ausschließlich an ihn, Jonas, weiterzuleiten. Das war keine freundliche Bitte gewesen, sondern eine Dienstanweisung. Dennoch hatte Witt Körber informiert. Es ergab keinen rechten Sinn, dass Witt Jonas gegenüber wortbrüchig geworden war.

»Gibt es irgendein Problem, das ich kennen sollte?«, fragte Körber und stützte sich mit dem Ellenbogen auf dem Tisch ab.

Wahrscheinlich hatte Witt herausbekommen, dass Max und Jonas sich kannten. Witt war erfahren, er leitete seit zehn Jahren die Mordkommission. Er besaß Gespür. Dennoch war die Kripo eine untergeordnete Behörde, die Staatsanwaltschaft war – wie es so schön hieß – die Herrin des Verfahrens. Es war wenigstens ungewöhnlich, dass Witt an Jonas vorbei agiert hatte.

»Alles okay«, antwortete Jonas. »Dann lassen Sie mal hören. Was haben wir?« Ein guter Kommissar und ein bissiger Ankläger – schlechter konnten die Vorzeichen für Max kaum stehen. Genau das hatte Jonas verhindern wollen, als er Witt um Diskretion gebeten hatte. Die Sache ging für Max in die falsche Richtung, noch bevor sie richtig begonnen hatte.

Körber sah auf seine Notizen. »Der behandelnde Arzt, ein Dr. Max Keller, hat der alten Frau einen tödlichen Medikamentencocktail gemixt. Er sagt, sie habe sterben wollen. Die Schwestern im Heim verneinen das. Außerdem will er ihr die Tabletten nur auf den Nachttisch gestellt haben. Eingenommen haben soll die Frau sie selbst.«

»Wo ist dann der Anfangsverdacht?«, fragte Malzkies.

Als Max in der Schiffshalle davon gesprochen hatte, war er aufgewühlt gewesen, erregt. Er habe nichts Falsches getan, hatte er gesagt. Strafrechtlich betrachtet war das nicht so einfach.

Jonas nickte. »Berechtigte Frage, Frau Malzkies. Genau da liegt das Problem. Wenn er ihr die Tabletten nur zur Verfügung gestellt und die Frau sie selbst eingenommen hat, gibt es keinen Anfangsverdacht, dann wäre sein Handeln straffrei. Spannender wird es, wenn er ihr die Medikamente in den Mund geschoben hätte. Dann hätten wir es mit aktiver Sterbehilfe zu tun, was – je nach Lage des Falls – Tötung auf Verlangen, Totschlag oder sogar Mord sein kann.«

Für Max stand tatsächlich alles auf dem Spiel. Es waren die Beweise, die zu seinen Lasten waren. Es kam darauf an, was gegen ihn vorlag.

Jonas musste den Fall an sich ziehen, Körber war zu giftig, er würde Max ans Messer liefern.

»Sie litt an Alzheimerdemenz«, sagte Körber. »Fortgeschrittenes Stadium. Ich weiß nicht genau, was das heißt, aber Menschen in diesem Zustand sind offenbar nicht mehr in der Lage, selbstständig zu essen oder zu trinken. Für mich spricht einiges dafür, dass der Doktor nachgeholfen hat. Es dürfte jedenfalls auszuschließen sein, dass die Frau imstande war, sich bewusst eine letale Dosis Chloroquin in einem Becher voll Milch und Honig aufzulösen und zum Mund zu führen.«

Jonas stand auf und öffnete das Fenster zum Innenhof. Gegenüber lief der Regen die rote Backsteinfassade herab. Unten parkten ein paar Autos, Jonas' Bulli dazwischen leuchtete. In den Pfützen davor schwamm Benzin, es schimmerte in allen Farben.

»Ist der Leichnam obduziert worden?«, fragte Jonas.

»Ja«, sagte Körber.

»Hat die Rechtsmedizin die Medikation bestätigt?«

Körber blätterte in der Akte, die vor ihm auf dem Tisch lag. »Der Arzt hat es bei seiner ersten Vernehmung zugegeben, und die Rechtsmedizin hat die Angaben bestätigt.«

»Was hat er zugegeben?«

»Na, dass er dem Opfer die Medikamente gegeben hat.«

»Gegeben? Wie genau?«

Körber rückte auf seinem Stuhl umher. »Moment.« Sein Zeigefinger wanderte die Textzeilen hinab. »Hier. Hier habe ich es. Er hat wörtlich gesagt: ›*Ich habe Diazepam und Chloroquin besorgt. Das Chloroquin habe ich in einem Kaffeebecher voll Milch gelöst und Honig dazugegeben, viel Honig, wegen der Bitterstoffe. Die Lösung habe ich auf den Nachttisch gestellt. Frau Linz hat den Becher an sich genommen und getrunken, danach das Diazepam. Ich bin während der gesamten Zeit bei ihr geblieben, wie ich es ihr versprochen habe. Nach ein paar Minuten ist sie eingeschlafen und kurz darauf bewusstlos geworden. Der Tod ist eine gute Stunde später eingetreten, ich habe das alles aufgeschrieben.*‹« Körber sah von der Akte auf, er biss sich auf die Unterlippe.

»Aha«, kommentierte Jonas. »Also hat er bislang noch gar nichts zugegeben, was wir ihm vorwerfen könnten. Sehe ich das richtig?«

Körber nickte. Er lehnte sich zurück, verschränkte die Arme vor der Brust und sah abwechselnd Malzkies und Bormann an. Bormann zog die Augenbrauen hoch.

»Hatten weitere Personen Zutritt zum Zimmer des Opfers?« Jonas wandte sich an alle im Raum.

Körber zuckte mit den Achseln. »Die Schwestern, der Bereitschaftsarzt. Theoretisch jeder Besucher. Allerdings lag eine Spritze unterm Bett, der Täter hat sie möglicherweise fallen lassen und dann vergessen.«

»Die Frau war krank«, sagte Jonas. »Hat sie nicht ständig irgendwelche Spritzen bekommen?«

»Der Chemiker hat Metoclopramid in der Spritze nachgewiesen, ein Mittel, mit dem Erbrechen verhindert wird. Das stand nicht auf dem Medikationsplan. Und die Schwestern haben gesagt, von ihnen hätte niemand eine Spritze verabreicht.«

Jonas notierte sich auf einen Notizblock, den er immer vor sich liegen hatte: *Sonstige Personen außer Arzt? Spritze?*

»Was schlagen Sie vor?«, fragte Jonas.

Körber war zwar konservativ wie sein Schwiegervater, Justizsenator Geerds, aber fachlich hervorragend. Er ließ sich bei Verhandlungen nicht von seiner Strategie abbringen und verstand viel von der Klaviatur eines Strafprozesses. In den vergangenen zwei Jahren hatte er ein paar beachtliche Verurteilungen erwirkt und war inzwischen in der Szene bekannt und vielleicht sogar gefürchtet. Doch genau darin lag zugleich sein Problem: Körber neigte zu Übereifer und wollte als harter Hund wahrgenommen werden. Eine solche Motivation war nie gut, sie verschleierte den Blick auf das Wesentliche und ließ einen übers Ziel hinausschießen. So hatte Körber zuletzt für eine Frau, die ein paar Autos mit einem Stein zerkratzt hatte, eine völlig überzogene zweijährige Haftstrafe beantragt, und das Gericht war ihm gefolgt. Keine guten Vorzeichen für Max.

»Wir haben bis jetzt nur einen ersten Zwischenbericht der Kripo«, sagte Körber. »KHK Witt will wissen, ob wir ein offizielles Ermittlungsverfahren gegen den Arzt eröffnen. Nach meinem Dafürhalten sollten wir die Fingerabdrücke auf dem Becher und der Spritze mit denen des Arztes vergleichen. Außerdem sollte das Pflegepersonal im Heim zeugenschaftlich vernommen werden – vor allem zum Zustand der Frau unmittelbar vor ihrem Tod. Vielleicht kann ein Sachverständiger weiterhelfen, um zu klären, ob sie noch ausreichend eigene Steuerungsfähigkeit hatte, um den Becher selbst zu nehmen. Damit könnten wir weiterkommen.«

Max hatte gesagt, Maria habe zuletzt nur noch gelitten, das sei kein Leben mehr gewesen. Sie konnte die Medikamente nicht selbst eingenommen haben, diese Vermutung von Körber war nur konsequent. Und natürlich lag der Verdacht nahe, dass es Max gewesen war, der ihr dabei geholfen hatte. Diese Schlussfolgerung war mehr als naheliegend, wenngleich sie als Beweis nicht genügte. Aber auch hier war Körbers Ansatz, einen Sachverständigen hinzuzuziehen, völlig richtig. Über all das hätte Jonas nicht mit ihm diskutieren müssen, wenn Witt nach Anweisung gehandelt hätte. Witt wusste womöglich, dass Jonas einem Freund einen Gefallen schuldete. Deshalb hatte er sich an Körber gewandt, um der Gefahr vorzubeugen, dass Jonas die Ermittlungen manipulierte. Allerdings konnte Witt unmöglich die Zusammenhänge zwischen Jonas und Max kennen, niemand kannte sie, außer Maria, aber die war tot, und zu Lebzeiten hätte sie einen Teufel getan und irgendjemandem von dem Unfall und allem, was danach folgte, erzählt.

Jonas kannte Witt seit vielen Jahren, er wusste, dass Witt große Stücke auf ihn hielt. Aber offenbar vertraute er ihm in dieser Sache nicht – aus welchen Gründen auch immer.

»Wenn der Arzt … Was genau, sagten Sie, hat die Frau geschluckt?«

»Chloroquin«, antwortete Körber.

»Wenn der Arzt ihr den Becher mit diesem Zeug zum Mund geführt hat, hat er sich strafbar gemacht. Sonst nicht. Und solange wir nicht ausschließen können, dass auch andere Personen – und sei es auch nur theoretisch – dafür infrage kommen, wird der Verdacht gegen den Arzt noch dünner.«

Max hatte nur Jonas gegenüber eingeräumt, dass er Maria die Medikamente verabreicht hatte. Witt und Pfeiffer dagegen hatte er in dem Glauben gelassen, den Becher lediglich auf den Nachttisch gestellt zu haben.

»Und das heißt?«, fragte Körber.

Es wäre zu auffällig gewesen, Körber den Fall einfach zu entziehen. Alle wussten, dass Jonas seinen Leuten Fehler zugestand und er sie die Akten eigenverantwortlich bearbeiten ließ. Jetzt, aus dem Nichts, den Vorgang an sich zu nehmen, kam nicht infrage. Ebenso wenig konnte die Sache aber in Körbers Händen verbleiben. Würde Körber die Anklage vertreten, wäre Max seine Approbation los. Und verdammt, wahrscheinlich hatte Max genau das verdient, vielleicht war seine Sterbehilfe ein Berufsverbot wert – vielleicht aber auch nicht.

»Das heißt, dass wir zurzeit kaum etwas gegen den Arzt in der Hand haben.« Jonas atmete durch.

Körber blätterte in seinen Unterlagen. »Ich habe noch vergessen, dass die Verstorbene den Doktor testamentarisch zu ihrem Alleinerben eingesetzt hat. Das gibt dem Arzt zumindest ein Motiv.«

Max' finanzielle Situation war desaströs, und dass er Marias Vermögen erbte, gab Max zweifellos ein Motiv, Maria zu töten. Als Arzt kam er an jedes Medikament. Er konnte ihren Tod wie einen Suizid aussehen lassen, wenn er das wollte. Für KHK Witt und Körber passte alles zusammen: Sie wollten Max wegen Totschlag drankriegen, vielleicht sogar wegen Mord aus Habgier.

»Er ist Arzt«, sagte Jonas und versuchte, es beiläufig klingen zu lassen. »Er hat doch sicher genug Geld.«

»Das wissen wir nicht. Aber auch dem sollten wir nachgehen.« Körber legte seinen Kugelschreiber auf den Tisch. Die Wanduhr schlug zur vollen Stunde, es war bereits elf.

Der Abschiedsbrief und die Patientenverfügung, die Max ihm gegeben hatte, waren ohne Unterschrift vor Gericht nichts wert. Max selbst konnte sie geschrieben haben, und dass er es tatsächlich getan hatte … Im Augenblick war nichts auszuschließen.

»Okay, eins nach dem anderen«, sagte Jonas. »Körber, Sie sagen Witt, wir eröffnen das Ermittlungsverfahren gegen Dr. Keller. Er soll Fingerabdrücke nehmen und auch noch mal mit dem Personal im Pflegeheim sprechen. Wie sah der Medikationsplan der Verstorbenen genau aus? Hat jemand den Doktor gesehen, als er in das Zimmer der Toten ging oder es verließ? Wie hat er gewirkt, war er nervös oder die Ruhe in Person? Dann brauchen wir Auskünfte der Banken zu den Konten des Arztes. Stellen Sie fest, wo er überall Kunde ist – das volle Programm eben, Sie machen das schon. Und sollte sich der Mordverdacht erhärten, beantragen wir Haftbefehl. D'accord?«

Wie zum Teufel sollte Jonas an die Akte kommen, ohne dass es auffiel? Er musste improvisieren und Körber mit seinen eigenen Waffen schlagen. Doch das war leichter gesagt als getan.

»Dann lassen Sie uns weitermachen. Sie sind an der Reihe, Frau Malzkies. Was haben Sie uns heute mitgebracht?«

Malzkies räusperte sich. »Heute scheint Ärztetag zu sein. Ich habe eine Sache des Kollegen Seliger geerbt, der sich ja nun in den

Ruhestand verabschiedet hat. Und ich sage es gleich vorweg: Ich komme mit der Akte überhaupt nicht klar.«

Jonas nickte, er kannte das Verfahren. Es füllte inzwischen mehrere Aktenordner und lief schon seit über zwei Jahren, obwohl es nicht um wirklich viel ging – juristisch betrachtet. Eine Gynäkologin warb auf ihrer Homepage mit dem Angebot, Abtreibungen durchzuführen. Das war nach Paragraf 219a StGB strafbar. Und nun sollte ausgerechnet Karin Malzkies, eine junge, moderne Frau, diese Sache weiterbearbeiten. Dass sie damit Schwierigkeiten hatte, lag auf der Hand. Sie engagierte sich seit Jahren in einer Organisation, die für die Abschaffung des Abtreibungsparagrafen eintrat.

»Wo liegt das Problem?«, fragte Körber. Er wusste natürlich, um welchen Vorgang es ging. Er wippte leicht mit seiner Rückenlehne.

Malzkies seufzte und zog die offene Akte näher zu sich. »Das Amtsgericht hat die Frau zu einer Geldstrafe von vierzig Tagessätzen zu je hundertfünfzig Euro verurteilt, weil sie auf der Internetseite ihrer Gynäkologiepraxis Werbung für Schwangerschaftsabbrüche gemacht hat. Sie hat dagegen Berufung eingelegt, die Sache liegt jetzt beim Landgericht, nächste Woche ist mündliche Verhandlung.«

»Und?«, fragte Körber.

Malzkies schüttelte den Kopf. »Ich weiß nicht, was ich zu der Sache sagen soll. Die Frau hat völlig recht: Das Urteil ist falsch.«

»Falsch?« Körber lehnte sich vor. »Wie kommst du denn darauf?«

Es war offensichtlich, dass er sich in seiner Rolle gefiel. Jonas hätte am liebsten die Augen verdreht: Körber liebte es, Kolleginnen und Kollegen, die eine liberalere Gesinnung vertraten, auflaufen zu lassen. Und juristisch hatte Malzkies nicht viel in der Hand. Es war leicht, die Verurteilung der Ärztin zu rechtfertigen. Die Regelung in Paragraf 219a StGB war eindeutig und kürzlich vom Gesetzgeber präzisiert worden: Werbung mit Schwangerschaftsabbrüchen war verboten. Es kam nicht darauf an, ob man das zeitgemäß fand oder nicht. Es stand im Gesetz, also hatten sich Ärzte daran zu halten. Und Staatsanwälte sowieso.

»Die Vorschrift ist verfassungswidrig«, sagte Malzkies etwas lauter.

»Ach so?« Körber zuckte mit den Schultern. »Sie ist geltendes Recht.«

»Das weiß ich selbst«, entgegnete Malzkies. »Trotzdem können und dürfen wir doch nicht sehenden Auges verfassungswidrige Regelungen anwenden.«

»Kollege Körber hat recht«, sagte Jonas.

Malzkies zog ihre linke Augenbraue hoch, wie immer, wenn ihr etwas gegen den Strich ging. Aber Jonas konnte das Gesetz nicht ändern, und er war der Chef hier am Tisch.

»Die Vorschrift in Paragraf 219a StGB mag misslungen sein. Doch sie ist derzeit geltendes Recht.«

»Ich weiß.« Malzkies legte beide Hände auf die Akte. »Wir haben das Recht anzuwenden und nicht zu kommentieren. Das sagen Sie jedes Mal, wenn wir an so einem Punkt sind. Aber, um ehrlich zu sein, das ist mir zu einfach. Wir tragen auch eine Verantwortung – und zwar dafür, dass unsere Gesetze richtig sind, dass sie respektiert werden. Und das werden sie nur, wenn sie einem allgemeinen Werteverständnis entsprechen.«

»Du hättest in die Politik gehen sollen«, warf Körber ein.

»Herr Körber, lassen Sie uns sachlich bleiben«, sagte Jonas. »Ich weiß, wir kauen das Thema jedes Mal aufs Neue durch. Aber es ändert nichts. Und Sie haben beide recht. Natürlich tragen wir eine Verantwortung. Gesetze, die *offensichtlich* gegen das Grundgesetz verstoßen, dürfen wir nicht anwenden. Aber ich muss Ihnen wohl nicht sagen, dass das mit der Offensichtlichkeit nicht weit her ist. Inzwischen gibt es mehrere Urteile, die Paragraf 219a StGB ausdrücklich nicht als verfassungswidrig ansehen. Was machen wir damit? Liegen diese Richter alle falsch? Sicher nicht. Das Amtsgericht Hamburg hat sehr umfassend begründet, warum es bei der Vorschrift einen Verstoß gegen das Grundgesetz nicht erkennen konnte.«

Bormann schüttelte den Kopf. »Das Amtsgericht hätte aussetzen und die Sache Karlsruhe vorlegen müssen, möglicherweise sogar dem EuGH. Ich sehe das ähnlich kritisch wie du, Karin.«

»Und nun?«, fragte Körber. »Wie machen wir weiter in der Sache?«

Malzkies verschränkte die Arme vor der Brust.

»Herrschaften«, sagte Jonas. Irgendwie musste er das Gespräch in seine Richtung bringen. »So kommen wir nicht weiter. Was halten Sie von folgender Idee? Körber, Sie übernehmen die Sache mit der Ärztin. Da ist auch jede Menge Presse mit im Spiel, die Zeitungen sind voll davon. Das gefällt Ihnen doch, oder?«

Körber lachte. »Und was ist mit dem Arzt? Wer kümmert sich um den?«

»Das könnte ich erledigen«, sagte Jonas. »Und Sie, Frau Malzkies, bekommen von mir die Akte Wallner.«

»Wallner?« fragte sie.

»Die Mutter, die ihre Tochter zur falschen Straßenseite hat aussteigen lassen.«

»Ist der Fall nicht erledigt?«, fragte Bormann.

Jonas suchte die Akte aus dem Stapel hervor und reichte sie Malzkies. »Der Vater ist erstinstanzlich als Nebenkläger aufgetreten. Er hat sich kurz nach der Geburt der Tochter von der Mutter getrennt. Letzte Woche hat er durch seinen Anwalt Revision gegen das Urteil einlegen lassen. Wir müssen uns da gut aufstellen. Ich will nicht, dass die Frau ins Gefängnis kommt. Trauen Sie sich das zu?« Er unterdrückte ein Lächeln.

Malzkies nickte. »Natürlich. Mache ich gern, Chef.«

»Wunderbar. Dann schlage ich vor, wir machen mal zehn Minuten Kaffeepause. Danach geht's weiter. Einverstanden?«

Alle nickten, Körber streckte einen Daumen in die Luft und schob Jonas die noch dünne Akte herüber, *Dr. Max Keller*, stand auf dem Deckel.

»Danke«, sagte Malzkies zu Jonas und verließ den Raum. Körber und Bormann folgten ihr.

Jonas öffnete das Fenster. Er legte den Kopf in den Nacken und sah hinauf in die Wolken. Es hatte aufgehört zu regnen, ein paar Sonnenstrahlen stachen durch das Grau. Im Grunde war es ein Montag wie jeder andere, und doch war er anders. Maria war tot, und nach Lage der Dinge gab es nur einen Menschen, der ihr beim Sterben den Steigbügel gehalten haben konnte: Max. Dr. Max Keller, Allgemeinmediziner in Ahrensburg. Ein Freund. Der Freund.

Das Definieren von Grenzen war das Schwierige an der Juristerei. Wann war ein Verhalten gerade noch straffrei und ab wann hingegen strafbar? Ein schmaler Grat. War die Grenze, die der Bundesgerichtshof beim Thema Sterbehilfe zog, willkürlich, wie Max gesagt hatte? Es machte einen Unterschied, ob ein Arzt die Medikamente nur zur Verfügung stellte oder sie dem Sterbewilligen aktiv in den Mund schob. Max' Argument, es käme dabei zwangsläufig zu einer Ungleichbehandlung, war allerdings nicht abwegig – jedenfalls aus der Sicht der Opfer. Derjenige, der sich noch bewegen konnte, kam in den Genuss des ersehnten Freitods, während dem ans Bett Gefesselten diese Chance versagt blieb. Das war mit dem Selbstbestimmungsrecht des Menschen schwer vereinbar – und mit dem Gleichheitsgrundsatz noch viel weniger. Dennoch: Gesetz war Gesetz, genau wie bei der Ärztin, die für Schwangerschaftsabbrüche warb. Jonas hatte es anzuwenden. Er war die ständigen Diskussionen darüber leid.

Ein paar Sonnenstrahlen fielen in den Hof und auf den Bulli. In den Pfützen schwamm noch immer Benzin, aber es schimmerte nur noch grau.

17

KIEL, NOVEMBER 2003

Max ließ Michelle und dem Makler den Vortritt, bevor er aus dem Fahrstuhl stieg. Elfter Stock, der oberste, Neubau. Es roch nach Farbe, und die Schritte hallten im Hausflur. Michelle küsste Max auf die Wange, während der Makler, ein höchstens fünfundzwanzigjähriger Kerl mit gegelten Haaren und blauem Anzug, eine Wohnungstür aufschloss. Er drückte auf einen Schalter, Halogenspots warfen warmes Licht von der Decke auf die anthrazitfarbenen Bodenfliesen.

»Was machen wir hier?«, fragte Max zögerlich und folgte Michelle und dem Makler in die großzügige Diele. Die weißen Wände waren sicher drei Meter hoch. Am Ende befand sich ein Raumteiler aus Glas, hinter dem ein großes Zimmer mit einer breiten Fensterfront zur Kieler Förde lag.

Michelle grinste, der Makler nickte ihr zu. Max ging weiter. Rechts gab es einen großen Raum, links eine offene Küche mit Kochinsel und einer Tür zu einer Terrasse, die scheinbar einmal ums ganze Haus führte.

»Wie findest du's?«, fragte Michelle. Sie stellte ihren Rucksack ab, breitete ihre Arme aus und drehte sich im Kreis. Ihr Grinsen ging in ein Lachen über. »Ist das nicht fantastisch?«

Oh, ja, das war es. Michelle musste verrückt geworden sein. Als sie vorhin von einer Überraschung gesprochen hatte, hatte er an ein feudales Abendessen gedacht. Jetzt stand er in einer feudalen Penthousewohnung und rang nach Worten.

»Wir haben ja so weit alles besprochen«, sagte der Makler zu Michelle. »Ich lasse Ihnen mal die Schlüssel da. Schauen Sie sich in aller Ruhe um. Lassen Sie die Wohnung auf sich wirken. Wir können dann ja morgen noch mal telefonieren. Werfen Sie die Schlüssel einfach unten in den Briefkasten, wenn Sie gehen. Schönen Abend noch.« Er gab Max und Michelle die Hand und ging. Die Wohnungstür fiel kaum hörbar ins Schloss.

Der Regen prasselte an die großen Fensterscheiben, es dämmerte bereits. Michelle ging auf Max zu und umarmte ihn. »Jetzt sag endlich: Wie findest du es?« Sie zog ihn mit sich in die Küche. Am Abzug über dem Cerankochfeld schaltete sie weitere Halogenspots an. Das Licht spiegelte sich in den cremefarbenen Schrankfronten.

Das war es also gewesen, was Michelle in den letzten Tagen ausgeheckt hatte. Sie war abends später als üblich nach Hause gekommen, obwohl sie auf dem Dienstplan ihrer Station Feierabend eingetragen hatte. Max hatte zwar eine Vermutung gehabt, dass sie für heute, an ihrem ersten Hochzeitstag, irgendetwas vorbereitete. Mit einer Wohnungsbesichtigung hatte er allerdings nicht gerechnet.

»Scheiße«, sagte er. »Die Bude ist der Hammer.«

»Ja«, stimmte Michelle fröhlich zu. »Das ist sie. Und wir müssen nur noch unterschreiben. Es gibt ungefähr hunderttausend Interessenten, aber Klausner, also der Makler, hat gesagt, wenn wir wollen, dann kriegen wir sie.«

Sie küsste Max erneut, diesmal auf den Mund. Als sie sich von ihm lösen wollte, hielt er sie fest. Ihre Augen leuchteten, ihre Haut roch süß. Sie war wirklich verrückt. Er schlang seine Arme um sie und drückte ihren Körper fest an seinen.

»Und der Typ hat uns wirklich die Schlüssel dagelassen?«, fragte er.

Michelle befreite sich aus seiner Umarmung. »Wenn du willst – wir haben die ganze Nacht …« Sie ging zu ihrem Rucksack, öffnete ihn, zog die graue Fleecedecke heraus, die sonst im Arbeitszimmer lag, und breitete sie auf dem Boden vor der großen Fensterfront aus. Sie stellte Teelichter daneben und zündete sie an. »Komm rüber.« Ihre Worte hallten im Raum, der jetzt wie ein großes Loft wirkte.

Das war seine Michelle. Der Rucksack schien ein unerschöpflicher Quell an Überraschungen zu sein. Eine Rotweinflasche, zwei Gläser, ein Holzbrett, auf dem Michelle Käse und Weintrauben drapierte. Sie entkorkte den Wein und goss ein.

Max hockte sich im Schneidersitz neben sie. Das war alles irreal. Diese Wohnung mit den Kerzen, unten von der Förde die funkelnden Lichter, Michelle in ihrem beigen Abendkleid, das sie sonst nur zu feierlichen Anlässen trug. Sie reichte ihm ein Glas und stieß mit ihm an.

»Ich liebe dich«, sagte sie.

Er schloss die Augen und spürte ihre Lippen auf seinen. Das musste ein Traum sein. Das konnte nur ein Traum sein. Er hatte das nicht verdient, er hatte sie nicht verdient. Er wollte seine Augen nie mehr öffnen.

»Ich liebe dich auch«, erwiderte er, und seine Stimme brach fast dabei.

Michelle nippte an ihrem Glas und stellte es beiseite. Sie lehnte sich an die Fensterscheibe und schaute hinaus. Im Hafen legte eine Fähre der Stena Line ab, an Deck war kein Mensch zu sehen, der Regen hielt die Leute in ihren Kabinen. Am Kai davor stand eine alte Frau, gebückt auf ihrem Rollator. Ihr schien der Regen nichts auszumachen. Sie stand einfach nur da, bewegungslos, und sah zu dem riesigen Fährschiff empor.

Wenn Großmutter diese Wohnung gesehen hätte, wäre sie sprachlos gewesen, so wie Max jetzt. Sie hatte nicht viel gesehen in ihrem Leben, der Hof war ihr immer Welt genug gewesen. Max wäre es vielleicht genauso gegangen. Wenn Vater nicht alles versaut hätte. Er hätte so viel aus seinem Leben machen können. Dieser Idiot.

»Alles okay?«, fragte Michelle. Der Kerzenschein schimmerte in ihren Augen.

Max trank einen Schluck Wein. »Können wir uns das denn leisten?« Michelle sollte nicht glauben, dass er sich nicht freute. Aber vielleicht gehörte einer wie er nicht hierher, nicht in ein solches Penthouse mit wahrscheinlich hundertfünfzig Quadratmetern und einer Kochinsel. Die Küche auf dem Hof war so klein gewesen.

»Wenn du meinst, es geht nicht, dann lassen wir es.« Michelle steckte sich eine Weintraube in den Mund.

Max war der Einzige weit und breit in seiner Familie, der es bis zum Abitur geschafft hatte. Onkel Lutz besaß eine Eigentumswohnung und hielt sich für den Größten. Er war Schrauber in irgendeiner Metallbaufirma, und wenn er sich eine Eigentumswohnung leisten konnte, dann war doch wohl eine Bude wie diese hier für einen promovierten Arzt nicht unangemessen. Und außerdem: Max war überhaupt niemandem Rechenschaft schuldig. Vielleicht Michelle gegenüber, aber bei ihr musste er sich nicht rechtfertigen, schließlich war sie es gewesen, die ihn hierhergebracht hatte.

»Baby, du bist das Beste, was mir je in meinem Leben passiert ist. Wir rocken das Ding. Wo muss ich unterschreiben?«

»Aha!«, rief sie und küsste ihn wieder. »Ich wusste, dass es dir gefällt.«

Max breitete seine Arme aus. »Na, klar. Sieh dich mal um.«

»Du hast noch gar nicht alles gesehen. Da vorne, das Bad, das müssen wir uns angucken. Da ist eine Regendusche drin und eine Badewanne, und zwei Waschbecken haben wir auch. Das ist so geil, alles nagelneu und total nobel, und du wolltest doch einen Weinkühlschrank. Den stellen wir da drüben in die Küchenecke. Und einen Sportraum machen wir uns auch, da kannst du trainieren, auch wegen deines Knies. Max, das wird großartig. Und ich habe schon mit der Bank gesprochen, wir nehmen einen kleinen Kredit auf. Dann schmeißen wir die ganzen alten Sachen weg und kaufen uns neue. Das wird so schön.«

Michelle sprudelte vor Begeisterung, und Max wollte sich auch freuen, es war alles perfekt. Aber irgendetwas hinderte ihn, so ausgelassen zu sein, wie Michelle es war. Irgendetwas blockierte ihn, er wusste nicht so recht, was. Vielleicht war es Angst. Die Angst, Glück zuzulassen.

»Wir rocken das«, wiederholte er noch und nahm Michelles Hand fest in seine.

»Komm«, sagte sie. »Wir schauen uns das Bad an und die anderen Räume.« Sie wollte aufstehen, aber er hielt sie zurück.

»Gleich. Lass uns noch einen Augenblick hier sitzen. Es ist gerade so schön mit dir. Ich will nicht, dass der Moment vorbei ist.«

Michelle lächelte und lehnte sich wieder zurück an die Fensterfront. Regentropfen liefen die Scheiben hinab.

Wenn Max jetzt in seinem Kinderzimmer auf dem Hof gesessen hätte, in seiner Zeitmaschine, um in die Zukunft zu fliegen – er hätte den heutigen Tag eingestellt, auf die Minute genau.

Michelle schnitt ein Stück Käse ab und gab es Max. Ein Kuhmilchcamembert, er schmeckte fast wie der von Großmutter Clara, nein: besser. Cremig, mild und ein bisschen nach Stall.

»Hättest du gedacht, dass wir an unserem ersten Hochzeitstag mal in so einer Wohnung sitzen?« Michelle griff nach einer Weintraube.

Max rückte neben sie und lehnte sich ans Fenster, die Scheibe war gar nicht kalt. »Nein. Und wenn ich ehrlich bin, hätte ich nicht gedacht, dass ich überhaupt mal irgendwo mit dir als Ehefrau sitze.«

Sie schob sich die Weintraube in den Mund. »Schlimm?«, fragte sie.

Unten am Kai setzte sich die alte Frau mit ihrem Rollator in Bewegung und ging Richtung Hafenausgang.

»Total«, witzelte Max.

Michelle stieß ihn mit dem Ellenbogen in die Seite. »Blödmann!«

Max streckte sein linkes Bein aus, das Knie war heute erstaunlich milde gestimmt, es schmerzte schon den ganzen Tag nicht.

»Weißt du noch … unser erster Abend, in der Tangente?« Er nippte an seinem Wein.

Michelle nickte. »O Gott. Die versiffteste Disco in der gesamten Hemisphäre. Dieses Schwarzlicht überall, der speckige Billardtisch in der Ecke und dann die verklebte Tanzfläche. Mannomann, ist ziemlich genau sieben Jahre her …«

»Wenn die Tanzfläche nicht gewesen wäre, hätten wir uns vielleicht nie kennengelernt.« Max griff sich an die Nase.

Michelle lachte.

Er hatte mit seinem steifen Knie am Rand der Tanzfläche gestanden, die Musik hämmerte im Magen, die Leute tanzten dicht gedrängt. Max hatte die Frau mit den langen schwarzen Haaren schon eine Weile beobachtet. Sie bewegte sich wie in Trance zur Musik, die Augen geschlossen. Durch die rotierende Bewegung der tanzenden Masse war sie immer näher in seine Richtung gekommen. Er hatte sich gerade ein Stück nach hinten bewegen wollen, um ihr Platz zu machen, da war es geschehen. Sie war mit ihrem Hinterkopf gegen sein Nasenbein geprallt. Das Blut hatte sofort zu laufen begonnen und war auf den Boden getropft. Sie hatte sich wortreich entschuldigt und ihm ein Taschentuch gereicht. Er hatte sie nach ihrem Namen gefragt und darauf bestanden, eine Runde Bier ausgeben zu dürfen. An der Theke hatten sie eine Ewigkeit gequatscht, waren noch einmal zusammen tanzen gewesen, und das Knie hatte überhaupt nicht geschmerzt. Später hatten sie Gin Tonic bestellt und waren im Morgengrauen in seine Studentenbude gegangen.

Ja, das war jetzt sieben Jahre her. Seitdem waren sie ein Paar, Michelle und Max, und seitdem lagen immer ein paar Flaschen MM Sekt im Kühlschrank. Sieben Jahre prall gefülltes Leben. Die Zeit war wie im Flug vergangen – und Max bereute keinen einzigen Tag. Michelle war mehr als seine Ehefrau. Sie war seine Handbreit Wasser unterm Kiel, sie war Kompass, Wind und Segel zugleich. Und sie war das Meer, auf dem sein Schiff dahinfuhr, immer mit Kurs Richtung Sonne. Großmutter hätte sich gefreut, wenn sie Michelle noch kennengelernt hätte, und sie hätte nur eine Beschreibung für sie gehabt – *dolle Deern*. Eine größere Anerkennung hatte es bei Großmutter nicht gegeben. Sie hatte nur ein einziges Mal so über eine Frau gesprochen – über ihre Schwiegertochter, Max' verstorbene Mutter.

Michelle streichelte sein kaputtes Knie. »Als du damals mit mir getanzt hast, hat man nichts davon gesehen, dass es steif ist.«

»Dann sollten wir mal wieder tanzen gehen.« Er trank sein Glas aus und goss sich aus der Flasche nach. Michelles Glas war noch fast voll.

»Das wär's doch. Mal wieder eine komplette Nacht lang um die Häuser ziehen. *One beer in each pub*, und dann irgendwo abzappeln. Im Conner's vielleicht. Da spielen sie die alten Sachen. Was hältst du davon? Lust?«

Michelle lehnte sich mit dem Rücken an die Fensterscheibe und legte ihre Hände auf den Bauch. Sie lächelte und schien über etwas nachzudenken. »Auf jeden Fall«, sagte sie. »Oder wir machen eine von unseren legendären Küchenpartys zu zweit. Du machst sowieso den besten Gin Tonic.«

»Willst du wieder einen mit Tomate?«, fragte Max.

Michelle prustete drauflos. »Den hat mir der Kellner in der Tangente damals echt gemacht …«

»Mann, waren wir betrunken«, sagte Max und setzte sein Glas an.

Michelle aß noch ein paar Weintrauben.

Er sah sich um. Das Penthouse war riesig. Küche, Ess- und Wohnbereich gingen offen ineinander über, und nach draußen schloss sich eine Terrasse an, die sicherlich gut dreißig Quadratmeter groß war. Mehr als genug Platz für Partys zu zweit, bei denen Michelle und er bis tief in die Nacht über Gott und die Welt sprachen, Wein tranken und zur Musik von Udo Jürgens tanzten. Jonas hatte gesagt, er könne nicht verstehen, wie zwei Menschen sich so sehr genügen konnten. Insgeheim war er wahrscheinlich neidisch auf Max' Glück gewesen. Jonas hatte nie ein Händchen bei Frauen gehabt.

»Ab wann könnten wir denn einziehen?«, fragte Max.

»Sofort, wenn wir wollen. Die Vermietungen haben gerade begonnen, hat Klausner gesagt. Die Interessentenliste ist wohl ziemlich lang. Aber als ich dem Makler erzählt habe, dass wir beide Ärzte im

Städtischen sind und du wahrscheinlich bald Oberarzt wirst, hatte ich ihn im Sack.« Michelle strahlte wieder.

»Aber ich hab unsere kleine Hutzelküche so gern«, sagte Max. »Du musst mir versprechen, dass wir uns hier auch eine Kaffee-Ecke einrichten, mit Sessel, Fußhocker, Milchaufschäumer und allem. Und ich will auf der Terrasse ein kleines Stück überdacht haben, damit ich nicht immer nass werde, wenn ich draußen eine rauche und es regnet.«

Michelle küsste ihn. »Alles, was du willst, mein Schatz. Das wird unser kleines Paradies, versprochen.«

»Klein ist gut«, sagte Max, und sein Glas war schon wieder leer.

Er wollte die Flasche an sich nehmen, doch Michelle stand auf und zog ihn mit nach oben. »Los, komm mit. Ich zeig dir die anderen Zimmer.«

Max ließ sich von ihr mitziehen.

Das Bad war größer als das Schlafzimmer in der alten Wohnung. Boden und Wände waren mit großformatigen, sandfarbenen Fliesen ausgestattet. Auf einem gemauerten Tisch mit einer dicken Naturholzplatte befanden sich zwei Waschbecken. Gegenüber stand eine große Badewanne und hinten, in der rechten Ecke, eine Regendusche mit ebenerdigem Zugang. Auch hier wurde alles von dimmbaren Halogenspots ausgeleuchtet und in Szene gesetzt. Max hatte noch nie ein edleres Badezimmer gesehen.

»Echt überwältigend«, sagte er und sah sich schon mit Michelle zusammen in der Badewanne MM Sekt trinken.

Im Zimmer daneben, das wie Ess- und Wohnbereich mit Parkettboden ausgestattet war, gab es noch kein Licht.

»Geh trotzdem mal rein«, sagte Michelle und schubste Max sacht in den Raum. Er schätzte die Größe auf vier mal vier Meter, hier konnte vielleicht ein Schlafsofa stehen für Gäste. Oder sie würden sich eine kleine Bibliothek einrichten, mit zwei dicken Ledersesseln und einem Tisch für die Weingläser. Abends würden sie gemeinsam hier sitzen, jeder ein Buch vor sich auf dem Schoß. Ab und an würden sie ein paar Sätze wechseln und an ihren Gläsern nippen. Allein der Gedanke daran kribbelte auf der Haut.

Max ging ein Stück weiter in den Raum hinein. Auf der gegenüberliegenden Seite befand sich ein bodenhohes Fenster, nein, es war eine schmale Terrassentür. Irgendetwas klebte mitten auf der Scheibe, Max trat näher heran. Es war ein Bild, das mit Tesafilm am Glas festgeklebt worden war. Es war zu dunkel, um es richtig zu erkennen. Er löste den Klebestreifen, nahm das Papier an sich und ging zurück zur Tür, wo mehr Licht war.

»Was ist das?«, fragte er und sah, dass Michelle lächelte und zugleich Tränen in den Augen hatte. »Mein Gott, Michelle, was hast du?« Erschrocken sah Max sie an.

Sie wischte sich mit dem Handrücken übers Gesicht. »Die Küchenparty mit dem Gin Tonic müssen wir erst mal verschieben.« Sie deutete auf das Papier in seiner Hand.

Jetzt erkannte er es – eine Ultraschallaufnahme. Ein kleiner, weißer Punkt war mit rotem Filzstift eingekreist.

»Darf ich vorstellen«, sagte Michelle mit brüchiger Stimme. »Das wird unser neuer Mitbewohner. Oder unsere Mitbewohnerin.«

Das war doch nicht möglich. Das konnte nicht wahr sein. Max' Kinn begann zu zittern.

»Du bist schwanger?«

Michelle nickte. »Alles Gute zum Hochzeitstag«, sagte sie.

Max schüttelte den Kopf. Es war tatsächlich passiert. Das war ja nicht zu fassen. Unvorstellbar war das, völlig unvorstellbar. Ein Kind, ein eigenes Kind.

»In welcher Woche bist du denn?«

»Sechste.«

Max trat einen Schritt auf sie zu. Er küsste sie und schloss sie fest in seine Arme. Er wollte sie nie mehr loslassen. Nach einer ganzen Weile löste er die Umarmung. Er lief zurück in die Küche, wo es heller war, er musste sich das genauer ansehen. Michelle folgte ihm. Und dann konnte er nicht mehr an sich halten und sprang in die Luft. Erst einmal, dann noch einmal und gleich darauf ein drittes Mal, und jedes Mal stieß er Freudenschreie aus, die so laut waren, dass Michelle sich die Ohren zuhielt.

Er ging zu ihr und küsste sie erneut.

»Du Wunderbare«, sagte er.

Sie lächelte. »Und weißt du was?«, fragte sie.

»Nein, sag.«

»Wenn es ein Mädchen wird, dann werden wir sie nach deiner Großmutter nennen. Dann wird sie Clara heißen. Einverstanden?«

Max sah Großmutter vor sich. Sie stand im Gang des Kuhstalls, ein Tuch mit Blumenmuster um den Kopf gebunden, einen Arm auf den Besenstiel gelehnt. Sie erwartete Max, der gleich von der Schule nach Hause kam.

Wenn Max jetzt seine Zeitmaschine hier in dieser Küche gehabt hätte, dann hätte er Michelle für ein paar Minuten allein gelassen. Er wäre zu Großmutter geflogen und hätte sie dazugeholt.

18

HAMBURG, FEBRUAR 2021

Altenpflege war erstaunlich schnellebig. Maria war seit zwei Wochen tot, und schon wurde ihr Zimmer neu belegt. Zum Ende des Monats lief der Mietvertrag aus, und es wäre längst geräumt gewesen, hätte der Kollege Körber es nicht gleich zu Beginn der Ermittlungen unter Erteilung eines Betretungsverbotes versiegeln lassen.

Jonas stellte seine Aktentasche auf den Boden, trommelte mit den Fingerkuppen auf dem Empfangstresen herum und wartete darauf, dass die Schwester zurückkam, die im Büro der Heimleitung verschwunden war.

Unzählige Kunstdrucke hingen an den gelb gestrichenen Flurwänden, Blumenmuster zumeist, in allen Farben, die wahrscheinlich Romantik und häusliche Geborgenheit vermitteln sollten. Doch genauer betrachtet taten sie das Gegenteil – ihr Zweck war allzu durchschaubar und stand im Widerspruch zu dem, was ein Altersheim war: die letzte Station.

Ein Pfleger schob einen Tablettwagen vorbei, es war 11:30 Uhr – Zeit fürs Mittagessen. Die beigen Warmhaltedeckel über den Tellern klapperten beim Fahren. Im unteren Teil des Wagens stand eine Kiste Staatlich Fachingen, das Heilwasser für alle über siebzig. Durch seinen hohen Natriumgehalt schmeckte es besonders mineralisch. Vater schwor darauf. Jonas mochte es nicht.

»Dr. van Loon?« Die Schwester winkte vor der hintersten Tür im Gang.

Jonas nahm seine Tasche auf. Der Pfleger brachte ein Tablett in ein Zimmer. Jonas' Blick fiel für einen Moment durch die offene Tür.

Ein Mann lag in seinem Bett und stöhnte. Sein Gesicht war nicht zu erkennen, er hatte den Kopf zur Seite gedreht und schaute aus dem Fenster. Der Geruch hölzernen Rasierwassers hing in der Luft. Jonas zwang sich, nicht weiter in das Zimmer zu schauen, und ging schnellen Schrittes den Flur entlang.

»Herr van Loon, wie schön«, begrüßte ihn Heimleiterin Anke Paulini, als er ihr Büro betrat. Sie erhob sich von ihrem Schreibtischstuhl und gab Jonas die Hand.

Schon vor anderthalb Jahren, als Jonas sie zuletzt gesehen hatte, hatte sie eine kräftige Figur. Sie war nur eine Spur kleiner als Jonas, dafür doppelt so breit, und es kam ihm so vor, als seien seitdem noch einmal ein paar Pfunde dazugekommen.

Sie bot ihm Kaffee an, Jonas nahm ihn schwarz wie immer.

Draußen hing Nebel über der Elbe, ein paar Vögel kreisten in Dreiecksformation. Zwei Schuten hatten Kohlen geladen und fuhren flussaufwärts Richtung Hafen. Männer lehnten an der Reling und rauchten. Die Szenerie wirkte, als stamme sie aus einem alten Schwarz-Weiß-Film, farblos und blass.

»Danke, Frau Paulini, dass Sie sich Zeit für mich nehmen. Es wird nicht lange dauern. Ich würde mir nur gern ein eigenes Bild verschaffen.«

Vielleicht kannte sie den Ablauf eines Ermittlungsverfahrens aus Fernsehkrimis. Die Polizei ermittelte, und der Staatsanwalt trat frühestens im Gerichtssaal auf. Vielleicht fragte sie sich, warum Jonas – ein Oberstaatsanwalt – persönlich vor ihr stand. Doch die Gefahr, dass sie unredliche Absichten bei ihm vermutete, war nicht wirklich gegeben, vor allem deshalb nicht, weil sie wusste, dass Jonas ein enger Freund der Familie war.

»Wenn Sie mögen, gehen wir gleich rüber in Frau Linz' Zimmer. Ihre Möbel und ein paar persönliche Gegenstände sind noch da, das Zimmer wird erst morgen geräumt.«

Persönliche Gegenstände? Am Abend nach der Beerdigung hatte Agnes erzählt, sie habe alles an sich genommen oder entsorgt.

»Gern«, sagte Jonas.

Das Zimmer lag in einem Seitenflügel des Trakts, die Tür war verschlossen und mit polizeilichem Siegelband gesichert. Jonas holte sein kleines Taschenmesser aus der Aktentasche und ritzte das Band auf. Paulini sah ihm dabei zu.

»Keine Sorge«, sagte Jonas. »Ich darf das.«

In dem gut zwanzig Quadratmeter großen Zimmer hing muffige Luft, es roch nach alter Kleidung, zu süßem Parfum und etwas säuerlich nach Ammoniak. Das Bett mit elektrisch verstellbarem Kopfteil stand links an der Wand, rechts daneben ein Kleiderschrank mit Buchenfurnier und daneben – vor dem Fenster zum Park – ein grauer Lehnsessel mit einer Fußbank und einem kleinen Tisch davor.

Das Bett war nicht gemacht, Decke und Kissen lagen zerwühlt auf der Matratze. Es schien, als sei gerade jemand daraus aufgestanden. Auf dem kleinen Nachtschrank lag ein Bild in einem Messingrahmen, Format 13x18. Jonas nahm es auf. Maria, wie sie in die Kamera lacht. Ihre Haare wehen im Wind. Im Hintergrund die Steilklippen Helgolands, die in der Abendsonne rot zu brennen scheinen.

»Sagten Sie nicht am Telefon, Frau Linz' Tochter sei hier gewesen?«

Paulini nickte. »Es sind noch andere Sachen da, die sie nicht mitgenommen hat. Hier, schauen Sie mal.« Sie öffnete die Nachttischschublade und nahm eine kleine Holzschachtel heraus. »Ihr ganzer Schmuck. Die Tochter wollte ihn nicht haben.«

Jonas öffnete den Deckel. Eine Halskette lag darin, ein Armreif mit Perlmuttbesatz, silberne und goldene Ringe, eine Armbanduhr. Er nahm die Uhr heraus. Wie genau er sich noch an sie erinnern konnte. Das Edelstahlarmband, das graue, wellenförmig eingefasste Ziffernblatt mit Datumsanzeige. Die Uhr war stehen geblieben. Jonas löste das Rädchen an der Seite und zog die Uhr auf. Die Zeiger setzten sich in Bewegung.

Es war Max' Idee gewesen. Zu dritt hatten sie Marias Geburtstag gefeiert. Auf der Fähre Richtung Helgoland hatten Max und Jonas so getan, als hätten sie die Uhr im Duty-free-Shop an Bord gekauft. Tatsächlich hatte Max sie zuvor in Hamburg besorgt. Eine *Omega Ladymatic.* Max hatte gesagt, er habe sie günstig bekommen, und Jonas hatte ihm zweihundert Euro dazugegeben. Sie hatten an Deck gesessen, zwischen den ganzen Tagestouristen, die auf die Insel wollten. Jonas hatte einen Sektkorken knallen lassen, nacheinander hatten sie im warmen Fahrtwind der Julisonne aus der Flasche getrunken. Es war die einzige Armbanduhr, die Maria je besessen hatte. Erst Jahre später hatte Max gestanden, dass sie über fünftausend Euro gekostet hatte.

»Wir können die Sachen erst einmal in der Asservatenkammer lagern, da sind sie sicher. Ich veranlasse das. Was ist mit ihrer Kleidung?« Jonas legte die Uhr zurück in die Schachtel und verschloss den Deckel.

»Auch noch alles da.« Paulini öffnete den Schrank.

Oben rechts befand sich ein kleiner Safe, seine Tür stand offen, er war mit weinrotem Samt ausgeschlagen und leer.

Die Schrankfächer darunter und die Querstange in der Mitte waren vollgestopft mit Jacken, Mänteln, Pullovern und Blusen. Jan Körber hatte offenbar noch keine Sicherstellung der Sachen veranlasst. Da lagen Tücher in allen Farben, mit Leoparden- und Blumenmustern, Schals, Handschuhe, Stricksocken. Kleidungsstücke, die vermutlich seit Jahren die Dunkelheit des Schrankes nicht mehr verlassen hatten. Auf Marias schwarzem Wollmantel lag eine dünne Staubschicht. Es war ihr Lieblingsmantel gewesen, sie hatte ihn oft getragen, auch bei der Beerdigung von Max' Vater. Jonas nahm den Mantel vom Bügel und zog ihn heraus. Er hielt ihn ins Licht. Da war noch immer der kaum erkennbare Rand auf der linken Brust. Maria hatte geschimpft wie ein Rohrspatz. Jonas musste schmunzeln. Max und er hatten mit Maria an einem Glühweinstand auf dem Kieler Weihnachtsmarkt gestanden. Eine Frau hatte Max im Menschengedränge angerempelt, sein Glühwein ergoss sich aus der Tasse direkt auf Marias Mantel. Sie hatte sich furchtbar geärgert, nicht über Max, sondern über die Frau. Der Abend war zu Ende gewesen, kaum dass er begonnen hatte.

Jonas berührte die zusammengefalteten T-Shirts und Pullover, die in einem Fach übereinandergestapelt lagen. Ein weißes Seidentuch war daneben an die Seite gestopft. Jonas zog es heraus und konnte es nicht fassen: Es war das Seidentuch von damals, es war es tatsächlich. Für einen Moment schien der Raum sich zu verdunkeln, doch schon war das Tageslicht wieder da. Auf dem glatten Stoff schimmerten ein paar blassgraue Flecken, nur ihre Konturen waren noch erkennbar, schwach wie Wasserzeichen.

»Herr van Loon?«

Jonas fuhr zusammen. Die Stimme kam wie aus einem Versteck.

»Alles in Ordnung?«, fragte Paulini.

»Ja, ja, alles okay.«

Jonas hatte keinen Schlüssel fürs Haus gehabt und sich auf der Terrasse in die Hollywoodschaukel gelegt. Er war eingeschlafen. Irgendwann hatte Maria vor ihm gestanden, hatte ihn auf die Beine gestellt und ins Haus geschafft, um die Platzwunde am Kinn zu versorgen. Das weiße Tuch, das er jetzt in der Hand hielt, war blutverschmiert und völlig verdreckt gewesen. Maria hatte es offenbar, so gut es ging, gereinigt – und nie entsorgt.

»Ich lasse das alles abholen, das kann erst einmal mit zu den Asservaten, auch wenn es wahrscheinlich irgendwann im Müll landet.« Er steckte das Tuch zurück ins Kleiderfach.

»Ist dann diese amtliche Versiegelung endlich aufgehoben?« Paulini schüttelte die Bettdecke auf und ließ sie auf die Matratze fallen. Sie strich den Stoff mit beiden Händen glatt.

»Geht Ihnen nicht schnell genug, was?« Jonas schloss die Schranktür.

»In der Pflege ist Geld Mangelware, da zählt jeder Tag.«

Die Trauerweide draußen im Park, von der Max gesprochen hatte, ließ ihre dünnen Zweige hängen. Sie waren kahl und schimmerten im trüben Licht des Nachmittags. Von hier sahen sie unwirklich aus, wie gemalt. Was Maria wohl gedacht und gefühlt haben mochte bei diesem Anblick? Vielleicht war ihr das alte Sprichwort in den Sinn gekommen, das sie oft bemüht hatte: *Wenn ein Baum im Sturm fällt, besaß er mehr Zweige als Wurzeln.* Maria hatte bei diesen Worten immer besonders ernst geblickt, um die Bedeutung zu unterstreichen. Max hatte dann meist übertrieben mit dem Kopf genickt und ihr freundlich zu verstehen gegeben, sie solle Ruhe geben.

»Frau Paulini, ich möchte nicht unhöflich sein. Ich kann mir gut vorstellen, dass eine Einrichtung wie diese hier Unsummen an Geld verschlingt und dass Sie natürlich die Wirtschaftlichkeit im Auge behalten müssen. Aber es geht um Menschen und im speziellen Fall von Frau Linz um die Aufklärung eines möglichen Verbrechens. So etwas braucht Zeit, und ich bin mir ziemlich sicher, dass jeder Verstorbene es verdient hat, dass wir uns diese Zeit nehmen. Meinen Sie nicht?«

Paulini zuckte mit den Schultern und wandte sich ab. Sie schüttelte das Kopfkissen auf, faltete es in der Mitte und ließ es aufs Bett fallen. »Wenn Sie mich dann nicht mehr brauchen?« Sie ging zur Tür.

»Moment.« Jonas sah hinaus in den Park.

Eine Windböe fuhr in die Trauerweide. Die Äste bewegten sich in der Luft, Jonas hörte das Knacken des Holzes.

»Ich brauche bitte eine Liste aller Mitarbeiter, die an dem Tag Dienst hatten. Dazu benötige ich Angaben, wer welche Aufgabenbereiche auf welchen Stationen zu erledigen hatte, und ich hätte gern noch einmal die vollständige Krankenakte von Frau Linz im Original.« Er drehte sich zu Paulini.

»Ich werde alles raussuchen lassen«, sagte sie.

»Wer hat die Tote überhaupt entdeckt?«

»Schwester Sonja. Warum?«

»Ist sie im Haus? Ich würde gern mit ihr sprechen.«

»Einen Augenblick.« Paulini verließ das Zimmer.

Jonas griff seine Tasche, öffnete den Kleiderschrank und nahm das Seidentuch heraus. Er stopfte es in seine Aktentasche, verschloss sie und ließ die Schranktür sachte zugleiten.

Als er sich umdrehte, fielen ihm an der Wand über dem Bett zwei kleine Nägel auf. Sie steckten im Abstand von vielleicht dreißig Zentimetern nebeneinander. Er stützte sich auf dem Bett ab und beugte sich näher heran. Er versuchte, einen der Nägel aus der Wand zu ziehen, aber er war fest; der andere ebenso. Jonas trat zurück, nahm den Bilderrahmen vom Nachttisch und drehte ihn um. Auf der Rückseite befand sich ein Aufhänger, ein kleines, bewegliches Metalldreieck. Er hockte sich mit einem Knie aufs Bett und hängte das Bild an einen der Nägel. Vom Rand des Bilderrahmens war der andere Nagel gute zehn bis zwölf Zentimeter entfernt.

Jonas zog die Nachttischschublade auf – nichts. Er sah im Kleiderschrank nach – ebenfalls nichts. Auf der Fensterbank, dem kleinen Tisch und der Ablage darunter: Fehlanzeige. Irgendetwas musste an dem zweiten Nagel gehangen haben. Er ging in die Knie und sah unterm Bett nach. Ein paar Staubmäuse wehten über das Linoleum. Als er sich am Bett aufrichtete, bewegte es sich ein paar Zentimeter zur Seite. Etwas fiel an der Wand zu Boden. Jonas trat an das Fußende, schob das Bett noch weiter von der Wand weg und bückte sich. Körber hatte offenbar keine Sicherstellung angeordnet, scheinbar war das Zimmer von der Kripo noch nicht einmal genauer durchsucht worden. Jonas hob ein Holzkruzifix vom Boden auf und hielt es ins Licht. Der Leib Jesu Christi war detailreich herausgearbeitet, sogar das schmerzverzerrte Gesicht und die Nägel an Händen und Füßen waren zu erkennen.

Auf der Rückseite befand sich wie bei dem Bilderrahmen ein kleines Metalldreieck als Aufhänger. Zur Probe hängte Jonas das Kreuz an den freien Nagel. Beides musste jemand aufgehängt haben, der etwas von Symmetrie verstand. Der Querbalken des Kreuzes lag mit seiner Oberkante in einer exakten Linie mit der Oberkante des

Bilderrahmens. Das konnte unmöglich das Werk von Maria gewesen sein, dafür war sie zeit ihres Lebens viel zu chaotisch gewesen.

Jonas nahm Bild und Kreuz von der Wand und verstaute beides in seiner Aktentasche. Als er die zweite Lasche schloss, öffnete sich die Tür.

»Sonja, das ist Herr Dr. van Loon. Er ist Staatsanwalt und ein Freund unserer verstorbenen Frau Linz. Er möchte dir ein paar Fragen stellen.« Paulini nickte kurz und schloss die Tür von außen.

»Sagen Sie ... Schwester Sonja ... Wie ist Ihr Nachname?«

»Schatz«, sagte sie. »Wie der Schatz.«

»Sehr gut. Also, Frau Schatz, Sie haben als Erste gesehen, dass Frau Linz gestorben war?«

»Ja. Richtig.«

»Wann war das? Ich meine: um welche Uhrzeit?«

»Das war ungefähr gegen halb zwölf. Ich wollte Frau Linz für das Mittagessen vorbereiten?«

»Vorbereiten? Wie meinen Sie das?«

»Na ja, waschen, ein frisches Oberteil anziehen, ihr in den Rollstuhl helfen. Das konnte sie nicht mehr allein.«

»Verstehe. Und dann sind Sie ins Zimmer gekommen und ...«

Sonja Schatz begann zu weinen. Sie presste sich eine Hand vor den Mund. »Entschuldigung. Es ist nur so ... so merkwürdig gewesen alles.«

»Wie, merkwürdig?«

Sie putzte sich die Nase mit einem Taschentuch. »Klar, Frau Linz war dement und konnte vieles nicht mehr ohne fremde Hilfe. Manchmal nässte sie ins Bett oder saß stundenlang regungslos hier in ihrem Sessel. Aber das kennt man ja, das ist bei der Krankheit ganz normal.«

»Sie meinen, sie war ansonsten gesund?«

»Nicht direkt gesund, aber auch nicht so krank, dass sie von jetzt auf gleich sterben würde. Das hätte ich nie für möglich gehalten. Vor allem nicht an einem Herzinfarkt. Ihr Herz war total fit. Das hat auch unser Arzt hier im Heim immer gesagt.«

Jonas trat ans Fenster. Der Wind hatte zugenommen, die dünnen, graugrünen Äste der Trauerweide zappelten wie Luftschlangen. »Haben Sie deshalb die Polizei gerufen? Weil Sie dachten, es könnte vielleicht kein natürlicher Tod gewesen sein?«

»Ich habe die Polizei nicht gerufen.«

»Wer dann?«

»Die Chefin, glaube ich.«

Ein paar Äste der Weide hielten dem Sturm nicht länger stand und knickten ab. Krachend fielen sie ein paar Meter entfernt zu Boden.

»War sie ebenfalls der Meinung, es könnte etwas nicht stimmen?«

»Weiß ich nicht. Das müssen Sie sie fragen. Auf jeden Fall hat die Tochter einen Riesenaufstand gemacht.«

Jonas drehte sich zu ihr. »Die Tochter? Sie meinen Agnes Linz?«

Sonja Schatz setzte sich auf die Bettkante und nickte. »Die kam am nächsten Tag hierher und redete die ganze Zeit davon, dass Dr. Keller Frau Linz umgebracht hätte. Die war gar nicht mehr zu beruhigen. Dr. Keller hätte sie auf dem Gewissen und so weiter. Das wurde der Chefin irgendwann zu bunt, da hat sie die Polizei geholt.«

Kein einziges Wort hatte Agnes davon erzählt, bei der Beerdigung nicht und auch nicht danach beim Kaffeetrinken. Sie hatte den Verdacht bewusst auf Max gelenkt. Die verstoßene Tochter, die ihre Chance gekommen sah. Das passte ins Bild. Sie hasste Max seit dem Unfall. Für sie war er schuld an Achims Tod, das musste irgendwann gesühnt werden. Die Freiheitsstrafe, die Max damals bekommen hatte, reichte ihr scheinbar nicht.

Ja, das passte zusammen. Es war keineswegs ausgeschlossen, dass Agnes ihre Finger im Spiel gehabt hatte. Sie war schon zu Studentenzeiten schwer durchschaubar gewesen und hatte zu irrationalem Handeln geneigt. Dennoch, eines fügte sich nicht ins Bild: Wenn sie seit Jahren keinen Kontakt mehr zu Maria gehabt hatte – woher wusste sie dann, dass ihre Mutter sterben wollte und Max ihr dabei helfen sollte?

Jonas sah auf die rechte Tür des Kleiderschranks. Dahinter befand sich der Safe. Er war noch immer offen. Und leer.

»Wissen Sie zufällig, wann die Tochter das letzte Mal zu Besuch gekommen ist?«

Sonja Schatz zuckte mit den Schultern. »Keine Ahnung. Ich habe sie hier schon seit Jahren nicht mehr gesehen. Warum fragen Sie?«

Jonas gab der Frau die Hand. »Ich danke Ihnen«, sagte er und ging.

19

WIEN, FEBRUAR 2021

»Das wird nichts.« Jonas setzte das Bettgestell auf einer der Stufen im gekachelten Hausflur ab.

»Schieb noch mal ein Stück nach links und dann hochkant.« Lara drückte das Kopfteil des Bettgestells in die Luft. Jonas schob hinten am Fußende.

Laras neue Wohnung lag in einer Stadtvilla im dritten Bezirk, von hier aus waren es nur etwa zwanzig Fußminuten bis zum Stephansdom. An Sightseeing war allerdings nicht zu denken, erst musste der Rest von Laras Möbeln die vierunddreißig Holzstufen hinauf.

Die Luft stand im Flur, mit knapp zwanzig Grad war es viel zu warm für Ende Februar. Jonas rannen Schweißtropfen über die Stirn, er wischte sie mit seinem Hemdsärmel ab. Das Bettgestell war nicht besonders schwer, nur sperrig und ließ sich schlecht drehen auf dem Treppenpodest.

Lara zog, Jonas schob. Mit vereinten Kräften schafften sie das Gestell bis vor die Wohnungstür und weiter in Laras Schlafzimmer. Die Räume maßen eine Höhe von über drei Metern und waren frisch renoviert, mit aufgearbeiteten Dielenböden und Stuckdecken. Es roch nach Farbe und Bohnerwachs.

Jonas legte Lattenrost und Matratze auf das Bettgestell und schob es in den kleinen Erker, der von zwei schmalen Fenstern an den Seiten und einem breiteren in der Mitte eingerahmt war.

Lara kam mit einer Flasche Mineralwasser und Gläsern aus der Küche und setzte sich neben ihn aufs Bett. Er trank in großen Schlucken, sie gab ihm einen Kuss auf die Wange.

Ein Fenster war gekippt, die Stimmen der Menschen, die gegenüber auf dem Rochusmarkt einkauften, drangen ins Zimmer. Gläser klangen, es wurde gelacht. Der vorzeitige Frühling ließ Hormone tanzen, die Leute saßen in der Sonne, tranken Weißwein und aßen miteinander. Ein später Samstagvormittag in Wien. Jonas hätte wenigstens ein Auslandssemester hier studieren sollen – eine Stadt, in der das Leben eine Handbreit lieblicher war.

Er spürte seinen Rücken. Seit gestern früh hatten Lara und er geschleppt, hatten Möbel ab- und wieder aufgebaut, Umzugskartons transportiert und unzählige Bücherkisten von einem zum anderen Ort gebracht. Er war zu alt für so etwas, aber er wollte keine einzige Sekunde der vergangenen dreißig Stunden missen.

»Ist noch was im Bulli?«

Lara schüttelte den Kopf. »Höchstens Kleinkram. Ich glaub, wir haben es.«

Jonas stellte das Glas beiseite und ließ sich mit seinem kneifenden Rücken auf die Matratze fallen. »Gott sei Dank.«

Sie legte sich neben ihn, gemeinsam starrten sie an die weiße Decke. Stuckornamente schlängelten sich wie Blumenranken an der Wandkante entlang, oder nein, es konnten auch Noten sein. Sie waren wahllos angeordnet, standen kreuz und quer und über Kopf und griffen ineinander. Eine versteckte Komposition, niemand konnte sie spielen, und doch gab es sie.

»Darf ich dich was fragen?« Lara drehte sich zu ihm und stützte ihren Kopf mit dem Unterarm ab.

»Klar«, sagte Jonas. »Alles.«

»Ist wieder was mit Mama?«

Von draußen wehte das Lachen einer Frau ins Zimmer.

»Was meinst du?«

Lara richtete sich auf, blieb aber auf der Bettkante sitzen. »Du bist irgendwie so … so ruhig, so in dich gekehrt. Gestern auch schon. So kenne ich dich gar nicht. Bedrückt dich was?«

Seine kluge, feinsinnige Tochter. Sein kleiner Fels in der Brandung. Das absolute Gehör, über das sie verfügte, ließ sie nicht nur in der Musik die schlechten von den guten Tönen unterscheiden.

Jonas rieb sich mit den Händen übers Gesicht. »Mit Mama und mir ist nichts, mach dir keine Sorgen.«

»Und mit dir? Ist da was?«

Sie ließ nicht locker. Aber es half nichts, sie mit seinen Sorgen zu belasten. Max, Maria, Agnes. Der Unfall von damals, Jonas' bevorstehender Karrieresprung, der schnell zum Knick werden konnte, wenn er sich nicht in Acht nahm. Das alles ließ ihn seit Tagen nicht mehr ruhig schlafen.

»Ich habe vor allem mächtigen Hunger.« Er versuchte ein Lächeln.

Sie nickte langsam. »Magst du Brötchen?«

»Klar. Du kennst doch deinen Vater.«

»Nun, diese sind … anders.« Lara stand auf und zog Jonas vom Bett. »Ich lad dich ein. Ist gleich unten, da gibt es einen Stand. Komm schon.«

Auf der Straße zwitscherten Vögel in den Baumkronen. Jonas verschloss den Bulli, der treu wie ein Gaul vor dem Saloon wartete. Nein, er würde ihn niemals verkaufen. Christiane hatte ihn nie gemocht. Sie verband mit ihm das, was Jonas neben seinem seriösen Juristendasein auch war: ein Altrocker, der bis heute am liebsten Selbstgedrehte rauchte und Musik machte. Für ihn war der Bulli ein Kumpel aus vergangener Zeit, mit dem er durch dick und dünn gegangen war. So etwas schweißte zusammen, davon trennte man sich nicht.

Die Sonne wärmte die Straßen. Letzte Woche hatte es noch Minusgrade gehabt, jetzt saßen die Menschen in hellen Hosen und T-Shirts an den Tischen und genossen die ersten Frühlingsboten.

Lara steuerte auf ein kleines Verkaufshäuschen zu, vor dessen Eingang noch ein Tisch frei war. Im Inneren trennte ein großer Glastresen den Raum in zwei Hälften. Hinter dem Glas lagen Brotscheiben, die alle auf das exakt gleiche Maß von etwa acht mal vier Zentimetern zugeschnitten und mit Aufstrichen unterschiedlichster Farben und Konsistenzen belegt waren.

»Was ist das?«, fragte Jonas überrascht.

Lara lachte. »Das sind Brötchen. Ein Geheimtipp in Wien. Die pürierten Aufstriche machen sie hier täglich frisch. Der da, zum Beispiel ...« Sie zeigte auf einen eher unappetitlich aussehenden grauen Brei. »Der ist mit Matjes. Und der dahinter, der gelbe, der ist mit Ei und Lachs. Such dir was aus.«

Matjes, Ei, Lachs – das klang vertraut. Er nahm jeweils zwei davon. Lara suchte sich ebenfalls ein paar dieser Brötchen aus, bestellte noch zwei Eistee dazu und zahlte.

Jonas spannte den Sonnenschirm auf, der neben dem freien Tisch stand. Er setzte sich und prostete Lara zu.

»Danke dir, Paps. Warst 'ne super Hilfe.«

»Keine Ursache.« Er biss in eine der Brotscheiben. Die graue Paste schmeckte wunderbar nach Fisch.

»Und?«, fragte Lara.

»Großartig«, sagte er und biss gleich noch einmal hinein.

Die Leute auf dem Platz ließen sich treiben. Marktstände boten frisches Obst und Gemüse, Fleischwaren, Fisch, Käse und Blumen an. Es war wie im Urlaub, nur dass Jonas schon bald wieder zurück nach Hamburg musste.

Er nahm einen Schluck Eistee und sah zu einem älteren Paar hinüber. Die Frau starrte den Mann aus glasigen Augen an und zog an ihrer Zigarette. Sie schaute mürrisch drein, und es schien, als könne der Mann machen, was er wollte – er konnte sie nicht zufriedenstellen.

Christiane konnte auch so gucken – ein Blick, der Jonas verriet, dass sie nur darauf wartete, ihm irgendeinen Vorwurf aufzutischen. Genauso hatte Agnes Max angestarrt, als sie an Marias Grab standen. Agnes hatte nichts mit Christiane gemeinsam. Aber dieser Blick – der war wie aus einem Guss. Gerade so, als habe sie Max ohrfeigen oder würgen wollen.

Lara legte ihre angebissene Brotscheibe auf den Teller und lehnte sich im Stuhl zurück.

»Was ist?«, fragte er.

»Wenn du nicht darüber reden willst, okay. Aber irgendwas stimmt nicht mit dir. Ich bin nicht blöd.«

Natürlich stimmte etwas nicht mit ihm. Die Sache mit Max war allgegenwärtig. Jonas wusste nicht, was er glauben sollte, die Grenzen zwischen wahr und unwahr, zwischen richtig und falsch waren aufgehoben. Vielleicht hatte Max Maria Leid erspart und ihr einen letzten Wunsch erfüllt. Doch ebenso gut konnte er sie heimtückisch ermordet haben, aus Habgier. Lara war eine erwachsene Frau, sie verstand etwas von der Welt und den Menschen. Aber vielleicht war sie noch zu jung für die Abgründe.

Er stellte sein Glas auf dem Tisch ab. »Dir kann ich nichts vormachen.«

Lara zuckte mit den Schultern.

Vielleicht sollte er Lara teilhaben lassen an dem, was ihn um den Schlaf brachte. Sie war klug und modern. Es war eine Anmaßung des Alters, zu glauben, sie sei zu jung für die Wahrheit. Wahrscheinlich war es wohl eher so, dass Jonas zu alt war für den Mut, den es brauchte, um seiner Tochter gegenüber die eigene Hilflosigkeit zu offenbaren.

»Es geht um Max. Er hat Mist gebaut, und ich weiß nicht, was ich davon halten soll. Ist ziemlich verworren alles – obwohl … eigentlich auch nicht. Ich stehe mir wahrscheinlich nur selbst im Weg.«

Lara zündete sich eine Zigarette an. »Paps. Du guckst seit gestern wie drei Tage Regenwetter. Wenn du magst – erzähl's mir. Weißt doch: Ich bin Expertin für verworrene Kompositionen. Denk an Beethovens Violinkonzert D-Dur – das hab ich voll drauf.«

Jonas musste lachen. Sie war so unbeschwert. Die Unverletzlichkeit der Jugend sprudelte aus ihr, dieses Lebensbejahende, Ungestüme –

eine Eigenschaft, die im Laufe der Jahre an Kraft verlor, bis sie irgendwann ganz verschwand und Probleme und Sorgen den Tag bestimmten. Lara hatte bei jeder Gelegenheit den passenden Spruch auf der Zunge und traf ihren alten Vater damit ins Mark. Um ehrlich zu sein, fühlte er sich jung und vergleichsweise modern. Doch in diesem Augenblick wurde deutlich, wie weit seine eigene Uhr schon vorangeschritten war.

»Und ob du das draufhast.«

Drüben, ein paar Tische weiter, stand das ältere Paar auf und ging. Die Frau hatte sich bei ihrem Mann eingehakt. Vielleicht hatten sich die beiden versöhnt, vielleicht war es auch nur Gewohnheit.

»Dass er der schlechteste Patenonkel ist, den die Welt je hervorgebracht hat, darüber sind wir uns einig. Also lass hören: Was hat er ausgefressen?«

Ausgefressen. Wenn es so etwas nur gewesen wäre – ein Kinderstreich und keine Straftat.

»Maria ist vor ein paar Wochen gestorben. Sie war schwer dement und wollte nicht mehr. Zumindest behauptet Max das.«

»Hm«, machte Lara. »Die paar Male, als ich sie erlebt habe, hat sie einen ziemlich lebenslustigen Eindruck gemacht. Aber gut, wann habe ich sie zuletzt gesehen? Ist bestimmt vier oder fünf Jahre her.«

»Lebenslustig war sie, oh, ja.«

»Und was hast du mit der Sache zu tun?«

Von gegenüber schlug eine Kirchturmuhr dreimal zur vollen Stunde.

»Max hat ihr ein tödliches Medikament gegeben. Und kurze Zeit später ist er bei mir aufgetaucht.«

»Ach du Scheiße«, sagte Lara. »Sitzt er im Gefängnis?«

»Nein, das nicht, aber strafbar kann sein Verhalten allemal sein.«

»Und was geschieht jetzt mit ihm?«

»Kommt drauf an, was genau passiert ist. Wenn Maria wirklich sterben wollte, könnte es Tötung auf Verlangen sein. Dann droht ihm eine zwei-, vielleicht dreijährige Haftstrafe und vor allem der Entzug seiner Approbation. Das wäre das Ende für ihn. Er hat Geldprobleme. Und das könnte die Sache sogar zu einem Mord machen. Rate mal, wen Maria zu ihrem Alleinerben eingesetzt hat.«

»Oje.« Lara drückte ihre halb gerauchte Zigarette im Aschenbecher aus. »Deshalb glaubst du ihm die Geschichte mit dem Sterbewunsch nicht. Hat sie denn irgendwas Schriftliches hinterlassen? Ich meine, gibt es irgendwas, womit sich ihr Wunsch belegen lässt?«

»Das ist das Problem. Max hat mir einen Abschiedsbrief von ihr gegeben und eine Patientenverfügung. Darin steht ausführlich, dass sie im Falle unumkehrbaren Leidens von ihm getötet werden möchte. Nur ist das alles nicht unterschrieben, es sind einfache Ausdrucke. Jeder könnte sie angefertigt haben. Auch Max. Ich weiß einfach nicht, ob ich ihm glauben kann.«

Auf der gegenüberliegenden Straßenseite öffnete sich die Tür der Kirche, und ein paar Menschen traten heraus. Ein Mann trug einen Säugling auf dem Arm. Die Frau neben ihm, mit einem weißen Hosenanzug gekleidet, hielt die Hand des Babys.

Lara kniff die Augen zusammen. »Jill, meine Mitbewohnerin, bleibt übrigens in der Wohnung. Hast ja vorhin ihr Zimmer gesehen, ist alles noch voll.«

»Deine Mitbewohnerin? Wie kommst du denn jetzt auf die?«

»Schneider, der Hausmeister an ihrer Schule, hat ihr damals unterstellt, sie hätte hundert Euro aus seiner Wechselgeldkasse im Kiosk der Aula geklaut. Er hat sie wegen Diebstahls angezeigt. Die Polizei hat die halbe Schule vernommen, und ein paar haben gesagt, sie hätten gesehen, wie Jill heimlich in den Kiosk geschlichen sei. Sie musste irgendwelche Arbeitsstunden ableisten, ein Jugendrichter hatte sie dazu verdonnert. Mir gegenüber hat sie geschworen, sie sei es nicht gewesen. Und ich weiß nicht, warum, aber ich glaube ihr. Ich kann mir partout nicht vorstellen, dass sie sich so asozial verhält. Ich hab über ein Jahr mit ihr zusammengewohnt, sie ist klasse. Fürsorglich, ehrlich, einfach ein toller Mensch.«

Drüben vor dem Kirchenportal tranken der Mann mit dem Säugling und die Frau in Weiß mit ein paar anderen Sekt. Vermutlich feierten sie Taufe. Jonas war bei Laras Taufe über eine Baumwurzel gestolpert und wäre fast gestürzt. Er hatte Lara auf dem Arm getragen. Wenn er jetzt daran dachte, wie er sich in letzter Sekunde am Baumstamm abgefangen hatte, fuhr ihm noch immer der Schreck in die Knochen.

»Entschuldige … Jill … Wenn ihr zwei euch so gut versteht, warum ziehst du dann aus?«

Lara drehte sich kurz um und sah rüber zum Haus, in dem sich die WG befand. »Egal«, sagte sie. »Du wolltest von Max erzählen.«

»Ach so, ja, also … Max, der war zwar immer etwas verrückt, aber er ist ein anständiger Kerl, auch wenn er sich nicht um sein Patenkind gekümmert hat.« Jonas klopfte Lara auf den Oberschenkel. »Keine Ahnung, aber irgendwie glaube ich, dass er seine Gründe dafür gehabt hat. Er hat sein ganzes Leben lang versucht, moralisch richtig zu handeln. Dass er vor einigen Jahren den Kontakt zu dir und auch zu mir so abrupt abgebrochen hat, ist mir bis heute nicht erklärlich. Und was Maria ihm bedeutet hat, weiß ich sehr genau, ich kenne ihn seit dem Internat. Sie war wie eine Mutter für ihn.«

»Das heißt was?«

Der Täufling wurde ungeduldig, er begann zu quäken, was sich schnell zu einem lauten Babyschreien auswuchs.

»Das heißt, dass er ihr niemals ein Haar gekrümmt hätte. Nicht für alles Geld der Welt.«

»Na, dann ist doch alles geritzt.« Lara prostete Jonas zu.

»Ich muss ihn trotzdem anklagen. Ob Maria sterben wollte oder nicht – alles sieht danach aus, als habe er ihr die Medikamente in den Mund geschoben. Mir gegenüber hat er das sogar zugegeben, aber auch die äußeren Umstände sprechen dafür. In Marias Zimmer wurde eine Spritze gefunden, außerdem konnte sich Maria aufgrund der Demenz vermutlich gar nicht mehr genug bewegen, um die Medikamente selbst zu schlucken. Und das wäre dann nicht mehr nur straffreie Sterbebegleitung, das wäre aktive Sterbehilfe und strafbar. Er wird um eine Anklage nicht herumkommen.« Jonas kippte seinen Eistee in einem Zug hinunter.

»Du? Wieso musst du ihn anklagen? Er ist ein enger Freund von dir. Gibt's da nicht so was wie einen Interessenkonflikt? Wie nennt man das noch? Befangenheit.«

Erst kam das Fressen, dann die Moral. Brechts *obiter dictum* galt bis heute – auch für Jonas. Es war nicht richtig, was er tat. Er benutzte das Gesetz, um es zu umgehen. Er tat es für einen Freund, aber das machte die Sache nicht besser.

»Er hat mich ausdrücklich darum gebeten. Er glaubt, wenn ich die Anklage vertrete, kommt er ungeschoren aus der Nummer raus.«

»Und darauf hast du dich eingelassen? Nicht dein Ernst.«

Hau ab!, hatte Max ihm damals blutverschmiert zugeraunt. *Verpiss dich!* Jonas hatte erst gezögert, dann hatte er sich in Bewegung gesetzt und war losgelaufen. Bis zu Marias Terrasse. Maria hatte sofort gewusst, was los war, und sie hatte geschwiegen, ein Leben lang. So wie Max. Erst kam das Fressen, dann die Moral. So war das Leben. Jonas wäre gern besser gewesen als alle anderen, aber dafür war es zu spät. Diese Weiche hatte er damals in der Nacht des Unfalls gestellt.

»Ich will beides, weißt du: Max helfen und das Gesetz ernst nehmen. Das ist mein Dilemma.«

Das Baby hatte sich beruhigt. Die Frau hatte es inzwischen auf dem Arm, es nuckelte zufrieden an ihrer Brust.

»Versteh ich nicht. Also schon … dich kann ich schon verstehen, aber diese Sache mit der Sterbehilfe kapier ich nicht. Maria wollte nicht dahinkrepieren mit ihrer Krankheit. An ihrer Stelle hätte ich auch 'ne Pille geschluckt. Ich meine, wenn man unheilbar krank ist und nur noch leidet und deshalb sterben will, warum ist dann derjenige, der einem diesen sehnlichsten Wunsch erfüllt, ein Straftäter? Er hat doch nichts Falsches getan, im Gegenteil. Er hat die Würde des Sterbenden geachtet.«

»Es macht einen Unterschied, ob er ihr die Medikamente nur zur Verfügung gestellt oder sie ihr in den Mund gegeben hat.«

»Warum macht das einen Unterschied?«

»Das eine ist strafbar, das andere nicht.«

»Das ist doch Schwachsinn.«

»Das ist die Rechtslage.«

»Deshalb ist es noch lange nicht richtig.«

»Warum ist es deiner Meinung nach Schwachsinn?«

»Weil's komplett willkürlich ist.«

»Willkürlich? Wieso?«

Der Mann und die Frau kamen mit dem Baby herüber auf den Rochusmarkt, ein paar Leute – vermutlich Freunde und Familie – folgten ihnen. Sie setzten sich an einen der größeren Tische. Die Frau legte das Kind in einen Kinderwagen neben sich. Der Mann bestellte Wein.

»Ich denke an die Patienten«, sagte Lara. »An die, die sterben wollen. Was ist zum Beispiel mit denen, die sich nicht mehr bewegen können? Können die keine Sterbehilfe in Anspruch nehmen? Das wäre doch komplett ungerecht. Und außerdem …«

»Außerdem?«

»Sterben gehört zum Leben. Nur, weil niemand gern darüber spricht oder sich damit auseinandersetzt, heißt es noch lange nicht, dass der Tod tabu ist.«

Das klang in Jonas' Ohren reichlich altklug. »Entschuldige«, sagte er. »Ich will dir nicht zu nahe treten. Aber du bist gerade mal dreiundzwanzig. Du weißt noch nichts vom Tod.«

Lara hielt ihr Glas in der Hand, ohne es vom Tisch aufzunehmen. Sie kippte es ein wenig zur Seite und starrte in die braune Flüssigkeit. »Nach dem Abi hatten Jill und ich uns eine Zeit lang nicht gesehen. Dann habe ich erfahren, dass sie BWL studiert, hier in Wien. Hast du vorhin auch das dritte Zimmer gesehen, links vom Eingang?«

Jonas ging die Wohnung in Gedanken durch. Der Eingang, der Flur, eine Tür gleich neben der Garderobe. »Nein, die Tür war zu. Wieso?«

Lara sah einen Moment in den Himmel. »Da hat Michael gewohnt. Jill und er waren ein Paar, sie waren total verknallt ineinander.« Sie starrte kurz auf die Tischplatte und schüttelte den Kopf.

»Was ist passiert?« Jonas legte eine Hand auf ihre Schulter.

Am Nebentisch schaukelte die Frau den Kinderwagen, aus seinem Inneren war nichts zu hören.

»Es war nur Fieber, anfangs, ein bisschen Unwohlsein. Er ist zum Arzt, um sich etwas verschreiben zu lassen. Der Arzt ist gut gewesen, er hat ihn gleich ins Krankenhaus geschickt. Und dort haben sie es dann festgestellt: Darmkrebs, vorgerücktes Stadium.«

Das Thema nahm sie mit. Dabei hätte sie doch jederzeit zu ihm kommen können. Er war doch immer für sie da. Er war für niemanden so sehr da wie für seine Tochter.

»Warum hast du mir nie davon erzählt?«

»Hm«, machte sie. »Du warst weit weg. Und irgendwie … Ich musste mich um Jill kümmern. Es ging nicht um mich.«

Jonas beugte sich zu ihr hinüber und umarmte sie. »Meine Große«, sagte er in ihr Haar hinein.

Sie löste sacht die Umarmung und griff nach seiner Hand. »Wir haben zusammen gefeiert in der Wohnung, gekocht, getanzt, die beiden haben sich geküsst, und ich war tatsächlich nie das fünfte Rad am Wagen. Die beiden waren ein Paar, und ich habe mich gefreut für sie. Zu dritt waren wir ein Team, eine eingeschworene Gemeinschaft. Und jetzt ist er nicht mehr da, und er fehlt Jill mit Sicherheit viel mehr als mir. Aber diese verschlossene Zimmertür, diese Scheißtür … Ich kann sie nicht mehr sehen. Ich habe richtig Angst davor. Angst, sie aufzumachen. Weißt du, was ich meine?«

Der Verlust eines Menschen, der einem nahestand. Die vertraute Umgebung, die plötzlich fremd war. Die Angst, sich der Leere zu stellen. Hatte Max sich genauso gefühlt?

Jonas umschloss fester Laras Hand. »Ja, ich glaube, ich weiß, was du meinst.«

Lara sah auf seine Hand. »Sterben gehört zum Leben wie Geborenwerden. Ich habe Michael bis zuletzt gesehen, bis er nur noch vierzig Kilo wog und grau und eingefallen war. Er war nicht mehr in der Lage, allein zu gehen, allein zu essen oder zu trinken. Er konnte nicht einmal mehr ohne Hilfe zur Toilette, und er hatte zum Schluss nur noch einen Wunsch: dass es schnell vorbei ist.«

Lara war groß geworden. Eben noch ein Kind, das Jonas auf dem Arm getragen hatte, war sie heute eine erwachsene Frau, die ihr eigenes Leben führte und die ihre eigenen Erfahrungen machen musste. Jonas hielt ihre Hand noch immer fest in seiner.

»Wie geht es dir damit? Ich meine … mit diesen Erfahrungen?«

Lara atmete durch. »Ich glaube, ich habe was dazugelernt. Ich glaube, dass die Würde beim Sterben nicht aufhört. Sie ist nicht kleiner oder größer als zu Lebzeiten. Sie ist genauso da, also muss sie auch bis zum Schluss respektiert werden. Und wenn es bei mir mal so weit ist, will ich mich frei entscheiden können, ob ich meinem Leben ein Ende setze oder nicht. Und dann soll mir meine Ärztin auch helfen dürfen, ohne gleich dafür in den Knast zu kommen.«

»Das ist bestimmt richtig. Aber Selbstbestimmung ist nicht alles.«

»Mag sein, aber es muss erlaubt sein, einem Sterbewilligen ein Ableben ohne Leiden zu ermöglichen. Und wenn er sich nicht mehr bewegen kann, muss ihm halt geholfen werden. Ich verstehe gar nicht, wie man da eine Grenze ziehen kann.«

»Der Bundesgerichtshof tut das.«

»Der steht auch nicht über allem. Bist du seiner Meinung, Paps?«

»Na ja, der Gedanke ist, dass ein Mensch den Handlungsablauf beim Sterben eines anderen nicht dominieren soll. Die letzte Entscheidung über das zum Tod führende Geschehen muss in der Hand des Sterbewilligen bleiben. Deshalb ist diese Grenze gar nicht so willkürlich.«

»Okay, bin ich bei dir. Aber was heißt ›dominieren‹ in dem Zusammenhang? Wer dominiert denn den Handlungsablauf? Doch wohl derjenige, der ihn willentlich steuert. Und da ist es doch völlig egal, ob er selbst das Medikament einnimmt oder einen anderen dazu bestimmt. Nein, Paps: Für mich ist das nicht einzusehen, da eine Grenze zu ziehen. Ich glaube tatsächlich, dass Max nur getan hat, was Maria wollte. Dafür sollte er nicht bestraft werden. Selbst wenn er ein miserabler Patenonkel ist.« Lara trank ihren Eistee aus.

Die Frau am Nachbartisch hatte das Baby aus dem Wagen genommen und übergab es einem älteren Herrn, der ihr Vater oder Schwiegervater sein mochte. Hoffentlich ließ er das kleine Bündel vor lauter Aufregung nicht fallen.

Lara ging in den Laden und kam mit zwei kleinen Flaschen Mineralwasser zurück. »Die Autobahn nach Nürnberg ist dicht, komplett gesperrt. Hab ich drinnen gerade im Radio gehört. Du musst wohl oder übel noch bleiben.«

»Komplett gesperrt? Wieso das denn? Die war doch vorgestern noch frei.«

»Keine Ahnung. Wahrscheinlich ein größerer Unfall oder so was. Fahr doch über Tschechien. Ist kilometermäßig sogar kürzer.«

Tschechien. Das war eine Idee. Ein wenig über Land, und dann ab Prag über die Autobahn Richtung Deutschland. Er stieß mit Lara an. »Jetzt sitzen wir erst mal noch hier. Salute.«

Die Sonne schien warm auf ihren Tisch.

Jonas nahm sein Handy aus der Hosentasche. Agnes hatte ihm am Tag der Beerdigung ihre neue Nummer gegeben.

Er tippte: *Rosékneipe. Heute. Zwanzig Uhr?*

»Schleppen wir den Kleinkram aus dem Bulli noch hoch? Dann kannst du auch bald starten.« Lara trank ihr Wasser aus.

Sie gingen rüber. Der Bulli stand vor dem Haus im Schatten. Jonas schob die Seitentür auf, zog den Kopf ein und stieg in den Wagen. Lara folgte ihm. Sie setzte sich auf das kleine Sofa, das längs hinter dem Fahrersitz stand.

»Komm, setz dich noch mal«, sagte Lara.

Jonas stellte den Blumentopf ab, den er gerade hochgehoben hatte, und setzte sich neben sie.

»Na?«, fragte er. »Was ist?«

»Das mit Max … Ist echt blöd für dich, oder?«

Lara wäre nicht seine Tochter gewesen, wenn sie das Thema einfach hätte beiseiteschieben können. Jonas hatte ihr offenbar ein wenig Prägung mitgegeben, auch wenn sie das natürlich niemals zugeben würde.

»Das Problem ist, dass ich selbst nicht weiß, wo ich stehe. Klar – ich will auch nicht irgendwann sabbernd vor mich hin vegetieren. Ich will mein Ende auch selbst bestimmen können. Aber wenn man das alles weiterdenkt, tun sich Fragen auf, die ich wahrscheinlich nicht beantworten könnte.«

»Wie meinst du das?«

»Na ja, nehmen wir mal an, es wäre allgemein zulässig oder wenigstens gesellschaftlicher Konsens, dass jeder selbst entscheiden darf, wann er sterben will. Bei alten und kranken Menschen könnte ich das nachvollziehen. Aber was wäre zum Beispiel mit einer Frau in deinem Alter? Sie ist vielleicht etwas kräftiger gebaut oder hat irgendeinen kleinen Geburtsfehler und wird deshalb seit ihrer Kindheit von allen gehänselt. In den sozialen Medien wird sie von irgendwelchen Idioten – wie nennst du das immer? – gedisst. Irgendwann kann sie nicht mehr, will nicht mehr. Sie will nur noch weg von dieser Welt. Darf eine Gesellschaft zulassen, dass sie sich umbringt oder assistiert umgebracht wird? Wo sind da die Grenzen? Wer darf freiwillig sterben und wer nicht? Ich habe mir in den letzten Tagen den Kopf darüber zermartert, ob das, was Max getan hat, richtig war oder falsch, und ich weiß es einfach nicht. Solche Sachen konkret zu beantworten ist leicht: Du und ich oder auch Max, wir wissen, was wir wollen, und das soll gesetzlich auch erlaubt sein. Aber als Jurist denkt man nicht nur konkret, man denkt abstrakt: Kann das, was ich für mich selbst als richtig erachte, zugleich ein allgemeines Gesetz für jedermann sein? Daran könnte ich gerade verzweifeln.«

»Ich glaube, ich weiß, was du meinst«, sagte Lara. »Aber ich glaube auch, dass das gerade nicht dein wirkliches Problem ist. Dein Problem ist Max. Du bist nicht derjenige, der sich ein allgemeingültiges Gesetz ausdenken muss. Du musst das Gesetz, das bereits da ist, anwenden. Das predigst du doch immer. Dann mach es auch.«

Es stimmte, was sie sagte. Max und sein Handeln bildeten den Kern, den es zu spalten galt. Die aktuelle Gesetzeslage machte ihn zum Straftäter, womöglich zum Mörder. Darauf kam es an, darauf musste Jonas sich konzentrieren. Doch genau darin lag das Problem. Es gab kein Gesetz, das Fälle der Sterbebegleitung oder Sterbehilfe genauer regelte. Die Vorschriften des Strafgesetzbuchs waren weit gefasst und zielten auf generelle Sachverhalte ab, nicht auf deren Abgrenzung zueinander. Das war eine schreiende Gesetzeslücke, die der Gesetzgeber bis heute nicht ausgefüllt hatte. Und wer sagte eigentlich, dass es richtig war, die Grenze der Strafbarkeit zwischen dem Zurverfügungstellen tödlicher Medikamente und ihrem aktiven Verabreichen zu ziehen? Vielleicht war das tatsächlich reine Willkür – im Gesetz stand davon nichts.

»Weißt du, was mir gerade klar wird?«, fragte Lara.

»Nein. Was?«

»Im Grunde sind meine Noten wie deine Paragrafen – es kommt darauf an, wie man sie spielt.«

»Wirst du jetzt philosophisch?«

»Quatschkopf. Vorhin hatten wir doch gerade Beethovens Violinkonzert in D-Dur. Das kannst du so aufführen oder so aufführen, du kannst es schneller spielen oder langsam und getragen, du kannst einzelnen Passagen mehr Gewicht und Ausdruck verleihen und andere vernachlässigen. Es kommt ganz stark darauf an, wie du es interpretierst. Oder schau dir *Romeo und Julia* an. Das Stück ist Jahrhunderte alt und immer wieder neu und zeitgemäß inszeniert worden. Wenn das bei Noten und Theaterstücken geht, warum dann nicht auch bei Paragrafen?«

»Kunst ist das eine«, sagte Jonas. »Das Gesetz ist etwas anderes. Menschen wollen Rechtssicherheit, da haben sie sogar einen Verfassungsanspruch drauf. Wenn eine Vorschrift zu unbestimmt ist, dann muss sie durch Leute wie mich – und vor allem durch die Gerichte – ausgefüllt werden. Und das geht nicht einmal so und das nächste Mal anders. Da müssen Kontinuität und Verlässlichkeit gewährleistet sein.«

»Paps, darüber haben wir schon so oft gesprochen. Du weißt, was ich meine. Klar müssen Gesetze und Urteile verlässlich sein. Aber zu welchem Preis? Am Ende des Tages unterliegt alles einem gesellschaftlichen Wandel. Früher war Homosexualität strafbar. Dieses Gesetz hat man Gott sei Dank auch nicht aufrechterhalten, nur um der Kontinuität willen. Und wenn Max heute seiner Ziehmutter den sehnlichsten Wunsch nach Erlösung erfüllt, dann finde ich, ist es an der Zeit, über die völlige Straffreiheit seiner Handlung nachzudenken. Für alles andere – zum Beispiel für eine junge Frau, die kerngesund ist, aber trotzdem sterben möchte – müssen kluge Gesetze gemacht werden. Aber das ist nicht deine Aufgabe, schon gar nicht bei Max.«

An der Bank auf der gegenüberliegenden Straßenseite übten ein paar Jugendliche Tricks mit ihren Skateboards. Die Boards knallten aufs Holz und ratschten darüber hinweg.

Max hatte Maria nicht gegen ihren Willen getötet, das konnte nicht sein. Und wenn, dann hätte Jonas sich getäuscht, wie er sich nie zuvor in einem Menschen getäuscht hatte. Er drehte sich zu Lara und umarmte sie. »Ich danke dir, meine Große.«

»Du bist ein guter Mensch, Charlie Brown.« Sie drückte ihn fest an sich.

»Anscheinend werde ich allmählich alt.«

»Du bist alt.« Sie lachte und strich ihm übers Haar. »Grüß Max von mir, wenn du ihn das nächste Mal siehst.«

»Das mache ich. Und jetzt schleppen wir den Rest hoch, und dann haue ich ab.«

Lara löste sich aus der Umarmung. Sie schnappte sich eine Kiste und marschierte los. Er nahm den Blumentopf wieder auf.

Sein Handy vibrierte, eine Nachricht von Agnes. *Wo bist du?*

Gegen Abend in Praha, antwortete er. Bis Prag waren es rund dreihundertdreißig Kilometer, knappe vier Stunden Fahrt. Er konnte um zwanzig Uhr da sein, sogar mit seinem altersschwachen Bulli.

»Kommst du?«, fragte Lara, als sie in der offenen Haustür auf ihn wartete.

Jonas steckte das Telefon zurück in die Hosentasche und folgte ihr.

20

PERNINK (ERZGEBIRGE) · PRAG, MÄRZ 2010

Max schob den Rollkoffer in die kleine Bahnhofshalle. Er trug schwarze Lederhandschuhe, und doch waren seine Finger kalt. Das Thermometer am Hotel hatte vorhin minus elf Grad angezeigt. Sein Kopf dröhnte, und sein Kreislauf war auch noch nicht stabil. Es war zu viel Wein gewesen gestern Abend, aber darauf kam es nicht an. Der Abend war zu schön gewesen. Max hatte sich am Kamin der Hotelbar mit Michelle festgequatscht. Sie hatten sich mal wieder die Welt erklärt, hatten nächste Urlaube geplant und davon gesprochen, dass Michelle Oberärztin werden konnte. Um drei Uhr früh waren sie zu Bett gegangen, und Max wusste nicht mehr, wie er die Treppe hinaufgekommen war.

In der Bahnhofshalle war es wärmer, Heizstrahler an den gelb gekachelten Wänden kämpften mit ihren rot glühenden Schlingen gegen die Kälte an.

Michelle hatte ihre Handtasche geschultert, Clara trug ihre zwei kleinen Stoffmäuse Momo und Mimi in der Hand. Sie schleppte die beiden seit ihrem dritten Geburtstag mit sich herum. Im Grunde waren sie keine typischen Kuscheltiere, sie sahen mehr nach Waschlappen oder kleinen Frottierhandtüchern aus, an die ein runder, flacher Kopf mit lachendem Gesicht, ein paar Ohren und ein Schwanz genäht waren. Aber das hatte Clara von Anfang an nichts ausgemacht, im Gegenteil: Vielleicht war es genau diese Besonderheit, mit der die beiden Claras Kinderherz erobert hatten. Inzwischen waren die Ohren schon ganz zerfetzt, ebenso wie die Schwänze. Max hatte bis heute nicht gelernt, welche von beiden Momo und welche Mimi war, dafür sahen sie sich zu ähnlich, auch wenn die eine etwas grauer war und die andere eher beige.

Max musste zum Fahrkartenschalter. Er wuschelte Clara über ihre rote Bommelmütze und gab Michelle einen flüchtigen Kuss. »Bin gleich zurück.«

Die Halle war menschenleer, nur an ein paar Tischen vor einem Café saßen drei ältere Männer, die rauchten und Bier tranken. Die Tschechen waren hart im Nehmen, es war gerade einmal zehn Uhr morgens.

Ein Beamter mit Mütze und Uniform kauerte hinter der Scheibe des Fahrkartenschalters. Aus kleinen Lautsprechern an der bestimmt vier Meter hohen Decke säuselte Geigenmusik. Es war Sonntag, kein An- oder Abreisetag, die Züge würden leer und pünktlich sein.

»Dobrý den«, sagte Max zu dem Mann, der den Gruß mit einem stummen Nicken erwiderte.

»Sagen Sie, sprechen Sie Deutsch?«

»Ein bisschen«, grummelte der Beamte in seinen grauen Stoppelbart.

»Wunderbar. Ich würde gern die Fahrkarten abholen, die ich gestern bei Ihrer Kollegin bestellt habe, auf den Namen Keller. Ein Kind und ein Erwachsener nach Kiel, und ein Erwachsener nach Prag.«

Der Beamte tippte auf seiner Tastatur. Max bezahlte, und der Mann schob die Fahrkarten durch den Fensterschlitz.

In den letzten zwei Tagen hatte es kräftig geschneit. Michelle und Clara waren bis in die Dämmerung hinein Ski gefahren, sie hatten nicht genug bekommen können von den Pisten und dem Neuschnee. Max hatte es am ersten Tag auch ausprobiert, aber sein Krüppelknie hatte ihm einen Strich durch die Rechnung gemacht. Also war er jeden Tag spazieren gegangen oder hatte in der Bar des kleinen Hotels gesessen. Recht viel mehr gab Pernink, dieses in den Sechzigerjahren stehen gebliebene Dorf mit seinen nicht einmal siebenhundert Einwohnern, nicht her. Doch Max hatte viel gelesen, hatte in der Sauna gelegen und abends mit Michelle und Clara gut gegessen. Die böhmische Küche war deftig und reichhaltig, aber genau das Richtige für kalte Tage. Clara hatte mit ihren fast sechs Jahren knusprige Entenkeule für sich entdeckt und Michelle das tschechische Schwarzbier. Max hatte bestimmt ein paar Kilo zugenommen. Aber das war die Reise wert gewesen – Michelle wünschte sich so sehr, dass ihre Tochter das Skifahren lernte, und Max wünschte es sich auch.

Gestern dann die Anzeige in der deutschsprachigen Tageszeitung: eine Uhrenmesse mit Auktion in Prag. Heute ab dreizehn Uhr wurden antike Armband- und Taschenuhren versteigert. Max hatte Michelle die Annonce beim Abendessen wortlos vor die Nase gehalten. Sie hatte nur gelächelt und ihn geküsst. »Gib nicht so viel Geld aus«, hatte sie ihm ins Ohr geflüstert. Jetzt machte er noch einen Abstecher nach Prag, während Michelle und Clara direkt die Heimreise antraten.

Die Züge fuhren in einer halben Stunde, um kurz nach halb elf, Max würde rechtzeitig in Prag sein, bevor die Auktion begann.

»Wir können uns da vorn noch hinsetzen und etwas trinken.« Michelle zeigte auf einen der leeren Tische vor dem Café.

Eine gute Idee, es gab sicher auch ein Stück Kuchen dazu.

Michelle bestellte Tee und für Clara eine heiße Milch mit Honig und zweimal Obstsalat. Max nahm Espresso und ein Stück Kirschtorte – Kirschtorte half immer gegen einen ausgeprägten Kater. Der Kellner jonglierte das Tablett auf der linken Hand, als er aus der Tür des Cafés in die Bahnhofshalle trat. Max dachte noch, dass der Mann Kraft in den Fingern brauchte, um ein volles Tablett so sicher zu halten, da stolperte er auch schon über den Türabsatz. Michelles Tee, das Glas Milch, Max' Espresso und die beiden Schalen mit dem Obstsalat gingen zu Boden und zerbarsten auf den Steinplatten. Die drei alten Männer schauten den Kellner nur an, während der vor sich hin fluchte. Er stellte das Tortenstück, das erstaunlicherweise auf dem Tablett geblieben war, vor Max ab, entschuldigte sich und verschwand im Café.

Clara naschte mit dem Finger von dem Sahnehäubchen der Torte. Es dauerte nicht lange, da hatten auch sie und Michelle Tee und Milch und Max seinen Espresso. Nur die zwei Obstsalate, die hatte der Kellner vergessen.

Eine Frau nahm sich des Malheurs auf dem Fußboden an, fegte die Scherben mit einem Kehrblech zusammen und wischte mit einem Handtuch die Pfützen auf.

Max sah Michelle in die Augen. Seine wunderbare Frau, sein Lebensglück.

»Was?« Sie lächelte. »Was ist?«

Allein der Klang ihrer Stimme versetzte die Luft in Schwingungen. Vergangene Nacht hatten sie sich noch geliebt, betrunken zwar, aber lang und intensiv, bis sie dicht nebeneinandergelegen und nach Luft gerungen hatten. Michelle war Leidenschaft pur. Max bekam nicht genug von ihr.

»Nichts weiter«, sagte er. »Ich muss dich nur immerzu ansehen.«

Sie küsste ihn auf die Wange, er roch ihr Parfum, Rosen und Zitrusfrüchte.

Es wurde Zeit, der Zug nach Deutschland fuhr in zehn Minuten ab, seiner nach Prag ein paar Minuten später.

Max legte fünfzehn Euro auf den Tisch und stand auf. »Lass mich den großen Koffer mitnehmen«, sagte er. »Den braucht ihr nicht zu schleppen.«

»Okay«, antwortete Michelle. Sie schloss den Reißverschluss ihrer Jacke und nahm Clara an die Hand.

Max' Zug stand bereits auf Gleis zwei und wartete. Auf Gleis eins fuhr der Zug nach Deutschland ein, der Fahrtwind war eisig.

Er gab Michelle die zwei Fahrkarten und beugte sich zu Clara hinunter. »Mach's gut, meine Süße. Du bist super Ski gelaufen, ich bin wahnsinnig stolz auf dich. Und wenn ich morgen nach Hause komme, können wir uns abends die ganzen Fotos noch mal ansehen.«

»Au ja«, freute Clara sich.

Bevor Max sich wieder aufrichten konnte, streckte sie ihm eine ihrer beiden Stoffmäuse, die beige, entgegen. »Hier«, sagte sie. »Momo passt solange auf dich auf.«

Die beige war also Momo, der Mäuserich. Seine wunderbare Tochter. Es fiel ihr sicher schwer, sich von Momo zu trennen. »Bist du sicher?«, fragte Max.

Clara nickte. »Und Mimi passt auf Mama und mich auf.«

Max umarmte sie, und sie schlang ihre Arme fest um seinen Hals.

Die beiden stiegen ein. Das Großraumabteil, das Max von draußen durch die Scheiben sehen konnte, war voller Menschen. Michelle und Clara fanden schnell ihre Plätze. Sie zogen ihre Jacken aus und setzten sich an einen Vierertisch gegenüber. Michelle schob das Fenster herunter und lehnte sich ein Stück nach draußen.

»Hab viel Spaß, mein Schatz. Hoffentlich lohnt sich Prag.«

»Bestimmt. Selbst wenn ich nichts kaufe – ich wollte schon immer mal bei einer solchen Auktion dabei sein.«

»Ich weiß«, sagte Michelle. »Ich freu mich für dich. Und melde dich zwischendurch mal.«

»Mach ich«, antwortete Max und winkte Clara, die sich auf ihren Sitz stellte und auch aus dem Fenster schaute. »Tschüss, Papa. Bis morgen.«

»Bis morgen, mein Schatz«, verabschiedete sich Max und streichelte noch einmal ihre Wange, die er vom Bahnsteig aus gerade noch mit gestrecktem Arm erreichte.

»Jetzt ab mit dir«, sagte Michelle. »Dein Zug fährt doch auch gleich.«

Max nickte. »Ich liebe dich.« Er legte eine Hand an ihre Wange.

»Komm schnell nach Hause«, sagte sie.

Er ging mit dem Koffer zurück in die Bahnhofshalle und fuhr mit dem Fahrstuhl eine Etage nach unten. Ein Tunnel führte unter den Gleisen entlang. Auf der anderen Seite stieg er die Treppe hinauf. Der Koffer war schwer und zog an seinem Arm wie ein quengelndes Kind. Kleidung für ein verlängertes Wochenende war darin, von Max, Michelle und Clara. Vielleicht konnte er ihn am Prager Hauptbahnhof in ein Schließfach sperren.

Max stieg in den Zug auf dem Parallelgleis. Er ging durch die Waggons, die nur spärlich besetzt waren, und suchte seinen Platz.

Aus dem Abteil auf dem anderen Gleis winkten Michelle und Clara ihm zu. Er deutete erst auf die Platznummern und dann geradeaus. Michelle nickte und schob Clara sacht vor sich her.

Wagen vierzehn, Platz einunddreißig. An seinem Sitz blieb Max stehen, zeigte Michelle einen hochgereckten Daumen und verstaute den Koffer auf der Gepäckablage. Er schob das Fenster herunter, Michelle tat das Gleiche auf ihrer Seite.

»Dieser Wagen ist viel leerer als unserer dahinten«, sagte sie.

»Setzt euch doch um. Dann habt ihr eure Ruhe.«

Es war der erste Waggon direkt hinter dem Triebwerk.

Michelle nickte. »Machen wir auch. Hier riecht es auch angenehmer, nicht so arg nach Leberwurst.«

Clara drückte ihre Stoffmaus Mimi an die Scheibe. Max zog Mäuserich Momo aus seiner Jackentasche und hielt ihn in die Luft. Michelle und Clara lachten. Michelle warf ihm einen Handkuss zu.

»Bis morgen«, rief sie, bevor sich ihr Zug in Bewegung setzte und Max ihnen ein letztes Mal winkte.

Es dauerte nur wenige Minuten, bis auch sein Zug anfuhr und in die entgegengesetzte Richtung aufbrach.

Schneebedeckte Hügellandschaften zogen vorüber, aus den Häusern der Dörfer stieg Rauch in den sonnigen, blauen Himmel. Kinder sausten mit ihren Schlitten die Hänge hinab, andere bauten Schneemänner und Iglus.

Kilometer um Kilometer fuhr die Bahn ins Tal, bis das Weiß auf den Bäumen und Dächern weniger wurde und schließlich ganz verschwunden war.

Max schloss die Augen und öffnete sie erst wieder, als der Zug im Prager Hauptbahnhof einrollte. Er trat auf den Bahnsteig und wurde von den Menschenmassen, die in alle Himmelsrichtungen unterwegs waren, fast überrannt. Hier wurde gerempelt, gedrängelt, telefoniert, gemotzt. Lautsprecherstimmen quäkten, Kinder an den Händen ihrer Mütter zeterten und ließen sich nur widerwillig mitziehen, Hunde bellten. Über allem: eine kaum zu definierende Folkloremusik, die aus dem Radio eines Mannes klang, der mit vollgestopften Plastiktüten neben einem Mülleimer am Boden saß und darauf wartete, dass ein Geldstück in das Schächtelchen vor ihm fiel. Zwei Zehn-Kronen-Münzen und eine Fünf-Kronen-Münze – umgerechnet ein knapper Euro – lagen darin. Dafür bekam der arme Kerl nicht einmal einen Espresso.

Max zog sein Portemonnaie aus der Handtasche, nahm einen Fünfeuroschein heraus und beugte sich zu dem Mann herunter, um das Geld in seine Schachtel zu legen. Der Mann lächelte zahnlos, verneigte sich und faltete seine Hände vor der Brust. Vermutlich würde er sich Alkohol davon kaufen, sobald Max gegangen war. Und wenn schon – er befand sich in einem erbärmlichen Zustand. Seine Kleider waren steif vor Dreck, genauso wie die Haut in seinem Gesicht. Feuchte, rot geränderte Augen blickten Max entgegen. Wer wusste schon, was er durchgemacht hatte, welcher Schicksalsschlag hinter ihm lag. Sollte er sich eine Flasche Wermut kaufen – es gab genug Ereignisse, die einen Menschen aus der Bahn werfen konnten und die ihn den Rest seines Lebens nur noch im Delirium ertragen ließen.

Die Vorderhalle des Prager Hauptbahnhofs glich einem Dom. Ihr pompöses Kuppeldach und die steinernen Heiligenfiguren, die von den Wänden auf die Reisenden herabschauten, konnten jedoch nicht darüber hinwegtäuschen, dass das Gebäude seine Blütezeit längst hinter sich hatte. Die Terrazzofliesen am Boden waren mit Rissen übersät. Die Sonnenstrahlen fielen durch staubige Fensterscheiben und hüllten den gesamten Saal in goldenes Licht. Michelle hätte das gefallen, sie mochte Paris, und diese Bahnhofshalle hatte etwas von dem historischen Chic der französischen Hauptstadt.

Auf dem Bahnhofsvorplatz wurde Max von Nieselregen empfangen. Er schob den Koffer vor sich her und stieg in ein Taxi. Die Automassen stauten sich auf der Straße entlang der Moldau. Jede Ampel stand auf Rot, und an jedem Fußgängerüberweg quetschten sich Touristenströme von einer Straßenseite zur anderen. Viele Asiaten waren unter ihnen, die alles fotografierten, was ihnen vor die Linse kam: die Karlsbrücke, auf deren Außenmauern links und rechts die großen Steinheiligen wachten. Das tanzende Haus, an dessen moderner Fassade sich zwei riesige Säulen ineinander verschlangen. Oder der Hradschin, das historische Viertel mit der Prager Burg, die oberhalb der Moldau thronte und Wache über die Stadt hielt.

Max griff in seine Jacken, um ein Taschentuch hervorzuholen und hatte Momo in der Hand. Er zog den kleinen, zerfetzten Stoffmäuserich heraus und betrachtete ihn von allen Seiten. Seine Zwillingsschwester Mimi lag sicher in Claras Hand, vielleicht drückte sie sie gerade an die Scheibe, um ihr die Landschaft zu zeigen.

Er holte sein Telefon heraus und schrieb Michelle eine Nachricht. *Bin jetzt in Prag, sitze im Taxi. Alles gut bei euch?*

Der Fahrer bog in die Perlgasse, die *Perlová ulice*, und stoppte vor dem Hotel Esplanade. Max zahlte und stieg aus. Er ging durch die Drehtür ins Foyer und stand in einem goldenen Grandhotel. Kaffeehausatmosphäre aus der Kaiserzeit. Fehlte nur noch, dass Franz und Sissi um die Ecke kamen. Wirklich schade, dass Michelle nicht mitgekommen war und all das sehen konnte.

An der Rezeption erkundigte sich Max nach der Auktion und wurde in den ersten Stock, Saal »Belle Epoche«, gebeten. Die Veranstaltung ging gleich los. Er sah auf sein Handy. Keine Nachricht von Michelle. Max tippte erneut. *Tolles Hotel, bin gerade angekommen. Und ihr? Wo seid ihr? Schon in Deutschland?*

Er steckte das Telefon in die Hosentasche zurück und betrat den Saal. In den Stuhlreihen, die sicher für hundert Gäste Platz boten, saßen vereinzelt ein paar Leute und warteten. Andere standen vor der Bühne, schauten gemeinsam in einen Prospekt und sprachen miteinander.

Ein Mann betrat die Bühne. Er stellte sich hinter ein Rednerpult und klappte seinen Laptop auf. Hinter ihm erschien auf einer Leinwand das Bild einer silbernen Taschenuhr.

Max nahm seinen Koffer, ging nach vorn und setzte sich in die zweite Reihe. Die Legende unter dem Uhrenbild war von hieraus gut zu lesen.

Patek Philippe Savonette-Taschenuhr. Rarität von 1889. Gehäuse: Vierzehn Karat Weißgold. Uhrwerk: Rhodiniertes Patek Philippe-Brückenwerk, mit Breguetspirale. Zifferblatt: zweiteiliges arabisches Emaille-Blatt mit 5-Minuterie und Goldzeigern. Beidseitig handgraviertes Monogramm. Das werkverglaste Lucia-Savonettegehäuse wurde individuell von Cady & Olmstead gefertigt. Zustand: sehr gut, komplett gewartet. Zertifikatpapiere vollständig vorhanden. Startpreis: 10 900,00 Euro.

Die Versteigerungsbedingungen sahen offenbar eine Auktion in Euro vor, nicht in tschechischen Kronen, was die Sache erleichterte. Max sah sich im Saal um, der sich allmählich mit Menschen füllte. Eine *Patek Philippe* in Weißgold. Baujahr 1889. Das war wirklich eine Rarität, man bekam diese Uhr für gewöhnlich nicht unter fünfundzwanzig- bis dreißigtausend Euro. Der Startpreis lag bei einem Drittel davon. Wenn kein Profi im Saal saß, konnte sich der Abstecher nach Prag mehr als lohnen.

Max machte mit seinem Handy ein Foto von der Leinwand und schickte es Michelle. *Geht gleich los. Und gleich als Erstes ein Hammerteil! Drück mir die Daumen.* Michelle und Clara fuhren bestimmt gerade durch tiefste Erzgebirgsprovinz und hatten keinen Handyempfang. Max würde sie später anrufen.

Der Mann auf der Bühne eröffnete die Auktion und begrüßte alle Anwesenden in englischer Sprache. Er stellte sofort die Details der Uhr auf der Leinwand vor, dann forderte er zum ersten Gebot auf.

Ein älterer Mann mit Cordhut und Wollschal aus einer der hinteren Reihen hob die Hand.

»Thank you, Sir«, sagte der Auktionator. »Do I hear eleven thousand five-hundred?«

Ein deutlich jüngerer Mann mit Vollbart und langem Glattledermantel hielt ein Blatt Papier in die Luft. Wieder bedankte sich der Auktionator und fragte nach zwölftausend.

Niemand meldete sich. Die beiden Männer, die geboten hatten, sahen sich an, ohne erneut eine Hand in die Luft zu strecken.

Der Hammer fiel zum ersten Mal.

»Thirteen thousand«, rief eine Frau, die wie Max in der zweiten Reihe saß. Sie trug einen Pelzmantel und war stark geschminkt, schwer auszumachen, wie alt sie war.

Wenn das so weiterging, brauchte Max gar nicht erst damit anzufangen, ein Gebot abzugeben. Er verstand nicht viel von Versteigerungen, aber Angebote schaukelten sich umso mehr auf, je mehr Bieter sich an der Auktion beteiligten.

Dreizehntausend – das wäre noch immer ein riesiges Schnäppchen gewesen. Da war noch Luft nach oben, und Max hatte genug Bares dabei.

»Fourteen thousand«, rief der Alte mit dem Cordhut.

»Fourteen five«, kam sofort vom Ledermantel.

Die Frau schwieg.

»Fourteen thousand five-hundred«, wiederholte der Auktionator. »Do I hear fifteen thousand?«

Max wollte gerade seinen Arm heben, da vibrierte sein Handy. Er sah aufs Display, ein Anruf von Michelle. Er konnte jetzt nicht drangehen, steckte das Telefon zurück in seine Hosentasche und ließ seine Hand nach oben schnellen.

»Fifteen thousand«, sagte er und nickte dem Auktionator zu.

»Thank you«, sagte der und schaute weiter in die Runde.

Die Frau mit dem Pelz schüttelte den Kopf. Der junge Mann im Ledermantel rieb sich mit der Hand über seinen Vollbart. Der Alte stand einfach auf und verließ den Saal.

Wieder vibrierte das Handy, wieder war es Michelle. Sie wusste doch, wo er war und dass er nicht sofort drangehen konnte. Er drückte den Anruf weg.

»Sixteen thousand five-hundred«, rief der Kerl im Ledermantel mit fester Stimme zur Bühne hinauf. Ein paar Zuschauer tuschelten miteinander.

Der Auktionator wiederholte die Zahl. Wahrscheinlich lag die magische Grenze jenseits der zwanzig. Dafür hatte Max nicht genug Geld dabei, aber es gab hier im Hotel bestimmt einen Geldautomaten. Dann konnte er vom anderen Konto noch fünftausend abheben. Mehr aber auf keinen Fall. »Gib nicht so viel Geld aus«, hatte Michelle ihm mit auf den Weg gegeben.

»Nineteen thousand«, rief Max in den Saal, und ein Raunen ging durch die Reihen.

Der Auktionator wiederholte die Zahl und nickte Max lächelnd zu. »Nineteen thousand going once. Do I hear more?«

Niemand meldete sich.

»Nineteen thousand going twice. And going … three times. Sold!« Der Hammer fiel. »Congratulations, Sir. The *Patek Philippe* is yours.«

Großartig. Doch nicht für über zwanzigtausend. Was für ein Geschäft.

Eine junge Dame mit schwarzem Kostüm und hohen Absätzen kam zu ihm. »How do you do, Sir? Congratulations. We need your passport. The processing takes place over there.« Sie zeigte zu einer Tür auf der anderen Seite des Raumes.

»Thank you.« Max deutete auf sein Handy. »Give me one minute. I'm so happy and I'd like to tell my wife.«

Die Dame nickte.

Max drückte auf Rückruf, in der Leitung begann es zu tuten.

»Hallo?«, fragte eine Männerstimme.

Max blickte noch einmal auf das Display, aber er hatte Michelles Nummer gewählt. »Äh … Hallo, wer ist denn da?«, fragte er.

Vorn auf der Bühne wurde eine neue Uhr aufgerufen, ein Modell, das er nicht kannte.

»Sind Sie Dr. Max Keller?«

»Ja, der bin ich. Und wer sind Sie?« Max stellte sich etwas abseits ans Fenster. Warme Heizungsluft stieg darunter auf.

»Mein Name ist Voß. Ich bin Kriminalhauptkommissar. Es hat ein Zugunglück gegeben, Herr Keller. Wo sind Sie gerade?«

Der Preis des Uhrenmodells, das Max nicht kannte, schoss in die Höhe. Die Leute überboten sich.

»Ein Zugunglück? Wieso … ? Ich verstehe nicht. Wie kommen Sie an das Handy meiner Frau? Wo ist sie? Und wo ist meine Tochter?«

»Herr Keller, wir kommen zu Ihnen. Sagen Sie mir einfach, wo Sie sind, bitte.«

»Wie geht es meiner Frau? Was ist passiert? Geht es ihr gut?«

Im Saal standen die Stühle in Reih und Glied, die Besucher hielten ihre Auktionskataloge in die Luft, der Auktionator kam mit den Geboten nicht hinterher. Seine Stimme wurde langsamer und verzerrt, wie bei einem Tonband, das mit halber Geschwindigkeit abgespielt wurde. Max musste sich an der Fensterbank festhalten.

»Herr Keller, nochmals: Wir kommen zu Ihnen. Sie sind im Hotel Esplanade, richtig?«

Max nickte.

»Ist das richtig, Herr Keller?«

»Ja«, sagte Max. »Im Esplanade, das ist richtig. Aber woher … Wo sind Sie denn überhaupt?«

»Am Eingang. Bitte kommen Sie herunter in die Lobby. Wir treffen uns da.«

Michelle und Clara war etwas zugestoßen. Polizeibeamte aus Deutschland kamen nicht ohne Grund nach Prag auf der Suche nach Max.

Er riss die Saaltür auf und rannte durch den Flur und die Treppe hinunter ins Erdgeschoss. Dort standen etliche Menschen herum, lachten und redeten miteinander. Zwei Männer traten auf ihn zu. Der eine von ihnen, ein großer, schlanker Typ mit blonden Haaren, sah auf ein Foto in seiner Hand, der andere kam geradewegs auf Max zu.

»Sind Sie Max Keller?«, fragte er.

»Was ist mit meiner Familie?«

Überall in der Lobby redeten Menschen durcheinander.

»Beruhigen Sie sich, Herr Keller. Wir werden Ihnen alles erklären. Aber tun Sie mir einen Gefallen. Sie müssen ruhig bleiben, okay?«

Die goldenen Kronleuchter, die von der Decke hingen und grelles Licht in die Lobby warfen, hätten Michelle gefallen. Sie wünschte sich einen solchen Leuchter über dem Esstisch.

Sie hatte nicht mehr geantwortet. Vielleicht hatte sie seine Nachrichten nicht mehr lesen können. Max' Knie waren weich, immer wieder verschwammen die beiden Männer vor seinen Augen.

»Wie geht es meiner Frau und meiner Tochter? Sind sie am Leben?«

Die zwei Kommissare sahen sich an. Voß zog ein Telefon aus seiner Manteltasche und gab es Max. Ein weißes iPhone mit hellbrauner Lederhülle: Michelles Handy.

»Das ist das Telefon Ihrer Frau. Wir haben es in ihrer Handtasche gefunden und die Nachrichten gesehen, die Sie ihr geschrieben haben. Daraufhin haben wir versucht, Sie zu erreichen. Aber Sie sind nicht drangegangen.«

»Ich war in einer Auktion.« Max sah Clara im Zug, wie sie Mimi an die Fensterscheibe drückte und lachte. Er holte Momo hervor. Er hielt das Stofftier fest in seiner Hand.

»Wir haben Ihr Telefon orten lassen, Herr Keller. Deshalb wussten wir, dass Sie hier sind. Das Zugunglück hat sich unmittelbar an der Grenze ereignet, deshalb haben uns die tschechischen Kollegen um Mithilfe gebeten. Wir sind mit dem Polizeihubschrauber sofort hierhergeflogen. Wir können Sie nach Deutschland bringen, wenn Sie wollen.«

Dieses Gerede der Menschen in dieser riesigen Hotellobby, Max hätte schreien mögen, um dagegen anzukommen. *Michelle, wir haben zu viel Wein getrunken. Wir werden auch nicht vernünftiger.* Er stützte sich an der Wand ab. Voß wollte ihm unter den Arm greifen, Max zuckte zurück. *Ich will wieder zu viel Wein mit dir trinken, Michelle.*

»Wenn Sie mir nicht auf der Stelle sagen, was mit meiner Familie ist, dann können Sie sich Ihren Scheißhubschrauber in den Arsch schieben.«

Voß holte Luft. »Herr Keller, Ihre Frau und Ihre Tochter sind bei dem Unfall uns Leben gekommen. Sie saßen im ersten Waggon, direkt hinter dem Triebwerk. Der Zug ist frontal mit einem entgegenkommenden Zug zusammengeprallt. Der Waggon ist aus den Gleisen gesprungen und wurde vom anderen Triebwagen erfasst. Sie hatten keine Chance, sie waren sofort tot. Es tut mir unendlich leid.« Er bewegte seine Hand und wollte Max offenbar berühren, zog sie aber gleich wieder zurück.

Nein, das stimmte nicht, was er sagte. Max hatte Michelle erst vor ein paar Stunden geküsst. Seine Hand roch noch nach ihrem Parfum, Rosen und Zitrusfrüchte. Und Clara hatte ihm aus dem anfahrenden Zug zugewinkt. Sein Mädchen. Sein kleines, sein großes Mädchen. Diesen Sommer kam sie in die Schule, aber sie konnte schon längst lesen. Sie war so klug, so wissbegierig. Sie konnte es nicht abwarten, die Welt zu entdecken.

Max' Knie gaben nach, sogar das steife. Er sank zu Boden. Er hörte Voß von weit weg etwas rufen, das er nicht verstand. Neben ihm auf dem Boden lag Momo. Der Mäuserich lächelte, aber die Ohren waren schon ganz zerfetzt, genauso wie der Schwanz.

21

PRAG, FEBRUAR 2021

Sie existierte tatsächlich noch, die alte Rosé-Kneipe. Vom Bürgersteig aus führten drei Stufen zur Eingangstür und von dort ging es im Inneren noch einmal zwei Stufen hinab in den vielleicht zwanzig Quadratmeter großen Raum mit hölzernen Dielen, hölzernen Wänden und hölzernen Möbeln. Ein Viertel dieses Zimmerchens nahm der halbrunde Tresen in der hinteren rechten Ecke ein. An ihm und drei weiteren kleinen Tischen fanden kaum mehr als zehn Gäste Platz.

Der Tisch hinten an der Wand, in der kleinen Nische – da hatten sie damals gesessen, Agnes, Max und Jonas. Eine hohe, dicke Stumpenkerze stand darauf, das Wachs hatte sich über das Glasgefäß darunter ergossen und war zu einer welligen Masse erkaltet. Jonas war, als habe er die Kerze erst gestern ausgeblasen.

Agnes ging auf die zwei Barhocker zu, die links vom Tresen unter einem Wandbord standen. Eine kleine Lampe spendete schummriges Licht. Noch immer hingen unzählige Bilder an der Wand, allesamt wie mit der Wasserwaage ausgerichtet und in einer Linie angeordnet. Schwarz-Weiß-Aufnahmen zumeist, auf denen Männer aus den Sechziger- oder Siebzigerjahren zu sehen waren, sie rauchten Zigaretten, tranken Wein und lachten. Einige von ihnen umarmten sich.

Ein Gesicht war häufiger zu sehen, es war das des Kneipenwirts, ein gemütlich aussehender Mann mit lockigen Haaren. Auf einem Porträt war er allein abgebildet und schaute direkt in die Kamera. Darunter stand auf Tschechisch: *Chybíš nám – Du fehlst.*

Ja, hier hatten die drei gesessen. Anfang der Neunziger war das gewesen, kurz nachdem der Eiserne Vorhang gefallen war. Sie hatten sich für zwei Nächte ein Zimmer in einem kleinen Hotel in der Prager Innenstadt geteilt und waren hier in diesem Laden versackt. Sie hatten einfach gefeiert. Sie hatten das Leben begossen, weil das Leben es gut mit ihnen gemeint hatte. Der Unfall, der ein paar Jahre später alles zerstören sollte, war noch in weiter Ferne. Sie waren sich selbst genug gewesen, so wie Lara heute Mittag – jung, unbändig, vor Kraft strotzend. Sie hatten über Angst und anderer Leute Sorgen gelacht und geglaubt, drei wie sie könnten die Welt verändern.

Ohne zu fragen, bestellte Agnes eine Karaffe Rosé. Die Wirtin, eine kleine, zierliche Frau mit kräftigen Händen, stellte den Wein mit zwei Gläsern und einer Holzschale voller Erdnüsse auf dem schmalen Wandbord ab und lächelte ihnen zu.

»*Děkuji*«, sagte Agnes, »danke«.

Jonas hängte seine Jacke an einen Wandhaken und schenkte die Gläser voll.

»Ich sag's noch mal, *Jones*: Du bist verrückt. Aber ich freue mich. Wirklich. Schön, dass du da bist. Salute!«

»Auf Maria«, erwiderte Jonas.

»Auf Maria.«

Ein junges Paar saß an der Theke. Der Mann hatte längere Haare als die Frau, ihr Kopf war fast kahl geschoren. Beide tranken Schwarzbier, Krušovice vermutlich, dieses rauchig-malzige, leicht süßliche Bier, das es längst auch in Deutschland zu kaufen gab. Jonas machte sich nicht allzu viel aus Bier, aber damals hatte er sich eine Kiste mit nach Hause genommen. Die Hälfte davon hatten die drei schon auf der Fahrt durch Tschechien geleert.

»Dann lass mal hören«, sagte Agnes. »Was treibt dich her?«

Kondensat hatte sich auf seinem kleinen, ballonförmigen Weinglas gebildet. Ein paar Tropfen machten sich selbstständig und rannen herab.

Agnes hatte die Polizei informiert. Ohne sie hätte es vielleicht nie einen Verdacht gegen Max gegeben.

Jonas nahm einen Schluck Rosé. »Lara studiert in Wien. Sie hat ihre erste eigene Wohnung gemietet und ist raus aus der WG. Ich habe ihr beim Umzug geholfen, und als ich heute zurück nach Hamburg wollte, war die Autobahn nach Nürnberg gesperrt. Da bin ich andersrum gefahren und dachte, ich könnte ein Glas mit dir trinken.«

Agnes hasste Max. Aus ihrer Sicht hatte er Achim auf dem Gewissen. Jonas musste mit ihr darüber reden. Deshalb war er hergekommen. Er musste das klarstellen und herausfinden, was sie wusste. Aber diese Kneipe hier, mit all den Bildern der Vergangenheit, mit dem Wein, dem Holz und dem Duft nach Pfeifenrauch, legte sich wie ein Mantel auf seine Gedanken.

Das Pärchen an der Bar zahlte und ging. Jonas sah zu den leeren Hockern. Es war erstaunlich: Der Mann und die Frau waren fort, doch noch immer konnte er sie an der Bar sitzen sehen. Er schaute ihnen durch die Fensterscheibe nach. Sie standen auf dem Gehweg und küssten sich. Und sie saßen weiterhin auf ihren Plätzen.

»Eine gute Idee von dir«, sagte Agnes. Ihr Haar war exakt auf Kinnlänge geschnitten und tiefschwarz gefärbt. Ihre Gesichtshaut war rosig und glatt, sie sah entspannt aus, nicht wie eine Frau, die um ihre verstorbene Mutter trauerte. Da waren keine Augenringe, keine Falten um die Mundwinkel, keine grauen Wangen.

Jonas wollte nicht mehr denken, wollte nicht mehr abwägen und spekulieren. Da war mit einem Mal eine Gelassenheit, die ihn gepackt und auf Gleichgültigkeit gebettet hatte. Ständig war das Leben belegt mit Problemen, wie ein frisches Brot mit altem Käse, dessen Ecken sich wölbten.

Agnes griff nach Jonas' Hand und hielt sie fest. »Schön, dass du hier bist. Damit hätte ich nie gerechnet. Und weißt du was?«

»Na?«

»Für die nächsten fünfzehn Stunden vergessen wir einfach alles, was um uns herum passiert. Wir vergessen, dass Maria nicht mehr da ist, dass Max ein Arschloch ist und ich bis heute nur Männer aus Stein abbekomme, meinen derzeitigen Freund mal ausgenommen. Was hältst du davon?«

Sie ließ seine Hand los und schob den kleinen Stoffläufer, der schräg vom Wandbord hing, gerade.

Einfach alles vergessen. So tun, als sei die Welt in Ordnung, als sei Max nicht schuld an Marias Tod und Jonas nicht an Achims. Er trank, einen größeren Schluck diesmal, und schon war das Glas leer.

»Guter Plan. Tun wir so, als wären wir zwanzig. Der Alkohol fließt in Strömen, zum Frühstück gibt's kalte Frikadellen mit Ketchup, und dann hau ich ab.«

»Wenn du dann schon wieder fahren kannst.« Sie bestellte zwei Becherovka. Jonas hatte den grüngelben Kräuterschnaps schon ewig nicht mehr getrunken. Süß, scharf und ölig schmeckte er, das tschechische Nationalgetränk. Agnes und er besiegelten damit ihren Deal.

Jonas goss Rosé für beide nach. Sie stießen an und spülten den Kräutergeschmack hinunter.

»Teufelszeug«, sagte er.

»Das Geheimnis tschechischer Liebesnächte«, lachte sie. »Kannst du dich noch an unser Tennisspiel erinnern?«

Das Tennisspiel – du großer Gott. Agnes hatte ihn vorgeführt. Und dann diese furchtbare Wette. Jonas schob den Ärmel seines Pullis hoch bis zur Schulter. Das Tribal kam zum Vorschein. »Wie könnte ich jemals unser Tennisspiel vergessen?«, fragte er.

Agnes lachte und fasste ihm an die nackte Schulter. »Ach du Heiliger, das hatte ich ja ganz vergessen. Du hast dir ja ein Tattoo stechen lassen damals. Mannomann, was für 'ne irre Zeit.«

»Spielschulden sind Ehrenschulden.« Jonas musste auch lachen und krempelte den Ärmel wieder runter.

Agnes war wie früher, nur älter geworden. Sie lachte noch immer so herrlich unbefangen, auch wenn sie schon immer zum Zwanghaften geneigt hatte. Dennoch schien sie lebensfroh wie damals, so, wie sie vor dem Unfall gewesen war – ihr Verhalten auf Helgoland, als sie fast nur auf ihrem Zimmer gehockt hatte, mal ausgenommen.

Mit beiden Händen strich sie ihren dunklen Wollrock glatt.

Ein Thema auszublenden, wenn es einem unentwegt im Kopf umherspukte, war keine leichte Sache. Jonas suchte nach einem unverfänglichen Thema. Urlaub? Da käme die Sprache auf Helgoland mit Maria. Musik? Ging nicht, zu nahe lag die Erinnerung an die Tanzabende in Marias Küche. Das menschliche Gehirn war erstaunlich. Es tat mitunter, was es wollte. Es ließ sich nicht beeinflussen und schob die Gedanken, die Jonas sich zu denken verbat, in den Vordergrund. Etwa den, dass er die Anklage gegen Max übernommen hatte. Oder den anderen, dass er Agnes seit dreißig Jahren in Bezug auf den Unfall etwas vormachte. Genau diese Gedanken waren es, die Bilder produzierten, klare Bilder mit klaren Motiven. Der zerstörte Golf, das Blut, Achim im nassen Gras.

»Hey, alles okay?« Agnes griff noch einmal nach seiner Hand.

Die Welt ließ sich nicht anhalten, der blaue Ball drehte sich weiter. Doch vielleicht war eine kleine Pause möglich, so, wie Agnes vorgeschlagen hatte.

Jonas schob den kleinen Stoffläufer auf dem Wandbord unter Agnes' Blicken ein kleines Stück zur Seite, sodass er nicht mehr symmetrisch nach vorne überhing. Ganz langsam nahm er seine Hand zurück.

»Du Mistkerl«, raunte Agnes leise, kniff ihre Augen zusammen und schob den Läufer wieder gerade.

»Es funktioniert noch immer. Du hast dich kein Stück verändert. Noch immer die gleiche Perfektionistin.« Er lachte.

Sie goss Wein nach und orderte eine neue Runde Becherovka, den beide in einem Zug kippten.

»Hast du eigentlich einen … ich meine … bist du verliebt, verlobt, verheiratet oder so was?« Hoffentlich verstand sie seine Frage nicht falsch. Es interessierte ihn einfach, Agnes' Leben interessierte ihn.

»Das ist kompliziert. Ja, es gibt da jemanden, Pavel. Er ist ein netter Kerl. Tierarzt, wir haben uns in seiner Praxis kennengelernt, vor gut einem Jahr.«

»Netter Kerl … Liebst du ihn?«

Agnes seufzte. »Er bettet mich auf Rosen. Bringt mir Kaffee ans Bett, putzt meine Wohnung, schenkt mir ständig Blumen, lädt mich zum Essen ein.«

»Oh, ja. Das klingt kompliziert.« Jonas lachte.

»Er will mich heiraten. Nur …«

»Nur?«

»Ich bin noch nicht so weit. Das geht mir alles zu schnell. Und es ist mir auch – ehrlich gesagt – alles ein bisschen zu viel. Er ist *zu* gut. Weißt du, was ich meine?«

Das war typisch Agnes. Sie hatte sich nicht verändert. Einzelkämpfernatur. Ein Mann an ihrer Seite war okay, aber kein Muss.

»Hast du mal mit ihm darüber gesprochen?«

»Schon mehrfach. Aber es ändert sich nichts. Ich fühle mich manchmal wie einbetoniert. Apropos …« Sie sprang auf, flüsterte der Wirtin hinter der Theke etwas ins Ohr und setzte sich zurück auf ihren Hocker.

Die Wirtin brachte zwei Longdrinks mit Strohhalm und sagte lachend: *»Na zdraví!«*

Jonas roch an der fast transparenten Flüssigkeit – bitter-süß mit einer Spur Nelke. »Was ist das?«

»Beton«, sagte Agnes und saugte an ihrem Strohhalm. »Becherovka und Tonic Water – trinkt das ganze Land. Damit wird man hundert. Wie findest du es?«

Süße Nelken, gepaart mit Bitterkeit. Eine Mischung, die passen mochte. Ihm wäre es allerdings lieber gewesen, wenn Becherovka und

Tonic Water in separaten Gläsern serviert worden wären. Ein Kräuterschnaps war ein Kräuterschnaps, er gehörte nicht in einen Longdrink.

»Schmeckt ganz prima. Auf Pavel.« Er verzog das Gesicht.

Agnes gab ihm einen sachten Klaps auf den Kopf.

Die Wirtin legte eine CD in die Stereoanlage. Leise Geigenmusik erfüllte den Raum. Das Stück hätte Lara aus der Hüfte gespielt, nicht zu vergleichen mit Beethoven. Es klang fast beschwingt. Jonas kannte es nicht, vielleicht war es etwas Tschechisches. Die Tschechen verstanden es, beschwingt zu sein.

»Dann lebst du also in wilder Ehe mit ihm. Macht dein lieber Gott das mit? Dafür kommt man bei euch Katholiken doch in die Hölle, oder nicht?«

Agnes zog die Augenbrauen hoch. »Mach dich nur lustig. Vielleicht sollte ich ihn tatsächlich einfach heiraten. Immerhin ist er vermögend. Und ich bin enterbt.«

Jonas stellte sein Glas beiseite. »Wollten wir nicht einen Bogen um die Welt da draußen machen?«

»Entschuldige«, sagte sie. »Hast recht.«

Jonas sah sich im Raum um. Inzwischen waren die drei Tische und die Plätze an der Theke besetzt. Die Leute sprachen auf Tschechisch miteinander. »Sag mal, sind die Toiletten noch dahinten, durch die Tür und über den Hof?«

Agnes nickte und bewegte ihren Oberkörper zur Musik.

Jonas verließ den Kneipenraum und trat hinaus. Hier war es dunkel, aber die kalte Luft tat gut auf seinem heißen Gesicht. Er orientierte sich. Ein paar Meter nach rechts, dann links und ein Stück geradeaus. Das kleine Häuschen, in dem sich die Toiletten befanden, war spärlich beleuchtet. Im Inneren stank es nach Urin, die Klospülung gluckste.

Er hätte direkt nach Hamburg fahren sollen, zurück nach Hause, zurück in sein Büro. Schnaps war Schnaps, und Dienst war Dienst. Ein Vermischen tat beiden Seiten nicht gut, am wenigsten der beruflichen. Agnes brauchte keinen Grund, um einen Verdacht auf Max zu lenken, die Verletzungen der Vergangenheit genügten. Es war unsinnig gewesen hierherzukommen.

Seine Augen im Spiegel waren gerötet. Beton und Rosé hinterließen erste Spuren. Er hätte jetzt gern eine geraucht, aber er verkniff es sich. Stattdessen schöpfte er sich kaltes Wasser ins Gesicht und ging zurück.

Im Gastraum stand Agnes vor der Wand mit den vielen Bildern. Mit dem Zeigefinger wanderte sie imaginäre Linien ab. Sie begann zu lachen, als sie bemerkte, dass Jonas sie beobachtete. Er drehte sich zur Wand, und erst jetzt nahm er wahr, dass alle Bilder, die vorher schnurgerade gehangen hatten, mit einem Mal nach links und rechts abfallend hingen und die Ordnung durcheinandergebracht war.

»Warst du das?«, fragte er und drehte sich zur Wirtin. Die machte mit der flachen Hand eine Scheibenwischerbewegung vor ihrer Stirn und lachte.

Ein Lachkrampf erfasste Agnes. Immer wieder zeigte sie auf die Bilder an der Wand und hielt sich mit der anderen Hand den Bauch. Ihr Lachen war ansteckend, Jonas musste mit einstimmen.

»Was ist in dich gefahren?« Er legte Agnes eine Hand auf die Schulter.

Ihr Gesicht war verzerrt vor Lachen, Tränen liefen ihre Wangen hinab, sie zeigte auf den Alten, der seinen Kopf in seine Hände gelegt hatte und mit den Ellenbogen auf der Tischplatte ruhte. »Wenn der wüsste, was er für ein schräger Typ ist«, sagte sie und krümmte sich.

Jonas sah erneut zur Wirtin. Sie starrte ihn grimmig an. Er drehte sich um und begann, die Bilder wieder gerade auszurichten.

»Was soll das?«, fragte Agnes. »Zerstör meine Unordnung nicht.«

Die Bilder hingen schnell wieder gerade. Agnes wischte sich die Augen trocken und setzte sich zurück auf ihren Hocker. Sie trank ihr Glas aus, und mit dem Rosé verschwand auch ihr Lachen.

»Ich möchte nach Hause.« Sie stellte das leere Glas auf den Tisch.

Zwischen den Häuserzeilen bellte ein Hund. Leichter Nieselregen fiel und bildete einen Schleier in der Luft.

Jonas zog den Reißverschluss seiner Jacke bis unters Kinn. Er legte einen Arm auf Agnes' Schultern. »Alles in Ordnung?«

Sie nickte und schmiegte ihren Kopf an seine Brust. Er hörte ihr leises Schluchzen und spürte, wie ihr Körper zitterte.

»Diese doofe Kuh«, flüsterte sie kaum hörbar.

Jonas streichelte ihr regennasses Haar, es klebte und war stumpf.

»Sie hatte ihre Welt, und du hattest deine«, sagte er. »Eure Schnittmenge war zu klein.«

Sie löste sich sacht aus seinen Armen, sah ihm einen Moment lang in die Augen und küsste ihn auf den Mund. Ihre Lippen waren rau, wie die von Christiane. Ihre Zungenspitze tastete sich vor, langsam nur, aber der Druck ihrer Lippen verriet ihm, wie sicher Agnes sich bei allem war, was sie tat.

Regen lief Jonas übers Gesicht. Er musste mit einem Mal an den alten Mann mit dem Baby auf dem Arm denken, der heute Mittag am Nachbartisch gesessen hatte. Laras Lachen und ihre Klugheit daneben. Da war Max, der vor dem Golf gesessen hatte, Achims Kopf auf dem Schoß, und Maria, wie sie Jonas in der Hollywoodschaukel entdeckte und ihm ins Haus half.

Er presste seine Lippen auf die von Agnes und gab sich ihrem Kuss hin. Christiane würde ihn hassen dafür, aber das war egal. Lara würde ihn ebenso hassen, aber hatten sie nicht vor ein paar Stunden noch über Selbstbestimmung diskutiert? Was Jonas hier tat, war nicht richtig. Aber es fühlte sich richtig an.

»Das wird kompliziert.« Agnes streichelte seine Wange.

Das konnte man wohl sagen. Jonas sah Achim vor sich, wie er blutüberströmt neben dem Golf im Gras lag, die Augen geschlossen, die Haut ganz weiß. Irgendwann musste er es Agnes sagen.

»Lass es uns einfach nicht kompliziert machen«, sagte er, und sie küsste ihn noch einmal.

»So wie damals?«, fragte sie. »Als dir dein Studium wichtiger war als alles andere?«

So war es nicht gewesen. Oder vielleicht doch. Keine Ahnung. Die zwei Mal, die er mit ihr geschlafen hatte, waren Ausrutscher gewesen. Agnes selbst hatte es so formuliert.

»Weißt du eigentlich, dass wir ziemlich alt geworden sind? Und doch kein Stück vernünftiger.«

»Ja«, sagte sie und gab ihm noch einen Kuss. Sie griff seine Hand und begann zu laufen. »Komm schon, du alter Mann, lass uns los.«

»Wohin?«, fragte er.

»Na, wohin schon?« Sie lachte. »Nach Hause. Wir sind alt, und es ist bald Mitternacht. Und morgen gibt es Frikadellen zum Frühstück. Oder lieber Kamillentee mit Zwieback?« Agnes rannte voraus.

Sie liefen durch eine Wand aus Regenstaub. Eine Straßenbahn kreuzte und bimmelte. Menschen waren unterwegs, aus den Kneipen fiel warmes Licht auf die glänzenden Straßen.

Am Beginn der Karlsbrücke kaufte Agnes zwei Pappbecher voll Glühwein. Er war heiß und süß und wärmte. Die Straßenkünstler, die am frühen Abend noch Schmuck, CDs und schnell gemalte Porträts zum Verkauf angeboten hatten, waren verschwunden. Im gelb beleuchteten Nebel über der Moldau saß nur ein einziger Mann mit seiner Geige. Den Kasten seines Instruments hatte er vor sich aufgeklappt, ein paar tschechische Kronen lagen darin. Er schickte Vivaldis *Herbst* in die Nacht, und unten von der Moldau dröhnte das flüchtige Signal einer Sirene.

Agnes hatte sich wieder bei Jonas eingehakt, ihr Körper schwankte ein wenig beim Gehen. Ihre Lippen glänzten, wie ihre Augen, die die heiligen Steinstatuen begutachteten, die beide Seiten der Karlsbrücke säumten.

An der Stelle, an der eine Figur auf dem Sockel fehlte, stoppte sie.

»Los, du schlauer Mann, sag schon: Wer fehlt hier?« Agnes zeigte auf das leere Podest an der Mauerbrücke.

Jonas trat einen Schritt vor und stellte seinen Glühweinbecher auf die Mauer. Das Schild am Podest verriet es ihm: *Sankt Veit, 304 n. Chr., Lucanien, Italien.*

»Muss ich den kennen?«

Agnes setzte sich auf die Mauer. Sie deutete mit der Hand Richtung Himmel. »Wenn er nicht gewesen wäre, dann würden wir heute wahrscheinlich nicht auf dieser Brücke stehen, überhaupt in dieser ganzen Stadt nicht. Und dreimal darfst du raten, wohin der Gute verschwunden ist.«

Sie zog ihren Wollrock gerade, der eine winzige Falte auf ihrem Oberschenkel geschlagen hatte. Sie schlug die Beine übereinander und sah zum Himmel.

Jonas ging zu ihr. Er griff ihr in den Nacken und presste seine Lippen auf ihre. Sie schlang ihre Arme um ihn. Er stand mit dem Oberkörper zwischen ihren Beinen.

»Lass uns ins Bett gehen«, sagte sie.

Die Moldau unter ihnen lag schwarz da. Sie schien nicht zu fließen. Sie lag da und interessierte sich für gar nichts.

Jonas hob Agnes von der Brückenmauer. Er nahm sie bei der Hand und ging mit ihr in Richtung Altstadt. Er war gerade zwanzig Jahre alt, hatte mit dem Jurastudium begonnen und das erste Mal mit Agnes geschlafen. Bezahlt wurde in D-Mark, im Radio lief Queen, und im Fernsehen trieb J.R. Ewing sein Unwesen.

Menschenmassen schlängelten sich durch die Altstadt. Schmuckläden leuchteten und boten Bernstein an, vor einem Restaurant drehte sich ein Spanferkel über glühender Holzkohle, überall roch es nach Essen.

Ein paar Straßen weiter bog Agnes in eine kleine Gasse ein, die sich durch dunkle Häuserzeilen zog. Sie schloss eine Tür auf, zog Jonas die Treppe hinauf in den ersten Stock, in ihre Wohnung. Im Flur küsste sie ihn erneut.

»Machst du uns einen Drink?« Sie verschwand im Bad.

Er ging ins Wohnzimmer und schaltete eine kleine Lampe auf der Fensterbank an. Die Holzdielen knackten unter seinen Schritten.

Agnes war Puristin. Kein Fernseher, keine Stereoanlage, keine Blumen. Nur ein Schrank mit weißen Hochglanzfronten, ein helles Ledersofa, ein Schreibtisch und ein kleiner Barwagen mit ein paar Flaschen standen im Raum. Jonas schenkte Whiskey in zwei Gläser und nahm eines in die Hand.

In der Ecke lag eine weiße Katze in einem Filzkörbchen und blinzelte Jonas aus schmalen Augen an. Sie hatte ein Hinterbein abgewinkelt, das einen Verband trug.

Jonas ging zum Schreibtisch, auf dem sauber geordnet ein paar Papiere übereinanderlagen. Eine kleine messingfarbene Uhr zeigte Mitternacht an. Davor lag ein silberner Füllfederhalter, und an der Seite stand ein Bilderrahmen.

Auf dem Foto war Achim zu sehen, darunter stand *chybíš nám*. Jonas drehte das Bild ein Stück nach links, sodass Achim ihn nicht mehr ansehen konnte.

Er griff nach dem obersten Blatt auf dem Stapel. Anscheinend eine Versicherungspolice in tschechischer Sprache. Er legte sie zur Seite und blätterte weiter. Rechnungen kamen zum Vorschein, Schriftwechsel mit irgendwelchen Behörden, eine Einladung der Universität München.

Agnes rief aus dem Bad: »Ich bin gleich bei dir.«

Er fuhr zusammen. »Okay.«

Ganz unten im Stapel befand sich ein großer Briefumschlag, er war nicht zugeklebt, die Lasche war nur reingesteckt. Jonas stellte sein Glas beiseite und zog langsam den Inhalt heraus.

Er erkannte sofort die Unterschrift. Das war nicht wahr. Das konnte nicht sein. Agnes hatte es tatsächlich getan. Max hatte nicht gelogen. Maria hatte alles unterzeichnet.

»Da bin ich«, hörte er Agnes hinter sich sagen.

Er drehte sich um, das Whiskeyglas fiel zu Boden. Die Katze sprang auf und humpelte auf Agnes zu. Jonas hielt die Patientenverfügung und den Abschiedsbrief hoch.

»Oh, Gott«, sagte Agnes und schlug sich eine Hand vor den Mund.

Sie hatte sich ihre Bluse etwas tiefer aufgeknöpft, auf ihrem Dekolleté ruhte die Halskette mit dem etwas zu großen Kruzifix und dem Leib Jesu Christi darauf.

Jonas setzte sich auf den Schreibtischstuhl. Er legte die Papiere beiseite und sah Agnes an, ihre Wangen und ihre Stirn schimmerten hellgrau, die Augenhöhlen waren schwarz. Sie konnte nicht wissen, wie falsch sie lag mit ihrem Hass auf Max. Sie hatte keine Ahnung davon, wie sehr ihr Hass allein Jonas zu gelten hatte. Er nahm es ihr nicht übel, dass sie versucht hatte, die Urkunden zu unterdrücken und Max zu bestrafen, indem sie einen Mordverdacht auf ihn lenkte. Die ganze Sache lief aus dem Ruder. Sie – Jonas, Max und sogar ihre eigene Mutter – hatten Agnes über den Unfall ihr ganzes Leben lang belogen.

Sie stand im Türrahmen. Sie hatte ihren roten Lippenstift aufgefrischt. Ihr Lavendel-Parfum roch Jonas von Weitem. Tränen hatten ihren Kajal verschmiert. Sie kam langsam in den Raum und setzte sich aufs Sofa. Mit einem Taschentuch wischte sie sich über das Gesicht und putzte sich die Nase. Sie starrte zu Boden. Die weiße Katze schnurrte an ihren Beinen. Sie nahm sie hoch, legte sie neben sich und streichelte ihr weißes Fell.

»Und jetzt?«, fragte Jonas.

Das Tier schnurrte unter Agnes' Hand.

»Warum hast du in meinen Sachen gewühlt?«

Die Luft im Raum war trocken und kratzte im Hals.

»Du kannst die Vergangenheit nicht ändern, indem du Max bestrafst.«

»Pah«, machte sie. »Max und sein schweres Leben, soso. Habt ihr mich mal gefragt, wie mein Leben war? Was ich durchgemacht habe in den Jahren nach dem Unfall? Achim und ich wollten heiraten, Jonas. Weißt du, wie sich das anfühlt, wenn dir der Mensch, der dir mehr bedeutet als dein eigenes Leben, plötzlich genommen wird, im glücklichsten Moment deines Lebens?«

»Nein«, sagte Jonas. »Das weiß ich nicht.« Er konnte sie nicht ansehen und biss sich auf die Lippen.

»Alles hat seinen Sinn verloren, du hast keine Perspektive mehr, kein Ziel, für das es sich noch zu leben lohnt. Es ist, als würdest du langsam ins Meer gehen, immer weiter und weiter, und wenn dein Kopf unter Wasser ist, wird alles still um dich herum, still und dunkel. Jahre, Jonas, ich habe Jahre gebraucht, um damit klarzukommen.«

Sie prüfte den Verband am Hinterbein der Katze.

Jonas musste hier raus, er bekam keine Luft. Über lange Zeit schien alles vergessen gewesen, war alles nur zu einem bösen Traum verkommen. Aber es war nie ein Traum gewesen, die Wahrheit war immer da, und jetzt schlug sie mit der Wucht einer meterhohen Bugwelle zu.

»Was ist passiert mit der Katze?«, fragte er und versuchte, seine Stimme beiläufig klingen zu lassen.

Agnes zuckte mit den Schultern. »Das ist Kafka. Der treueste Freund, den ich seit Achim je hatte. Er hat sich das Bein gebrochen. Arthrose. Aber das wird schon wieder. Ne, Dicker?« Sie kraulte Kafkas Kopf.

»Agnes, es … Ich wollte nicht in deinen Sachen wühlen. Es tut mir leid. Ist wohl 'ne Berufskrankheit. Entschuldige bitte.«

Sie lehnte sich zurück. Wieder liefen Tränen über ihr Gesicht. Kafka schmiegte seinen Kopf an ihren Oberschenkel.

»Warum hat sie Max mehr geliebt als mich, ihre eigene Tochter? Das ist nicht fair.«

»Nein«, sagte Jonas. »Das hat sie nicht. Und glaub mir, es war ein Unfall damals, wir konnten alle nichts dazu. Schuld war der andere Wagen, der uns entgegengekommen ist.«

Agnes holte Luft. »Das sagst du seit zwanzig Jahren, *Jones*. Und genauso lange verschweigst du, dass ihr alle drei sturzbetrunken wart. Warum kann ich dich nicht hassen? Du hättest Max davon abhalten können, sich ans Steuer zu setzen.«

Jonas spürte seine Narbe zwischen Unterlippe und Kinn, sie pochte. Er stand auf. »Ich brauche etwas zu trinken. Möchtest du auch?«

Agnes nickte.

Er holte zwei Gläser mit Mineralwasser aus der Küche und gab Agnes im Wohnzimmer eines davon. Die Papiere lagen noch immer auf dem Schreibtisch.

»Steck sie ein und gib sie ihm.« Sie stellte das halb volle Glas auf dem Tisch ab.

»Was?«

»Du hast mich verstanden. Es war bescheuert, sie mitzunehmen.« Sie setzte Kafka in sein Körbchen. Er maunzte, ließ es aber geschehen.

Max die Unterlagen einfach übergeben … Niemand würde etwas davon erfahren, dass er sie von Jonas bekommen hatte.

Er sah Agnes an. Jonas deutete auf Agnes' Halskette, die Maria ihr ein Jahr nach dem Unfall zum Geburtstag geschenkt hatte. »Seit wann trägst du sie wieder?«

Agnes nahm das Kruzifix vom Dekolleté und hielt es zwischen Daumen und Zeigefinger. »Wen interessiert das schon?« Sie zog ihre Pumps aus und schob sie beiseite.

Jonas stand auf und ging zu seiner Jacke. Er holte das Bild und das Holzkreuz aus der Seitentasche. »Schau mal«, sagte er. »Hast du das in Marias Zimmer aufgehängt?« Er gab Agnes beides in die Hand.

Wieder begann sie zu weinen. Sie nickte. Mit dem Zeigefinger berührte sie die Kette auf dem Bild und dann die an ihrem Hals.

»Behalt die Sachen, wenn du magst«, sagte er.

Agnes nickte erneut. Sie erhob sich, ging zur Tür und drehte sich noch einmal um. »Du kannst im Gästezimmer schlafen, ist alles frisch. Gute Nacht.« Holzkreuz und Foto nahm sie mit sich.

Jonas sah durchs Fenster nach draußen in die finstere Nacht. Wind griff in die Bäume, das schwarze Astwerk krümmte sich. Er musste mit ihr reden, sie hatte ein Recht darauf, die Wahrheit zu erfahren. Aber es war nicht leicht, er würde alte Vertraute verlieren, das Band, das sie mit fünfzehn oder sechzehn geknüpft hatten.

Er zog sein Telefon aus der Hosentasche und schickte Max eine Nachricht: *Wir müssen uns treffen. Habe etwas für dich. Ist wichtig.*

Morgen würde er auf dem Weg nach Deutschland durch das tschechische Erzgebirge kommen. Doch davon würde er Max nicht erzählen, davon nicht.

Er steckte das Telefon weg, nahm die Patientenverfügung und den Abschiedsbrief an sich und löschte das Licht.

· TEIL 2 ·

PROZESS

22

HAMBURG, APRIL 2021

Ein bisschen glich ein Gerichtssaal einem Tennisplatz. Am äußeren Rand in der Mitte saß, etwas erhöht, der Richter. Die Spieler – Staatsanwalt und Verteidiger – standen sich gegenüber und droschen mit den Bällen aufeinander ein. Und am Rand saßen die Zuschauer und applaudierten, wenn einer ein Ass geschlagen hatte. Der grundsätzliche Unterschied bestand darin, dass bei Gericht auf der Seite des Verteidigers noch ein weiterer Spieler stand: der Angeklagte. Der allerdings besaß – um im Bild zu bleiben – keinen Schläger, weshalb er kaum, oder besser gesagt: überhaupt nicht, ins Geschehen eingreifen konnte. In dieser Position befand sich Max gerade, während Jonas seinen Blick durch die voll besetzten Zuschauerreihen im Saal Nummer elf des Amtsgerichts Hamburg wandern ließ. Eine alte Frau saß in der ersten Reihe, ihr graues Haar leuchtete im Neonlicht. Sie stützte ihren Oberkörper mit beiden Händen auf dem Griff eines Gehstocks ab. Sie lächelte nicht, sah aber auch nicht grimmig aus, sie war regungslos, aber vermutlich nicht ohne Erwartungen hier. Vielleicht suchte sie Antworten auf Fragen, die auch Maria sich gestellt haben mochte. Darf ich selbst entscheiden, wann mein Licht gelöscht wird? Und: Lasst ihr mich allein zurück mit meinem Wunsch nach Frieden? Jonas hätte der Frau gern zugelächelt.

Der Vorsitzende, Wolfgang Baatz, betrat den Saal. Er spielte juristisch nicht in der ersten Liga, aber er war ein alter Hase und verstand etwas von der Taktik des Spiels bei Gericht. Mit einem Nicken eröffnete er das Match. Aufschlag: Dr. Jonas van Loon.

Alle im Saal setzten sich, nur Jonas blieb stehen und nahm seine Akte zur Hand. »Herr Vorsitzender, Herr Verteidiger, sehr geehrte Anwesende. Die Staatsanwaltschaft wirft dem Angeklagten vor, am Morgen des 6. Januar 2021 im Pflegeheim Sankt Luisenstift in Hamburg eine Tötung auf Verlangen vorgenommen zu haben, indem er seinem Opfer, der fünfundsiebzigjährigen Maria Linz, eine sicher zum Tode führende Dosis Chloroquin verabreicht hat. Dabei hat er das Medikament in einem Glas mit warmer Milch und Honig aufgelöst und es ihr zum Mund geführt, weil sie selbst aufgrund einer fortgeschrittenen Alzheimerdemenzerkrankung dazu nicht mehr in der Lage war. Ihm war bewusst, dass er den Tod des Opfers herbeiführen würde, und dies wollte er auch, die Tatbegehung geschah vorsätzlich. Rechtfertigungs- oder Entschuldigungsgründe sind nicht gegeben, sodass seine Handlung strafbar ist gemäß § 216 Abs. 1 StGB.« Jonas nahm Platz.

»Vielen Dank, Herr Oberstaatsanwalt.« Baatz' weiße Haare standen zu Berge wie die Albert Einsteins. Er trug eine dicke Hornbrille auf der Nase und kniff ständig seine Augen zusammen, wenn er sprach. In der Vergangenheit hatte er sich mehrfach für eine Beförderung zum Richter am Landgericht beworben, war aber immer gescheitert, und niemand wusste so recht, woran es gelegen hatte. Eine Beförderung hatte nur in Maßen etwas mit Fähigkeit zu tun. Aber vielleicht hatte er deshalb Jonas' Anklage sofort zugelassen und nicht an einen höheren Spruchkörper verwiesen. Seine Strafrahmenkompetenz reichte bis zu zwei Jahren Freiheitsstrafe. Für mehr war er als Einzelrichter nicht zuständig, und eine Tötung auf Verlangen konnte ohne Weiteres ein deutlich höheres Strafmaß nach sich ziehen. Durch den Umstand, dass er die Sache bei sich belassen hatte, war allen Beteiligten klar, dass er gewillt war, den Strafrahmen gegebenenfalls auszuschöpfen – aber eben nicht darüber hinauszugehen. So gesehen durfte Baatz' Anklagezulassung also durchaus als positives Zwischenergebnis für Max verbucht werden. Freiheitsstrafen dieser Größenordnung wurden bei Ersttätern wie Max stets zur Bewährung ausgesetzt, und das wiederum galt als Freispruch zweiter Klasse. Doch letztlich kam es auf all das nicht an. Viel wichtiger war, für Max ein Berufsverbot zu verhindern, das die selbstverständliche Folge einer Verurteilung wäre. Jonas musste seinen Gegenspieler und den Schiedsrichter gewissermaßen durch ein kluges Serve-and-Volley-Spiel im Wechsel mit einem Grundlinienduell verwirren. Vor allem der Gegner – Max' Verteidiger Stefan Stern – durfte nicht erkennen, welche Taktik Jonas letztlich verfolgte. Stern musste verborgen bleiben, dass Jonas seine Rolle – die Rolle des Verteidigers – einnahm. Ansonsten würde Jonas sich der Lächerlichkeit preisgeben, und seine Integrität als Staatsanwalt stünde auf dem Spiel.

Der Mordverdacht war zum Glück schnell vom Tisch gewesen, es war alles nach Plan verlaufen. Max hatte den Abschiedsbrief und die Patientenverfügung Stern übergeben, und der hatte die Unterlagen sofort zur Gerichtsakte gereicht. Weil es dazu gehörte, hatte Jonas ein grafologisches Gutachten eingeholt. Das Ergebnis war eindeutig gewesen: Die Unterschriften stammten mit über neunundneunzigprozentiger Wahrscheinlichkeit von Maria. Ihr freier Wille, zu sterben, stand jetzt also fest.

Stern zwirbelte seinen weißen Schnauzbart. Er beugte sich zu Max, der zu seiner Rechten saß, und flüsterte ihm etwas ins Ohr. Max trug seine gelbe Brille gegen zu viel Tageslicht, er nickte und sah ernst aus.

»Herr Verteidiger«, fragte Baatz. »Wird sich Ihr Mandant zur Sache einlassen?«

Stern erhob sich. »Herr Vorsitzender, über seine bisherigen Einlassungen hinaus wird mein Mandant von seinem Recht zu schweigen Gebrauch machen.« Er ließ sich in seinen Stuhl zurückfallen. Die Lehne quietschte.

Heute früh in Jonas' Büro war Stern ungewöhnlich nervös gewesen. So kannte Jonas ihn gar nicht, für Lampenfieber war er zu erfahren.

Stern hatte gefragt, womit er nachher in der Verhandlung rechnen könne. Jonas hatte geantwortet: mit Rechtsgeschichte. Natürlich war das an Überheblichkeit kaum zu überbieten gewesen. Aber Stern hatte gelacht und Jonas' Antwort nicht weiter ernst genommen. Jonas hatte das Lachen nicht kommentiert. Sein gesamtes Vorgehen sollte so aussehen, als sei es eine logische Abfolge der Erkenntnisse aus der Hauptverhandlung. Das musste spontan wirken, auch wenn er seine Strategie längst festgelegt hatte.

»Schön«, sagte Baatz. »Schön, ja. Dann schlage ich vor, wir fangen mit dem Sachverständigen an.« Er rief durch das Mikrofon Professor Langer in den Sitzungssaal.

Langer, Chef des gerichtsmedizinischen Instituts am Uniklinikum Eppendorf, trug mündlich vor, was er bereits in seinem schriftlichen Gutachten niedergelegt hatte. Die Verstorbene habe einen Herz- und Atemstillstand infolge der Gabe einer letalen Dosis des Wirkstoffs Chloroquin erlitten.

»Bitte erläutern Sie uns das«, sagte Baatz.

»Natürlich.« Langer blätterte in seinen Unterlagen. »Ich darf verweisen auf die Seiten sechzehn fortfolgende meines Sektionsgutachtens. Im Körper der Verstorbenen haben wir 24,2 Gramm Chloroquin, 986 Milligramm Diazepam und 7,8 Milligramm Metoclopramid nachweisen können. Die Frau wog 58 Kilogramm. Die letale Dosis von Chloroquin liegt bei etwa 330 Milligramm pro Kilogramm Körpergewicht, bei der Verstorbenen also bei etwa 19 Gramm. Daraus können wir sicher schließen, dass die Menge an Chloroquin für Herz- und Atemstillstand bei der Verstorbenen verantwortlich war.«

Baatz hielt sich sein Diktiergerät vor den Mund und begann damit, die Aussage des Sachverständigen aufzusprechen. Doch irgendetwas war mit dem Gerät nicht in Ordnung.

»Nicht schon wieder«, brummte Baatz, drückte an den Knöpfen herum und schob an den kleinen Reglern, ohne dass die Technik ein Einsehen hatte. Das war die Justiz im einundzwanzigsten Jahrhundert: Der reibungslose Ablauf einer Strafverhandlung wurde bestimmt von einer handgroßen Maschine und ein paar kleinen Batterien. Baatz schüttelte das Gerät ein paar Mal, bevor er den Schieberegler erneut bewegte. Jetzt schien es zu laufen.

»Na also«, sagte er und sprach die Aussage auf das Band. Dann wandte er sich wieder an den Sachverständigen. »Herr Professor Langer, wenn ich einen Menschen mit Chloroquin töten wollte – wie käme ich an das Mittel heran? Könnte ich es einfach kaufen oder müsste ich es mir auf dem Schwarzmarkt besorgen?«

Baatz kannte vermutlich die Antwort, doch er brauchte sie für das Protokoll. Bei krimineller Beschaffung konnte auch ein Betäubungsmitteldelikt vorliegen.

Neben der alten Frau in der ersten Zuschauerreihe saß ein Mann, der vielleicht ein paar Jahre jünger war als sie. Die Kopfhaut zwischen seinem weißen Haarkranz war faltig und gesprenkelt von Altersflecken. Er hatte Zettel und Stift in der Hand und machte sich Notizen. Zwischendurch flüsterte er der Frau immer wieder etwas ins Ohr.

Max, der Jonas gegenübersaß, starrte auf die Tischplatte vor sich, seine gelbe Brille leuchtete im grellen Licht der Deckenlampen.

»Chloroquin, Herr Vorsitzender, kann rezeptfrei in der Apotheke erworben werden. Es ist hoch dosiert in einem Medikament namens Resochin enthalten, was für gewöhnlich gegen Malaria eingesetzt wird. Eine Tablette beinhaltet 250 Milligramm Chloroquin-Phosphat, also etwa 155 Milligramm reines Chloroquin. Sie benötigen ungefähr einhundert Tabletten. Die können Sie in einem Mörser zerkleinern und anschließend in Wasser oder Milch oder Fruchtsaft lösen.«

Genauso hatte Max es beschrieben, auch wenn er zu den Mengen nichts gesagt hatte.

Der Mann neben der alten Frau notierte weiter, er schien jedes Wort mitzuschreiben.

»Professor Langer, nach Ihren Feststellungen wurden zwei weitere Medikamente verabreicht, Diazepam und Metoclopramid. Worin liegt der medizinische Sinn, sie zu geben, wenn doch bereits durch Chloroquin der Todeseintritt sicher war?«

Max nahm seine Brille ab und rieb sich die geröteten Augen. Er hatte Jonas bislang nicht ein einziges Mal angesehen.

»Bei Metoclopramid – oder kurz: MCP – handelt es sich um ein Medikament, das die Peristaltik im oberen Magen-Darm-Trakt anregt und damit Übelkeit und Erbrechen verhindert. Mit Gabe von MCP kann wirksicher unterbunden werden, dass die in großer Menge eingenommenen Tabletten wieder erbrochen werden. Nur so ist sichergestellt, dass der Wirkstoff im Metoclopramid – das Phenobarbital – im Körper der Suizidentin wirken und zur letalen Intoxikation führen kann.«

So präzise hatte Max es nicht geschildert. Die Ausführungen des Sachverständigen ließen keinen Zweifel: Der Angeklagte hatte sehr genau gewusst, was er tat.

Max setzte seine Brille auf, noch immer sah er Jonas nicht an.

Die alte Frau lehnte sich in ihrem Stuhl zurück, der Stock, den sie in Händen hielt, zitterte.

»Und das Diazepam?«, fragte Baatz nach.

»Entschuldigung«, wandte Stern ein. »Herr Vorsitzender, es darf die Frage erlaubt sein, was das Ganze soll. Der Angeklagte hat doch längst eingeräumt, die drei Präparate beschafft und der Verstorbenen zur Verfügung gestellt zu haben. Wozu also die ganze Fragerei? Wir können das doch wirklich abkürzen.«

Stern diskutierte, ob der Ball noch im Feld oder im Aus gelandet war. Natürlich war er noch im Feld gelandet, aber es gehörte zum Spiel, dass man sich immer mal wieder über eine Entscheidung des Schiedsrichters aufregte – auch wenn es nur zu einer Verzögerung führte.

Die Medikation und ihre Wirkung waren in der Tat bereits ausführlich aus der Akte und Langers Sektionsgutachten bekannt – ebenso der Umstand, dass Max sie für Maria beschafft hatte. Doch darum ging es nicht. Baatz hatte ein gutes Gespür für Zwischentöne. Er wusste genau, dass die objektiven Fakten des Tathergangs in der Regel auch ein Licht auf die Motive des Täters preisgaben. War der Täter ein Sadist, der sein Opfer gequält hatte, oder glaubte er sich im Recht? Die Beweisaufnahme sollte erschöpfend sein, sie musste be- und entlastende Momente zugleich ins Visier nehmen. Natürlich hatte Baatz in der Vorbereitung der heutigen Verhandlung längst erkannt, dass Max mit dem Erbe, das Maria ihm hinterlassen hatte, durchaus ein Mordmotiv haben konnte. Es lag auf der Hand, dass Stern an dieser Stelle nicht weiter graben lassen wollte. Nichts war für die Verteidigung tödlicher als ein plausibles Tatmotiv.

»Und ich«, sagte Baatz in Sterns Richtung, »darf Sie daran erinnern, dass *ich* die Vernehmung des Sachverständigen führe. Wenn Sie Fragen haben, fragen Sie. Wenn nicht, lassen Sie's. Bitte, Herr Professor Langer, fahren Sie fort.«

Max blickte zu Stern und schüttelte kaum erkennbar den Kopf. Er war nicht einverstanden mit Sterns Manöver. Ein guter Spieler diskutierte nicht über eine Schiedsrichterentscheidung, er gewann das Spiel durch präzise Schläge.

»Nun«, sagte Langer. »Diazepam ist hierzulande auch unter dem Handelsnamen *Valium* bekannt. Es fällt unter die Stoffklasse der Benzodiazepine und hat eine sedierende, angstlösende bis narkotische Wirkung. Die hier nachgewiesene Menge führte zweifelsohne zu einer tiefen Bewusstlosigkeit der Suizidentin.«

»Wie konnte sie dann noch das Chloroquin einnehmen?«, fragte Baatz.

»Ich gehe davon aus, dass zunächst Chloroquin und anschließend Diazepam gegeben wurde. Die Wirkung des Chloroquins setzt erst nach etwa dreißig bis vierzig Minuten ein, Diazepam wirkt dagegen sehr viel schneller. Es tritt also erst die Bewusstlosigkeit ein, bevor es allmählich zum Herz- und Atemstillstand kommt.«

»Dann könnte man also sagen, bei dieser Reihenfolge schläft das Opfer ruhig und angstfrei in den Tod hinein und bekommt ihn überhaupt nicht mit?«, fragte Stern. Er spielte dabei mit seinem Stift.

»Das könnte man so sagen, ja.« Langer nickte mehrmals, als wolle er die Richtigkeit seiner Worte verstärken.

»Herr Vorsitzender«, sagte Stern, »ich weise auf Blatt achtundsiebzig der Ermittlungsakte hin und halte dem Sachverständigen die dort niedergelegten handschriftlichen Notizen des Angeklagten vor: ›7:00 Uhr – Einnahme Chloroquin in Honigmilch; 7.14 Uhr – Einnahme 1.000 mg Diazepam; 7.22 Uhr – M. schläft; 7.24 Uhr – 1 Ampulle MCP injiziert; 8:16 Uhr – nur noch seltene Ruckatmung, Puls kaum zu tasten; 8:24 Uhr – Atmung und Puls 0.‹ Bitte sagen Sie uns, Herr Professor Langer, wie Sie dieses Vorgehen aus Ihrer fachmedizinischen Sicht beurteilen.«

Schon wieder versuchte Stern seinen schlechten Topspin zu verteidigen, obwohl er im Aus gelandet war. »Einspruch«, sagte Jonas. »Der Sachverständige ist zu Tatsachen, nicht zu Mutmaßungen zu befragen. Seine persönliche Meinung ist hier ohne Belang.«

»Das sehe ich genauso.« Baatz blickte über den Rand seiner Brille erst Stern, dann Langer an. »Sie müssen die Frage nicht beantworten, Herr Professor Langer.«

Stern massierte mit einer schnellen Handbewegung seinen Nacken. »Nun gut«, sagte er. »Dann stelle ich die Frage anders. Wenn ein Mensch in der eben geschilderten Reihenfolge die entsprechenden Medikamente zu sich nimmt, stirbt er dann qualvoll und grausam?«

»Nein«, sagte Langer. »Einen solchen Tod kann man sich nur wünschen. Ein sanfteres Einschlafen kann ich mir ehrlich gesagt nicht vorstellen.«

»Danke, Herr Professor. Dann habe ich keine weiteren Fragen.« Stern klopfte mit der Hand auf Max' Unterarm.

»Ich habe auch keine Fragen mehr«, sagte Baatz.

»Ich aber«, sagte Jonas. »Herr Professor Langer, wenn ein Arzt einem Patienten die Medikamente, wie von Ihnen beschrieben, zur Verfügung stellt, in der Erwartung, dass der Patient sie entsprechend einnimmt, kann der Arzt dann wissen, dass dies zum sicheren Tod des Patienten führt?«

Langer nickte. »Wenn er es nicht wüsste, hätte er seinen Beruf verfehlt.«

»Danke«, sagte Jonas.

»Anträge auf Beeidigung?«, fragte Baatz über den Rand seiner Hornbrille hinweg.

Jonas und Stern schüttelten den Kopf.

»Dann bleibt der Zeuge unbeeidigt. Herr Professor Langer, Sie haben gehört, was ich diktiert habe. War das alles richtig so oder soll ich es noch einmal vorspielen?«

»Nein, es war alles in Ordnung.«

Baatz nahm sein Diktiergerät zur Hand. Es versagte erneut seinen Dienst. Als hätten Richter nicht genug damit zu tun, Zeugen und Sachverständige zu vernehmen, um die Wahrheit ans Licht zu bringen.

»Diese Scheißtechnik«, brummte Baatz und versuchte, das Gerät zum Laufen zu bringen. Wieder schüttelte er es, schaltete es aus und ein und betrachtete es von allen Seiten. Er ließ es auf den Tisch fallen und griff zum Telefonhörer. »Moin, Baatz hier, Saal elf. Ich brauche ein Diktiergerät, meins ist hin. – Wie, woher? Weiß ich doch nicht. Ich brauche jedenfalls eins, und zwar sofort. Ich bin hier mitten in der Verhandlung. Was? Von Meier? Ja, meinetwegen, dann nehme ich das. Hauptsache, ich kann diktieren.« Er legte auf. »Entschuldigung«, sagte er.

Eine Verzögerung wie die, die gerade eingetreten war, ließ jeden im Saal ungeduldig bis gereizt werden. Oft richtete sich dann der Ärger der Zuschauer gegen die Richter, die vorne saßen, obwohl die am wenigsten dafürkonnten – so wie der arme Baatz.

Die Saaltür öffnete sich, ein Beamter brachte ein neues Gerät zum Richtertisch. Wortlos verschwand er sogleich wieder.

Baatz legte die kleine Kassette aus dem alten in das neue Gerät ein und sprach drauflos. »Laut diktiert und genehmigt, auf nochmaliges Vorspielen wird allseits verzichtet.«

Langer schob die Akte in seinen Koffer und erhob sich.

»Dann sind Sie mit Dank entlassen«, sagte Baatz. »Würden Sie bitte Frau Dr. Hamacher zu uns hereinschicken? Danke.«

Langer nickte und verließ den Saal.

Die alte Frau in der ersten Reihe blickte Jonas an. Ihre Augen schimmerten wässrig, und ihr Kopf wackelte ein wenig. Der Mann neben ihr griff nach ihrer Hand und hielt sie fest. Auch er sah jetzt zu Jonas herüber. Die beiden Gesichter glichen sich. Der identische enge Augenstand, die kleine Nase, leicht hervorstehende Wangenknochen und ein schmaler Mund.

Jonas lächelte kurz und nickte in ihre Richtung. Die Frau und der Mann lächelten kaum sichtlich zurück – was immer sie ihm damit sagen wollten.

Dr. Angelika Hamacher, Fachärztin für Neurologie, setzte sich auf den Stuhl in der Saalmitte, auf dem eben noch Langer gesessen hatte.

Baatz nahm ihre Personalien auf. Dreiundfünfzig Jahre, wohnhaft in Hamburg, mit den Parteien nicht verwandt oder verschwägert. Sie war eine zierliche Frau mit hochgesteckten schwarzen Haaren und rotem Lippenstift.

»Frau Dr. Hamacher, wir haben Sie heute geladen, um etwas über die Alzheimererkrankung der verstorbenen Maria Linz zu erfahren. Sie waren in den letzten zwei Jahren die behandelnde Neurologin, ist das richtig?«

Hamacher nickte. »Das ist korrekt.«

»Bitte schildern Sie uns die Erkrankung bei Frau Linz etwas genauer. Wie haben wir uns das vorzustellen?« Baatz hielt das ausgetauschte Diktiergerät in der Hand und wartete.

»Gern. Nun, ganz allgemein kann man zunächst sagen, dass Alzheimer die häufigste Form der Demenz ist. Es handelt sich um eine langsam fortschreitende Hirnerkrankung, die zunehmend zu Gedächtnisverlust, Verwirrtheit und Desorientierung führt. Im Gehirn von Alzheimerpatienten sterben nach und nach Nervenzellen und deren Verbindungen untereinander ab. Dadurch schrumpft das Gehirn um bis zu zwanzig Prozent. Die Windungsfurchen an der Oberfläche des Gehirns vertiefen sich, während sich die Hirnkammern erweitern. Der Untergang der Nervenzellen beginnt im sogenannten Riechhirn und greift dann auf Hirnregionen über, die für das Gedächtnis zuständig sind. Irgendwann umfasst er die gesamte Hirnoberfläche. Wir kennen dabei drei Stadien: das Anfangsstadium, die mittlere Phase und die fortgeschrittene.«

»Vielen Dank«, sagte Baatz und sprach alles in sein Diktiergerät. »In welchem Stadium befand sich Frau Linz?«

Die alte Frau in der ersten Reihe ließ mit ihrem Blick nicht mehr von Jonas ab. Der Mann hörte der Neurologin aufmerksam zu. Er hielt noch immer die Hand der Alten.

»Frau Linz befand sich bereits in einem fortgeschrittenen Stadium.«

»Wie äußerte sich das?«, fragte Baatz.

»Die Patientin war vollkommen pflegebedürftig. Sie konnte nicht mehr alleine gehen und brauchte einen Rollstuhl. Sie erkannte die Schwestern nicht mehr, auch mich nicht, niemanden. Ihr Sprechvermögen war nur noch auf ein paar wenige Wörter begrenzt. Zudem litt sie an Inkontinenz, hatte zunehmend Probleme beim Kauen, Schlucken und Atmen und Versteifungen an den Gliedmaßen.«

»Würden Sie sagen, sie konnte noch ein selbstbestimmtes Leben führen?«, fragte Baatz.

»Nein«, antwortete Hamacher. »Das konnte sie definitiv nicht mehr.«

Baatz blätterte in der Akte. Aus den Zuschauerreihen war ein Husten zu hören. Draußen schob sich ein schwarzer Wolkenberg vor die Sonne, es wurde dunkel im Saal. Einer der Wachtmeister schaltete den Kronleuchter unter der Decke an. Sein Licht ließ die braunen Holzwände glänzen.

Baatz setzte seine Brille auf. Er kniff die Augen zusammen und sah die Zeugin an. Für einen Moment schien es, als habe er seine Frage vergessen oder denke über irgendetwas nach. »Können Sie uns sagen, Frau Dr. Hamacher, was ein Mensch in einem solchen Stadium fühlt oder denkt?«

Hamacher zog die Stirn in Falten. »Das ist schwer zu beurteilen. Wir wissen noch viel zu wenig über diese Krankheit. Ein Demenzkranker büßt zwar sein Erinnerungs- und Denkvermögen ein, seine Erlebnisfähigkeit und sein Gefühlsleben bleiben dagegen erhalten. Er empfindet die Trauer über seinen Verlust an Fähigkeiten und Unabhängigkeit umso stärker, je mehr er nicht mehr in der Lage ist, seinen Gefühlen mit dem Verstand zu begegnen. Wenn ein gesunder Mensch in einer bestimmten Situation versagt, kann er sich darauf besinnen, dass es eine Ausnahme war oder dass er gestern eine ähnliche Situation erfolgreich gemeistert hat. Dadurch schöpft er neue Hoffnung und kann Krisen bewältigen. Hoffnung bedeutet, sich nach negativen Erlebnissen an gute Erfahrungen zu erinnern und zu wissen, dass es beim nächsten Mal besser klappt. Menschen mit Demenz dagegen bleiben hoffnungslos – der Verarbeitungsmechanismus wie bei Gesunden ist bei ihnen nicht mehr vorhanden, dadurch sind sie ihren negativen Gefühlen vollständig ausgeliefert.«

»Können Sie uns das an einem Beispiel erläutern?«, fragte Baatz.

Hamacher nickte. »Sicher. Stellen Sie sich vor, Ihnen wird die Rechenaufgabe gestellt: ›Drei plus vier mal fünf‹. Sie rechnen: Drei plus vier ist sieben, und sieben mal fünf macht fünfunddreißig. Das ist aber falsch, weil Sie vergessen haben, dass Punkt- vor Strichrechnung kommt. Also: Vier mal fünf gleich zwanzig, plus drei, ist dreiundzwanzig. Als gesunder Mensch merken Sie sich das, und beim nächsten Mal lacht niemand mehr über Ihr falsches Ergebnis. Sie lernen daraus und freuen sich darüber, daraus schöpfen Sie Hoffnung. Der Demenzkranke hingegen kann das nicht mehr. Er wird sich auch beim nächsten Mal nicht an den richtigen Rechenweg erinnern können, selbst wenn er kurz zuvor darauf hingewiesen wurde. Das führt zu Frustration, zu Angst und Zurückhaltung. Und hier sind wir erst in der ersten Stufe der Erkrankung.«

Während die Frau sprach, ebbten die Geräusche um sie herum ab. Es schien, als spreche sie nur noch zu Jonas. Dabei sah sie ihn nicht einmal an. Ihre Stimme war warm und ruhig, als werbe sie um Verständnis für das, was sie schilderte. Jonas sah Maria vor sich. Sie trug Uniform und Dienstmütze. Es war der Tag ihrer Beförderung, sie war die Jahrgangsbeste in ihrem Kommissaranwärterkurs gewesen. Und jetzt sollte sie nicht mehr rechnen können.

»Gibt es im fortgeschrittenen Stadium dann überhaupt noch kognitive Steuerungsfähigkeiten?«, fragte Baatz.

»Das schon«, sagte Hamacher. »Aber nur noch sehr eingeschränkt und auch immer weniger. Der Alzheimerdemente lebt in zwei Welten, einer äußeren und einer inneren. Die Kluft dazwischen wird stetig größer, bis die Verbindung ganz reißt. Dann ist er nur noch allein in sich. Hören, sprechen, greifen, zur Toilette gehen, essen, trinken – das alles trocknet aus wie ein See in einer Sandwüste. Er weiß vermutlich noch, dass er zum Essen den Arm zum Mund führen muss, aber er schafft es nicht mehr, seinen Muskeln den Befehl dafür zu geben; die dafür notwendigen Hirnareale sind nicht mehr vorhanden.«

Max hatte Maria die letzten Jahre begleitet auf ihrer Reise ins Nirgendwo. Er hatte ihren zunehmenden Verfall miterlebt und war ihr einziger Fels in der Brandung gewesen. Maria war immer wie eine Mutter für ihn gewesen, und diese Mutter hatte sich zum Kind zurückentwickelt. Die Frau, die ihm einst Halt und Zuflucht geboten hatte – sie hatte jetzt die schützenden Hände ihres einstmals Schutzbefohlenen bitter nötig gehabt. Und Max war da gewesen für sie.

»Verstehe«, sagte Baatz leise vor sich hin und blätterte wieder in der Akte. »War die Verstorbene Ihrer Auffassung nach noch fähig, selbst zu entscheiden, wann sie etwas isst oder trinkt?«

»Nein, eher nicht.« Hamacher saß aufrecht, mit geradem Rücken. Sie hatte die Hände vor sich auf dem Tisch übereinandergelegt.

»Was heißt ›eher nicht‹?«, fragte Jonas. »War sie es, oder war sie es nicht?«

Die alte Frau hatte ihren Blick noch immer auf Jonas gerichtet. Aber aus ihrem Gesichtsausdruck war nicht abzulesen, was sie dachte oder empfand. Ihre Hand auf dem Gehstock zitterte leicht, aber der Gehstock fiel nicht zu Boden. So präsent die alte Dame bisher gewirkt hatte, nun schien sie abwesend zu sein, auch wenn sie Jonas ein wenig mehr anlächelte.

»Alzheimerpatienten geben uns immer wieder Rätsel auf. Eine einzige Berührung eines nahen Angehörigen kann einen Impuls auslösen, der den Patienten für einen kurzen Moment aus seiner inneren Gefangenschaft befreit. Für Sekunden, manchmal für ein paar Minuten können sie plötzlich wieder Dinge im Raum erkennen – eine Uhr an der Wand oder ein Bild auf dem Nachttisch –, und sie verstehen auch wieder, was man ihnen sagt. Oder denken Sie an ein Musikstück, eines, das der Erkrankte sehr mochte. Wenn Sie es ihm vorspielen, kann es geschehen, dass er zu weinen beginnt und Sie zum Dank in seine Arme schließt. Das sind zwar alles eher Ausnahmen, aber manchmal passiert so etwas.«

»Das heißt«, sagte Stern, »Sie können nicht sicher ausschließen, dass zumindest partiell eine eigene Steuerungsfähigkeit bei der Verstorbenen Maria Linz vorhanden war. Ist das richtig?«

»Ja«, sagte Hamacher. »Gänzlich ausschließen kann ich das nicht.«

»Dann können Sie ebenfalls nicht ausschließen, dass die Verstorbene einen Becher aus eigener Kraft in die Hand nehmen und daraus trinken konnte, richtig?«

Es war also möglich: Maria konnte theoretisch die Medikamente auch selbst eingenommen haben. Im Zweifel für den Angeklagten.

»Ja, auch das ist richtig. Obwohl ich es für äußerst unwahrscheinlich halte. Zu einer solchen Handlung war Frau Linz meines Erachtens nicht mehr fähig.«

»Nochmals«, sagte Stern, dessen Stimme jetzt lauter wurde. »Können Sie definitiv ausschließen, dass Frau Linz dazu in der Lage war, selbstständig den Becher zu greifen und zu trinken? Bitte denken Sie daran, dass ich Sie beeiden lassen kann.«

Hamacher sah zu Jonas, zum Richtertisch, zu Max. Ihre Wangen waren gerötet. Sie war in einer Sackgasse, aus der sie nicht mehr herauskam. Sie ging sicher davon aus, dass Maria nicht selbst getrunken haben konnte, und im Grunde hatte sie auch genau das ausgesagt. Juristisch genügte das aber nicht, weil sie selbst – wenn auch nur theoretische – Zweifel an ihrer eigenen Annahme geäußert hatte. Sie hatte den Beweiswert ihrer Bekundung selbst geschwächt, und das war ihr sichtlich unangenehm.

»Nein, das kann ich nicht ausschließen«, sagte sie.

Ein Raunen ging durch die Zuschauerreihen. Die alte Frau sah zu Boden. Der Mann neben ihr legte seine Hand auf ihren Rücken.

Stern machte seine Sache gut, mit nichts anderem war zu rechnen gewesen. Bei lebensnaher Betrachtung war eine eigene Steuerung bei Maria ausgeschlossen. Stern aber hatte erreicht, dass jetzt das Gegenteil im Protokoll stand. Dagegen konnte Jonas nicht widersprechen. Das letzte Bild musste sich das Gericht im Rahmen freier Beweiswürdigung verschaffen, und Baatz konnte die Bekundungen der Zeugin Hamacher, die für Max sprachen, nicht unberücksichtigt lassen.

Es war ein passender Augenblick. Jonas stand auf. »Herr Vorsitzender, darf ich vortreten?«

»Nur zu«, sagte Baatz. »Nur zu, ja.«

Auch Stern kam an den Richtertisch. Hinten im Saal setzte ein Tuscheln ein. Die dunklen Wolkenberge hingen noch immer vor der Sonne.

»Ich hätte eventuell einen Vorschlag, wie wir die Sache beenden könnten.« Jonas sprach leise. Stern sah ihn skeptisch an.

»Dann lassen Sie uns nach nebenan gehen«, sagte Baatz und richtete den Blick wieder in den Saal. »Die Sitzung wird für ein paar Minuten unterbrochen. Wir sind gleich wieder da.«

Max hatte seine Hände auf dem Tisch vor sich gefaltet. Er hatte sich lange gesträubt, die weitere Aussage zu verweigern, als Jonas ihm vor ein paar Tagen zu dieser Taktik geraten hatte. Natürlich fühlte Max sich nicht schuldig, aber das war unwichtig. Es siegte nicht, wer recht hatte. Es siegte, wer sein Recht beweisen konnte. In einem Strafprozess galt die Unschuldsvermutung: die Staatsanwaltschaft musste dem Angeklagten die Tat nachweisen. Doch man durfte sich nichts vormachen, die Praxis sah anders aus. In der Praxis tat jeder Beschuldigte gut daran, selbst entlastendes Beweismaterial zu sammeln und in den Prozess einzuführen. Und wenn er kein entlastendes Material hatte, musste er dem Ankläger die Prozessführung wenigstens so schwer wie möglich machen – und schweigen. Stern hatte Max offenbar überzeugt, und in diesem Augenblick, in dem Baatz unterbrach, lief der Prozess genau in die richtige Richtung. Das konnte eine Tür nach draußen für Max bedeuten, die Option auf einen Freispruch, und niemand interessierte sich dafür, dass der Antrieb dazu vonseiten der Staatsanwaltschaft gekommen war.

Im Richterzimmer direkt hinter dem Sitzungssaal hing stickige Luft, es roch nach altem Holz. Ein Tisch und vier Stühle standen darin, sonst nichts. Jonas blieb neben einem Stuhl stehen, Stern ebenso.

Baatz ging um den Schreibtisch herum. »Dann lassen Sie mal hören.«

Jonas legte die Hand auf den Stuhlrücken. »Wenn wir das gesamte Pflegepersonal noch vernehmen, und dazu noch die Heimleitung und die Tochter der Verstorbenen, sitzen wir hier locker noch drei Tage, vielleicht mehr. Das Entscheidende haben wir eben gehört: Das Opfer kann die Medikamente theoretisch auch selbst eingenommen haben – so, wie sich Ihr Mandant, Herr Stern, ja auch eingelassen hat. Wir wissen weiter, dass niemand sonst im Zimmer war, als die Tat geschah, keine Schwester, keine andere Bewohnerin, kein anderer Besuch. Das ergibt sich aus den Vernehmungen im Ermittlungsverfahren. Wir können daher mit großer Sicherheit davon ausgehen, dass niemand wirklich gesehen hat, was genau geschehen ist.«

Stern lehnte sich an die Wand und verschränkte seine Arme vor der Brust. »Herr van Loon, so kenne ich Sie gar nicht.«

Da hatte er wohl recht. Jonas und Stern waren schon oft bei Gericht aufeinandergetroffen, und keiner hatte auch nur einen Millimeter nachgegeben. Beide nahmen Job und Karriere ernst. Es musste ungewöhnlich auf Stern wirken, dass Jonas jetzt schon einlenkte. Aber Stern war nicht dumm. Er würde den Vorteil, der sich ihm in diesem Augenblick bot, keinesfalls ungenutzt lassen, nur weil er Jonas' Handeln eigenartig fand.

Jonas hatte Stern genau da, wo er ihn haben wollte: Alles, was jetzt folgte, konnte Stern Max als eigenes Verdienst verkaufen. Dabei würde in Wahrheit Jonas dahinterstecken, wenn Max jetzt durch einen Deal zwischen Anklage, Verteidigung und dem Gericht seinen Job behielt und auf freiem Fuß blieb.

»Ich bin nur Realist«, sagte Jonas.

»Und was stellen Sie sich vor?«, fragte Baatz.

»*In dubio pro reo*«, sagte Jonas. »Wenn wir nicht sicher ausschließen können, dass das Opfer die Medikamente selbst eingenommen hat, muss Keller freigesprochen werden. Also haben wir jetzt zwei Möglichkeiten: Entweder wir setzen fort und hören uns einen Bus voller Zeugen an, die voraussichtlich nichts Erhellendes beitragen können, oder wir einigen uns.«

Stern erkannte sicher die Gunst der Stunde für seinen Mandanten. Er wäre töricht gewesen, den Prozess fortzusetzen, um einem Freispruch hinterherzujagen, der am Ende vielleicht doch nicht dabei herauskam; Risiken bestanden in einem Prozess immer. Und ganz nebenbei war ein Ende an dieser Stelle auch für Jonas ein ideales Ergebnis, denn dann musste nicht mehr die Frage geklärt werden, ob die Grenze, die die Rechtsprechung zwischen straffreier Sterbebegleitung und strafbarer Sterbehilfe zog, tatsächlich willkürlich war. Welche Meinung Baatz dazu vertrat, spielte keine Rolle. Er würde sich an die Linie der Rechtsprechung halten und nicht tiefer über Sinn und Unsinn einer solchen Grenze nachdenken. Die ganze Sache konnte hier und jetzt ohne viel Aufsehen beendet werden, und alle – auch Jonas – konnten wieder gut schlafen. Eine Win-win-Situation, von der Ankläger und Verteidiger gleichermaßen profitierten – und das Gericht auch, immerhin musste Baatz bei einer Einstellung kein langes und kompliziertes Urteil schreiben.

Stern nickte sacht. »Mit oder ohne?«, fragte er.

»Mit«, sagte Jonas.

»Und zwar?«, fragte Stern.

»Fünftausend Euro an eine Palliativstation.«

»Zwei-fünf«, sagte Stern. »Keller ist blank, eine Geldauflage von fünf wird er nicht stemmen können. Ich habe schon bei zwei-fünf Bedenken.«

»Na«, sagte Baatz. »Büschen merken muss er das ja nu auch.«

»Also?«, fragte Jonas. »Denken Sie dran, dass er dann auch seine Zulassung behält.«

Stern atmete kurz durch. »Einverstanden.«

»Das klingt alles sehr vernünftig«, sagte Baatz. »Ich bin ebenfalls einverstanden. Einstellung des Verfahrens wegen geringer Schuld gemäß § 153a StPO mit Geldauflage von fünftausend Euro. Reden Sie Ihrem Mandanten mal gut zu, Herr Stern. Damit kommt er blendend weg. Meinetwegen machen wir auch vier oder fünf Raten daraus.«

»Ich spreche mit ihm«, sagte Stern. Er öffnete die Tür und ging als Erster in den Sitzungssaal zurück.

Die alte Frau und ihr Begleiter hielten sich in der ersten Reihe noch immer bei der Hand.

Ein Mann in einem langen beigen Mantel schloss eines der hinteren Fenster und drehte sich um. Das war doch nicht … Doch, es war tatsächlich Professor Reben. Wahrscheinlich hatte er schon die ganze Zeit dort hinten in der Ecke gesessen und die Verhandlung verfolgt. Jonas hatte zu Beginn nicht bemerkt, dass sein Professor unter den Zuschauern saß. Er grüßte ihn mit einem kurzen Nicken, Reben hob die Hand.

Einer der beiden Wachtmeister wollte nach der kurzen Unterbrechung die Tür zum Sitzungssaal schließen, doch da drängelte sich KHK Witt herein. Er war außer Atem und kam direkt auf Jonas zu.

»Moin, Witt. Vor wem sind Sie denn auf der Flucht?«

»Können Sie kurz rauskommen? Ich habe Neuigkeiten.« Er sprach leise.

»Neuigkeiten? Ich verstehe nicht.«

»Nicht hier drin. Kommen Sie mit raus.« Witt ging zurück zur Tür.

»Kleinen Moment«, sagte Jonas zu Baatz. »Bin gleich wieder da.«

Im Flur des Amtsgerichts war es dunkel, als wäre es bereits Abend. Der Fehler in der Elektrik sollte schon vor Wochen behoben werden, doch bis heute war nichts geschehen. Der ganze Trakt, der keine Tageslichtfenster besaß, lag ohne Licht da.

»Was ist denn so wichtig?«, fragte Jonas.

Witt drückte ihm ein paar Blatt Papier in die Hand – das Protokoll einer polizeilichen Zeugenvernehmung.

»Was soll das?«, fragte Jonas. »Woher haben Sie das?«

»Die Frau war vorhin bei mir, völlig aufgelöst. Ich konnte sie erst gar nicht beruhigen. Aber dann hat sie losgelegt.«

»Losgelegt? Womit?« Jonas war verwirrt.

»Sie hat ihm geholfen. Sie hat Keller geholfen, die Frau zu töten. Das Opfer hat sich gewehrt. Sie haben sie zu zweit festgehalten.«

»Was? Was reden Sie da?«

»Lesen Sie!«, insistierte Witt.

Jonas hielt die Papiere, die Witt ihm eben gegeben hatte, in der Hand. Er sah zur Tür des Sitzungssaals. Sie stand einen Spalt offen, alle warteten auf ihn, auch das alte Pärchen aus der ersten Reihe. Hinten in der Ecke saß Professor Reben und blickte durch den Türspalt hinaus auf den Flur. Er war über achtzig Jahre alt, aber Jonas wusste, dass sein alter Doktorvater in diesem Augenblick seinen Herzschlag hören konnte.

23

KIEL, MAI 2010

Das kleine Glöckchen klingelte wie bei den letzten vier Besuchen, als Max das Antiquitätengeschäft betreten hatte.

»Hallo, Herr Iwanow.« Max schloss die Tür hinter sich, drehte den Schlüssel und das *Closed*-Schild herum und ging durch den schmalen Gang geradewegs auf den gläsernen Verkaufstresen zu.

Andrej Iwanow, der Inhaber des Geschäfts, ein untersetzter Mann mit grauen Haaren, befreite Porzellanvasen mit einem Wedel vom Staub. Sie standen aufgereiht auf einem hüfthohen Tisch. Er drehte sich um.

»Sie wünschen, mein Herr?« Iwanow sprach mit russischem Akzent, das R rollte er auf der Zunge.

Der Laden quoll über vor Holzmöbeln, Skulpturen, Gemälden, Porzellan und Silberbesteck, vor Anstecknadeln, Militärorden, Bernsteinschmuck und Perserteppichen. Er bot kaum Platz, um sich frei zu bewegen.

Es war schwer auszumachen, ob der Kerl sich tatsächlich jedes Mal aufs Neue nicht an Max erinnerte. Doch das war egal. Heute gab es nicht viel zu erinnern.

»Meine Uhren – ich will sie zurück. Jetzt sofort.«

Iwanow legte seinen Staubwedel beiseite und trat hinter den Tresen.

»Ach, Sie sind es, Herr … Herr Keller, nicht wahr? Wie geht es Ihnen?«

Eine Kuckucksuhr schlug dreimal zur vollen Stunde – fünfzehn Uhr. Ein Kunststoffvogel fuhr oberhalb des Ziffernblatts aus dem dunklen Gehäuse heraus. Neben dem Gong war der Ruf eines Kuckucks zu hören. Im Laden stand die Luft. Es roch nach Mottenkugeln und feuchtem Holz, und Iwanow sorgte für eine Note Schweiß.

»Ich bin enttäuscht«, sagte Max.

»Oh, enttäuscht? Worüber?«

Iwanow wusste, worum es ging. Er war ein schlechter Schauspieler.

Die dicken Samtvorhänge, die den Durchgang nach hinten verhängten, schienen sich ein klein wenig zu bewegen, obwohl es im Laden keinerlei Luftzug gab.

»Ich wiederhole mich nur ungern.« Max faltete die Quittung auf, die Iwanow ihm vor einigen Wochen für die Entgegennahme der fünf Taschenuhren ausgestellt hatte – zwei Rolex, die beiden Piaget und vor allem die Patek Philippe aus vierzehn-karätigem Weißgold, die Max bei der Auktion in Prag für neunzehntausend Euro ersteigert hatte. Die Uhr musste weg, es klebte Blut an ihr, Michelles und Claras Blut. Doch wenn Iwanow ihm nichts dafür bezahlte, musste er sie Max zurückgeben. Alles andere war Unrecht.

Iwanow sah erst den Zettel, dann Max an. »Es tut mir leid, aber sie sind noch immer beim Schätzer. Er braucht Zeit. Tut mir leid.«

Der Kerl hatte Mut. Das war das dritte Mal, dass er Max vertröstete. Vielleicht hatte es sich noch nicht bis zu ihm herumgesprochen, aber Geduld war endlich, und die von Max sowieso.

»Sie haben genau zwei Möglichkeiten, guter Mann. Entweder Sie geben mir meine Uhren zurück oder fünfundzwanzigtausend Euro in bar.« Max sah auf seine Armbanduhr. »Es ist jetzt sieben Minuten nach drei. Wenn ich um zehn nach drei noch immer hier stehe ohne meine Uhren oder das Geld, werde ich ungemütlich.«

»Sie drohen mir?« Iwanow lachte. »Das sollten Sie nicht. Sie bekommen Ihre Uhren – wenn der Schätzer fertig ist.«

»Ja, ich drohe Ihnen. Die Zeit läuft. Wenn ich Sie wäre, würde ich zusehen, dass ich meinen Arsch nach hinten bewege und den Tresor öffne.«

Iwanow blinzelte unentwegt, aber er bewegte sich nicht vom Fleck.

Max nahm seine Prince Denmark aus der Hosentasche und schnippte eine Zigarette aus der Schachtel.

»Hier ist Rauchen verboten«, sagte Iwanow.

»Betrügen auch.« Max zündete die Zigarette an. »Sie haben noch eine Minute und dreißig Sekunden.«

Iwanow atmete tief ein und wieder aus. Ein paar Schweißperlen hatten sich auf seiner hohen Stirn gebildet.

Max setzte seine Brille ab, legte sie in sein Etui und steckte es in die Hosentasche. Die zwei weißen Särge, der eine unwirklich klein, als wäre er für eine Puppe. Claras rechter Arm war bei dem Zugunglück abgetrennt worden, die Polizeibeamten hatten ihn nicht wiedergefunden. Max hätte neben ihr gesessen, neben seiner Tochter. Aber Max war nicht da gewesen. Max hatte die Patek Philippe ersteigern müssen, eine schöne, edle Taschenuhr aus Weißgold.

»Noch eine Minute.« Max blies Rauch zur Decke.

Die fünf Taschenuhren waren weit mehr wert als fünfundzwanzigtausend Euro, das wusste Iwanow natürlich auch. Wahrscheinlich hatte er sie längst verkauft und einen guten Schnitt gemacht. Es war ihm zu gönnen, sollte er daran verdienen, das war sein Geschäft. Aber Max ließ sich nicht übers Ohr hauen.

Iwanow grinste nicht mehr. »Hören Sie, Herr Keller. Es tut mir leid. Ich rufe den Schätzer sofort an, in Ihrem Beisein, wenn Sie wollen. Wir fragen ihn gemeinsam, wie weit er mit den Testaten ist. Einverstanden?«

»Wie heißt er und wo wohnt er?«, fragte Max.

»Rittmeier heißt er, Horst Rittmeier. Er sitzt in Lüneburg, Wollenwebergasse. Ich kann Ihnen seine Karte geben.«

Max warf die Kippe zu Boden und trat sie aus. Er sah auf die Uhr, es war zehn nach drei. Er hatte nichts zu verlieren. Seine Familie war zerstört, sein Dispokredit weit überschritten. Gestern hatte er ein Schreiben der Bank erhalten. Wenn er den Kredit von zwölftausend Euro nicht umgehend zurückzahlte, würde Insolvenzantrag gestellt.

Dieser Betrüger von Antiquar sollte nicht glauben, dass Max bluffte. Max war auch für Clara hier. Wenn dieser Iwanow die Patek Philippe behalten wollte, ohne zu bezahlen, beleidigte er Max' totes Mädchen. Clara wäre in wenigen Wochen sechs Jahre alt geworden.

Er packte einen schweren, eisernen Kerzenständer, der am Boden stand, und betrachtete ihn von allen Seiten.

Iwanow trat hinter dem Tresen hervor. »Herr Keller, ich bitte Sie. Lassen Sie uns …«

Noch bevor der Antiquar seinen Satz beenden konnte, schlug Max zu. Mit dem Kerzenleuchter räumte er die Porzellanvasen vom Tisch. Es klirrte und schepperte, und die Scherben flogen zu allen Seiten.

»Um Himmels willen«, schrie Iwanow. »Hören Sie auf. Sind Sie verrückt geworden?« Er sprang vor den Tisch, aber die Scherben waren schon im ganzen Raum verteilt.

Max' Puls war kaum erhöht, er atmete ruhig und holte noch einmal aus. Iwanow duckte sich zur Seite. Max donnerte den quadratischen Fuß des Kerzenständers auf den Tisch. Das Holz zerbarst mit einem dumpfen Knacken.

»Nein«, brüllte Iwanow. »Aufhören!«

Max wuchtete den schweren Kerzenständer von der Tischplatte. »Sie haben die Wahl, Herr Iwanow. Ihr gläserner Verkaufstresen ist als Nächstes dran. Meine Uhren.«

»Sie sind ja wahnsinnig. Ich habe Ihre Uhren nicht …«

Max schwang den Kerzenständer durch die Luft und schlug auf den Glastresen ein, die Platte zersplitterte mit einem beißenden Klirren.

Iwanow hielt sich die Hände vor den Mund. »O Gott.«

»Also? Was ist jetzt?«

»Das wird Sie teuer zu stehen kommen. Ich rufe die Polizei.«

Max ließ den Kerzenständer fallen und trat einen Schritt um den zerstörten Tisch herum. Die Splitter auf dem Fliesenboden knirschten unter seinen Sohlen. Sollte er doch die Polizei rufen. Iwanow hatte sicherlich genug auf dem Kerbholz, um die Bullen aus dem Spiel zu lassen. Max griff nach dem schnurlosen Telefon, das an der Wand hing, und hielt es Iwanow vor die Nase. »Na los. Machen Sie. Rufen Sie sie an. Die Nummer ist 110.«

Iwanows Hand zitterte, als er das Telefon an sich nahm. Er starrte auf die Ziffern, als könne er sie nicht erkennen.

Was sollte die Polizei schon ausrichten? Max ins Gefängnis stecken? Nur zu. In dieser Welt hatte er ohnehin nichts mehr verloren.

Michelle hatte gelächelt, als sie den Zug in Pernink bestiegen hatte. Auf dem Bahnsteig hatte sie ihm einen Kuss gegeben und gesagt, er solle schnell nach Hause kommen. Kurz darauf hatte Clara im Abteil gestanden, sie hatte Mimi an die Scheibe gedrückt, und Michelle hatte Max eine Kusshand zugeworfen.

Vor acht Wochen hatten die beiden Särge nebeneinander in der Friedhofskapelle gestanden, Pfarrer Braun hatte Worte aus der Offenbarung vorgelesen. Das alles war kein Zufall. Gott hielt das Holzkreuz mit den Fäden daran in seiner Hand. Er bewegte es auf und ab, zu allen Seiten – und Max bewegte sich mit ihm. Damit musste endlich Schluss sein.

»Was ist? Sie müssen die 110 wählen. Na los.«

Was immer Iwanow mit den Uhren angestellt hatte – die Polizei wollte er offenbar nicht ins Spiel bringen.

Er nahm das Telefon und legte es hinter sich ins Regal. »Kommen Sie.« Er zog die Samtvorhänge zur Seite und verschwand durch den Durchgang nach hinten.

Max folgte ihm mit dem Kerzenständer in der Hand.

In einfachen Holzregalen lagerten Tausende von Büchern. Manche waren in Leder eingeschlagen, andere in Plastik eingeschweißt. Max erkannte sogar ein paar Comics mit Donald Duck. Hinter einem kleinen hölzernen Schreibtisch stand ein Bauernschrank mit Blumenornamenten auf den Türen. Iwanow ging zu dem Schreibtisch, zog einen Schlüssel aus der Hosentasche und sperrte eine Schublade auf. »Das ist alles, was ich habe«, sagte er.

Max trat um den Tisch herum. Neben ein paar Schlüsseln, Kugelschreibern und Zigarettenschachteln lag ein Bündel Geldscheine. Er stellte den Kerzenständer ab, nahm das Bündel heraus und zählte. »Das sind läppische viertausend Euro.«

»Mehr habe ich nicht hier. Nehmen Sie sie. Den Rest muss ich von der Bank holen, Sie bekommen ihn morgen. Ich verspreche es.«

Vor den Fenstern waren die Gardinen zugezogen, nur ein kleiner Leuchter an der Decke spendete schummriges Licht. Staub tanzte darin.

Der Kerl nahm ihn offenbar noch immer nicht ernst. Er sollte es nicht auf die Spitze treiben. Max war noch nicht fertig. »Wo ist Ihr Tresor?«, fragte er ruhig.

Iwanow hob die Schulten. »Ich habe keinen Tresor. Das ist bei meinem Geschäft nicht nötig.«

Iwanow war etwa gleich groß, aber deutlich schmächtiger als Max. Ein Antiquar ohne Tresor. Der Mann hatte direkt Humor.

Blitzschnell packte Max ihn am Hals und drängte ihn gegen den Bauernschrank. Die Wucht des Aufpralls ließ die Holztüren knacken, aber der Schrank wackelte nicht. Offenbar war er mit der dahinterliegenden Wand verbunden. Interessant.

Iwanow versuchte freizukommen. Er schlug um sich, doch Max presste ihn mit dem Unterarm gegen das Holz. »Wo ist Ihr Scheißtresor?«

Iwanows Gesicht war rot und schmerzverzerrt. Seine Augen traten hervor. Max ließ von ihm ab. Iwanow krümmte sich und hustete. Er hielt sich den Hals.

»Ich gehe erst, wenn ich mein Geld habe«, sagte Max.

Iwanow atmete röchelnd und schnell, mühsam richtete er sich auf. Er drehte sich um und öffnete den Schrank. Schwarze Ledermäntel kamen zum Vorschein, mit SS-Runenzeichen an den Schulterklappen und Hakenkreuzansteckern am Revers. Er schob die Mäntel zur Seite.

Ein Rechteck war aus der Rückwand des Schranks ausgesägt, der Tresor war in die Mauer eingelassen. Iwanow drehte an einem Rädchen ein paarmal nach links und rechts, bis sich die dicke Metalltür des Tresors öffnete.

Max stieß ihn weg. Er griff in den Tresor und zog einen Stapel Geldscheine hervor. Es waren ausnahmslos Fünfhunderter. Max zählte nach, siebenunddreißigtausend Euro.

Er steckte einundzwanzigtausend in seine Hosentasche und legte den Rest des Geldes zurück. Er verschloss den Tresor, drehte das Rädchen ein paarmal, schob die Naziklamotten wieder davor und klappte die Schranktüren zu.

»Danke«, sagte er.

Iwanow verzog das Gesicht. »Wie tief kann man sinken, Herr Doktor?«

Max sah ihm direkt in die hellblauen Augen. Am liebsten hätte er dem Kerl zum Abschied noch die Faust in seine blöde Visage gehauen, doch er drehte sich um. »Sie können die Uhren behalten. Sind jetzt Ihre.«

Im Verkaufsraum stieg er mit großen Schritten über das Scherbenmeer. Er steuerte auf die Eingangstür zu, drehte das »Geschlossen«-Schild auf »Geöffnet« und verließ den Laden ohne ein weiteres Wort. Das Glöckchen klingelte noch einmal.

24

HAMBURG, APRIL 2021

»Frau Ternedde, bitte in den Sitzungssaal elf eintreten.« Der Vorsitzende Baatz ließ den Knopf des dünnen Stabmikrofons wieder los und schob es zurück an den Ausgangsplatz vor sich. Er blätterte in der Akte und brummte etwas Unverständliches. Die Saaltür quietschte wie immer, wenn sie sich öffnete.

Pia Ternedde war eine der Krankenschwestern in dem Heim, in dem Maria gewohnt hatte – eine rothaarige, dünne Frau mit großen braunen Augen und einem silbernen Lippenpiercing. Jonas hatte sie bisher nicht zu Gesicht bekommen. Im Rahmen der polizeilichen Vernehmung hatte nur Witt mit ihr gesprochen. Ihm gegenüber hatte sie anfangs ausgesagt, nichts gehört und nichts gesehen zu haben. Sie hatte angegeben, Maria natürlich gekannt zu haben. Doch an dem Tag, als Maria verstorben war, habe sie Dr. Keller nicht bei ihr gesehen. Ternedde ging zum Zeugenstuhl in der Mitte des Saals und setzte sich.

Der Regen hatte die Zuschauer heute offenbar in ihren Wohnungen gehalten, die Sitzreihen waren verwaist. Nur die alte Frau vom letzten Mal hatte in der Ecke am Fenster Platz genommen – heute ohne ihren männlichen Begleiter. Vorn an der Tür saß Hinnerk Jakobsen, ein Gerichtsreporter des *Hamburger Abendblatts*, der auf seinem Handy las.

Im Saal war es kalt, Jonas' Finger waren steif.

»Frau Ternedde, Sie sollen heute als Zeugin vernommen werden. Als Zeugin müssen Sie die Wahrheit sagen. Das erwähne ich nicht, weil ich Ihnen misstraue, sondern weil mich das Gesetz dazu verpflichtet. Wenn Sie etwas nicht mehr wissen, dann machen Sie das bitte kenntlich. Lassen Sie nichts weg und dichten Sie nichts hinzu. Wir möchten nur von Ihnen wissen, woran Sie sich wirklich erinnern können. Sollten Sie uns die Unwahrheit sagen, müssen Sie mit einer empfindlichen Strafe rechnen, das nennt man uneidliche Falschaussage. Und wenn Sie beeidet werden, wäre das sogar ein Meineid, der mit einer Mindeststrafe von einem Jahr Freiheitsentzug bestraft würde. Haben Sie das verstanden?« Baatz hielt sein Diktiergerät in der Hand. Es war ein anderes als in der letzten Verhandlung, etwas kleiner und schwarz statt silberfarben.

»Ja, das habe ich.« Sie sah flüchtig zu Max, wandte den Blick aber sofort wieder zum Richtertisch.

»Sehr schön, ja«, sagte Baatz. »Dann kommen wir zu Ihren Personalien. Sie heißen mit vollem Namen Pia Ternedde und sind wohnhaft in Hamburg?«

»Ja. In der Sierichstraße.«

»Wie alt sind Sie in vollen Jahren?«

»Neunundzwanzig.«

»Mit dem Angeklagten nicht verwandt oder verschwägert?«

»Nein.«

Baatz sprach die Angaben in sein Diktiergerät.

Die alte Frau am Fenster verfolgte die Verhandlung, wie sie es schon am vorangegangenen Prozesstag getan hatte. Jonas wusste immer noch nicht, aus welchem Grund sie eigentlich hier war. Der Prozess war bisher in den Medien nicht präsent, die Zeitungen und das Fernsehen interessierten sich nicht für einen unbekannten Arzt, der einer ebenso unbekannten alten Frau Sterbehilfe geleistet hatte. Für das breite Publikum fehlte es an Sensation. Selbst juristische Grundsatzfragen verlangten nach Prominenz, um wahrgenommen zu werden. Was also tat die Frau hier?

Pia Ternedde rutschte auf ihrem Stuhl hin und her.

»Frau Ternedde, Sie wissen, warum Sie heute hier sind?«

Ihr Kehlkopf bewegte sich, sie schluckte und nickte.

Die Klimaanlage über der Saaltür surrte und kämpfte gegen die stickige, trockene Luft an. Ein zum Scheitern verurteiltes Unterfangen, sie war viel zu klein bemessen. Der weiße alte Kasten hätte vielleicht für ein kleines Wohnzimmer ausgereicht, aber nicht für einen Gerichtssaal von wenigstens achtzig Quadratmetern.

»Dem neuerlichen Vermerk des Kriminalhauptkommissars Witt vom 4. April entnehme ich, dass Sie Ihre ursprüngliche Aussage zurückgezogen haben.« Baatz hatte seine Hände vor sich auf dem Tisch gefaltet.

Ternedde nickte wieder.

»Nun, dann muss ich Sie über einen weiteren Aspekt belehren. Wenn das, was ich hier im Vermerk lese, zutreffend sein sollte, dann könnten Sie sich möglicherweise der Beihilfe oder sogar der Mittäterschaft zu einer Straftat schuldig gemacht haben. In einem solchen Fall gibt Ihnen das Gesetz die Möglichkeit, die Aussage zu verweigern. Niemand muss eine Zeugenaussage machen, wenn er sich dadurch selbst belasten würde. Ich frage Sie daher: Wollen Sie trotzdem aussagen?«

Ternedde räusperte sich und sah wieder zu Max, dann zu Jonas. »Ja, das möchte ich.«

Die Frau hatte Mut. Ganz gleich, welches Geheimnis sie auf der Seele trug, sie hatte sich festgelegt mit ihrer Aussage, im Zusammenhang mit Marias Tod nichts zu wissen. Jetzt aber saß sie hier, um diese Aussage zurechtzurücken.

Baatz diktierte: »Nach gesonderter Belehrung: Ja, ich will aussagen.«

Max starrte durch seine gelbe Brille zu Boden. Er war nicht ans Telefon gegangen in den vergangenen Tagen, er hatte nicht einmal zurückgerufen, nachdem Jonas ihn auf der Mailbox darum gebeten hatte. Er erwartete Jonas' Hilfe, doch die war kaum möglich, wenn er nicht mit ihm sprach. Jetzt saß eine Frau im Zeugenstand, von deren

Aussage alles abhing, und Max hielt Jonas allem Anschein nach im Dunkeln. Jonas hätte sich nie auf diese Sache einlassen sollen.

»Frau Ternedde«, fuhr Baatz fort. »In Ihrer ersten Vernehmung haben Sie bei der Polizei ausgeführt, Sie könnten keine Angaben zur Sache machen. Sie seien an dem Morgen, als Frau Linz verstarb, mit einem anderen Patienten beschäftigt gewesen. Nun aber haben Sie Herrn Witt gebeten, eine neue Aussage machen zu dürfen. Warum?«

Ternedde schloss die Augen. Hinter Jonas schlug der Regen gegen die Fensterscheiben. Die Saaltür öffnete sich, Reben trat in den Raum. Er sah niemanden an, nicht einmal Jonas, und setzte sich mit gesenktem Haupt in die hinterste Stuhlreihe.

Dass sein Doktorvater, sein Mentor hier auftauchen würde – irgendwie hatte Jonas damit gerechnet. Rebens Interesse an diesem Prozess war nicht ungewöhnlich, er mochte Max und Jonas, seine »Besten«, auch wenn das lange zurücklag.

Ternedde spielte an ihrem Lippenpiercing herum. Sie richtete ihren Blick immer wieder auf Max und dann auf die Tischplatte vor sich.

»Entschuldigung«, sagte sie. »Ich … ich habe das nicht mehr ausgehalten. Ich kann nicht mehr schlafen, nicht mehr denken, gar nichts mehr. Die ganze Sache belastet mich so.«

Baatz lehnte sich in seinem Stuhl zurück. »Was meinen Sie damit?«

Die alte Frau im Zuschauerraum saß hinter der Zeugin und blickte auf ihren Rücken. Unten auf der Straße rauschte ein Lkw vorbei, das Dröhnen des Dieselmotors drang durch das gekippte Fenster in den Saal. Max hielt einen Stift in der Hand, er schien Linien auf einem Blatt vor sich zu malen.

Ternedde schaute ihn an. »Es tut mir leid, Herr Keller.«

Max legte den Stift beiseite. »Ist schon gut«, murmelte er.

»Bitte beantworten Sie meine Frage«, sagte Baatz.

Ternedde strich sich eine Haarsträhne aus dem Gesicht. »An dem Morgen, da … da war ich nicht bei einem anderen Patienten. Ich habe vorher noch bei Frau Linz vorbeigeschaut. Also … ich kam rein und … Na ja, da war Herr Keller schon da. Frau Linz schlief noch, es war ja noch sehr früh, und ich dachte, er sieht nur mal nach ihr, wie er es sonst auch immer getan hat. Aber er … also … Wie soll ich sagen? Er hat an ihrem Bett gesessen und ihr eine Spritze gegeben. Dann hat er mich gesehen. Er ist sofort aufgesprungen und hat mich am Arm gepackt und zu sich gezogen. Er hat gesagt, ich sollte jetzt denken, was ich will, ich wüsste doch, wie es Frau Linz ginge. Sie sei unheilbar krank und wolle sterben, und das sei jetzt an der Zeit. Ich … ich wusste gar nicht, wie mir in dem Moment geschah. Ich war so überrumpelt. Ich wusste nicht, wie ich mich verhalten sollte.«

»Sie müssen bitte etwas lauter sprechen«, sagte Baatz und diktierte die Aussage, die er anscheinend doch verstanden hatte, in sein Gerät.

Stern machte sich Notizen. Max drückte immerzu auf seinem Kugelschreiber herum, das Klacken war im ganzen Saal zu hören.

Er hatte gesagt, er sei allein bei Maria gewesen. Das hatte er betont, als Jonas ihn wiederholt gefragt hatte.

Die alte Frau im Zuschauerraum starrte Max an.

Reben sah zu Jonas, er lächelte und nickte, als wolle er ihm Mut zusprechen.

Der dicke Jakobsen machte sich Notizen. Ihm schien es völlig egal zu sein, dass es gerade um ein Menschenleben ging. Er schrieb irgendetwas auf, das er in seiner Zeitung veröffentlichen konnte, Hauptsache, er hatte ein paar Augenblicke aus einer Gerichtsverhandlung eingefangen. Am liebsten wäre Jonas zu ihm gegangen, hätte ihm das Notizbuch aus der Hand gerissen und es an die Wand geschleudert.

»Es ging alles so schnell«, fuhr Ternedde mit brüchiger Stimme fort. »Ich habe die Arme von Frau Linz festgehalten. Herr Keller hat einen Becher von ihrem Nachttisch genommen, ihren Kopf festgehalten und ihr die Flüssigkeit in den Mund geflößt. Wahrscheinlich hat sie keine Luft mehr bekommen, deshalb hat sie alles geschluckt. Und dann ihre Augen, die werd ich nie vergessen. Ganz weit aufgerissen waren die. Sie haben gefleht, hatte ich den Eindruck, gefleht, dass er aufhört. Aber er hat immer weiter gemacht. Bis der Becher leer war.«

»Wussten Sie, was sich in dem Becher befand?«, fragte Baatz

»Nein.«

»Aber Sie hatten eine Vermutung.«

Die Klimaanlage war für ein paar Momente vollkommen still, dann begann sie wieder zu brummen.

Ternedde strich sich mit der Hand durch ihre roten Haare »Ja. Ich war mir sicher, dass es ein Medikament war, das zum Tod führt.«

Baatz blätterte in der Akte. »Frau Linz hat einen Abschiedsbrief und eine Patientenverfügung hinterlassen. Wussten Sie das?«

»Nein, das wusste ich nicht.«

Baatz blätterte eine Seite um. »Sie hat beides verfasst, als ihre Demenzerkrankung noch ganz am Anfang stand. Darin formuliert sie den Wunsch, sterben zu wollen, wenn sie eines Tages unerträglich leidet. Wussten Sie etwas von diesem Wunsch?«

»Nein.« Ternedde schüttelte den Kopf. »Davon hat sie mir gegenüber nie etwas erwähnt. Im Gegenteil.«

Jonas hatte den Brief und die Patientenverfügung mehrfach gelesen. Marias Formulierungen darin waren klar und für ihr Leben von großer Bedeutung gewesen. Einen solchen Wunsch teilte man doch mit dem Pflegepersonal, das sich tagtäglich um einen kümmerte.

»Was heißt ›im Gegenteil‹?«, fragte Jonas dazwischen, obwohl Baatz das Fragerecht noch nicht an ihn übergeben hatte.

»Frau Linz hat nie davon gesprochen, dass sie sterben will. Und ab und zu hatte sie … wie soll ich das sagen? Sie hatte helle Momente. Da hat sie gelächelt und war … irgendwie dankbar, wenn ich ihr einen Tee gebracht oder ihr nachmittags etwas vorgelesen habe. Ich glaube, sie hat das wirklich genossen. Sie hat dann manchmal meine Hand genommen, ganz von allein, und sie an ihre Wange gehalten. Sie war zufrieden, vielleicht sogar … glücklich, wenn man das so sagen kann. Ich hatte nicht den Eindruck, dass sie sterben wollte.«

Pia Ternedde hatte keinen Grund zu lügen. Sie hatte sich freiwillig entschlossen, ihre Aussage zu korrigieren und sich damit sogar selbst zu belasten. Wenn es stimmte, was sie sagte, hätte Max Jonas schon wieder eine Lüge erzählt. Er hätte sich alles zurechtgelegt, was dazu diente, den Verdacht von sich zu weisen, Maria doch aus Habgier getötet zu haben. Wenn Maria nicht sterben wollte, dann war Max ein …

Jonas gab sich einen Ruck, er musste seiner Rolle als Ankläger gerecht werden. Lauter als zuvor fuhr er fort: »Und dennoch haben Sie Herrn Keller geholfen. Obwohl Sie wussten, was gerade geschieht: dass Frau Linz' Leben in diesem Moment beendet wird. Sehe ich das richtig?«

Pia Ternedde hatte ein Taschentuch aus der Hosentasche gezogen, das sie in ihrer Hand zerknüllte. »Ich wollte, dass sie wieder so ist, wie sie mal war, als ich sie kennengelernt habe – zufrieden, lebensfroh. Aber ich wusste auch, dass das nie mehr zurückkommt. Ich kenne den Verlauf von Alzheimer. Und ich wusste, wie sehr Herr Keller seine Tante liebt. Er ist Arzt. Ich habe irgendwie gedacht, er weiß, was er tut, er macht das Richtige.« Sie lehnte sich zurück. »Er macht das Richtige …«, wiederholte sie.

Die alte Frau in der Ecke schüttelte sacht den Kopf. Der Regen hatte nachgelassen, es war nur noch ein Platschen zu hören, wenn ein Auto durch die Pfützen fuhr.

Baatz beobachtete Max, der sich offenbar nicht traute, von seinem Tisch aufzuschauen.

Max brauchte Geld, Maria hatte welches. Es war ein Leichtes für ihn, sein Mitwirken an ihrem Tod als einen Akt der Nächstenliebe aussehen zu lassen. Doch er hatte eine Grenze überschritten. Er hatte das Zepter in die Hand genommen und sich zum Herrscher über Leben und Tod gemacht. Vielleicht hatte er Pia Ternedde gezwungen zu schweigen. Sie hatte ihn überrascht und seinen sorgfältigen Plan durchkreuzt. Aber es hatte kein Zurück mehr gegeben, Max hatte das Maß verloren und nur noch Marias Geld vor Augen gehabt. Da hatte er bestimmt, dass Maria stirbt. Und wenn das so war, dann war es keine Sterbehilfe mehr. Dann war es … Mord.

Baatz sah Jonas an, er wartete auf eine Erklärung der Staatsanwaltschaft. Der Saal wirkte mit einem Mal klein und stickig, die Luft war aus ihm herausgezogen worden, wie aus einem Gefrierbeutel.

»Herr Vorsitzender.« Jonas räusperte sich. »Ich habe zunächst keine weiteren Fragen an die Zeugin.«

Baatz drehte sich zu Max. Max sah ihn kurz an, dann ließ er seinen Blick wieder vor sich auf den Tisch fallen.

Stern erhob sich. Er würde jetzt tun, was alle Verteidiger in einer Situation taten, in der es schlecht um ihren Mandanten stand. Er würde versuchen, die Zeugin in Widersprüche zu verstricken, er würde ihr Fangfragen stellen und Zweifel an ihrer Glaubwürdigkeit säen. Jonas ließ ihn gewähren, er hörte nicht mehr zu. Stern würde nichts unversucht lassen, den Verdacht gegen Max zu entkräften. Aber es würde nichts nützen. Pia Terneddes Aussage stand im Raum, authentisch geschildert und frei von Belastungstendenzen – vor allem, weil sie sich mit ihrer Aussage selbst in den Verdacht einer Straftat gebracht hatte.

Stern fragte noch einmal nach Marias Geisteszustand am Morgen der Tat. Er fragte nach dem Verhältnis zwischen der Verstorbenen und Max Keller. Und er fragte, ob Ternedde etwas darüber sagen könne, ob Max Keller vom Testament gewusst habe.

Ternedde antwortete ruhig und sachlich, sie wiederholte, was sie schon ausgesagt hatte, und ließ sich nicht davon abbringen, dass alles richtig gewesen war, was sie bisher zu Protokoll gegeben hatte.

Die alte Frau im Zuschauerraum hörte zu, Reben schaute aus dem Fenster und blickte den Regentropfen nach, wie sie die Scheiben hinabliefen. Sicher wusste auch er, dass Stern einen verzweifelten Kampf führte. Und ebenso wusste er, dass dieser Kampf in gleichem Maße auch Jonas anging, der seinen besten Freund gegenüber auf der Anklagebank sitzen hatte.

Stern setzte sich, er faltete die Hände vor der Brust.

Der dicke Jakobsen hatte sein Notizbuch zugeklappt und tippte rasch und lautlos etwas in sein Handy. Baatz blickte zu Jonas.

Es führte kein Weg daran vorbei: Jonas musste tun, was von einem Staatsanwalt in solchen Momenten verlangt wurde. Er stand auf. »Herr Vorsitzender, die Staatsanwaltschaft ist nach der Aussage der Zeugin Ternedde zu dem Ergebnis gekommen, dass der Vorwurf der Tötung auf Verlangen nicht mehr ausreicht, um die mutmaßliche Tat des Angeklagten zu erfassen.«

Max lächelte und schüttelte den Kopf.

»Es ist daher meine Pflicht, den Angeklagten wegen des dringenden Verdachts des Mordes an Maria Linz festzunehmen.«

»Nein«, sagte Max. »Ich habe nichts Unrechtes getan. Was soll denn der Blödsinn?«

Ein Justizbeamter, der an der Tür stand, kam in die Mitte des Saals.

»Bitte nehmen Sie den Angeklagten fest«, sagte Jonas. »Führen Sie ihn vorerst in die Arrestzelle. Er wird noch heute dem Haftrichter vorgeführt.«

»Das glaube ich nicht«, sagte Max jetzt lauter. In seiner gelben Brille spiegelte sich das Deckenlicht, Jonas konnte seine Augen nicht erkennen.

Jakobsen hatte sein Notizbuch wieder aufgeschlagen und schrieb hastig. Die alte Frau im Zuschauerraum schloss die Augen und senkte den Kopf. Ternedde sah abwechselnd zu Jonas und Max und spielte an ihrem Lippenpiercing.

Der Justizbeamte legte Max Handschellen an. Er griff an seinen Oberarm und führte ihn ab.

»Das wird sich alles klären, Herr Keller«, rief Stern ihm hinterher. »Ich komme später zu Ihnen.«

»Was mit der Zeugin geschieht, Herr Vorsitzender, darüber muss ich mir noch Gedanken machen«, sagte Jonas. »Wir können sie aber aus dem Zeugenstand entlassen.« Er wandte sich zu ihr. »Sie halten sich bitte zur Verfügung, Frau Ternedde. Sie müssen sich möglicherweise wegen Beihilfe zu einem Mord verantworten. Nehmen Sie sich einen Anwalt, der wird Ihnen sagen, wie die Sache für Sie weitergeht. Ich sehe bei Ihnen weder Flucht- noch Verdunkelungsgefahr, sodass ich vorerst keine Untersuchungshaft gegen Sie beantragen werde.«

Pia Ternedde stand auf. »Es ist mir egal, was mit mir geschieht«, sagte sie. »Ich konnte es nicht mehr für mich behalten. Kann ich jetzt nach Hause?« Sie drehte sich zum Vorsitzenden.

»Ja«, sagte Baatz. »Sie sind als Zeugin entlassen. Vielen Dank für Ihre Aussage.« Er diktierte das Ende der Beweisaufnahme in sein Gerät, während Ternedde sich umdrehte und den Saal verließ. Ihre Schritte waren auf dem Dielenboden zu hören. Die Klimaanlage brummte dagegen an.

»Wow.« Jakobsen klappte sein Notizheft zu, auch er stand auf.

»Und jetzt?«, fragte Stern. »Glauben Sie wirklich, er hat Maria Linz aus Habgier getötet?«

Jonas hob seine Tasche auf den Tisch und verstaute die Akten. »Es geht nicht darum, was ich glaube. Das wissen Sie genauso gut wie ich.«

Baatz zog seine Robe aus. »Na dann, meinen Herren, alles Gute. Ich bin raus. Soll das Landgericht klären, was der Doktor getan hat. Wenn Sie mich fragen … Ach, lassen wir das. Sie fragen mich ja doch nicht.« Er verdrehte leicht die Augen und warf sich die Robe über den Arm.

Jonas sah in die Zuschauerreihen. Reben saß nicht mehr dort, und auch die alte Frau war gegangen.

Die Klimaanlage über der Saaltür surrte wieder leiser. Aber sie kam nicht gegen die stickige Luft im Raum an. Dafür war sie zu klein.

25

PRAG, MAI 2021

Das Röntgengerät in Pavels Tierarztpraxis sah aus wie das in Agnes' Institut. Ein etwa dreißig Zentimeter breiter Roboterarm hielt einen nach allen Seiten beweglichen Kamerakopf fest. Darin befanden sich drei Linsen, die ihre unsichtbaren Strahlen in Kafkas Körper schießen sollten.

Kafka lag auf einem mit hellgrauem Kunstleder bezogenen Tisch. Agnes streichelte sein flauschiges Fell. Das Narkotikum hatte ihn sediert, seine Augen hielt er jedoch noch ein wenig geöffnet. Er schnurrte nicht, er bewegte sich nicht, er ließ über sich ergehen, was Pavel als Tierarzt für ihn bestimmt hatte. Sein Bein war nicht besser geworden, der Bruch wollte nicht heilen, obwohl die Verletzung schon eine ganze Weile zurücklag. Vor ein paar Wochen war eine Entzündung dazugekommen. Die Medikamente hatten nicht angeschlagen, die Wunde wurde größer und größer.

Agnes hatte ihn aus dem Tierheim zu sich geholt, sechs Jahre war das jetzt her. Sechs Jahre, in denen ihre Altbauwohnung an der Moldau mit Leben gefüllt war. Wer keine Katze besaß, wusste nicht, was einem ein Tier geben konnte. Wenn Agnes die Wohnungstür aufschloss, stand Kafka im Flur und maunzte. Er sprang ihr am Bein hoch und lief vorweg in die Küche zu seinem Fressnapf. Kaum setzte sie sich in ihren Lehnstuhl am Fenster, sprang er ihr auf den Schoß und ließ sich kraulen. Sie beide verstanden sich, auch ohne menschliche Sprache. Und Kafka verstand sie wirklich. Am Tag, als sie nach Mutters Tod aus Hamburg zurückgekommen war, hatte sie sich Tee gekocht und geweint. Kafka hatte sofort gespürt, dass etwas nicht stimmte, und war nicht mehr von ihrer Seite gewichen. Sie hatte sich im Schlafzimmer ins Bett gelegt und war irgendwann mit ihm im Arm eingeschlafen.

Jetzt lag er auf dem kalten Kunstleder und schlief. Agnes küsste sein kleines Köpfchen, während Pavel die Kameralinsen über Kafkas Bein ausrichtete.

Pavel griff Agnes' Hand. Er zog sie sacht mit sich in den kleinen Nebenraum ohne Tageslicht. Durch die große Fensterscheibe konnte sie Kafka auf der Liege sehen, der riesige weiße Kamerakopf hing dicht über seinem Körper.

»Er hat es gleich geschafft«, sagte Pavel und drückte auf einen Knopf. Nichts passierte. Es gab keinen Ton, keinen Blitz, keine Bewegung.

»Das war es schon«, sagte er und gab Agnes einen Kuss auf die Wange.

Der Raum war klein und dunkel, nur ein Computermonitor zeigte irgendwelche Skalen an, und eine Schreibtischlampe goss einen Lichtkegel auf die Papiere und Stifte, die wahllos herumlagen. Pavel setzte sich. Der Rechner surrte leise. Auf dem Bildschirm öffnete sich ein Röntgenbild. Die Knochen in Kafkas rechtem Hinterbein und seine Hüftschale kamen zum Vorschein. Eine hellgraue, etwas verschwommene Zeichnung vor schwarzem Hintergrund wie ein Tuschebild aus Vorschulzeiten. Pavel setzte seine Brille auf und rückte näher an den Bildschirm heran. Er fuhr mit seinem Zeigefinger die verwaschenen Konturen der Knochenabbildung nach, als könne er Unebenheiten ertasten.

Agnes ging hinüber in den großen Raum, schob den Kameraarm zur Seite und hockte sich vor den Kunstledertisch. Sie vergrub ihre Nase in Kafkas Fell. Vorsichtig streichelte sie seinen Rücken. Er hob den Kopf, ließ ihn aber gleich darauf wieder sinken.

Im Tierheim hatte die Pflegerin ihr davon abgeraten, diesen Kater zu nehmen. Er sei eingebildet und kratze und fauche, wenn ihm etwas nicht passe. Agnes hatte sich zu ihm hinuntergebeugt und ihn lange schweigend angesehen. Er war ihrem Blick nicht ausgewichen, hatte sich auf die Seite geworfen und eine Pfote nach ihr ausgestreckt. Agnes hatte die Pfote mit ihrem Zeigefinger berührt, und er hatte es geschehen lassen. Er hatte weder gekratzt noch gefaucht. Sie hatte sein Bauchfell gekrault, und so bekam Kafka ein neues Zuhause.

Pavel kam herüber und berührte Agnes' Rücken. Sie erhob sich. Die feinen Muskeln über seinen Wangenknochen zuckten.

»Was ist?«, fragte sie.

Von draußen fielen die letzten Sonnenstrahlen des Tages in den Raum. Der Schatten, den der Kopf des Röntgengeräts warf, verdunkelte Pavels Gesicht.

»Sieht nicht gut aus«, sagte er.

Im Schatten konnte sie seine Augen nicht richtig erkennen, für einen Moment schienen sie nur aus zwei schwarzen Höhlen zu bestehen.

»Was heißt ›nicht gut‹?«

Pavel streichelte Kafkas Fell, Kafka maunzte kaum hörbar. »Es ist, was ich befürchtet habe. Er ist voller Metastasen.«

Was redete Pavel da? Das war unmöglich, Kafka konnte keine Metastasen haben. Woher denn? Er bekam das beste Futter, lebte nur in der Wohnung und überhaupt – er hatte das nicht verdient.

»Pavel, das kann nicht sein. Du irrst dich bestimmt. Woher soll er plötzlich Krebs haben? Das glaube ich nicht.« Behutsam griff sie Kafka unter den Bauch und nahm ihn auf den Arm. Er schien schwerer als sonst, sein Körper war ganz warm. Sie küsste wieder seinen Kopf.

Pavel öffnete ein Fenster, Straßenlärm drang in den Raum. Unten auf der Moldau posaunte eine Schiffshupe, und allmählich tauchten die Straßenlaternen die Dächer und Fassaden der Stadt in orangefarbenes Licht.

Kafka fielen immer wieder die Augen zu. Seine Flanken waren seit mehreren Tagen eingefallen, das Rückgrat zwischen den Hinterbeinen zeichnete sich ab.

»Wann hat er das letzte Mal richtig gefressen?« Pavel goss Tee aus seiner roten Thermoskanne in zwei Becher. Einen davon stellte er Agnes auf das kleine Bord neben der Liege. »Darjeeling mit Honig und einem Schuss Rum. Wird dir guttun.«

Er trank. Agnes legte Kafka vorsichtig zurück und griff nach ihrer Tasse. Der Tee war heiß und süß und ein wenig scharf durch den Alkohol. Sofort biss die Wärme ihn in den Magen.

Das Licht eines Deckenstrahlers fiel auf das Tuschebild an der Wand. Ein siebenjähriges Mädchen hatte es gemalt, nachdem Pavel ihr schwer krankes Zwergkaninchen hatte einschläfern müssen. Im Vordergrund war ein Teich inmitten einer grünen Wiese zu sehen. Darüber lachte eine große, gelbe Sonne vor dunklen Wolken. Ein bunter Regenbogen verlief von links nach rechts, und von der Wiese aus führte eine Treppe zum Horizont. Das Mädchen hatte dem Bild einen Namen gegeben: *Duhový most* – die Regenbogenbrücke.

»Er frisst seit Tagen nicht mehr. Liegt nur noch in seinem Körbchen und schläft.« Agnes legte eine Hand in Kafkas Nacken. Die Tränen kamen wie von selbst, sie konnte sie nicht zurückhalten. Morgens kam Kafka zu ihr ins Bett. Er hatte seine festen Zeiten, es war immer kurz vor sechs Uhr, wenn er an der Schlafzimmertür kratzte. Agnes wurde davon wach und ließ ihn herein. Sie kuschelte sich zusammen mit ihm in die Kissen, sein Schnurren beruhigte sie, es war wie Hypnose. Sie schlief regelmäßig noch einmal ein, und wenn sie wieder erwachte, hatte er seine Pfote auf ihren Arm gelegt, als hielte er sein Frauchen fest.

Sie wischte sich mit dem Handrücken die Wangen trocken. »Ich weiß, dass es ihm schlecht geht. Ich bin nicht blöd. Aber warum, verdammt noch mal? Warum? Er wird doch nächsten Monat erst acht.«

Pavel stellte seinen Tee beiseite, nahm ein Stethoskop zur Hand und prüfte Kafkas Herzschlag. Das Metall war sicher kalt, aber Kafka wehrte sich nicht und ließ Pavel drei Stellen abtasten. Er hängte sich das Stethoskop um den Hals. »Sein Puls ist zu flach.«

Draußen war es jetzt dunkel. Am Horizont, auf der Prager Burg, leuchtete der Veitsdom, der von großen Strahlern in Szene gesetzt wurde. Seine beiden spitzen Türme ragten in den schwarzblauen Himmel.

Agnes griff nach dem Kruzifix an ihrer Halskette. Der Alkohol breitete sich in ihrem Kopf aus und verursachte leichten Schwindel.

Zu Hause war Kafkas Körbchen verwaist, die Wohnung war sicher ausgekühlt, auch wenn den ganzen Tag die Sonne hereingeschienen hatte. In drei Tagen musste sie zurück in Hamburg sein. Jonas würde sein Plädoyer halten, und Maria würde Gerechtigkeit widerfahren. Agnes konnte unmöglich hierbleiben, und genauso unmöglich war es, Kafka mitzunehmen.

»Gibt es nicht irgendwelche Medikamente? Oder kannst du ihn operieren? Was können wir denn tun?«

Kafka öffnete einen Spaltbreit die Augen, seinen Kopf bewegte er nicht. Die Augen schimmerten grau, sie glänzten nicht mehr, wie sie es sonst taten.

Pavel nahm sein Stethoskop vom Hals und verstaute es in der Schublade, aus der er es genommen hatte. »Agnes, wir können nichts tun. Nichts, was ihn wieder gesund macht, und das weißt du. Wir haben darüber gesprochen.«

Die Muskeln an Kafkas Flanken zitterten. Seine Atmung ging kurz und schnell, der Bauch hob und senkte sich.

Nichts wusste Agnes, gar nichts. Kafka sollte leben, verdammt. Sie hatte sonst niemanden.

Pavel war ein netter Kerl, aber die Beziehung zu ihm blieb an der Oberfläche. Er war nicht ihr Zuhause, sosehr sie es sich wünschte. Es fehlte gemeinsame Vergangenheit, etwas Altbekanntes, etwas Verlässliches. Es gab nichts, worauf sie eine gemeinsame Zukunft gründen konnten. Sicher, Achim und sie mussten damals auch erst zueinanderfinden, aber das war etwas anderes gewesen. Sie waren jung und hatten alles vor sich gehabt. Pavel war inzwischen dreiundfünfzig, bis heute traf er sich mit seiner Ex-Frau, mit der er sich gut verstand. Manchmal kam Agnes sich wie das fünfte Rad am Wagen vor, auch wenn er beteuerte, sie zu lieben.

Mutter, Jonas, Max, Achim – alles lag in Scherben, aber diese Scherben waren ihre Vergangenheit, sie waren ihr Leben, auch wenn sie vor Jahren nach Prag geflüchtet war. Wirklich hier angekommen war sie nie. Bis Kafka plötzlich da war. Ein kleiner Kater, den niemand hatte haben wollen. Es war bescheuert, dass ein Mensch sein Leben so sehr an das eines Tieres knüpfte. Aber so war es. So war sie. Der kleine Kerl durfte nicht sterben.

»Ich nehme ihn mit nach Hause.« Sie zog die kleine Tragebox unterm Tisch hervor und öffnete die Gittertür.

»Agnes, sei vernünftig. Du quälst ihn. Das macht keinen Sinn. Gib ihm seinen Frieden.«

»Seinen Frieden? Was meinst du damit? Glaubst du, ich lasse ihn jetzt von dir einschläfern?«

Pavel griff nach ihrer Hand, Agnes zog sie fort. Er seufzte.

»Ja, genau das meine ich. Alles andere wäre verantwortungslos.«

Sie ließ die Tragebox zu Boden fallen, der Knall war so laut, dass Kafka aufschreckte.

»Genau«, sagte Agnes. »Einfach eine Spritze geben und gut ist. Dann ist er eben weg, und ich kann mir ja einen neuen Kater holen. Ist ja alles halb so wild. Sag mal?«

Pavel sah Kafka an. Das Bauchfell hob und senkte sich in kurzen Stößen, er atmete zu schnell.

Die gelbe Sonne auf dem Tuschebild an der Wand leuchtete.

»Du musst es wissen.« Pavel schüttelte den Kopf und streichelte noch einmal Kafkas Fell.

Erneut griff Agnes nach ihrem Kruzifix. Gott war immer da, wenn Agnes ihn brauchte. Nur jetzt nicht, in diesem kalten Untersuchungsraum. Ausgerechnet jetzt ließ er sich nicht blicken. Der Regenbogen an der Wand leuchtete noch immer.

Auch Agnes streichelte Kafka. Ihre Hand berührte Pavels, während ihre Tränen auf das graue Kunstleder tropften. »Ich kann das nicht«, flüsterte sie. »Ich kann es einfach nicht.«

Pavels Hand umschloss ihre. Sie war warm. »Es ist das Beste für ihn, glaub mir.«

Die Treppe auf der Tuschezeichnung schien sich zu bewegen. Sie löste sich vom Papier und hing in der Luft. Ihre Stufen gingen durch das Grün des Regenbogens hindurch und lösten sich auf. Das Licht im Raum war gleißend hell und brannte in Agnes' Augen.

»Wir dürfen das nicht«, sagte sie leise. »Wir dürfen ihm nicht einfach das Leben nehmen. Dazu haben wir kein Recht. Das ist Sünde.«

»Es ist Würde«, erwiderte Pavel.

»Würde?«, fragte sie. »Du bist Arzt. Wie kannst du das sagen?«

Er zog zwei Hocker unter dem Tisch hervor. Pavel und Agnes setzten sich, ohne ihre Hände von Kafka zu nehmen.

»Ja«, sagte Pavel sanft. »Ich bin Arzt. Ich habe Leben zu erhalten und nicht zu beenden. Aber es gibt eine Grenze.«

»Eine Grenze?«, fragte sie.

Die kräftigen Farben auf dem Tuschebild strahlten. Das Mädchen hatte sich Mühe gegeben, alles war wie in der Wirklichkeit abgebildet. Außen war der Regenbogen rot, dieses Rot verlief in ein Orangegelb, dann in ein Grün, ein Blau und zuletzt in ein dunkles Violett.

»Auch Mediziner müssen akzeptieren, dass irgendwann ein Punkt erreicht ist, an dem es keine Heilung mehr gibt. Was sollen wir dann tun? Zusehen, wie der Mensch oder das Tier sich in der verbleibenden Zeit quält? Sollen wir die Schmerzen und die Ängste ignorieren, weil wir für das Leben sind und nicht für den Tod? Die meisten meiner Kollegen glauben das. Ich weiß nicht, ob sie es als Sünde vor Gott ansehen, ist auch egal. Sie sind so aufgewachsen und an den Universitäten entsprechend ausgebildet worden. Dass ein Arzt für den Erhalt des Lebens da ist, wird seit Jahrhunderten gelehrt, und Umdenken zählt nicht gerade zu den Stärken des Menschen. Es wird Zeit, den

Tod endlich als das zu akzeptieren, was er ist – ein Bestandteil des Lebens. Das ist bei Kafka so, das war bei deiner Mutter so, und es wird eines Tages auch bei uns so sein. Wir kommen hier alle nicht lebend raus.« Pavel deutete ein Lächeln an.

Nein, er hatte unrecht. Und doch stimmte alles, was er sagte. Der Tod war immer weit weg, solange man lebte und gesund war. Und dann stand er plötzlich vor der Tür. Wie bei Mutter, wie bei Kafka.

Pavel gab Agnes ein Taschentuch, sie tupfte sich die Augen trocken. Kafka sah sie aus halb geöffneten Augen an. Er bewegte sein Maul, Agnes konnte seine Zähne sehen, aber er brachte kein Maunzen hervor. Sie wollte keinen anderen Kater haben, nur ihn. Sie würde keinen neuen aus dem Tierheim retten. Allein der Gedanke daran fühlte sich an wie Verrat.

Pavel war ein kluger Mann. Sein Kurs, den er als Privatdozent an der Prager Universität gab, war bei den Studenten beliebt. Er lehrte Medizinethik für höhere Semester und hatte sogar eine Auszeichnung vom Dekan dafür bekommen. Was er sagte, gab er nicht leichtfertig von sich. Er wog ab und machte sich Gedanken, bevor er zu einer Überzeugung kam. Umso erstaunlicher war es, wie sehr er sich gegen die Überzeugung seiner Kollegen stemmte, für die es eine ethische Grenzüberschreitung war, sich als Mediziner für lebensbeendende Maßnahmen auszusprechen.

»Ich weiß nicht, womit der kleine Kerl das verdient hat«, sagte Agnes. »Aber wenn Gott diesen Weg für ihn bestimmt hat, dann ist es so. Ich weiche nicht davon ab, nur weil die Straße nebenan weniger steinig ist.«

Pavel holte Luft. »Es ist aber nicht dein Weg, Agnes. Es ist Kafkas Weg.« Er stand auf. An der Tür zu seinem kleinen Büro schaltete er zwei der vier Deckenstrahler aus. Der Raum verdunkelte sich etwas.

»Es ist deine Entscheidung«, sagte er und zog seinen weißen Arztkittel aus. »Ich kenne die breite Meinung meiner Kollegen. Sie ist hier in Tschechien genau die gleiche wie in Deutschland. Der Arzt darf nicht aktiv töten. So einfach ist das.«

Agnes rückte ein Stück näher an Kafka heran und legte ihre Stirn an seine. »*Můj kamarád*«, sagte sie leise, »mein Freund.« Sie küsste ihren Zeigefinger und drückte ihn sacht an Kafkas Pfote.

»An der Uni gibt es eine veterinärmedizinische Onkologie«, sagte Pavel. »Ich könnte dort einen Kollegen fragen, was er rät. Es gibt eine Art Chemotherapie für Katzen. Dabei müssen aber die meisten Medikamente über einen Katheter in die Vene gegeben werden. Kafka ist schnell gestresst, das heißt, er muss wahrscheinlich bei jeder Applikation sediert werden. Und wer weiß, ob die Therapie überhaupt anschlägt. Du tust dem Tier wirklich keinen Gefallen damit.«

Agnes stellte die Tragebox auf das graue Kunstleder. Sie hob Kafka vorsichtig vom Tisch und legte ihn in die Box. Leise schloss sie die Gittertür.

»Kannst du dort gleich morgen früh anrufen?«

Pavel nickte. Agnes küsste ihn auf die Wange.

Das Licht von draußen war verschwunden. Der Regenbogen und die Treppe auf dem Tuschebild leuchteten nicht mehr, die Farben waren vergilbt.

26

HAMBURG, MAI 2021

Der Tag neigte sich dem Ende zu, der Himmel war in ein brennendes Orange getaucht, das nach und nach violett wurde. Die Farben spiegelten sich auf der Alsteroberfläche, in deren Mitte die Fontäne ihren riesigen Wasserstrahl in die Wolken stieß.

Jonas nahm seine Angel auf, kurbelte an der Rolle und holte den Köder ein. Er griff in die Maisdose neben sich, schob drei neue Körner auf den Haken, klippte noch eine weitere kleine Bleikugel vorn an die Schnur und holte aus. Köder, Pose und Schnur fielen in etwa zehn Metern Entfernung ins Wasser. Er fixierte den Sicherungsbügel an der Rolle, legte die Rute zurück in ihre Halterung und setzte sich in einen der Campingstühle, die er für sich und Reben mitgebracht hatte.

Reben saß links neben ihm, eine Pfeife im Mundwinkel, und starrte mürrisch unter seinem Schlapphut hervor auf die weißen Segler und die Tretboote, die trotz der Abendstunden noch immer zahlreich auf der Alster unterwegs waren.

»Wie viele haben wir?«, fragte er.

»Zwei Barsche«, sagte Jonas.

»Zwei Barsche«, wiederholte Reben. »Zwei mickrige Barsche in einer Stunde. Früher war der Eimer nach einer Stunde voll.« Er stopfte den Tabak in seiner Pfeife nach.

Jogger liefen über den sandigen Weg um die Alster herum. Es hatte eine Zeit gegeben, im Studium, da hatte Jonas die siebeneinhalb Kilometer in etwas unter vierzig Minuten geschafft – ein Tempo, für das ihn viele Kommilitonen bewundert hatten. Reben war damals sportlich noch sehr aktiv gewesen, vor allem auf der Langstrecke. Jonas war ab und an hier mit ihm gelaufen, manchmal hatten sie sogar zwei Runden gedreht und geredet dabei, zumeist über strafrechtliche Themen, über den Sinn des Strafens etwa, woraus später Jonas' Doktorarbeit entstanden war. Doch so nah Reben ihm seinerzeit stand – bis zum »Du« hatten es die zwei nie gebracht.

Reben war alt geworden. Er hockte mit krummem Rücken in seinem Stuhl, paffte an seiner Pfeife und starrte aufs Wasser hinaus. Es schien ihm längst nicht mehr ums Angeln zu gehen, wenn er hier draußen saß. Wahrscheinlich genoss er es, noch eine Aufgabe zu haben, die ihn davon abhielt, in seiner Wohnung dem Ende entgegenzuwarten.

Der Himmel hinter der geschlossenen Häusersilhouette auf der anderen Uferseite dunkelte nach. Ein paar Möwen kreisten über dem Wasser, ihr helles Gefieder leuchtete.

»Dann lassen Sie mal hören«, sagte Reben. Eine Windböe griff in sein flusiges weißes Haar.

»Wie meinen Sie das?« Die beiden Campingstühle standen dicht aneinander, sodass sich die Armlehnen berührten und der Rauch der Pfeife Jonas für einen Moment in eine Vanillewolke hüllte.

»Mein lieber Jonas, es ist nett von Ihnen, dass Sie mich trotz Ihrer wenigen Zeit zum Angeln begleiten, und dafür bin ich Ihnen wirklich sehr dankbar. Aber wir sind doch nicht wegen des Angelns hier, oder?«

Jonas sah raus zur Pose. Sie dümpelte in den kleinen Wellen auf und ab, die der laue Wind über die Alster schickte.

Rebens Körper mochte mit den Jahren gebrechlicher geworden sein, sein Geist war es nicht. Er hatte längst erkannt, dass Jonas nicht nur zum Vergnügen hier saß.

»Sie haben recht, es geht mir nicht nur ums Angeln. Ich muss mit jemandem über den Prozess reden, mit einem, der nicht nur das Gesetz kennt, sondern auch mich. Ich habe keine Ahnung, wie ich mich verhalten soll. So, wie die Dinge stehen, ist Max ein Mörder. Ich weiß, was Sie jetzt sagen werden: Ich hätte mich von Beginn an nicht auf die Sache einlassen dürfen. Das ist mir klar, doch dafür ist es zu spät. Jetzt stehe ich da, wo ich stehe, und müsste für meinen besten Freund lebenslang beantragen. Selbst wenn er es verdient hätte – ich fühle mich beschissen damit.«

»Warum geben Sie die Sache nicht an einen Kollegen ab?«

Reben wusste nichts davon, was damals wirklich beim Unfall passiert war. Jonas stand in Max' Schuld. Die Sache an einen Kollegen abzugeben wäre feige gewesen. Und außerdem stand seine Beförderung zum Generalstaatsanwalt kurz bevor.

»Weil damit nichts gewonnen wäre. Ein Kollege würde genauso lebenslang beantragen.«

»Aber dann müssen Sie es nicht tun und sind Max gegenüber aus der Nummer raus.«

Jonas winkte ab. »Nein, nein, wenn ich den Fall jetzt abgebe, fragen alle nach dem Grund. Und dann kommt heraus, dass der Angeklagte und ich seit Jahren befreundet sind. Das kann ich nicht machen.«

Reben stemmte sich aus seinem Sitz hoch, griff nach seiner Angel und holte Köder und Pose ein wenig näher ans Ufer heran. »Die Biester wollen heute einfach nicht«, sagte er und ließ sich zurück in seinen Stuhl fallen. »Ich sag Ihnen mal was. Ich bin zwar ein alter Mann, aber noch bin ich einigermaßen gut beisammen. Wer weiß, wie lange das noch so geht. Maria Linz hatte vorgesorgt, noch nicht einmal das habe ich getan, wird langsam Zeit. Aber eins ist mir bei dem Prozess klar geworden: Das Recht unterliegt ständigem Wandel. Manchmal schreiten die gesellschaftlichen Entwicklungen so schnell voran, dass das Recht nicht hinterherkommt, und dann sind Leute wie Sie gefragt: Richter, Staatsanwälte, all jene, die das Gesetz anwenden und fortbilden; das Gesetz ist kein Selbstzweck. Ich habe lange gebraucht, um das zu akzeptieren.«

Eine Möwe kreischte. Sie hatte sich in Rebens Angelschnur verfangen. Jonas sprang auf, riss Rebens Rute an sich und kurbelte langsam die Schnur heran.

»Ach du großer Gott, auch das noch.« Reben legte seine Pfeife zur Seite und stellte sich neben Jonas.

Der Vogel schlug wild mit den Flügeln um sich und kreischte. Die Spitze der Rute bog sich. Wenn er sich weiter so wehrte, verhedderte sich die Schnur und zog sich um seinen Hals zu. Jonas kurbelte sachte weiter. Der Vogel schlug nach allen Seiten aus. Sein gelber Schnabel schnappte auf und zu. Passanten blieben stehen und beobachteten das Treiben.

»Nehmen Sie den Kescher«, sagte Jonas.

Reben trat an die Wasserkante und schob das Keschernetz an der langen Stange nach vorn. Jonas kurbelte vorsichtig, die Rute bog sich noch immer, die Leute hinter ihnen sahen zu, einer fragte, ob er helfen könne.

Allmählich wurde der Flügelschlag ruhiger, das Tier kam näher heran, Wasser perlte von seinem Gefieder. Reben schob den Kescher darunter und bekam den Körper zu fassen. Sofort schlug der Vogel wieder um sich, aber Reben brachte Netz samt Inhalt sicher an Land. Der Schnabel war bestimmt zehn Zentimeter lang und spitz. Reben drehte das Netz, und die Möwe lag in der seichten Brandung.

Die Angelschnur hatte sich nicht allzu sehr um den Hals gewunden, mit einem beherzten Griff konnte Jonas sie entfernen. Die Möwe war frei. Sie schaute mit erhobenem Haupt auf ihre Retter und flog sogleich davon.

»Na«, sagte Reben, »wenn wir schon keine Fische fangen, dann retten wir wenigstens eine Möwe vor dem sicheren Tod. Gut gemacht.« Er nahm Jonas die Rute aus der Hand und legte sie auf den Boden. Mit einem Messer aus seiner Anglerkiste schnitt er das Vorfach ab, band eine Schlaufe in die Schnur und knipste den kleinen Karabinerverschluss eines neuen Vorfachs daran. Rebens Bewegungen waren flüssig und routiniert, jeder Handgriff saß. Sicher hatte er jeden einzelnen schon tausendmal gemacht. Eine stereotype Vorgehensweise – so selbstverständlich wie verlässlich.

Die Passanten waren verschwunden, der Alsterweg hinter ihnen leuchtete orange im Licht der untergehenden Sonne. Jonas griff sich eine Cola aus der Kühlbox und trank.

Max hatte nie etwas fürs Angeln übriggehabt. Ein paarmal hatte er Jonas begleitet, aber das war ewig her. Er hatte gesagt, der Sport sei ihm zu brutal. Er könne keinem Fisch mit dem Holzpflock auf den Kopf schlagen und ihn ausweiden. Dafür sei er »nicht gemacht«, so hatte er sich ausgedrückt.

Reben bestückte den Haken mit Mais, warf die Angel aus und zündete seine Pfeife wieder an. Er sollte nicht alt werden, er sollte nicht sterben. Jonas hatte es ihm nie erzählt, aber Reben war manchmal wie ein Vater für ihn gewesen. Er konnte zuhören, obwohl er mehr zu sagen hatte. Er konnte akzeptieren, auch wenn er anderer Meinung war. Und er konnte loben, selbst wenn es nichts zu loben gab. Er vereinte in sich, was Jonas bei seinem Vater zeit seines Lebens vermisst hatte: Respekt.

Was er allerdings eben gesagt hatte, passte nicht zu ihm. Für Reben war das Gesetz in Stein gemeißelt wie die Zehn Gebote. Da gab es nichts zu interpretieren oder auszulegen. Das hatte er stets gepredigt, und Jonas hatte dieses Diktum in sich aufgesogen wie Muttermilch.

»Das Diskutieren über Sinn und Unsinn von Gesetzen überlassen wir der Politik. Das waren doch immer Ihre Worte, oder?«, setzte Jonas an.

Reben sah hinaus auf die Alster. Die Segler wurden weniger. Der Wind war kaum mehr zu spüren, doch der Abend wurde kühler.

»Ja, das waren meine Worte. Und sie sind es bis heute, also … eigentlich.«

»Eigentlich? Warum eigentlich?«

Reben goss sich dampfenden Tee in einen Becher und hielt ihn mit beiden Händen vor sein Gesicht. Seine Brillengläser beschlugen.

»Im Sommer 1991 bat mich ein Freund, ihm bei einem Strafverfahren zur Seite zu stehen. Er war damals Rechtsanwalt und hatte die Verteidigung eines Grenzsoldaten der DDR vor dem Landgericht Berlin übernommen. Als Hochschullehrer durfte ich vor Gericht auftreten, also unterstützte ich ihn bei der Verteidigung dieses jungen Kerls. Der Mann hatte einen Republikflüchtigen an der Demarkationslinie erschossen, und die Staatsanwaltschaft hatte ihn wegen Totschlags angeklagt.«

Rebens Stimme war leise und kratzig. Er trank noch einen Schluck Tee und stellte den Becher auf den Boden. Auf der Straße fuhr ein Krankenwagen mit Blaulicht vorüber. Der blaue Schein hüllte Reben in ein unwirkliches Licht, in dem er für einen Moment wie versteinert wirkte. Die Erinnerungen an dieses Strafverfahren waren offensichtlich keine besonders guten. Reben redete nicht weiter, er saß schweigend da. Er schien müde zu sein.

»Wollen wir aufbrechen?«, fragte Jonas.

»Ich habe es nicht mehr gekonnt«, sagte Reben unvermittelt.

»Nicht gekonnt? Was haben Sie nicht gekonnt?«

»Unser Plädoyer war gut. Und es war richtig. Wir haben das Gesetz genommen, wie es war, und es angewendet, ohne Schnörkeleien oder Hinzudichterei. Wir jedenfalls waren es nicht, die es verbogen haben. Dafür haben die Gerichte gesorgt. Und danach war für mich klar, dass ich nie wieder in einen Gerichtssaal wollte. Schreibtisch und Hörsaal passen besser zu mir.«

Die fluoreszierende Spitze seiner Pose dümpelte auf der mittlerweile schwarzen Alster herum und machte keine Anstalten, auf den Grund abzutauchen, um den Biss eines Fisches anzuzeigen.

Reben sprach in Rätseln. Jonas hatte ihn noch nie so resigniert erlebt. Doch die Gedanken, die ihn gerade gefangen nahmen, rissen offenbar alte Wunden auf. Jonas war hergekommen, um Antworten für sich und den Prozess gegen Max zu finden. Doch jetzt war Reben derjenige, der Antworten brauchte, oder wenigstens ein Ohr, das zuhörte.

»Was ist passiert?«, fragte Jonas.

Reben legte seine Pfeife zur Seite und atmete durch. Seine weißen Bartstoppeln glänzten im Abendlicht.

»An Weihnachten«, sagte er. »Da hat mein Vater sie immer rausgeholt, auch nach dem Krieg noch. Morgens hat er gebadet, sich rasiert und so viel Birkenwasser benutzt, dass seine dünnen Haare an seinem Schädel geklebt haben. Wissen Sie, wie Birkenwasser riecht? Wie Kräuteressig, nur süßer und nicht so beißend. Er ist in den Keller, hat sich eine Zigarre angezündet und seine Uniform angezogen. Die durften wir Kinder dann am Christbaum bewundern. Glatter schwarzer Stoff, sehr fein und genau auf ihn maßgeschneidert. Am Revers glänzte das Eichenlaub, und daneben strahlten die Runenzeichen so grell wie Blitze. Sogar das verdammte Lederkoppel hat er sich jedes Jahr umgeschnallt. Das kannte ich gut, ich wusste, wie es auf nackter Haut brennt, wenn er mal wieder meinte, ich hätte eine Tracht Prügel verdient. Ich war zehn, 1945 war das, die Alliierten hatten im Juli die Potsdamer Konferenz abgehalten. Ich sehe meinen Alten noch, wie er vorm Volksempfänger hockt und heult wie ein kleines Kind, weil das Tausendjährige Reich nicht tausend Jahre alt geworden ist. Ja, geflennt hat er, der treue Soldat. Und ich hatte Mitleid mit ihm, gottverdammtes Mitleid.«

Ein Mann und eine Frau gingen auf dem Schotterweg entlang. Beide schwankten, der Mann herrschte die Frau an, sie solle sich endlich bewegen, er sei müde. Er schüttelte den Kopf und beschleunigte seinen Gang. Die Frau torkelte hinter ihm her.

»Er war so überzeugt«, sagte Reben. »Ermächtigungsgesetze, Gleichschaltung der Justiz, ein Führer fürs Volk. Ich habe das nie vertreten, ich will sogar sagen, das Gegenteil war der Fall. Aber eines hatte mein Vater erreicht: Politik ist Politik, und Gesetz ist Gesetz, hat er gesagt. Das saß. Das war wie ein Brandmal, das er mir verpasst hatte. Die einen machen die Gesetze, die andern wenden sie an. Punkt, Ende, aus. Das war mein Halt, mein Glaube, und um das zu glauben, musste ich kein Nazi sein wie mein Vater. Was habe ich also gemacht? Jura studiert, wie er. Ich habe ihm nachgeeifert, um ihm zu gefallen. Und irgendwann habe ich festgestellt, dass er recht hatte: Die einen machen die Gesetze, die andern wenden sie an. Und ich war einer, der sie anzuwenden hatte. Nach dem Studium war ich drei Jahre lang Rechtsanwalt, Strafverteidiger, habe aber weiter am Lehrstuhl meines Doktorvaters an meiner Habilitationsschrift gearbeitet. Die Kanzlei lief miserabel. Gott sei Dank wurden damals händeringend Hochschullehrer gesucht. Da habe ich die Praxis an den Nagel gehängt und den Lehrstuhl übernommen.«

Das betrunkene Paar war nicht mehr zu sehen, aber noch immer konnte man den Mann hören, wie er die Frau anfuhr, sie solle sich verdammt noch mal beeilen. Auch wenn Jonas' Ehe im Eimer war und er seine Frau nicht mehr liebte – so hatten sie nie miteinander gesprochen. Das war ein Umgangston, den er nicht kannte, nicht einmal von seinem Vater, der oft nicht zimperlich mit seinem Sohn umgegangen war. Offenbar hatte Reben mit seinem alten Herrn auch so seine Erfahrungen gemacht. Nur stellte sich die Frage, was das alles mit dem Mauerschützenfall zu tun hatte.

»Was war denn beim Mauerfall? Sie haben mir nie davon erzählt.«

Allmählich brach Dunkelheit herein, es wurde kühl.

»Nein, das habe ich nicht. Und soll ich Ihnen sagen, warum? Weil ich mich geschämt habe. Weil ich gescheitert war vor Gericht, gescheitert an der Praxis. Bücher schreiben, das konnte ich, und Aufsätze, und schlaue Vorlesungen halten. Aber dort, wo's wehtut, im Gerichtssaal, im echten Leben, dafür war ich nicht geschaffen.« Er stopfte Tabak in seine Pfeife und zündete sie mit einem Streichholz an. Im Schein der kleinen Flamme war seine Gesichtshaut rosig und kaum von Falten durchsetzt.

»Im Februar 1992 haben mein Freund und ich unser Plädoyer gehalten. Wir waren vollkommen überzeugt davon, alles richtig zu machen. Es stand ja alles im Gesetz, wir hatten uns nicht einmal irgendwelche schlauen Tricks ausdenken müssen. Das haben später die Richter getan. Der Angeklagte hatte dem Flüchtigen in den Rücken geschossen. Da konnte man an Totschlag denken, wie der Staatsanwalt es natürlich tat. Aber es gab eine Vorschrift im damaligen Grenzgesetz der DDR, § 27. Darin stand, dass der Grenzsoldat auch von der Schusswaffe Gebrauch machen und einen Flüchtigen erschießen durfte. Das Gesetz galt, als der Angeklagte geschossen hatte. Dadurch war seine Tat gerechtfertigt. Er hätte freigesprochen werden müssen.«

»Und das wurde er nicht.« Jonas' Finger waren kalt. Er rieb sie aneinander.

»Das Landgericht verurteilte ihn wegen Totschlags zu einer Freiheitsstrafe. Die Richter meinten, § 27 des Grenzgesetzes der DDR sei unbeachtlich. Die Vorschrift verstoße gegen höherrangige elementare Rechtsprinzipien, gegen die Menschenrechte auf Leben und Freizügigkeit, und die hätten auch in der DDR gegolten. Ich höre mich noch, wie ich ziemlich fassungslos eingewandt habe, die Grenzer seien vor jedem Dienst vergattert worden, mit allen Mitteln zu verhindern, dass Flüchtige ›feindliches Territorium‹ erreichen. Grenzverletzer waren unbedingt zu stellen oder zu vernichten. So hatte der ständige Tagesbefehl gelautet. Wir hatten darauf plädiert, diese – vom damals geltenden DDR-Recht gedeckte – Zwangslage des Grenzpostens zu berücksichtigen.«

Allmählich zog kühle Luft durch den Stoff des Campingstuhls und kroch Jonas den Rücken hinauf.

»Wir haben das damals geltende Gesetz angewendet. Das förderte für viele eine unliebsame Konsequenz zutage: den Freispruch eines Menschen, der in einem diktatorischen Staat einen anderen nur deshalb erschossen hatte, weil der seine Freiheit zurückerlangen wollte. Aber das hatten wir nicht abzumachen. Wir hatten nicht über Sinn und Unsinn der Grenzgesetze der DDR zu verhandeln, sondern allein das bestehende Recht zu berücksichtigen. Nichts anderes haben wir getan – und dafür wären wir vom wiedervereinigten Deutschland fast gesteinigt worden.«

Er holte den Köder ein, sortierte seine Angel und warf erneut aus. Köder und Blei ploppten ins dunkle Wasser.

Das Gesetz musste ernst genommen werden – das war immer Rebens Credo gewesen. Und er hatte recht gehabt. Verlässlichkeit, Rechtssicherheit – das hatte immer auch etwas mit dem geschriebenen Wort zu tun. Natürlich gab es unzählige Vorschriften, die ausgelegt und im konkreten Fall gewürdigt werden mussten; da war Ermessen im Spiel, und auch das führte zu Unsicherheiten. Aber ein geschriebenes Gesetz durch ein ungeschriebenes für unwirksam zu erklären – das ging zu weit.

Jonas hatte sich in seiner Doktorarbeit mit dem »übergesetzlichen Notstand« beschäftigt, der in Fällen diskutiert wurde, in denen das Ergebnis des geschriebenen Rechts unbefriedigend erschien. So hatten Ärzte im Dritten Reich unter psychisch Kranken diejenigen aussortiert, die aus medizinischer Sicht als hoffnungslose Fälle galten, um vor den Schergen wenigstens die zu retten, bei denen noch ein Rest Hoffnung auf Überleben bestand. Gerichte hatten die Mediziner wegen Mordes verurteilt, was nach den Buchstaben des Strafgesetzbuches richtig gewesen war. Aber sie hatten nicht getötet um des Tötens willen, sondern um andere zu retten, die ansonsten auch der Tötungsmaschinerie anheimgefallen wären. Jonas hatte in seiner Doktorarbeit die These vertreten, die Verurteilung sei rechtmäßig gewesen. Der Bundesgerichtshof hatte aber schon in den Fünfzigerjahren einen Entschuldigungsgrund angenommen, obwohl der in keinem Gesetz gestanden hatte und bis heute nicht stand. Reben hatte sein Ergebnis unterstützt. Es könne nicht angehen, hatte er gesagt, dass nicht existente Gesetze die existenten aushebeln.

Juristerei durfte nicht vom Ergebnis aus diskutieren, die Reihenfolge war andersherum: ein Paragraf war anzuwenden, um dann zu sehen, welches Ergebnis er zutage förderte. Und so war Rebens Ansicht, der Grenzsoldat sei vom Vorwurf des Totschlags freizusprechen, rechtlich gesehen korrekt. Aber war sie auch moralisch richtig? War sie … zeitgemäß?

Und was war mit Max? War er ein Mörder, weil er Maria den Wunsch erfüllt hatte, sie vom Leid ihres restlichen Lebens zu befreien? Er hatte Maria aus dem Bett gehoben und mit dem Rollstuhl durch den Park gefahren, damit sie die Bäume und Gräser und Blumen sehen und riechen konnte. Er hatte sie zur Toilette gebracht, hatte Tag und Nacht ihre Hand gehalten und ihr vorgelesen dabei. War er wirklich ein Mörder? Ihr Mörder? Aber verdammt, Jonas van Loon, das hast du nicht zu entscheiden.

Inzwischen hatte sich der Himmel schwarz gefärbt, die Lichter der Stadt erleuchteten die heranbrechende Nacht.

»Wissen Sie noch, dass Sie damals das Gesetz mit einem Segel verglichen haben?«

Reben lachte. »Hab ich das?«

»Sie haben gesagt, wenn das Segel frei im Wind hängt, wird es zum Spielball der Natur. Dann kommt das Schiff keinen Meter weiter. Es nimmt erst Kurs auf, wenn einer das Ruder übernimmt.«

Reben schmunzelte. »Ich wusste gar nicht, dass ich mal so philosophisch war.«

Seine Pose vorn in der Alster bewegte sich. Sofort bog sich die Rutenspitze.

»Wir haben einen.« Er stand auf, nahm die Rute an sich und wartete, bis er anschlug und kurbelte. Der glänzende Körper eines Barschs sprang in die Luft, Reben kurbelte weiter. Jonas ging mit dem Kescher zur Wasserkante.

»Ein bisschen noch«, rief er.

Er bekam den Fisch mit dem Netz zu fassen und hob ihn an Land. Ein stolzes Exemplar, der Fisch war sicher dreißig Zentimeter lang. Seine Schwanzflosse schlug nach allen Seiten. Jonas nahm das Holz in die Hand und holte aus.

Der Schlag traf das Genick, ein zweiter den Kopf. Der Barsch rührte sich nicht mehr, Jonas warf ihn zu den anderen beiden in den Eimer.

»Nehmen Sie einen Regenwurm als Köder, Mais mögen die heute nicht.« Reben klopfte Jonas auf die Schulter. Er bestückte erneut seine Rute mit einem Wurm und warf aus.

»Damals war ich überzeugt von dem, was ich getan habe«, fuhr Reben fort, ohne die Pose auf dem Wasser aus den Augen zu lassen. »Heute bin ich mir nicht mehr sicher. Die Zeiten haben sich geändert. Wir alle sind aufgeklärter geworden, mutiger. Vielleicht trauen wir uns heutzutage mehr, Autoritäten infrage zu stellen, ich weiß es nicht. Aber wenn Sie mich fragen, ob Max eine Strafe verdient hat für seine Handlungen, dann sage ich Ihnen, dass ich mir einen Arzt wie ihn wünschen würde, wenn es bei mir eines Tages so weit ist.« Er sah Jonas an.

»Ja«, sagte Jonas. »So geht's mir auch. Und genau das ist das Problem. Meine Überzeugung, an das geschriebene Gesetz zu glauben, die habe ich von Ihnen. Die habe ich für richtig erkannt und übernommen. Und ich weiß zum Teufel nicht, worauf ich übermorgen plädieren soll.«

Reben trank seinen Tee aus, verstaute die Pfeife in der Jackentasche und drückte sich aus seinem Stuhl hoch. »Es ist spät«, sagte er.

Jonas stand ebenfalls auf. »Er hat einen Mord begangen.«

Reben nickte. »Ja, vermutlich. Wenn wir es herleiten, wie wir es gelernt haben. Aber was geschieht, wenn wir die Sache anders angehen? Dann hat er die Frau vor einem qualvollen Tod bewahrt – so, wie sie es sich gewünscht hat. Sollte er dafür wirklich bestraft werden? Vor einigen Jahren hätte ich gesagt: Ja, das soll er, weil es so im Gesetz steht. Aber wir beide wissen, dass das Gesetz dehnbar ist. Es ist ein Segel im Wind, in der Tat. Aber nur durch uns fährt das Schiff in die richtige Richtung.«

»Sie hat sich gewehrt. Mit Händen und Füßen. Sie haben die Zeugin doch gehört.«

»Ja, richtig. Aber in welchem Zustand war Frau Linz, als sie sich gewehrt hat?«

»Wie meinen Sie das?«

»Kommen Sie mal mit.« Reben ging zur Straße, wo er seinen Wagen geparkt hatte. Er öffnete die Beifahrertür und nahm ein paar DIN-A4-Zettel vom Sitz, die er Jonas in die Hand drückte.

»Was ist das?« Jonas überflog das Papier. Eine Gerichtsentscheidung, ein Urteil des Hohen Rats in Den Haag, 21. April 2020 stand in der Überschrift.

»Lesen Sie es«, sagte Reben. »Wir sprachen über die Dehnbarkeit der Gesetze. Wahrscheinlich gehört Dehnbarkeit zu einem guten Rechtssystem dazu. Man darf nur das Augenmaß nicht verlieren.« Er zog seinen Schlapphut ein Stück tiefer ins Gesicht. »Vielleicht haben Sie und ich einen Fehler gemacht mit unseren Überzeugungen.«

Alle Söhne dieser Welt wurden auf irgendeine Weise von ihren Vätern geprägt, selbst wenn sie sich noch so sehr dagegen zur Wehr setzten.

»Professor Reben? Darf ich fragen, wie Ihr Vater gestorben ist?«

»Ruhig eingeschlafen ist er.« Er zuckte mit den Schultern. »Er war zufrieden mit sich, dieser Despot. Nach der Beerdigung bin ich in den Keller, hab die Uniform und den ganzen Scheiß genommen und alles im Garten verbrannt. Meterhoch sind die Flammen geschlagen, aber dieses verdammte Koppel und die Eisenschnalle – die wollten und wollten nicht verbrennen. Zum Schluss habe ich einfach Erde draufgeworfen.«

Die Fontäne inmitten der Alster kappte ihren Strahl, mit einem Klatschen fielen die Wassermengen zu allen Seiten herab. Es musste Mitternacht sein, der Zeitpunkt, an dem abends das Wasser abgeschaltet wurde.

Jonas hielt die Papiere in der Hand. Er konnte die Schrift darauf nicht entziffern, die Bäume verdunkelten das Licht der Straßenlaternen.

Übermorgen wurde die Verhandlung fortgesetzt. Den morgigen Tag brauchte Jonas für die Ausarbeitung seines Plädoyers, er musste ausgeschlafen sein. Aber er konnte jetzt nicht zu Bett gehen. Die

Schiffshalle lag nur wenige Autominuten von hier entfernt. Er würde noch rüberfahren und am Rumpf der Alethea arbeiten, restliche Stellen ausbessern, versiegeln und schleifen. Er würde so lange daran arbeiten, bis das Holz eben, dicht und bereit war. Bereit für die nächste Fahrt auf See.

27

HAMBURG, MAI 2021

Zehn Quadratmeter, größer war die Zelle nicht. Ein Bett stand darin, dazu ein Kleiderschrank, ein Tisch mit einem Holzstuhl davor und ein Radio auf einem kleinen Regal. Auf dem Tisch lag die Heilige Schrift, der Einband war neu, das Buch wirkte unberührt.

Hinter einer Sichtschutzwand befand sich eine Toilette, ebenso ein Waschbecken und eine Duschkabine, deren Silikonfugen vergilbt und von ein paar Schimmelflecken durchsetzt waren.

Zehn Quadratmeter. Stern hatte gesagt, das Bundesverfassungsgericht halte die Größe für verhältnismäßig, auch wenn sich die Zimmerdecke täglich ein Stück mehr senkte und sie Max irgendwann unter sich begraben würde.

Sonnenlicht fiel durch das vergitterte Fenster in den Raum und ließ Staub in der Luft tanzen. Der Wind des späten Nachmittags wehte durch den offenen Kippspalt herein. Im Hof spielten ein paar Gefangene Basketball, ihre Schuhe quietschten auf dem gummierten Feld.

Max setzte sich aufs Bett und wischte die Gläser seiner gelben Brille mit Toilettenpapier sauber. Eine ganze Woche war seit seiner Verhaftung vergangen, sieben quälend lange Tage und Nächte, in denen er kaum ein Auge zugemacht hatte.

Mord. Max sollte ein Mörder sein, Marias Mörder. Nur gut, dass sie das nicht mehr mitbekam. Er nahm es Jonas nicht übel, er tat nur seinen Job. Ihn in die Sache mit hineinzuziehen war von Anfang an eine Schnapsidee gewesen, und jetzt fürchtete er wahrscheinlich nichts mehr, als von Max verraten zu werden – wegen des Unfalls. Jonas stand inzwischen auf der Karriereleiter ganz oben, es wäre ein Leichtes gewesen, ihn nach ganz unten zu befördern. Doch wenn Jonas tatsächlich glaubte, dass Max zu einem solchen Schritt fähig war, war ihm nicht zu helfen. Max hatte ihn nicht erpresst, er hatte ihn lediglich um einen Gefallen gebeten, einen Gefallen unter Freunden. Sicher, als die Ermittler das erste Mal in der Praxis gestanden hatten, war Max nervös gewesen. Er hatte mit einem Verfahren gerechnet, als es dann aber tatsächlich begann, war ihm mulmig zumute gewesen. Tausende Fragen waren mit einem Mal hochgekommen. War es doch falsch gewesen, Maria zu helfen? War er ein Straftäter, ein Mörder womöglich? Was würde mit ihm geschehen? Er hatte keinen anderen Rat gewusst und war zu Jonas gefahren. Und plötzlich war die Idee da gewesen. Sie war da gewesen und plastisch, wie eine Selbstverständlichkeit: Max hatte Jonas geholfen, jetzt musste und durfte es andersherum sein. Dass er seinen alten Freund damit unter Umständen in Gewissenskonflikte bringen würde, war ihm zwar kurz in den Sinn gekommen, aber der Gedanke hatte ihn nicht davon abgehalten, Jonas um Hilfe zu bitten. Max hatte schlichtweg Angst vor dem gehabt, was ihm drohen konnte, auch wenn er sich immer wieder eingeredet hatte, nichts Falsches getan zu haben. Bis heute war er dieser Ansicht, und wenn er dafür in den Knast musste, dann war das eben so. Eines stand jedenfalls fest: Niemals würde er offenbaren, dass Jonas damals gefahren war. Das Geheimnis war bei ihm sicher, darauf konnte Jonas sich verlassen.

Max betrachtete seinen Handrücken im Sonnenlicht. Die Nägel waren zu lang, sie mussten dringend gekürzt werden. Seine Adern traten dunkel hervor. Wenn man lang genug die große Ader zudrückte, die sich zwischen Zeige- und Mittelfinger mit einer anderen zusammenschloss, nahm man den beiden Fingern den Sauerstoff, und sie wurden kalt. Mit der Halsschlagader verhielt es sich ähnlich. Man musste sie nur lang genug abdichten, und das Gehirn wurde nicht mehr ausreichend versorgt.

Max griff mit der rechten Hand um seinen Hals und drückte oberhalb des Kehlkopfes mit Daumen und Zeigefinger zu. Wenn es eines Tages so weit sein würde, wollte er auch sterben wie Maria – selbstbestimmt, ohne Angst und ohne Schmerz. Ein Tod durch Ersticken war viel zu qualvoll, mal ganz abgesehen davon, dass man sich nicht selbst erwürgen konnte.

Er stand auf und sah raus in den Hof. Die Basketballspieler machten eine Pause. Sie saßen auf Bänken am Spielfeldrand und rauchten. Ein Wärter stand daneben und unterhielt sich mit ihnen. Manchmal wurde gelacht. Der Wärter und die Gefangenen wirkten wie gute Freunde, die sich nur in ihrer Kleidung voneinander unterschieden. So weit sollte es nicht kommen. Max wollte keinen Gefängniswärter zum Freund haben.

Er setzte sich an den Tisch. Die Holzplatte war zerfurcht. So hatten die Tischplatten damals in Tolkstorf ausgesehen. Wer weiß, vielleicht stammte dieser Tisch ja sogar von dort. Das vornehme Internat hatte ausgemistet und dem Knast Almosen zukommen lassen. Das hätte zu dem alten Grammel gepasst, nach außen gönnerhaft und großzügig, insgeheim jedoch ein Kerl, der seinen Mitmenschen den Dreck unter den Fingernägeln neidete.

Dass der Tisch tatsächlich von dort stammen könnte, war natürlich eine blödsinnige Idee. Max schüttelte den Kopf. Manchmal ging die Fantasie mit ihm durch. Vieles im Leben bedingte einander, stand plötzlich auf unerklärliche Weise in einem Zusammenhang. Ein alter Tisch in einem Hamburger Untersuchungsgefängnis hatte aber ganz sicher nichts mit Max' Internat zu tun – auch wenn Max dort das letzte Mal eingesperrt gewesen war. Grammel hatte ihn im Klassenzimmer einschließen lassen. Der Mann war ein Sadist gewesen. Ohrfeigen und Freiheitsentzug hatten an der Tagesordnung gestanden, früher oder später hatte jeder Schüler seine »Fürsorge« zu spüren bekommen – so hatte er es genannt.

Jonas war einer der wenigen gewesen, die verschont geblieben waren. Sein Vater war damals schon Richter am Oberlandesgericht, ein renommierter Mann mit Beziehungen bis in den Hamburger Senat. Da hatte Grammel gebuckelt. Der alte van Loon und Grammel waren einmal aufeinandergetroffen. Das war auf dem Kiesparkplatz vor dem Internat gewesen. Morgens noch hatte Grammel das Lehrerkollegium strammstehen lassen, weil ein Videorekorder aus einem der Gemeinschaftsräume verschwunden war. Niemand konnte es sich erklären, alle zuckten mit den Schultern, während Grammel damit drohte, jeden einzelnen zur Rechenschaft zu ziehen, der am Tag zuvor Aufsicht über die Schüler gehabt hatte. Auf Schloss Tolkstorf ging es zuweilen zu wie in einer Kaserne. Grammel war der Kompaniechef, der das Lehrerkollegium zum Morgenappell antreten ließ. Es geschah nicht selten, dass er sich einen der Kollegen herausgriff und vor der Gruppe bloßstellte. Dann war er König Louis und sonnte sich in seiner Macht.

Nur ein paar Stunden später war derselbe Mann ein völlig anderer. Jonas' Vater war aus seinem Wagen gestiegen, um seinen Sohn übers Wochenende nach Hause zu holen. Grammel war auf ihn zugelaufen, hatte ihm die Hand entgegengestreckt und sich so tief verneigt, dass seine Stirn fast die Kniescheibe berührte. So gelenkig konnte nur einer sein, dem das Rückgrat fehlte. Max hatte dieses Phänomen oft erlebt, es zog sich durch alle Generationen und sozialen Schichten. Vielleicht war es ein typischer Wesenszug der Deutschen, wobei Grammel für ihn immer das Paradebeispiel geblieben war.

Max nahm die Bibel zur Hand und schlug sie auf. Er blätterte bis zum letzten Buch des Neuen Testaments, die Johannesoffenbarung, und begann die Zeilen zu lesen, die er auswendig kannte. Das dünne Papier knisterte beim Blättern.

Da öffnete sich die Tür seiner Zelle.

»Besuch für Sie«, sagte Markowski, der Wärter mit braunem Vollbart und Glatze, der in seiner Freizeit Harley fuhr, wie er Max erzählt hatte. Markowski war gut zwei Meter groß und wog sicher mehr als zwei Zentner. Aber er war ein lieber Kerl und Vater einer vierjährigen Tochter, deren Porträt er in seinem Portemonnaie immer bei sich trug.

Max schob die Bibel beiseite. »Wer ist es?«

Markowski zuckte mit den Achseln. »So 'n alter Mann. Sitzt vorne im Besuchsraum. Hat sich mit Wallner vorgestellt.«

Max sah kurz auf den Tisch. Er schnappte die Bibel und trat in den Flur hinaus. Die Metalltür schlug mit einem lauten Knall ins Schloss, Max' Schritte hallten im Gang. An Markowskis Gürtel klimperte ein dicker Schlüsselbund.

Der Besuchsraum glich ein wenig dem Klassenraum auf Schloss Tolkstorf, in dem Max die Nacht hatte verbringen dürfen, während ihm der Schwefelgeruch der Stinkbombe in jede Pore gezogen war. Auch hier waren Tische und Stühle in Reih und Glied angeordnet. Der grau melierte Linoleumfußboden glänzte und quietschte unter den Schuhsohlen wie bei den Basketballern draußen im Hof. An der linken Seite des Raums standen ein Kaffee- und ein Getränkeautomat, die leise summten.

Bis auf den alten Mann, der rechts am Fenster saß, war der Raum menschenleer. Er erhob sich, als Max auf ihn zuging. Max erkannte ihn wieder, der Alte hatte im Gerichtssaal gesessen. Und er hatte ihn in der Kirche getroffen, nachdem die beiden Polizeibeamten Max' Praxis verlassen hatten. Der zum Leben erwachte Steinalt.

Max gab ihm die Hand. »Guten Tag.«

»Guten Tag, Herr Dr. Keller. Wie schön, dass Sie mich empfangen.«

Sie setzten sich.

Empfangen – das traf es wohl nicht ganz. Aber Max konnte froh sein, wenn er überhaupt etwas Abwechslung bekam. Doch was sollte er mit dem Kerl anfangen? Er war ihm schon bei der ersten Begegnung unangenehm gewesen.

»Was wollen Sie von mir?«

Markowski blieb am Eingang stehen und spielte auf seinem Handy.

Der Alte lächelte. »Ich habe mich Ihnen noch gar nicht vorgestellt, aber im Gerichtssaal und auch in der Bonifatiuskirche, vor einiger Zeit, da schien es mir unpassend. Ich wollte nicht aufdringlich sein. Mein Name ist Wallner, Georg Wallner. Wie geht es Ihnen? Darf ich das fragen?«

»Wie soll es einem hier drin gehen? Ich komme zurecht.« Max legte die Bibel auf den Tisch und betrachtete den Stoffeinband. Dieses gottverdammte Buch, das ihn zu verfolgen schien wie ein Fluch. Es hatte in seiner Zelle nichts verloren. Er schob es Wallner hinüber. »Hier, die schenke ich Ihnen. Sie hat bei mir nichts verloren.«

Wallner betastete den Einband. »Die Bibel ist ein gutes Buch.«

»Wenn Sie das sagen.«

Alle Fenster der langen, vergitterten Glasfront waren gekippt. Vogelgezwitscher drang in den Raum, es roch nach frisch gemähtem Gras.

Wallner nahm seine Hand von der Bibel und lehnte sich zurück. »Ich bin zum ersten Mal in einem Gefängnis.«

»Na, dann haben wir ja etwas gemeinsam.« Max verschränkte die Arme vor der Brust. »Was wollen Sie von mir?«

Wallner öffnete eine lederne Aktentasche und zog ein Foto hervor, das er auf den Tisch legte. Ein kleiner Junge war darauf zu sehen, er war vielleicht zehn oder elf Jahre alt. Sein Kopf war kahl rasiert. In seiner Nase steckte ein durchsichtiger Schlauch, und er war nur mit einem Nachthemd bekleidet. Er saß auf einem Krankenhausbett, hinter ihm stand ein Überwachungsmonitor.

»Das ist der Enkel meiner Schwester«, sagte Wallner. »Mein Großneffe.«

Max nahm das Foto an sich und betrachtete es näher. Der Monitor zeigte einen Puls von dreiundfünfzig und einen Blutdruck von hundertzwanzig zu achtzig an. Werte im Normalbereich. Die Haut des Jungen war grau. Anscheinend befand er sich gerade in einer Chemotherapie. Die braunen Augen dagegen strahlten, er lachte in die

Kamera. Seine Zähne standen etwas schief, mit einer Spange konnte man sie richten.

»Er ist ohne Vater aufgewachsen. Ich bin eine Art Ersatz.« Wallner lächelte noch immer. »Er wird sterben«, sagte er, und sein Lächeln blieb.

Max legte das Bild auf den Tisch zurück. »Das ist schrecklich. Leukämie?«

Wallner nickte.

Die Luft war trocken und warm. Das Summen der Getränkeautomaten wurde lauter und übertönte die Vogelstimmen von draußen.

»Er ist ein guter Junge«, sagte Wallner. Sein Kopf wackelte, sah ganz nach Morbus Parkinson aus. Das war Max schon in der Kirche in Ahrensburg aufgefallen.

Bestimmt war sein Großneffe ein toller Junge. Dass er vielleicht schon bald sterben würde, konnte einem das Herz zerreißen. Doch was hatte der Mann hier zu suchen? Und was wollte er von Max? In der Kirche in Ahrensburg jedenfalls hatte er nichts weiter als Vorwürfe für Max übrig gehabt.

»Wie heißt Ihr Junge?«

»Fabian. Er wird kommende Woche dreizehn.«

Wallner liebte ihn, das war nicht zu übersehen. Dennoch zeigte er keine Spur von Trauer, im Gegenteil. So, wie er dasaß und lächelte, schien er verständig hinzunehmen, was unumkehrbar schien. Eine akute Leukämie konnte mit einer Chance von fünfzig Prozent geheilt werden, alles hing von ihrer genauen Form und vom Immunsystem des Patienten ab. Auf dem Foto lachte Fabian. Zuversicht und Hoffnung konnten wahre Heilungs-Booster sein. Der Glaube an sich selbst wirkte nicht nur nach außen.

»Er sieht willensstark aus. Er wird es schaffen.«

Wallner blickte Max ins Gesicht.

»Hoffen wir auf Grundlage von Erkenntnis, Herr Keller? Oder ist es ihr Fehlen, das uns Hoffnung verleiht?«

Das war sie: Genau dieselbe Frage. Er hatte sie Max in der Kirche gestellt. Max konnte sich nicht helfen: Egal, was der Mann sagte, es schwang ein Vorwurf mit. In seiner Nähe war es kalt, vermutlich hielt auch er Max für einen Mörder.

»Wo wird er behandelt? In der Eppendorfer Uniklinik?«

»Ja, ganz richtig.«

»Da ist er in besten Händen, glauben Sie mir. Mit dem Chef der Onkologie, Professor Exner, habe ich studiert. Er wird Ihrem Jungen helfen. Bestimmt.« Max wollte aufstehen, aber der Alte legte eine Hand auf seinen Arm.

»Bitte gehen Sie noch nicht. Es ist gut, dass wir reden. Ich danke Ihnen dafür.«

Max blieb sitzen.

»Alles in Ordnung?«, rief Markowski mit kratziger Raucherstimme durch den Raum.

Max gab ihm ein Zeichen mit der Hand und wandte sich wieder an Wallner. »Ich möchte nicht unhöflich sein. Aber was zum Teufel wollen Sie von mir?«

Wallner ließ Max' Arm los. »Ich kann verstehen, was Sie für Maria getan haben. Und sie wird in den letzten Stunden gewiss nicht mehr gelitten haben. Das freut mich. Niemand hat es verdient, in Qual und Angst zu sterben. Ein dreizehnjähriger Junge nicht und auch nicht eine fünfundsiebzigjährige Frau. Aber ich kann Ihr Handeln nicht gutheißen, ich darf es nicht. Verstehen Sie das?« Wallner betastete wieder die Bibel. »Mein Glaube an Gott verbietet es mir. In der Kirche in Ahrensburg habe ich Ihnen gesagt, Sie hätten sich an Gott versündigt, und bei dieser Meinung bleibe ich. Aber Sie sollen wissen, dass ich Ihre Beweggründe nachvollziehen kann. Ich wollte Ihre Gefühle nicht verletzen, als ich das in der Kirche zu Ihnen sagte. Bitte entschuldigen Sie.«

Draußen setzte sich ein Spatz auf den Fenstersims. Er bewegte seinen kleinen Kopf zu allen Seiten. Das Gefieder am Brustkorb sah weich aus. Das Tier war nicht größer als ein Tennisball. Es genügte eine Hand, um es zu umschließen und zu beschützen. Oder um es zu zerdrücken.

»Ich dachte lange Zeit, die Bibel sei *für* den Menschen gemacht, nicht *gegen* ihn«, sagte Max. »Aber der Allmächtige lässt unendlich großes Leid auf der Welt zu. Immer und immer wieder. Ich meine damit keine Kriege oder Hungersnöte oder dergleichen. Ich meine Sie und mich. Oder Maria und den kleinen Fabian. Müssen wir das wirklich alles ertragen? Und was ist, wenn wir das Leiden verkleinern oder vielleicht ganz verhindern können? Sehen wir trotzdem tatenlos zu?«

Der kleine Spatz flog davon. Er stieg in die Luft empor und schien auf der Stelle zu tanzen, bevor er sich auf den Ast einer Birke setzte, die gleich gegenüberstand.

Wallner blickte zur Bibel. »Aus *Kolosser* wissen wir, dass der Herr Jesus alles nicht nur einfach geschaffen, sondern *für sich* geschaffen hat. Alles, auch unser biologisches Leben, besteht nur durch ihn, er ist ein Erhalter der Menschen. Wer sich das eigene Leben nimmt, der greift in die Rechte unseres Schöpfers ein, der allein Autorität besitzt, Leben zu geben und Leben zu nehmen. Deshalb heißt es in den Predigten auch, *Niemand hat Macht über den Tag des Todes*. Und in den Psalmen steht: *In deiner Hand sind meine Zeiten*. Das zeigt uns, dass es vor Gottes Angesicht keinen Freitod gibt – es handelt sich dabei immer um Ungehorsam ihm gegenüber und gegenüber seinem Sohn, Jesus Christus. Daran glaube ich, Herr Keller, selbst in der dunkelsten Stunde.«

Max legte seine Brille vor sich auf den Tisch. Der Alte konnte ihm alles erzählen, er konnte ihm Zitate unterjubeln, die wahrscheinlich wirklich aus der Heiligen Schrift stammten. Großmutter hatte Max oft daraus vorgelesen, aber es waren immer Geschichten gewesen, die Gott als Menschenfreund dargestellt hatten, die ihm Zuversicht gegeben und Mut gemacht hatten. Als er im Krankenhaus gelegen hatte, mit dem zertrümmerten Knie, da war Großmutter an seiner Seite gewesen und hatte einen Vers aus Johannes vorgelesen.

Wallners Augen waren klein und wässrig.

»Heißt es nicht bei Johannes: *Da redete Jesus abermals zu ihnen und sprach: Ich bin das Licht der Welt; wer mir nachfolgt, der wird nicht wandeln in der Finsternis, sondern wird das Licht des Lebens haben*?«

»Sie kennen sich aus in der Bibel«, sagte Wallner.

»Nein, das tue ich nicht. Ich erinnere mich nur an ein paar Verse, die ich als Kind aufgesogen habe wie ein Schwamm, weil ich sonst vor die Hunde gegangen wäre.«

»Dann hat Gottes Wort Ihnen Trost gegeben.«

»Ja, durchaus. Und genau deshalb frage ich mich, warum er einem Menschen nicht Trost gibt, der verzweifelt ist und sein Leben beenden möchte. Warum soll ausgerechnet dieser Mensch mit all seiner Hoffnungslosigkeit und seinem Leid ein Sünder sein? Ich sage Ihnen, warum: weil er ein verdammter Zyniker ist, Ihr Gott. Ein arroganter Fatzke, der nicht akzeptieren will, dass die Menschen selbstbestimmt sind und reif und selbstbewusst genug, für sich allein zu entscheiden, was falsch und richtig ist.«

»Herr Keller«, rief Markowski von der Tür. »Noch fünf Minuten.«

Wieder kam der Geruch der frisch gemähten Wiese durch die Gitterstäbe. Maria hatte den Park im Pflegeheim geliebt. Alles, was sie zuletzt gewollt hatte, als sie das Leben um sich herum noch einigermaßen wahrnehmen konnte, war, die Blumen am kleinen See anzuschauen und sich an ihrem Duft zu erfreuen. Ihr Drang, jede Minute in der Natur zu sein, war vielleicht ein Vorbote für das gewesen, was sie bereits befürchtet hatte und was nur ein paar Monate später eingetreten war: die völlige Isolation in sich selbst. Was also redete dieser Wallner hier von Gottes Güte? Maria hatte davon nichts erfahren, gar nichts. Gott hatte sie mit jedem Tag, der verging, ein wenig mehr fallen lassen.

»Glauben Sie wirklich an das, was Sie predigen, Herr Wallner? Und wenn: Werden Sie auch dann noch daran glauben, wenn Sie irgendwann daliegen und nur noch von einem Beatmungsgerät am Leben gehalten werden? Sie können sich nicht mehr allein bewegen, nicht mehr essen oder trinken oder zur Toilette gehen. Sie wissen nicht mehr, dass Ihre Schwester Ihre Schwester ist, und können sich an nichts mehr aus Ihrer Vergangenheit erinnern. Sind Sie dann immer noch der Meinung, ein Sünder zu sein, nur weil Sie Ihrem Leiden ein Ende bereiten wollen? Sind Sie dann immer noch bereit, Ihre Qual weiterhin in Gottes Hand zu belassen? Sie haben sich während der ganzen Verhandlungstage so gewissenhaft Notizen gemacht. Warum? Damit Sie gewappnet sind für den Fall der Fälle? Damit Sie wissen, wie Sie Ihrem Gott doch noch das Zepter aus der Hand nehmen können? Seien Sie ehrlich zu sich selbst. Sie wissen, dass das, was ich getan habe, richtig war. Und Sie selbst würden auch so handeln, wenn es bei Ihnen oder Ihrer Schwester so weit ist. Habe ich recht?«

Wallner blickte auf die Bibel, er lächelte nicht mehr. Seine weißen Bartstoppeln glänzten im Sonnenlicht. »Gott weiß, was das Richtige für mich ist. Er bestimmt meinen Weg, und wenn er das Leid für mich auserwählt hat, werde ich es annehmen. Aber es geht nicht um mich.«

»Sondern?«

Markowski räusperte sich übertrieben laut. Er zeigte zur Uhr an der Wand. Max gab ihm ein kurzes Zeichen mit Zeige- und Mittelfinger. Noch zwei Minuten.

»Wir müssen Schluss machen.« Wallner erhob sich und nahm seine Tasche auf. »Fabian hat bald Geburtstag. Er ist ein so lebensfroher Bursche. Er hat den Tod nicht verdient. Gott stellt mich auf eine harte Probe.«

Max gab ihm die Hand. »Er wird es schaffen, ganz bestimmt.«

Wallner nickte.

»Und sagen Sie … Mag er Papageien?«

»Papageien?«, fragte Wallner. »Wie kommen Sie darauf?«

»Ich hätte zwei im Angebot. Sie gehörten Maria. Sie hat sie in meine Obhut gegeben, weil Tiere im Pflegeheim nicht gestattet sind. Die Vögel sind in meiner Praxis, eine meiner Sprechstundenhilfen kümmert sich um sie. Die zwei könnten ein neues Zuhause gut gebrauchen. Sie wären ein schönes Geburtstagsgeschenk.«

Wallner lächelte. »Darüber würde sich Fabian gewiss sehr freuen.«

Max nickte. »Dann gehören die beiden jetzt ihm. Sie heißen A und B, aber sie haben nie darauf gehört. Fabian soll ihnen gute Namen geben. Rufen Sie in der Praxis an, ich gebe meiner Sprechstundenhilfe Bescheid.«

Wallner legte eine Hand auf Max' Oberarm und nickte wieder. »Danke.«

Als er den Raum verließ, waren seine Schritte nicht zu hören, dafür aber das Summen der Getränkeautomaten.

Max sah noch einmal nach draußen. Von dem kleinen Spatz in der Birke war nichts mehr zu sehen.

Markowski brachte ihn zurück in die Zelle. Im Flur war es angenehm kühl und dunkel. Die Bolzen im Schloss knallten, als die Tür von außen verriegelt wurde.

Zehn Quadratmeter, größer war die Zelle nicht. Das Bundesverfassungsgericht hielt zehn Quadratmeter für verhältnismäßig. Zur Not würden sie reichen. Und die Bibel lag jetzt im Besuchsraum.

28

HAMBURG-CENTRUM, MAI 2021

Der Saal mit der Nummer neunundzwanzig, der Schwurgerichtssaal und größte im Hamburger Landgericht, war bis auf wenige Plätze besetzt. Fritz Reben saß am Fenster in der zweiten Zuschauerreihe, etwa auf gleicher Höhe mit Jonas, der am Tisch der Staatsanwaltschaft stand. Draußen leuchtete ein frühsommerlicher blauer Maihimmel, an dem nur ein paar durchsichtige Schleierwolken dahinzogen. Der Samtbesatz an Jonas' Robe glänzte im Sonnenlicht, während alle darauf warteten, dass die Richter eintraten und die Show begann – die Plädoyers von Anklage und Verteidigung.

Eine Frau stand bei Jonas, auch sie schaute zum Fenster hinaus. Ihr Haar war schwarz, exakt auf Kinnlänge geschnitten, und sie trug roten Lippenstift. Die oberen drei Knöpfe ihrer weißen Bluse waren geöffnet. An einer Halskette hing ein großes Kruzifix. Das musste Agnes Linz sein, die Tochter der Verstorbenen. Reben kannte sie nicht, aber Jonas hatte sie ihm beschrieben.

Jonas war nicht zu beneiden in seiner Rolle. Er und Max hatten sich vergaloppiert. Sie hatten geglaubt, dass sie schlauer als das Gesetz waren, sie hatten versucht, mit seinen Buchstaben Verstecken zu spielen. Jonas war Ankläger und Max, nach derzeitiger Lage der Dinge, ein Mörder. Sowenig Max erwarten konnte, dass Jonas ihn davonkommen ließ, so wenig hatte Jonas glauben können, dass Max' Tat nicht ans Tageslicht kommen würde. Ein Strafprozess war eine Maschine, die umso schneller zu laufen begann, je mehr ihre Zahnräder ineinandergriffen.

Trotz der sommerlichen Temperaturen war es angenehm kühl im Raum. Die Klimaanlage gab keinen Ton von sich, nur kalte Luft, und es war nicht auszumachen, aus welcher Richtung sie kam.

Die alte Frau, die an den letzten Verhandlungstagen auch da gewesen war, saß in der ersten Reihe, nur zwei Stühle links versetzt von Reben. Neben ihr lächelte ihr Begleiter in seine Richtung, ein alter, faltiger Mann.

Max war frisch rasiert. Seine Wangen leuchteten ein wenig rosa, und er hatte sich einen blauen Anzug und ein beiges T-Shirt angezogen. Es war nicht zu ergründen, was er in diesem Augenblick dachte oder fühlte. Immer wieder versuchte er, Jonas' Blick aufzufangen, doch Jonas sah ihn nicht an. Max spielte mit einem Kugelschreiber in seiner Hand. So, wie er dort an seinem Tisch saß, machte er nicht den Eindruck, als erwarte er noch etwas vom heutigen Tag.

Doch das konnte täuschen. Reben hatte oft erlebt, mit welchen schauspielerischen Fähigkeiten Angeklagte aufwarten konnten. Das war nur menschlich. Der Vorwurf, einen Mord begangen zu haben, ließ die wenigsten kalt. Die meisten versuchten, sich trotz allem liebenswürdig zu geben. Die Menschen im Saal beobachteten jede Bewegung und hörten auf jede Betonung, mit der der Angeklagte sprach. Er selbst kannte in der Regel kaum jemanden im Raum, und wenn schon. Auch der fremdeste unter den Fremden genügte, um Scham hervorzurufen. Scham war eine Form der Angst und warf den Menschen auf seine Urinstinkte zurück – manche wollten fliehen, andere angreifen, und wieder andere wollten sich tot stellen und im Boden versinken. Nur die wenigsten verstanden es, sich als unangreifbar zu verkaufen, und Max gehörte nicht dazu. Im Kieler Hafen hatte er einmal vergessen, die Alethea zu vertäuen. Das Schiff hatte sich selbstständig gemacht und war quer durchs Hafenbecken zur Kaimauer auf der anderen Seite getrieben. Dort hatte es eine andere Segelyacht gerammt und ihren Bug eingedrückt. Es war kein allzu großer Schaden entstanden, aber Max war die Sache so unangenehm gewesen, dass er sich für Wochen nicht mehr an Deck hatte blicken lassen.

Jonas nahm auf seinem Stuhl Platz. Agnes Linz ging an der alten Frau und ihrem Begleiter vorbei und setzte sich zwei Plätze versetzt vor Reben in eine der Besucherreihen.

Jonas wich Max' Blick immer wieder aus. Es hätte Reben nicht gewundert, wenn Jonas in diesem Augenblick am liebsten davongelaufen wäre. Loyalität war keine Mittsommernachtsbrise. Sie forderte die Menschen, sie forderte sie so, wie das Gesetz es tat: vorurteilsfrei, auf Objektivität bedacht. Loyalität war Liebe und Hass zugleich; auch darin glich sie dem Gesetz. Es konnte mit seiner Präzision und Weitsicht einlullen und begeistern, genauso wie es ein Mensch zu tun vermochte, zu dem man zeit seines Lebens aufgeschaut hat und von dem man plötzlich enttäuscht wurde. Loyalität war ein Trickbetrüger, sie konnte an der Nase herumführen. Darin allerdings unterschied sie sich vom Gesetz. Das Gesetz ließ nicht mit sich spielen. Reben hatte mehr als sein halbes Leben gebraucht, um das zu begreifen. Jonas van Loon, der dort vorn in der Robe des redlichen Anklägers stand, brauchte dazu wohl noch eine Weile.

Ganz links, in der ersten Reihe, hockte der dicke Reporter. Jakobsen hieß er, hatte Jonas gesagt. Seine Haare waren kurz wie die eines Dreitagebarts und schimmerten silbern, sein Gesicht war gerötet, er schien unter zu hohem Blutdruck zu leiden.

Inzwischen berichteten die Medien bundesweit über den Arzt, der für sie entweder Engel oder Teufel war – ein Heilsbringer oder ein kaltblütiger Mörder. Jakobsens Artikel, der kürzlich im *Hamburger Abendblatt* erschienen war, hatte erstaunlich umfangreich das Leben der Polizistin Maria Linz und ihres Neffen Dr. Max Keller durchleuchtet. Von mütterlicher Nähe hatte Jakobsen geschrieben, und dass Keller ein schwer zu durchschauender Mann sei. Bestimmt hatte Max die Zeitungen und vor allem Jakobsens Bericht gelesen und auch die Darstellungen im Fernsehen gesehen, in denen er nicht gut weggekommen war. Schlimmer aber waren die sozialen Medien. Durch ihre Anonymität kannten sie keine Grenzen. So etwas hatte es früher nicht gegeben. Heutzutage glaubte jeder Hanswurst, er sei berufen, seine Meinung in die Welt hinauszublasen. Dass Max vor dieser Art der öffentlichen Steinigung vielleicht mehr Angst hatte als vor der Anklage im laufenden Prozess, war so traurig wie nachvollziehbar.

»Entschuldigen Sie.« Reben beugte sich vor.

Agnes Linz drehte sich um.

»Mein Name ist Fritz Reben, ich bin der Doktorvater von Herrn van Loon. Darf ich fragen … Sie sind die Tochter der Verstorbenen?«

»Ja«, sagte sie. »Die bin ich.«

»Mein Beileid.«

»Danke«, antwortete sie und drehte sich wieder nach vorn.

Die fünf Richter betraten den Saal, alle erhoben sich. Kameraleute und Journalisten ließen ihr Blitzlichtgewitter auf die drei Männer und zwei Frauen los. Jakobsen fotografierte mit seinem Handy.

Leifert, der Vorsitzende, ein hagerer Mann Anfang sechzig mit vollem schwarzem Haar und rahmenloser Brille, galt als Eigenbrötler, der sein Handwerk verstand. Bei seinen Urteilen war er gern für eine Überraschung gut. Einige seiner Kollegen, die Reben vom Juristenstammtisch kannte, hielten ihn für allzu konservativ und streng – für Max keine Idealbesetzung.

Leifert ließ die sensationshungrige Meute ein paar Minuten gewähren, bevor er sie bat, das Fotografieren und Filmen einzustellen. Alle setzten sich.

»Guten Morgen, meine Damen und Herren«, sagte er. »Die Beweisaufnahme ist geschlossen. Wenn es sonst keine Anträge mehr gibt, kommen wir zu den Plädoyers.« Er sah in die Runde. Stern und Jonas schüttelten beide den Kopf.

Sterns Gesichtshaut war braun gebrannt. Sein weißer Schnauzbart war gewissenhaft in Form gestutzt und stand an den Seiten gezwirbelt ab. Sein Stundenhonorar lag angeblich bei achthundert Euro.

Reben hatte nie in Erfahrung gebracht, ob er sein Geld wert war. Ein paar wenige in der Hamburger Richterschaft waren davon überzeugt, alle anderen hielten Stern für einen Blender. Aber das hatte letztlich nicht viel zu sagen – unter Juristen herrschte Neid, wie Reben ihn bei kaum einer anderen Berufsgruppe kennengelernt hatte. Bisher jedenfalls machte Stern seine Sache ordentlich.

»Sehr schön«, sagte Leifert. »Dann – bitte, Herr Oberstaatsanwalt.«

Jonas erhob sich.

Wieder sah Max ihn an, doch Jonas erwiderte seinen Blick nicht. Er schaute auf das Blatt Papier, das er in der Hand hielt. Rote Flecken hatten sich auf seinem Hals ausgebreitet, seine Stirn glänzte.

»Hohes Gericht, Herr Verteidiger, verehrte Anwesende.« Er faltete das Papier zusammen und legte es auf den Tisch.

Agnes Linz' Kopf zuckte, während sie Jonas nicht aus den Augen ließ.

»Ein Mensch ist gestorben, eine Frau namens Maria Linz. Sie war fünfundsiebzig Jahre alt und schwerst dement. Wollte sie sterben? Und wenn ja: Durfte ein anderer Mensch, der Angeklagte Dr. Max Keller, ihr dabei helfen? Nun, um diese Fragen zu beantworten, haben wir in den vergangenen Tagen Sachverständige und Zeugen gehört. Wir haben gehört, wie erschreckend einfach es ist, durch Medikamente, die sich ein jeder – vor allem ein Arzt – problemlos beschaffen kann, das Leben eines Menschen zu beenden. Wir haben auch gehört, dass sich die alte Frau mit Händen und Füßen gewehrt hat, als der Angeklagte ihr die Medikamente einflößen wollte. Einige der Schwestern haben uns gesagt, Frau Linz habe trotz ihrer Krankheit zufrieden gewirkt und dass sie nicht den Anschein gemacht habe, sterben zu wollen. Zudem wissen wir, dass die Verstorbene Herrn Dr. Keller zu ihrem Alleinerben eingesetzt hat. Doch die Verteidigung hat uns einen Abschiedsbrief der Verstorbenen präsentiert, in dem sie ihren Sterbewunsch genau niedergeschrieben hat. Was also sollen wir glauben? Und worauf kommt es letztlich bei der Frage an, ob der

Angeklagte ein Mörder ist oder doch ein Helfer, der eine Strafe nicht verdient hat?«

Jonas' Stimme war ruhig und klar, er ließ seinen Blick immer wieder durch die Reihen der Zuschauer wandern, dabei streifte er auch immer wieder Reben. Max dagegen sah er noch immer nicht an.

Damals, nachdem sich die Alethea im Kieler Hafen verselbstständigt hatte, hatte Jonas Max irgendwann überreden können, wenigstens noch zum Saisonabschluss eine Regatta mitzusegeln. Dieses eine Mal war Reben mit an Bord gekommen und hatte sich von den beiden durch die dänische Südsee um Fünen herumsegeln lassen. Es war ein Schauspiel gewesen, die Jungs zu erleben, wenn sie sich wortlos verstanden und jeder Handgriff saß. Zwei Freunde, die sich mehr als ihr halbes Leben kannten. Sie waren unzertrennlich gewesen damals. Jetzt stand eine Mauer zwischen ihnen, die kaum überwindbar schien.

»Lassen Sie mich bitte, meine Damen und Herren, noch einmal deutlich machen, was der Gesetzgeber unter Mord versteht. In § 211 Abs. 2 StGB heißt es dazu unter anderem: *Mörder ist, wer aus Habgier oder sonst aus niederen Beweggründen, heimtückisch oder grausam einen Menschen tötet.* Heimtücke wird dabei definiert als das Ausnutzen der Arg- und Wehrlosigkeit des Opfers. Und hier frage ich Sie: Wer ist arg- und wehrloser als eine Frau, die aufgrund ihrer Alzheimerdemenz nicht einmal mehr die einfachsten Reflexe beherrscht?«

Jetzt endlich wandte sich Jonas direkt zu Max. Die gelbe Brille in Max' Gesicht leuchtete. Er nickte kaum erkennbar.

Der alten Frau in der ersten Reihe liefen Tränen über das faltige Gesicht. Der Mann neben ihr hielt ihre Hand. Auch seine Augen waren wässrig und gerötet.

Stern hatte sich in seinem Sitz zurückgelehnt. Er tat, was alle Verteidiger beim Plädoyer der Staatsanwaltschaft taten: Er versuchte, desinteressiert zu wirken, wie ein Abgeordneter auf der Regierungsbank, wenn ein Oppositioneller ihn verbal attackierte. Der Gerichtssaal als Tennisplatz, auf dem sich die Spieler in diesem Augenblick einspielten.

»Maria Linz lebte in einer Art Wachkoma«, sagte Jonas. »Sie mag mitbekommen haben, was um sie herum geschah, aber sie war nicht in der Lage, darauf zu reagieren. Gewiss verspürte sie Appetit, doch sie konnte nicht ohne fremde Hilfe essen, sie konnte nicht einmal mehr sagen, dass sie Hunger hatte. Sie konnte nicht mehr allein gehen, sich nicht mehr anziehen, und sie wusste nicht mehr, wo sie war und wer sie war. In dieser Situation entschließt sich der Angeklagte, sie aufs Bett zu drücken und ihr eine tödliche Dosis Chloroquin einzuflößen. Herr Dr. Keller, bitte erheben Sie sich.«

Stern nickte Max zu, Max stand auf.

»Herr Dr. Keller, bitte sagen Sie uns, wie groß Sie sind.«

»Wie bitte?«

»Ich möchte wissen, wie groß Sie sind.«

Max räusperte sich. »Ich bin einen Meter zweiundachtzig.«

»Danke. Und wie schwer sind Sie?«

»Entschuldigung«, sagte Stern. »Aber was soll das denn? Wir sind mitten im Plädoyer der Staatsanwaltschaft, die Beweisaufnahme ist abgeschlossen. Es tut wohl kaum etwas zur Sache, wie groß oder wie schwer mein Mandant ist.«

Darin unterschied sich der versierte Praktiker mit jahrelanger Gerichtserfahrung von einem Hochschullehrer: Jonas verfolgte einen Plan, das war offensichtlich. Er erweckte den Eindruck, als wolle er Max vorführen. Doch wenn Reben sich nicht schwer in ihm täuschte, war das Gegenteil der Fall.

Leifert beugte sich nach vorn. »Ich hoffe, das führt zu irgendetwas, Herr Oberstaatsanwalt. Ich lasse Ihre Fragen zu.«

Stern nickte Max kaum merklich zu.

»Ich wiege fünfundneunzig Kilo«, sagte Max.

»Danke, Sie können wieder Platz nehmen. Ein Meter zweiundachtzig und fünfundneunzig Kilo«, wiederholte Jonas. »Dieser Angeklagte beugte sich über das Opfer, das ein Meter siebenundsechzig groß war und zu diesem Zeitpunkt gerade noch achtundfünfzig Kilo wog. Meine Damen und Herren, schon allein dadurch ist von einer Wehrlosigkeit auszugehen, sodass es auf die gravierenden Einschränkungen aufgrund der Demenzerkrankung nicht einmal ankommt.«

Ein Raunen ging durch die Zuschauermenge. Jonas ging präzise vor, er stellte erst den gesetzlichen Tatbestand dar und subsumierte dann Wort für Wort den tatsächlichen Sachverhalt darunter. Reben seufzte leise. Juristen hatten leichtes Spiel, den juristischen Laien zu überzeugen.

Agnes Linz starrte zu Boden, während Jonas sprach. Sie hatte ihre Handtasche auf ihrem Schoß abgestellt und hielt sie mit beiden Händen fest.

Der Alte flüsterte der Frau neben sich etwas ins Ohr. Sie nickte und tätschelte seine Hand.

Jakobsen hörte mit durchgestrecktem Rücken zu und machte sich Notizen. Andere Journalisten, die neben ihm saßen, schrieben ebenfalls mit.

»Was also haben wir bisher?«, fragte Jonas und blickte sich wieder im Saal um. »Wir haben eine Tötungshandlung, die der Angeklagte vorgenommen hat, und wir haben ein Ausnutzen der Arg- und Wehrlosigkeit des Opfers. Damit ist der objektive Tatbestand des Mordes erfüllt.«

Punkt für Punkt arbeitete Jonas die einzelnen gesetzlichen Voraussetzungen ab. Er schwitzte nicht dabei, sein Gesicht war nicht gerötet, und er erhob auch nicht seine Stimme. Doch immer wieder wandte er sich jetzt zu Max und blickte ihn direkt an.

»Kommen wir also zur subjektiven Seite und damit zu der Frage, ob der Täter mit Vorsatz gehandelt hat. Er müsste dazu gewusst und gewollt haben, dass seine Tat den Tod seines Opfers sicher zur Folge haben würde. Nun, meine Damen und Herren, daran besteht nach Ansicht der Staatsanwaltschaft keinerlei Zweifel. Der Angeklagte Dr.

Keller selbst hat dazu zwar keine Angaben gemacht. Der Sachverständige hat allerdings ausgesagt, ein Arzt hätte seinen Beruf verfehlt, wenn er nicht wüsste, dass die hier verabreichten Medikamente sicher zum Tod führen. Dr. Keller ist seit vielen Jahren praktizierender Arzt und Internist. Er wusste daher ganz genau, dass sein Handeln den sicheren Tod seines Opfers zur Folge haben würde. Das hat er erkannt, und er hat es gewollt. Er handelte vorsätzlich, sodass auch der subjektive Tatbestand des § 211 StGB erfüllt ist.«

Wieder ging ein Raunen durch die Reihen, lauter diesmal. Jakobsen rieb sich mit der Hand über das Gesicht. Die alte Frau blickte nach vorn zu Max und schüttelte den Kopf. Sie hatte den Kragen ihres beigen Mantels hochgeschlagen. Der Alte neben ihr hielt sich sein stoppelbärtiges Kinn.

Agnes Linz' Gesicht war blass, ihre dunkel geschminkten Augen waren gerötet. Sie nickte Jonas zu.

Jonas nahm einen Schluck Wasser aus dem Glas vor sich. Er schlug den Zettel auf seinem Tisch noch einmal auf, überflog ihn und zerknüllte ihn dann langsam in seiner Hand. Was hatte er vor?

»Da die Verwirklichung des Tatbestandes die Rechtswidrigkeit der Tat indiziert, geschah sie auch rechtswidrig, sodass wir zur letzten Voraussetzung kommen – der individuellen Schuld.« Er legte den Papierball vor sich auf dem Tisch ab. »Der Täter müsste schuldhaft gehandelt haben, seine Tat dürfte also nicht aus irgendeinem Grund zu entschuldigen sein.« Jonas drehte sich zu Reben und fuhr sich über das Kinn. Er kniff die Augen zusammen, ein kleines Lächeln blitzte über sein Gesicht, dann drehte er sich zurück. »Meine Damen und Herren, Sie sehen es mir bitte nach, wenn ich dazu ein wenig ausführlicher werde. Ich würde uns das gern ersparen, aber nach Lage der Dinge kommen wir nicht darum herum.«

Stern richtete sich in seinem Stuhl auf. Max beugte sich zu ihm, die beiden flüsterten miteinander. Wenn Stern so gut war wie sein Ruf, kannte er das Urteil aus den Niederlanden. Dann aber hätte er gleich zu Beginn des ersten Prozesstages die Aufmerksamkeit des Gerichts darauf gelenkt, um seinen Mandanten vor einer lebenslangen Freiheitsstrafe zu bewahren. Die Tatsache, dass er bis heute kein einziges Wort darüber verloren hatte und jetzt Max offenkundig bat, Jonas' Ausführungen zu folgen, warf alles andere als ein gutes Licht auf ihn.

Jonas hatte die ausgedruckte Entscheidung vorgestern Abend an sich genommen, die Angelsachen im Auto verstaut und war gefahren, ohne Reben auf den Inhalt der Entscheidung anzusprechen. Vielleicht hatte er sie überhaupt nicht gelesen. Oder er hatte sie gelesen und in den Müll geworfen. Reben hätte es ihm nicht verübelt. Das Urteil brachte das eigene juristische Koordinatenkreuz gehörig durcheinander. Reben war es jedenfalls so gegangen, und wenn er sich nicht allzu sehr in seinem Doktoranden täuschte, ging es Jonas ähnlich.

Jonas nahm einen der Gesetzestexte, die vor ihm auf dem Tisch standen, zur Hand. »Es gibt im Strafgesetzbuch eine Vorschrift, mit der wir uns beschäftigen müssen, um die hier angeklagte Tat umfassend zu würdigen. Es handelt sich um § 17 StGB.« Er schlug das Buch auf und las. »*Verbotsirrtum – Fehlt dem Täter bei Begehung der Tat die Einsicht, Unrecht zu tun, so handelt er ohne Schuld, wenn er diesen Irrtum nicht vermeiden konnte.*« Er legte das Buch auf den Tisch.

Er hatte das niederländische Urteil also gelesen, alles andere hätte auch nicht zu ihm gepasst. Reben sah sich selbst mit Mitte fünfzig, überzeugt von dem, was er sagte und was er tat. Vielleicht war es gerade diese Überzeugung, die einen verletzlich machte. Je höher die eigene Überzeugung war, desto tiefer war der Fall, wenn man erkannte, dass man sich geirrt hatte. Reben war nach der Verhandlung gegen den DDR-Grenzsoldaten zurück an seinen Lehrstuhl gegangen, in seinen Hörsaal und zu seinen Büchern. Er hatte nicht den Mumm gehabt, jemals wieder einen Menschen zu verteidigen. Stattdessen hatte er seitenlange Abhandlungen über das geschriebene Gesetz verfasst, das nicht von einem ungeschriebenen verdrängt werden dürfe. Aber es gab diese Fälle, verdammt. Das geschriebene Gesetz war nicht erschöpfend, das Recht lebte nur durch Fortschreibung, und ganz egal, wofür Jonas sich bei seinem heutigen Plädoyer entschieden hatte, er stellte sich der Kritik der Zuschauer und der Presse, er stellte sich den sozialen Medien und vor allem – seinem Freund Max.

Agnes Linz drehte sich zu Reben um. Er nickte ihr zu.

»Lassen Sie mich das wiederholen, meine Damen und Herren. Ein Täter handelt ohne Schuld, wenn er keine Einsicht hat, Unrecht zu begehen.«

Wieder besprachen Stern und Max sich im Flüsterton. Max schüttelte den Kopf und schien einen Vorschlag Sterns abzulehnen.

Die Richter tauschten Blicke untereinander. Jakobsen schrieb ohne Unterlass. Er schien Jonas' Ausführungen Wort für Wort zu übernehmen.

»Dr. Max Keller ist Arzt«, sagte Jonas. »Er ist seit Jahrzehnten damit beschäftigt, Leben zu erhalten. Seine Aufgabe ist es nicht, Leben zu beenden. Das Opfer ist nicht irgendjemand, es ist seine Tante, die er – was er uns glaubhaft darlegen konnte – wie eine Mutter geliebt hat. Sie war schwerst demenzerkrankt und hatte, als sie noch Herr ihres Verstandes war, ebenjenen Fall vor Augen gehabt, der zuletzt eingetreten war: Sie erkannte ihr eigenes Spiegelbild nicht mehr, sie konnte nicht mehr ohne fremde Hilfe essen oder trinken, und sie nässte und kotete sich ein. In dieser Situation entschloss sich der Angeklagte zum Äußersten und setzte ihrem Leid ein Ende. Ja, sie wehrte sich. Und ja, sie gab zuletzt Anzeichen, dass sie doch nicht sterben wollte, obwohl sie genau das in ihrer Patientenverfügung schriftlich verfügt hatte. Doch genau hier, meine Damen und Herren, liegt der entscheidende Punkt. Genau hier ist zu schauen, wie diese Umstände zu werten sind und ob danach der Angeklagte tatsächlich *schuldhaft* den Tod herbeigeführt hat.«

Jonas griff in seine Aktentasche und zog ein paar Blatt Papier heraus. »Ich habe hier ein Urteil vom 21. April 2020 des Hohen Rats, dem höchsten Gericht der Niederlande.« Er ging zum Richtertisch und zu Stern, überreichte beiden einige Seiten und trat zurück an seinen Platz. »Der Hohe Rat bestätigt darin den Freispruch eines Gerichts unterer Instanz, das eine Ärztin vom Vorwurf des Mordes freigesprochen hatte. Was ich Ihnen ausgehändigt habe, ist die deutsche Übersetzung der Entscheidung. Bitte sehen Sie sich die Ausführungen auf Seite elf an. Das dortige Opfer war ebenfalls eine ältere Dame, die schwer an Alzheimerdemenz erkrankt war und von der Ärztin durch aktive Gabe letaler Dosen eines Medikaments getötet wurde.«

Leifert legte die Papiere zur Seite. »Herr Oberstaatsanwalt, wir sind nicht in den Niederlanden. Jeder weiß, dass die dortigen Regelungen zur Sterbehilfe mit unseren nicht vergleichbar sind. Bitte kommen Sie zum Punkt.«

Stern und Max lasen gemeinsam in den Entscheidungsgründen, Max hatte seine gelbe Brille abgelegt und kniff die Augen ein wenig zusammen. Immer wieder sah er zwischendurch zu Jonas, während er die Papiere überflog.

»Herr Vorsitzender, mir ist durchaus bewusst, dass wir nicht in den Niederlanden sind. Allerdings bin ich davon überzeugt, dass es für den hier zu entscheidenden Fall nicht darauf ankommt, ob die Entscheidung von einem deutschen oder einem anderen Gericht stammt.«

»Dann erläutern Sie uns das bitte.« Leifert nahm einen Stift zur Hand.

Jonas setzte genau an der richtigen Stelle an. Entgegen einer landläufigen Meinung unterschied sich das materielle Strafrecht der Niederlande gar nicht so sehr von dem in Deutschland, die Systematik war in weiten Teilen identisch. Auch die Niederländer verlangten die objektive und subjektive Verwirklichung eines Straftatbestandes, die Rechtswidrigkeit der Tat und natürlich eine persönliche Schuld des Täters. Es war daher keineswegs abwegig, wenn Jonas die Entscheidung des Hohen Rats thematisierte. Reben hätte es genauso gemacht.

»Selbstverständlich«, sagte Jonas. »Maria Linz hinterlässt einen umfassenden Abschiedsbrief und eine Patientenverfügung. Darin erläutert sie ihren unbedingten Wunsch, der Angeklagte möge sie töten, wenn sie unerträglich leidet. Ein solch unerträgliches Leiden tritt – nach allem, was wir von den Sachverständigen wissen – ein. Der Angeklagte Dr. Keller schreitet zur Tat. Maria Linz gibt Anzeichen von sich, die den Schluss zulassen, dass sie doch nicht sterben will. Aber dies tut sie, als ihr Ich bereits schwer erkrankt ist. Ihr fehlt in diesem Moment vollständig die Einsichts- und Steuerungsfähigkeit. Das aber war ganz anders, als sie einige Jahre zuvor ihren Sterbewunsch zu Papier brachte. Da war ihr Ich noch vollkommen gesund, es wusste sehr genau, was es tat. Es regelte nämlich genau den Fall, der später eintritt: Ihr Ich ist nicht nur krank, es leidet sogar unerträglich. Dabei geht es nicht nur um körperliches Leiden. Es kann – wie der Hohe Rat in den Niederlanden meines Erachtens völlig zu Recht ausgeführt hat – auch Signale geben, dass der Patient so sehr an seiner fortgeschrittenen Demenz leidet, dass genau dieses Leiden als unerträglich bezeichnet werden muss. Und das können wir bei der Verstorbenen Maria Linz ohne Weiteres annehmen. Sie war nahezu nicht mehr ansprechbar, erkannte niemanden mehr und war nicht mehr imstande, ihren Körper auch nur ansatzweise über ihr Gedanken- und Nervensystem zu steuern. Wenn das aber so war, dann stellt sich die Frage, wie die zuletzt geäußerten Anzeichen, die darauf hindeuten, dass sie vielleicht doch nicht sterben wollte, strafrechtlich zu bewerten sind.«

»Und wie sind sie Ihrer Ansicht nach zu bewerten?«, fragte Leifert. Er blätterte nun doch in der Kopie des Urteils.

Jonas blickte auf und sah über die Zuschauerreihen hinweg Reben an. Reben nickte ihm sacht zu.

Die Leute im Saal begriffen nicht, was gerade stattfand. Ein Mann mit Haarkranz hatte die Arme vor der Brust verschränkt und seine Stirn in Falten gezogen. Die alte Frau und ihr Begleiter lächelten leicht. Für sie präsentierte sich Jonas gerade als ein Staatsanwalt auf Abwegen, als einer, der seine Hausaufgaben nicht gemacht hatte oder überhaupt seinen Job nicht verstand. Sie konnten nicht wissen, dass er genau richtiglag mit dem, was er tat.

»Was soll das?«, fragte Agnes Linz leise. Sie ließ das Schloss ihrer Handtasche auf- und zuklacken, ohne hinzusehen. Sie verstand offensichtlich die Welt nicht mehr. Vermutlich wollte sie Max, der ihre Mutter getötet hatte, für viele Jahre hinter Schloss und Riegel sehen. Doch davon entfernte sich der Ankläger Jonas van Loon mit jedem Wort, das er von sich gab.

Jonas drehte sich zur Richterbank. »Es gibt nur einen Schluss.«

Leifert hörte auf zu blättern. »Und der wäre?«

»Das frühere, gesunde Ich, wacht über das spätere, kranke Ich. Nur dann ergeben die umfassende und detaillierte Patientenverfügung und der Abschiedsbrief einen Sinn. Nur dann nehmen wir den wahren Willen, den Willen des gesunden Menschen, ernst und respektieren ihn, wenn er später unerträglich erkrankt ist und leidet.«

Der alte Mann schüttelte unentwegt den Kopf.

Jakobsen notierte hastig. Sein Kopf war inzwischen hochrot. Vielleicht hatte er begriffen, dass Jonas den Pfad des knallharten Anklägers mehr und mehr verließ.

»Meine Damen und Herren«, Jonas wandte sich an die Zuschauer, »es mag Ihnen befremdlich vorkommen, dass ein Staatsanwalt wie ich über Entschuldigungsgründe zugunsten des Angeklagten referiert. Man sollte annehmen, das sei die Aufgabe der Verteidigung, und ich bin mir sicher, dass der Kollege Stern uns in seinem noch folgenden Plädoyer weiter verdeutlichen wird, warum sein Mandant kein Mörder ist. Bedenken Sie aber bitte, dass dieses weitverbreitete Verständnis einer klaren Rollenverteilung zwischen Anklage und Verteidigung vom Gesetz nicht vorgesehen ist, im Gegenteil. Die Staatsanwaltschaft hat nach § 160 Abs. 2 StPO nicht nur die zur Belastung, sondern auch die zur Entlastung dienenden Umstände einer Tat zu ermitteln. Danach ist es sogar meine gesetzliche Pflicht, das Vorliegen möglicher Entschuldigungsgründe zu thematisieren und ihnen nachzugehen.

Es kommt nicht darauf an, welche der beiden Seiten gewinnt oder verliert. Es geht allein darum, die Wahrheit zu finden und den Angeklagten schuld- und tatangemessen zu bestrafen. Denken Sie an vorhin, als der Angeklagte aufgestanden ist und ich Ihnen sagte, dieser große, schwere Mann habe die schwache, zierliche Frau ins Bett gedrückt. Seien Sie ehrlich zu sich selbst – in diesem Moment war der Angeklagte ein brutaler Mörder für Sie. Ist es nicht so?«

Viele Leute im Zuschauerraum sahen zu Boden, ein paar räusperten sich.

»Herr Dr. Keller«, Jonas wandte sich an Max. »Wie viel Besuch bekam Maria Linz in der Woche?«

Die Muskeln an Max' Kieferknochen zuckten. »Keinen«, sagte er. »Nur von mir.«

»Und das Pflegepersonal? Wie haben sich die Schwestern um Frau Linz gekümmert?«

»Nun ja … Was soll ich dazu sagen? Es gibt immer viel zu tun. Da geben alle ihr Bestes.«

»Ihr Bestes«, wiederholte Jonas. »Wie dürfen wir das verstehen? Wurde Frau Linz von den Schwestern regelmäßig im Park spazieren gefahren oder gar spazieren getragen?«

Einer aus den Zuschauerreihen lachte kurz auf, verstummte aber sofort wieder.

»Nein, nicht, dass ich wüsste.«

»Wurde sie regelmäßig zur Toilette gebracht, wenn sie musste?«

Max schüttelte den Kopf. »Sie trug eine Windel.«

»Genau«, sagte Jonas. »Eine Windel, die ständig voll war, sodass der ganze Raum danach stank, richtig?«

Max atmete durch und nickte wieder.

»Und was haben Sie in solchen Momenten getan, Herr Dr. Keller?«

»Ich … ich habe es – so gut es ging – verhindert, dass sie in die Windel macht. Ich habe sie einfach auf den Arm genommen und auf die Toilette gesetzt.«

»Und waren Sie auch draußen im Park mit ihr?«

»Oh, ja, bei fast jedem Besuch. Meistens habe ich sie aus ihrem Rollstuhl gehoben und unter den Kastanien am kleinen Ententeich entlanggetragen. Sie hat dann ihren Kopf an meine Brust gelegt. Ich glaube, sie hat das genossen und sich gefreut, auch wenn sie es nicht mehr richtig zeigen konnte.«

»Danke.« Jonas drehte sich zu den Zuschauern. »Ist Dr. Max Keller, dieser große, kräftige Mann, noch immer ein Mörder für Sie? Ich denke nein. Und deshalb, meine Damen und Herren, sollten Sie bei einem Strafprozess immer eines beherzigen: Es geht um Fairness. Jeder Angeklagte hat ein faires Verfahren verdient, das ist sein verfassungsrechtlich verankertes Recht. Und dazu gehört, dass die Staatsanwaltschaft alles ermittelt und berücksichtigt, was gegen, aber auch was für den Angeklagten spricht.«

Leifert flüsterte mit einem seiner Beisitzer, der ihm zunickte.

Agnes Linz ließ den kleinen Metallverschluss ihrer Handtasche immer wieder auf- und zuschnappen, ein scharfes, lautes Klacken.

»Damit komme ich zum Schluss meines Plädoyers. Als der Angeklagte dem Opfer eine tödliche Dosis Chloroquin verabreichte, tat er dies in der festen Überzeugung, kein Unrecht zu tun. Er hat mehrfach widerspruchsfrei und sachlich dargelegt, er sei überzeugt davon gewesen, Maria Linz einen letzten, sehnlichsten Wunsch zu erfüllen und dabei auf dem Boden des Rechts zu handeln. Dennoch – und das darf nicht unberücksichtigt bleiben – wusste er von der Strafbarkeit seines Vorgehens. Als Arzt kennt er die geltenden Gesetze, vor allem die, mit denen er als Mediziner ganz konkret in Konflikt geraten kann, wie etwa § 216 StGB – die Tötung auf Verlangen. Er konnte und musste vor diesem Hintergrund erkennen, dass er gegen geltendes Recht verstößt. Dadurch handelte er auch schuldhaft, sodass er grundsätzlich zu verurteilen wäre. Aber …« Jonas hielt inne. Er sah Max an. Max kaute auf seiner Unterlippe.

»Hohes Gericht, meine Damen und Herren«, fuhr Jonas fort. »Dürfen wir uns über das geschriebene Gesetz hinwegsetzen? Hat es dann keine Gültigkeit für uns, wenn wir der Ansicht sind, es sei falsch? Meine Antwort darauf lautet: Nein, das dürfen wir nicht, niemand von uns. Wir alle haben uns an die Vorschriften zu halten, solange sie geltendes Recht sind. Und doch bleibt es unser aller Aufgabe, wachsam zu sein, kritisch. Das Recht ist nicht statisch. Es unterliegt gesellschaftlichen Wandlungsprozessen. Wenn das nicht so wäre, würden bis heute Auge um Auge und Zahn um Zahn gelten. Ein kluger Mann hat einmal zu mir gesagt, die Gefahr liege nicht im Relativen, sie verstecke sich im Absoluten. Ich habe etwas Zeit gebraucht, um das zu verstehen. Aber es ist sehr einfach.«

Max drehte kaum erkennbar den Kopf ein Stück zur Seite und deutete ein Lächeln an. Er und Jonas hatten in der Schiffshalle gesessen, und Max hatte sicher nicht damit gerechnet, dass Jonas sich seine kellerschen Philosophien eines Tages zu eigen machen würde.

Agnes Linz hatte aufgehört, ihre Handtasche klacken zu lassen, sie strich jetzt nur noch lautlos über den metallenen Verschluss.

»Ist die aktive Sterbehilfe – ganz gleich, wie der Einzelfall gelagert ist – stets und immer strafbar? Oder kann es Situationen geben, die das Handeln des Arztes rechtfertigen? Ist alles absolut, oder bewegen wir uns im Relativen? Denken Sie zum Beispiel an einen Patienten, der aufgrund einer Querschnittslähmung nicht imstande ist, selbstständig Nahrung zum Mund zu führen. Er beschließt eines Tages, sterben zu wollen. Aber es wird ihm nach derzeit geltendem Recht unmöglich gemacht. Der Arzt, der ihm die Medikamente beschafft, darf sie ihm nur zur Verfügung stellen, er darf sie ihm nicht verabreichen. Und jetzt stellen Sie sich denselben Patienten vor, der nicht querschnittsgelähmt ist. Er nimmt die vom Arzt beschafften Medikamente selbst ein, und sein Wunsch wird erfüllt. Der eine kommt also in den Genuss des frei gewählten Suizids, während es dem anderen – nur, weil er noch mehr eingeschränkt ist als der nicht Querschnittsgelähmte – verwehrt bleibt. Ist das gerecht?«

Jonas sah in die Reihen der Zuschauer. Der Alte schüttelte kaum sichtlich den Kopf. Agnes Linz zeigte keine Regung. Ihr kinnlanges schwarzes Haar wirkte matt.

»Nein«, fuhr Jonas fort. »Das ist es nicht. Jedenfalls für mich nicht. Es ist willkürlich, eine unnatürliche Grenze, die unter rechtlichen Gesichtspunkten nicht zu begründen ist.«

Max' Lippen waren einen kleinen Spalt geöffnet. Noch immer ließ er nicht erkennen, was in ihm vorging und ob er die Tragweite dessen, was Jonas gerade für ihn tat, erfassen konnte. Er saß bewegungslos da, mit seiner gelben Brille, und blickte Jonas an.

Maria war strukturiert gewesen, ihr ganzes Leben lang, das hatte Jonas gegenüber Reben mehr als einmal gesagt. Sie hätte keinen Sterbewunsch mal eben aus einer Laune heraus formuliert. Sie hatte mit ihren Zeilen vorsorgen wollen für den Moment, von dem sie wusste, dass er eines Tages kommen würde. Sie hatte alles geplant und schriftlich niedergelegt, und sie hatte genau das verhindern wollen, was jetzt eingetreten war: Unsicherheit. Unsicherheit darüber, ob ihr Wunsch noch immer galt. Menschen sagten heute A und wollten morgen B, das war ganz natürlich. Aber was galt am Ende? Vor allem, wenn B genau in dem Zustand erklärt wurde, der mit A ausgeschlossen werden sollte? Es gab nur eine Antwort: Der freie Wille eines Menschen musste ernst genommen werden, auch und vor allem dann, wenn der spätere – nicht mehr freie – Wille eine Abkehr vom Ursprünglichen vermuten ließ. Alles andere war Mumpitz. Eine Patientenverfügung war ihr Papier nicht wert, wenn man sich nicht an sie hielt.

Jonas sprach mit fester Stimme. »Nach alledem, meine Damen und Herren, hält die Staatsanwaltschaft generell die kategorische Strafbarkeit der aktiven Sterbehilfe, und konkret eine Strafbarkeit des Angeklagten Dr. Keller, aufgrund der besonderen Einzelfallumstände für verfassungswidrig. Das ausnahmslose, absolute Verbieten der Tötung auf Verlangen, wie § 216 StGB es beinhaltet, ist mit dem Selbstbestimmungsrecht des Einzelnen nicht zu vereinbaren, es liegt eine Verletzung der Menschenwürde und des Persönlichkeitsrecht nach den Artikeln 1 und 2 des Grundgesetzes vor. Ich beantrage daher, das vorliegende Verfahren auszusetzen und diese Frage gemäß Artikel 100 des Grundgesetzes dem Bundesverfassungsgericht in Karlsruhe zur Entscheidung vorzulegen. Vielen Dank.« Er setzte sich.

Einige der Zuschauer schüttelten die Köpfe, andere nickten. Sie tuschelten untereinander, der Mann mit dem Haarkranz rief etwas lauter »Unglaublich!« in den Raum. Jakobsen hockte wie erstarrt auf seinem Sitz und ließ mit seinem Blick nicht von Jonas ab.

Die alte Frau lächelte Jonas an, während der Alte neben ihr zum Fenster hinaussah. Sein Kopf wackelte leicht.

Jonas hatte es tatsächlich getan. Für die einen hatte er das Recht verbogen, für die anderen es einzig richtig angewandt. Und er hatte sich dabei neben der Öffentlichkeit vor allem einer möglichen juristischen Schelte durch das Landgericht und weitergehender Instanzen ausgesetzt. Reben hatte nur ein einziges Mal solchen Mut aufgebracht, und kaum war die Kritik von allen Seiten auf ihn eingeprasselt, hatte er sich wieder in sein stilles Kämmerlein verzogen. Das würde Jonas nicht in den Sinn kommen, er würde nicht davonlaufen, ganz gleich, wie die Reaktionen auf sein Plädoyer ausfielen. Er hatte sich für einen von zwei Wegen entschieden und ohne Zweifel gewusst, dass er den steinigeren gewählt hatte.

Leifert mahnte zur Ruhe und unterbrach die Verhandlung, die Kammer zog sich erneut zur Beratung zurück.

Jonas öffnete ein Fenster und kam auf Reben zu. Als er auf Höhe der alten Frau und des alten Mannes war, hielt er inne. Die beiden erhoben sich, die Frau war zwei Köpfe kleiner als ihr Begleiter.

»Verzeihen Sie«, sagte Jonas. »Ich hoffe, Sie verstehen mich nicht falsch, ich möchte Ihnen nicht zu nahe treten. Aber ich habe mich gefragt, ob Sie irgendeinen besonderen Bezug zu diesem Verfahren haben? Sie waren – wenn ich es richtig mitbekommen habe – an jedem Verhandlungstag da.«

»Wir verstehen Sie nicht falsch, Herr Dr. van Loon.« Der Mann lächelte. »Meine Schwester hier, Charlotte Wallner … sie war Marias Zimmernachbarin, und auch ich kannte Maria Linz sehr gut. Wir vermissen sie und betrauern ihren Tod jeden Tag. Mein Name ist Georg Wallner.« Er gab Jonas die Hand.

Die alte Dame nickte unentwegt, es war nicht zu erkennen, ob sie die Worte ihres Bruders bestätigten wollte oder an einem Nervenleiden litt. Sie sah zu Jonas auf und zog sacht an dem Ärmel seiner Robe. Er beugte sich ein Stück zu ihr herab.

»Sie sind ein guter Richter … guter Richter … Ja.«

»Beruhige dich, Lotti, ich bin ja da.«

Sie nickte weiter. Wallner setzte sie auf ihren Stuhl zurück und streichelte ihre bleiche Wange.

»Alzheimer«, sagte er. »Wie bei Frau Linz. Aber noch nicht so weit fortgeschritten. Sie hat furchtbare Angst.«

»Verstehe«, sagte Jonas.

In diesem Moment kam Leifert in den Saal zurück. Er bat Stern und Jonas zu sich.

Jonas trat einen Schritt zur Seite und gab Reben die Hand. »Wir reden später«, sagte er, und Reben spürte, wie warm Jonas' Hand war.

In Agnes Linz' Richtung nickte Jonas nur kurz, doch sie erwiderte seinen Gruß nicht.

Jonas und Stern verschwanden gemeinsam mit Leifert hinter dem Richtertisch im Beratungszimmer. Ein Justizwachtmeister öffnete die Saaltür und ließ Luft herein. Agnes Linz stand auf und streckte ihren Rücken durch. Sie schaute Max ins Gesicht, er bewegte sich nicht. Vielleicht war da die Spur eines Lächelns auf seinen Lippen, vielleicht täuschte Reben sich auch. Er kannte Max. Max lächelte nicht, wenn es der Anlass nicht hergab.

Minute um Minute verging, während das Tuscheln der Zuschauer im Saal lauter wurde. Die meisten hatten sich von ihren Plätzen erhoben und gingen ein paar Schritte auf und ab. Aus einer Viertelstunde wurde eine halbe, und aus einer halben fast eine ganze, bevor Jonas und Stern endlich aus dem Beratungszimmer kamen und zu ihren Plätzen zurückkehrten.

Auch das Gericht kam wieder in den Saal. Leifert erteilte Stern das Wort.

Stern nickte kurz. »Hohes Gericht, Herr Oberstaatsanwalt, meine sehr verehrten Damen und Herren. Ich kann mich am heutigen Tag kurzfassen. Das, was ich zur vorliegenden Tat zu sagen gehabt hätte, das wurde bereits zutreffend und umfassend von Herrn Dr. van Loon vorgetragen. Ich bin dankbar für Staatsanwälte, die das Gesetz ernst nehmen und ihrer Pflicht nachgehen, auch Entlastungsbeweise zu berücksichtigen. Das ist ein guter Tag für die Integrität des Rechtsstaats. Und ich bin zugleich überzeugt davon, dass es richtig ist, in meinem Mandanten, Max Keller, keinen Mörder zu sehen. Lassen Sie mich bitte einen Auszug aus Maria Linz' Abschiedsbrief vorlesen:

Mein lieber Max,

wir wissen alle, dass sich die Krankheit nicht aufhalten lässt. Niemand kann mir sagen, wie sie genau verlaufen wird, aber schon heute fehlen mir oft Wörter, wenn ich etwas erzähle, oder ich erinnere mich nicht mehr, wo ich die Fernbedienung für den Fernseher oder meine Armbanduhr abgelegt habe. Ich weiß noch, dass ich die Uhr von Jonas und Dir zu irgendeinem Geburtstag geschenkt bekommen habe, ich weiß nur nicht mehr, zu welchem.

Ich unterhalte mich sehr viel mit Ärzten, nicht nur mit Dir. Du kümmerst Dich so rührend um mich, ich will Dich nicht noch mit Tausenden Fragen nerven, auch wenn Du immer wieder sagst, ich würde Dich gar nicht nerven.

Nach allem jedenfalls, was ich weiß, was ich gelesen und von Ärzten gehört habe, werde ich mich eines Tages selbst nicht mehr im Spiegel erkennen, geschweige denn die Menschen um mich herum, die Menschen, die mir nahestehen. Ich werde meine motorischen Fähigkeiten verlieren, sodass ich nicht mehr ohne Hilfe essen, trinken oder zur Toilette gehen kann. Ich werde nur noch eine Hülle sein. Ein bisschen stelle ich mir das vor, als würde ich in einem Glaskasten sitzen. Ich sitze da, gefesselt und mit zugeklebtem Mund. Ich kann die Menschen außerhalb des Kastens sehen und hören, aber ich kenne niemanden von ihnen und begreife nicht, was sie sagen. Wenn ich die Hand nach ihnen ausstrecke, erreiche ich sie nicht. Und wenn sie in den Glaskasten schauen, sehen sie mich nicht an, sondern schauen durch mich hindurch.

Vor alldem habe ich wahnsinnige Angst. Sie lässt mich nächtelang nicht schlafen. Sie verdirbt mir den Appetit, und ich traue mich nicht mehr, mich mit anderen Menschen zu unterhalten, weil ich Sorgen habe, ich könnte meine Worte vergessen. Ich will nicht dahinvegetieren und im Siechtum verrecken. Wir haben oft darüber geredet, Du und ich. Und Du hast mir versprochen, Du wirst mir helfen, wenn es eines Tages so weit ist. Du wirst mich einschlafen lassen, Max, für immer. Versprich es mir noch einmal, versprich es mir immer wieder. Ich muss mich darauf verlassen können, hörst Du. Ich brauche die Gewissheit, dass ich ruhig sterben werde. Du sollst mir die Medikamente dafür geben, und dafür werde ich Dir für immer dankbar sein. Wenn mein Leiden unerträglich wird, dann tue es bitte: Setze dem Ganzen ein Ende. Ich will es so.

Und denk immer daran: So wie ich Dich liebe – das kann sich keiner vorstellen.«

Stern faltete den Brief zusammen und legte ihn zurück auf den Tisch.

Agnes Linz' Kinn zitterte, ihr Gesicht war grau.

»Meine Damen und Herren«, sagte Stern leise. »Maria Linz wollte sterben, und sie wollte, dass Max Keller sie dabei begleitet, damit sie sanft und in Frieden gehen kann. Das Bundesverfassungsgericht hat erst kürzlich, im Februar und im Juni 2020, entschieden, das im Grundgesetz verankerte allgemeine Persönlichkeitsrecht beziehe sich auf einen autonomen Menschen, einen Menschen, der, soweit irgend möglich, die Hoheit über sich selbst haben soll. Dies gilt auch für das Sterben. Dieses Persönlichkeitsrecht schließt, ich zitiere, ›die Freiheit ein, sich das Leben zu nehmen, hierfür bei Dritten Hilfe zu suchen und, soweit sie angeboten wird, diese Hilfe auch in Anspruch zu nehmen‹. Wenn also selbst das Bundesverfassungsgericht, das höchste Gericht in unserem Land, die Selbsttötung und die Inanspruchnahme der Hilfe Dritter als verfassungsrechtlich legitimiert ansieht, kann dann die Hilfe, die der Angeklagte für Maria Linz geleistet hat, strafbar sein? Nein, meine Damen und Herren. Nach diesem Verständnis kann sie es nicht, und deshalb ist die Antwort ganz einfach: Dr. Max Keller ist kein Mörder. Ich schließe mich der Staatsanwaltschaft an. Die Untersuchungshaft ist mit sofortiger Wirkung aufzuheben, und die Sache ist dem Bundesverfassungsgericht vorzulegen. Auch ich bin – wie Herr Dr. van Loon – überzeugt davon, dass die kategorische Strafbarkeit der aktiven Sterbehilfe mit unserem heutigen Selbstverständnis des Menschen nicht mehr in Einklang zu bringen ist. Dies werden die Verfassungsrichter in Karlsruhe zu klären haben. Ich danke Ihnen.« Stern setzte sich, neben ihm erhob sich Max. Er hatte das letzte Wort.

»Ich kann nur sagen, dass mein Leben ohne Maria anders verlaufen wäre, sehr viel anders, sehr viel schlechter. Ich habe ihr alles zu verdanken, was ich bin. Und ich habe ihr den sehnlichsten Wunsch erfüllt, den sie mir gegenüber jemals geäußert hat. Sie wollte nicht leiden und nicht qualvoll sterben – und das ist sie nicht.« Er setzte sich.

»Pah«, entfuhr es Agnes Linz, aber so leise, dass die Richter vorn sie offenbar nicht hörten.

Reben seufzte. Sie konnte mit dem Verlauf der Verhandlung nicht zufrieden sein. Ihre Mutter war tot, und Max hatte sie getötet. Nur kam es nicht auf die Sicht einer Angehörigen an, Emotionen gehörten nicht in einen Gerichtssaal, auch wenn Reben ihre Enttäuschung verstehen konnte.

Leifert beriet sich flüsternd mit seinen Beisitzern, aber sicher hatten sie ihre Entscheidung bereits in der Verhandlungspause getroffen und mit Jonas und Stern abgestimmt. Er machte sich Notizen und nickte seinen Beisitzern zu.

»In der Strafsache Keller ergeht folgender Beschluss«, sagte er.

Agnes Linz bewegte sich nicht, sie schien kaum mehr zu atmen und hielt sich an ihrer Handtasche fest. Sie glich einer Steinfigur.

Reben sah zur Decke. Noch immer war von der Klimaanlage nichts zu hören. Sie verteilte Luft im Raum. Unsichtbare, frische Luft. Sie tat gut in den Lungen. Aber sie war kalt.

29

KIEL, JUNI 2011

Bis auf ein paar letzte Umzugskartons waren die meisten Sachen schon unten im Lkw. Max setzte seine gelbe Brille auf. Er hielt ein Bild in der Hand, schon eine ganze Weile. Es war einer der wenigen Abende gewesen, an denen Agnes dabei gewesen war. Auf dem Foto saß sie zwischen Jonas und Achim in Marias Hollywoodschaukel, die kurz zuvor unter dem ausgelassenen Schaukeln der drei aus der Aufhängung gebrochen war. Lachende Gesichter, polaroidgerötete, glänzende Augen – ein Motiv aus einer anderen Welt.

Max hatte die Aufnahme in Marias Garten auf der kleinen Steinterrasse gemacht, im Mai 1996, ein paar Wochen vor dem Unfall. Es war weit nach Mitternacht gewesen, sie hatten Steaks und auf Agnes' besonderen Wunsch Tofuwürstchen gegrillt und später einen Cocktailwettbewerb veranstaltet. Jeder hatte einen Cocktail gemischt, während die anderen seine Zusammensetzung erraten sollten. Agnes hatte Wodka mit dem Wasser aus einem Gurkenglas gemixt und das Ganze mit Tabasco verfeinert. Es war ein Abend für die Ewigkeit geworden.

Max legte das Bild zu den anderen in den Karton und verschloss den Deckel. Einer der Packer kam ins Wohnzimmer, nahm den Karton wortlos an sich und schleppte ihn weg.

Draußen auf der Kieler Förde kreuzten ein paar Segler. Von hier oben im Penthouse sahen sie winzig aus, weiße Dreiecke, die durch den blauen Himmel schnitten. Der Wind schien gut zu sein, bestimmt Stärke sieben oder acht. Im Hafen klatschten die Taue an die Masten,

Möwen kreischten. Es klang alles so vertraut, und es sah alles so vertraut aus: die Kieler Hörn, an deren Kaimauern ein paar Dreimaster und einige Motorboote festgemacht hatten. An Land bauten Schausteller die ersten Stände für die bevorstehende Kieler Woche auf.

Max konnte noch die kaum sichtbare Salzschicht spüren, die damals an Deck der Alethea sein Gesicht bedeckt hatte. Seine Oberschenkel hatten gezittert, die Handflächen gebrannt von den Tauen, die darin gerieben hatten. Wenig später hatte er unter dem Jubel der Menschen den Pokal in die Luft gestreckt. Die Welt war nicht groß genug gewesen.

Er schloss das Fenster und ging in die Küche. Im Schlafzimmer bauten zwei Männer Bett und Schränke auseinander, zwei andere Kollegen trugen die Einzelteile fort. Keine Ahnung, warum er das riesige Bett mitnahm, darin geschlafen hatte er in den vergangenen vierzehn Monaten und drei Wochen nicht mehr. Überhaupt hatte er das Schlafzimmer nach Michelles Tod kaum mehr betreten. Im Gästezimmer hatte es sich auch schlafen lassen, wahrscheinlich besser.

Die Bilder waren bereits abgehängt und in Noppenfolie eingeschlagen worden. Sie waren nicht besonders hochwertig, einfache Kunstdrucke, aber zu schade für den Müll. Paris bei Nacht mit der erleuchteten Seine, der Pinguin von Picasso, der nur mit einem einzigen Strichansatz gezeichnet war. Michelle hatte sie irgendwann gekauft, Max wusste nicht mehr, wann oder wo. Aber er konnte sie nicht einfach entsorgen.

In der Küche setzte er sich auf einen der beiden verbliebenen Barhocker und zündete sich eine Zigarette an. Sein Knie schmerzte heute ungewöhnlich stark. Er rieb daran, wie immer fühlte es sich an, als gehöre es nicht zu seinem Körper.

Michelle war eine tolle Köchin gewesen. Sie konnte aus den letzten Resten ein kleines Kunstwerk zaubern. Max hatte dann genau hier gesessen, ein Glas Rotwein vor sich, und hatte ihr beim Kochen zugesehen. Oft war er gar nicht hungrig gewesen, aber ihm wäre nicht im

Traum eingefallen, Michelle bei ihrer Arbeit an Herd und Schneidebrett zu unterbrechen. Sie lächelte dabei, und hin und wieder gab sie ihm einen Kuss.

Die Küche musste hierbleiben, die Käufer hatten sich sofort in sie verliebt, und es wäre Unsinn gewesen, alles auszubauen. Die Wohnung in Ahrensburg war ohnehin zu klein dafür. Was sollte es also, Max tat ein gutes Werk. Das Mädchen der Käufer war drei Jahre alt. Sie würde auf der Arbeitsfläche sitzen, bestimmt genau an der Stelle, an der auch Clara als kleines Kind gesessen hatte. Der Vater würde sie mit Vanilleeis füttern, ihr kleiner Mund wäre ganz verschmiert, und die Mutter würde die beiden mit einem gespielt strengen Blick beobachten.

Max stand auf. Er trat einen Schritt um die Kochinsel herum und legte die flache Hand auf die Stelle, an der Clara mit ihrem Windelpopo gesessen hatte. Max roch die Vanille. Die Stelle war kalt.

Er setzte sich zurück auf den Hocker. Die zwei abmontierten Regale hatten ihre Spuren auf der Wand hinterlassen, ihre Konturen zeichneten sich ab. An einer Stelle über dem Herd waren große, dunkle Spritzer eingetrocknet. Max hatte die Stelle immer überstreichen wollen, jetzt war es nicht mehr nötig. Dunkle Spritzer auf blassgrünem Grund – wie Wilhelms Blut auf Max' OP-Kittel. Wenige Wochen zuvor waren sie noch zusammen essen gewesen, Wilhelm hatte sich nichts anmerken lassen, aber der gottverdammte Krebs hatte schon in ihm getobt wie ein tollwütiger Hund.

»Soll das auch mit?«, fragte einer der Packer. »Lag noch drüben im Arbeitszimmer.«

Das Backgammonspiel. Max hatte es Agnes zu Weihnachten geschenkt, damals, als er bei Maria eingezogen war. Agnes hatte es nicht ein einziges Mal angerührt, irgendwann hatte Maria es ihm zurückgegeben. Er selbst hatte Jahre keine Partie mehr gespielt.

»Geben Sie her.« Max nahm es und warf es in den Mülleimer.

Der Packer zog wortlos ab.

Max sah sich um. Was hatte er für Augen gemacht, als Michelle ihm die Wohnung präsentiert hatte. An ihrem ersten Hochzeitstag. Am anderen Morgen hatten sie den Mietvertrag unterschrieben und zwei Jahre später die Wohnung gekauft. Ein bisschen Erspartes hatte für das nötige Eigenkapital gereicht, und die Arztgehälter, die Michelle und er in der Klinik verdienten, waren schon damals gut gewesen. »Unser Paradies«, hatte Michelle gesagt, wenn sie bei Kerzenschein im Wohnzimmer auf dem Fußboden gesessen und Wein getrunken hatten. Unten in der Kieler Förde waren die beleuchteten Skandinavienfähren eingelaufen, während Clara in ihrem Stubenwagen aus Rattan schlief.

Max griff in seine Hosentasche und holte Momo hervor. Der kleine Stoffmäuserich lächelte ihn an, Max lächelte zurück. Claras Kinderzimmereinrichtung hatten Leute aus Kiel gekauft, sie hatten sich als Erste auf die Zeitungsannonce gemeldet und waren eine Stunde später da gewesen. Ein junger Mann Anfang zwanzig und eine noch jüngere Frau, die ein zweijähriges Mädchen auf dem Arm hielt. Der Mann hatte eine Jogginghose getragen, und die Frau war sehr stark geschminkt gewesen. Sie hatten Max erzählt, sie hätten beide kürzlich ihre Arbeit verloren und bräuchten dringend Möbel für ihre Tochter. Max hatte ihnen Claras gesamte Einrichtung überlassen. Als der Mann fünfhundert Euro aus seiner Hosentasche holte, hatte Max mit dem Kopf geschüttelt und die Hand des Mannes sacht zurückgewiesen. Die beiden hatten auch Claras gesamte Kleidung mitgenommen, ihr Spielzeug, die Kuscheltiere, Bücher und CDs und die kleine Stereoanlage. Max war froh gewesen, als alles weg war. Aber Momo war hiergeblieben, er passte auf Max auf, Clara hatte es so gewollt.

Max steckte ihn zurück in die Hosentasche und öffnete die Tür zur Dachterrasse. Warmer Wind blies unter dem gläsernen Pergoladach entlang. Die saftig grünen Baumkronen krümmten sich. Unten lief die Stena Line im Hafenbecken ein, die Fähre aus Göteborg. Reisende an Deck winkten den Passanten zu, die sie an Land willkommen hießen. Michelle und er hatte von hier oben aus auch manchmal gewinkt, obwohl es unten wahrscheinlich nie jemand gesehen hatte.

»Guten Tag«, sagte jemand hinter Max.

Er drehte sich um. Pfarrer Braun nahm sein schwarzes Basecap vom Kopf und wuschelte sich durch sein blondes Haar.

»Das ist ja eine Überraschung. Guten Tag, Herr Pfarrer.« Max gab ihm die Hand. »Was führt Sie zu mir?«

»Ich hatte gehofft, ich könnte Sie noch um ein Glas Ihres wunderbaren irischen Whiskeys erleichtern, bevor Sie uns verlassen. Sie haben sich gar nicht mehr bei mir gemeldet nach der … nach unserem letzten Gespräch.«

Martin Braun, in Kiel geboren, war seiner Heimatstadt immer treu geblieben, wahrscheinlich würde er auch irgendwann in Kiel sterben. Für einen Pfarrer war das sicherlich von Vorteil, so kannte er die meisten seiner Schäfchen besser als sie sich selbst. Er war Mitte, Ende vierzig, sah aber noch immer wie ein Student aus und kleidete sich in seiner Freizeit auch so – Jeans, Polohemd, Bootsschuhe. Aber davon durfte man sich nicht täuschen lassen. Seine Grabrede für Michelle und Clara hatte keinen Zweifel daran gelassen, dass er viel vom Leben verstand. Nur mit der Heiligen Schrift ging er zu unkritisch um, aber das konnte man einem Geistlichen wohl kaum verübeln.

»Kommen Sie rein«, sagte Max. »Wenn wir Glück haben, ist die Kiste mit den Flaschen noch da.«

Max zog ein paar der Umzugskartons auf, die in der Küche zur Abholung bereitstanden, und tatsächlich hatten die Packer den Barinhalt noch nicht abtransportiert. »Man hat Erbarmen mit uns.« Max nahm zwei Gläser aus der Kiste, schlug sie aus dem Zeitungspapier und schenkte vom Single Malt ein.

Pfarrer Braun schloss die Augen, als er trank. »Wunderbar.« Er stellte sein Glas auf dem Tresen ab. »Und, wo geht es hin?«

»Ahrensburg«, antwortete Max.

»Ahrensburg? Was verschlägt Sie denn dahin?«

Marias Apartment in Altona war ausgekühlt gewesen, als sie und Max vor ein paar Wochen aus der Klinik zurückgekehrt waren. Er hatte Tee gekocht und alle Heizungen aufgedreht. Es war ihr sechsundsechzigster Geburtstag gewesen, sie hatte niemanden eingeladen, ihr war nicht nach Feiern zumute gewesen.

»Verwandtschaft. Eine Tante von mir wohnt in Hamburg.«

Maria hatte in ihrer Küche gesessen, die mit einer Eckbank und einem rechteckigen Tisch eingerichtet war, genau wie die alte Küche in ihrem Kieler Haus. Nach dem Unfall hatte sie sich nach Hamburg versetzen lassen und die Dreizimmerwohnung in Altona bezogen. Sie hatte eine Kerze auf dem Tisch angezündet und eine Flasche Wein geöffnet. Die Tränen hatte sie stumm auf ihre Oberschenkel tropfen lassen.

»Ich hoffe, es ist nichts Ernstes.«

Max ließ seinen Blick nach draußen schweifen. Die ganze Nacht hatte er mit Maria in der Küche gesessen, Wein getrunken und Zigaretten geraucht wie in alten Zeiten. Sie hatte ihn immer wieder gefragt: »Kann ich mich daran bald nicht mehr erinnern?«

»Alzheimerdemenz«, antwortete Max. »Ein sehr frühes Stadium, aber bestätigt. Sie hat die Diagnose vor ein paar Wochen bekommen, an ihrem sechsundsechzigsten Geburtstag.«

Pfarrer Braun schüttelte den Kopf. »Das tut mir sehr leid. Was für ein Mist. Manchmal sind die Wege des Herrn wirklich unergründlich.«

»Glauben Sie da tatsächlich dran?«

Pfarrer Braun drehte sein Glas vor sich auf dem Tresen zwischen Daumen und Zeigefinger. »Woran?«

»Dass Gott uns lenkt.«

»Ja, das tue ich.«

»Ich auch.« Max starrte auf die gepackten Kartons auf dem Boden. »Wie kleine Marionetten lenkt er uns.«

Einer der Möbelpacker fragte aus dem Flur, ob er beim Abschrauben der Schränke im Badezimmer behilflich sein solle. Max nickte. »Seien Sie vorsichtig mit den Glastüren.«

»Sie haben nicht viel über für unseren Herrn«, sagte Pfarrer Braun. »Deshalb hätte ich mich gern noch einmal mit Ihnen getroffen nach der Beerdigung. Ich fand es schade, dass Sie sich nicht auf meine Nachrichten gemeldet haben. Habe ich etwas falsch gemacht, das Sie mir übel nehmen?«

Die zwei Särge nebeneinander, weiß lackiertes Eichenholz, ein Meer von Wiesenblumen darauf, so wie in Michelles Hochbeet auf der Terrasse, auf der sie und Max Clara das Laufen beigebracht hatten. Pfarrer Braun hatte laut gesprochen, aber bedächtig. *»Und ich hörte eine Stimme vom Himmel her rufen: Schreibe! Selig die Toten, die im Herrn sterben, von jetzt an.«*

Max schenkte in beiden Gläsern nach, etwas zu viel vielleicht. »Es gibt tausend Bibelsprüche für eine Grabrede. Warum die Johannesoffenbarung?«

Der Wind schlug die Terrassentür zu. Max ging hinüber und verschloss den Riegel. Er zog das linke Bein nach, das Kniegelenk war steif wie zementiert.

»Was ist da eigentlich passiert?« Pfarrer Braun zeigte auf Max' Bein.

»Die Wege des Herrn, Herr Pfarrer. Manchmal führen sie eine steile Kellertreppe hinab und lassen den eigenen Vater ein Arschloch sein, auch wenn Sie sich noch so sehr seine Liebe wünschen.«

Pfarrer Braun kniff die Augen zusammen. »Wie meinen Sie das?«

Dreizehn Betonstufen, im Keller war es dunkel gewesen. Ein komplizierter Trümmerbruch, hatte der Arzt später gesagt, und Vater hatte nur kopfschüttelnd das Krankenzimmer verlassen. Max war vierzehn Jahre alt, Vaters Hand war größer gewesen als Max' ganzer Rücken.

»Durst, Herr Pfarrer. Der Durst eines Alkoholikers. Ihr Gott hat weggesehen, und da war's passiert. Seither bin ich ein Krüppel. Und meine Augen haben noch eins draufgelegt – extreme Lichtempfindlichkeit, sehr wahrscheinlich hervorgerufen durch die jahrelange Einnahme von Schmerztabletten fürs Knie. Alles das Werk eines wunderbaren Vaters.«

Max öffnete einen der Küchenschränke. Weingläser standen darin, Sektgläser, Bier- und Wassergläser. Eine Kristallsammlung für Großveranstaltungen.

Pfarrer Braun stand auf und legte Max eine Hand auf die Schulter. »Ihre Prüfungen waren hart, Herr Keller, ich weiß das. Aber glauben Sie mir, Gott ist da, auch für Sie. Sie müssen es nur zulassen. Öffnen Sie Ihr Herz. Geben Sie ihm eine Chance.«

Max schlug die Schranktür zu. Die Käufer der Wohnung konnten vielleicht Gläser gebrauchen. »Ihm eine Chance geben? Wozu? Hat er mir jemals eine Chance gegeben? Nur ein einziges Mal? Ich sage Ihnen was: Ihr Herrgott kann mich mal. Alles, was er je für mich getan hat, bestand aus Leid, aus Qual, aus Trauer und Verzweiflung. Ich habe meine Frau und meine Tochter verloren, er hat sie mir genommen. Wie heißt das bei Ihnen? Er hat sie zu sich befohlen. Ich kann gar nicht so viel fressen, wie ich bei diesem Gedanken kotzen möchte. Was hat ein Mann angestellt, dass er den Tod von Frau und Kind verdient hat?«

»So dürfen Sie das nicht sehen.«

»Nein? Wie soll ich es dann sehen? Wie soll ich die Barmherzigkeit des Herrn erkennen, wenn er mir das Herz aus dem Leib reißt? Und dann kommen Sie, Herr Pfarrer, und tragen am Grab meiner Familie aus der Johannesoffenbarung vor. Ausgerechnet aus der Johannesoffenbarung. Warum, zum Teufel? Warum haben Sie das getan?«

»Ich verstehe nicht …«

»Na, Sie müssen sich doch irgendetwas dabei gedacht haben. Ich meine, Sie halten solche Reden andauernd, da kann man nicht immer auf jeden Einzelfall eingehen, das ist mir schon klar. Da muss es auch mal schnell gehen. Dafür haben Sie doch sicherlich so eine Art Formularbuch. Haben Sie das aufgeschlagen und sind mit dem Zeigefinger bei Johannes hängen geblieben? Oder haben Sie sich bei Michelle und Clara irgendetwas Näheres dabei gedacht?«

Max fingerte eine Zigarette aus der Schachtel und zündete sie an. Er blies den Rauch zu Boden.

»Deshalb haben Sie sich nicht mehr bei mir gemeldet? Weil ich einen Vers aus der Johannesoffenbarung für Ihre Frau und Ihre Tochter ausgewählt habe?« Pfarrer Braun schüttelte den Kopf und trat an die Terrassentür.

»Jetzt sagen Sie schon: Was haben Sie sich dabei gedacht? Die Offenbarung ist Wut und Zorn. Warum haben Sie sie ausgewählt?«

Pfarrer Braun drehte sich zu ihm. »Die Offenbarung, Herr Keller, ist Hoffnung. Sie ist ein Quell, um Zuversicht zu schöpfen. Ich wollte Ihnen damit Mut machen, Sie aufbauen.«

Alle vier Packer betraten die Küche. Einer brummte eine Anweisung, die anderen steuerten auf die Umzugskartons zu, hoben sie an und trugen sie fort. Es war gut, nicht mit ihnen reden zu müssen. Sollten sie nur alles abtransportieren und fortschaffen, weit weg von hier. Die Wohnung war nicht mehr Max' Wohnung, sie war kein Zuhause mehr. Seit über einem Jahr war sie kalt und fremd, ein Gefängnis.

Mut machen, so, so. Ein paar salbungsvolle Worte, und die Welt war in Ordnung. Aber so einfach war das nicht. Die Offenbarung war nicht Mut. Sie war Verderben, sie trug nicht ohne Grund den Titel »Apokalypse«.

Max zögerte. Er hatte noch nie mit jemandem darüber gesprochen. Sollte er? Er hatte nichts zu verlieren. Mochte Pfarrer Braun ihn für einen Spinner halten, das war ihm egal. Er war kein Spinner. Er wusste, was er wusste, und er sah, was er sah.

»Also schön«, sagte Max. »Sie wollten mir Mut machen. Mit einem Zitat aus der Johannesoffenbarung. Aber jetzt sage ich Ihnen mal was: Der Schuss ist nach hinten losgegangen. Und zwar so richtig.«

Pfarrer Braun nickte vorsichtig. Er hob das Glas, und Max schenkte nach.

Max trank einen großen Schluck und begann zu erzählen. »Ich schätze, alles fing an, als ich noch ein Baby war. Mein Alter war ein Tyrann. Er hat mich gehasst, weil meine Mutter bei meiner Geburt gestorben ist. ›Kleiner Mörder‹, hat er mich genannt und dabei neben mir ausgespuckt. ›Eines Tages wird dich der liebe Gott dafür bestrafen.‹ Das hat er auch immer zu mir gesagt. Er hat mir das buchstäblich eingebrannt, es verging gefühlt kein Tag, an dem er es mich nicht spüren ließ, und ich reimte mir die dollsten Dinge zusammen: Wenn es donnerte, dann war das Gott, der zu mir sprach und mich zur Mäßigung ermahnte. Oder das Wolkenspiel am Himmel – irgendwo gab es immer ein Loch, das wie ein Auge aussah und das mich auf Schritt und Tritt beobachtete. Irgendwann traute ich mich bei Dunkelheit nicht mehr vor die Tür oder in den Keller, ich rechnete ständig damit, dass er mir schon bald die erste Lektion erteilen würde, und diese Angst hielt sich hartnäckig. Sonntags mit Großmutter in der Kirche – der Pastor musste nur ein bisschen strenger gucken oder ernster sprechen, und ich bekam Magenschmerzen, selbst als Jugendlicher noch, und mit dem Erwachsenwerden wurde es nicht besser. Solange ich denken kann, hat mein Alter vom ›Zorn Gottes‹ gesprochen, der mich eines Tages treffen wird, und ich hatte eine Scheißangst davor.«

Max aschte ab. Alles war plötzlich wieder da. Vater, Onkel Lutz, die Kartoffelschalen an Heiligabend, die Kuh Clara im Stall, wie sie verendete. Die Erinnerungen waren glasklar, als wäre alles erst gestern passiert: Rektor Grammel, Svea, Maria in ihrer Uniform. Michelle und seine Tochter Clara, als sie in Pernink den Zug besteigen und winken.

»Was geschah dann?«, fragte Pfarrer Braun.

»Dann? Dann starben die Ersten. Meine Großmutter, mein Alter. Und der Hof ging vor die Hunde. Alles, was mir lieb und teuer war, löste sich auf, wurde einfach weggespült. Klar habe ich meinen Alten gehasst, aber so verrückt es klingt: Ich habe ihn auch geliebt. Anfangs brachte ich das alles nicht in Verbindung mit den Prophezeiungen meines Vaters, ich hielt es für den natürlichen Lauf der Dinge. Bis ich anfing, Trost in der Bibel zu suchen, so wie meine Großmutter es immer getan hatte. Und da stieß ich irgendwann auf die Johannesoffenbarung.«

»Selig ist, der die Worte dieses Buches bewahrt«, sagte Pfarrer Braun. »So steht es im Epilog.«

Max drückte die Zigarette im Aschenbecher aus. »Ich weiß«, gab er zurück. »Am Ende entsteht eine neue Welt. Aber bis dahin … Bis es so weit ist, hat Ihr Gott erst einmal die alte Welt dem Erdboden gleichgemacht. Seinen Zorn hat er auf sieben Schalen verteilt, und die lässt er durch seine Engel nach und nach auf die Erde schütten. Er löscht alles aus, ganz einfach alles.«

»Ja, das ist richtig. Aber nur, um etwas Neues, etwas Besseres entstehen zu lassen, etwas, für das es sich wieder zu leben und zu glauben lohnt.«

Der Pfarrer glaubte wahrscheinlich wirklich, was er sagte. Er war wie all die anderen Gottesmänner, die Max kennengelernt hatte. Gott als Erlöser. Gott, der Barmherzige. Was für ein Schwachsinn.

»Es ist egal, was man glaubt«, sagte Max. »Es kommt darauf an, was richtig ist.«

»Und was ist richtig?«, fragte Pfarrer Braun.

»Mutig zu sein«, sagte Max. »Grenzen zu hinterfragen. Darauf kommt es an, auf Mut und Besonnenheit. Mehr braucht es nicht.«

Pfarrer Braun legte die Stirn in Falten. »Ich fürchte, ich weiß nicht ganz, worauf Sie hinauswollen. Aber ich denke trotzdem, dass Sie recht haben. Mut und Besonnenheit sind Tugenden, die immer mehr in Vergessenheit geraten.«

Max spürte ein Ziehen im Magen. Er konnte sagen, was er wollte, Pfarrer Braun schien auf alles salbungsvolle Antworten zu haben. »Denken Sie, was Sie wollen. Und halten Sie mich für verrückt, das ist mir gleich. Aber eines weiß ich: Er kriegt den Hals nicht voll, Ihr Gott. Er weiß nicht, wann Schluss ist. Aber ich weiß es.«

»Sie wissen es? Das verstehe ich nicht.«

Max nippte an seinem Glas. »Ich dachte, es sei vorbei, nachdem er mir Frau und Kind genommen hatte. Das ist das Schlimmste, was einem Mann widerfahren kann. Eine Zeit lang wollte ich nur noch weg von dieser Scheißwelt. Nur noch weg, nicht mehr leben. Ich konnte nicht mehr arbeiten, nicht mehr schlafen oder essen oder sonst irgendetwas tun. Die ersten Wochen nach ihrem Tod bin ich zum Krüppel geworden, ich habe mich selbst dafür gehasst, und es hat nicht viel gefehlt – ich hätte mir den goldenen Schuss verpasst. Aber dann war da Wilhelm, Wilhelm Meister, eigentlich mein Chef auf der Onkologie. Er hat mich gepackt und gesagt: ›Komm, wir gehen ein Stück.‹ Und wir sind gegangen, stundenlang. An der Ostsee rauf und runter. Der Wind hat uns durchgepustet, die Wellen haben getobt, und wir haben geredet. Tagein, tagaus. Wilhelm hatte sich extra Urlaub für mich genommen. Abends haben wir zusammen gekocht und Wein getrunken. Und er hat mir von seiner älteren Schwester erzählt, bei der er groß geworden war, nachdem seine Eltern bei einem Verkehrsunfall ums Leben gekommen waren. Da war er noch ein Kind. Seine Schwester starb irgendwann an Krebs, und er wäre fast daran zugrunde gegangen. Aber dann hat er sich berappelt und sein Medizinstudium durchgezogen.«

Unten im Hafen lief eine andere Fähre der Stena Line aus. Ihr laut wummerndes Signalhorn ging Max durch und durch. Es würde nicht lange dauern, und das riesige Schiff erreichte das offene Meer. Es hieß, dort sei der Mensch in Gottes Hand. Aber tatsächlich war es gar nicht Gottes Hand, es waren Fäden, die er heimlich zog.

»Ihr Chef scheint ein guter Freund geworden zu sein. Warum haben Sie Ihren Job im Krankenhaus gekündigt und brechen alle Zelte ab?« Pfarrer Braun holte seine Pfeife und einen ledernen Tabakbeutel aus der Manteltasche und stopfte den kleinen hölzernen Korpus.

Ja, Wilhelm war ein Freund geworden. Max hatte es zugelassen – in der Hoffnung, es würde gut gehen.

Eine Rauchwolke stieg auf, als Pfarrer Braun den Tabak mit einem Streichholz entzündete.

»Er ist tot«, sagte Max.

»Was?«

»Er ist tot«, wiederholte er.

Pfarrer Braun senkte seine Pfeife, an der er gerade ziehen wollte. »Wie … wieso?«

»Ich hätte es besser wissen müssen.« Max kippte seinen letzten Schluck Whiskey.

»Besser wissen?«

»Ich war so naiv zu glauben, dass Ihr Herrgott ein Einsehen haben könnte, nachdem er mir meine Familie genommen hatte. Dass es genug wäre. Aber nein, er muss immer noch eins draufsetzen. Und ich war so dämlich, wegzuschieben, was ich längst gewusst habe: Er macht erst Schluss, wenn er sein Programm erledigt hat. Vorher gibt er keine Ruhe. Ich hätte niemals die Freundschaft zu Wilhelm suchen dürfen. Dadurch war sein Schicksal besiegelt. Ich wusste das, ich wusste das schon, als ich zum ersten Mal die Offenbarung gelesen hatte, aber ich habe es nicht für möglich gehalten, dass sie mir galt, mir ganz persönlich. Wilhelm ist meinetwegen gestorben. Wir haben ihn operiert, ein Tumor am rechten Lungenflügel, und es sah alles gut aus zunächst. Aber dann hat sein Herz nicht mehr mitgemacht, es wollte einfach nicht mehr selbstständig weiterschlagen, nachdem wir die Maschine heruntergefahren hatten. Er ist auf meinem OP-Tisch gestorben. Er hatte mir vertraut.«

Pfarrer Braun legte seine Pfeife beiseite und rieb sich mit den Händen über das Gesicht. Erneut ertönte das Signalhorn der Fähre, doch jetzt war es bereits deutlich leiser als zuvor, das Schiff war schon auf dem Meer angekommen.

»Das ist schrecklich, Herr Keller. Das tut mir wahnsinnig leid. Manchmal sind die Aufgaben, die Gott uns stellt, nicht zu erklären.

Aber Sie dürfen nicht glauben, dass Gott Sie strafen wollte. Er liebt die Menschen.«

»Sieben Schalen, Herr Pfarrer, Gott hat sieben Schalen mit seinem Zorn gefüllt. Und sein Zorn gilt mir. Er straft mich, er schüttet durch seine Engel die Schalen nach und nach über mir aus. Meine Großmutter, unser Hof, mein Vater, meine Frau und meine Tochter. Und jetzt noch Wilhelm. Das ist kein Zufall, glauben Sie mir. Das ist seine Art, mich büßen zu lassen, ich bin die Klaviatur, die er spielt.«

Pfarrer Braun drückte die Glut seiner Pfeife mit dem Stopfer aus. Er schüttelte leicht den Kopf. Max war überzeugt, dass Gott Schale um Schale ausgoss und alle und alles zu sich nahm, was er – Max – je geliebt hatte.

»Nun gut«, setzte Pfarrer Braun an. »Nehmen wir an, Sie haben recht. Dann bleibt eine Frage.«

Einer der Packer stand wieder in der Küche. »So, Herr Doktor, wir sind durch. Ist alles im Wagen. Wir müssten dann mal los.«

»Ich komme gleich«, sagte Max, und der Mann verschwand.

Max drehte sich zu Pfarrer Braun. »Welche Frage bleibt?«

Der Pfarrer erhob sich von seinem Stuhl. »Für wen ist die letzte Schale bestimmt? Wenn ich richtig mitgezählt habe, ist noch eine offen. Was ist mit der? Hat Gott die für Sie bestimmt?« Er steckte die Pfeife in seine Manteltasche zurück.

Max schüttelte den Kopf. »Gott lässt mich leiden. Er quält mich. Er straft mich nicht mit meinem eigenen Tod, das wäre viel zu einfach. Er straft mich mit meinem Leben.«

Der Pfarrer knöpfte seinen Mantel zu und setzte sein schwarzes Basecap auf. »Sie irren sich, Herr Keller. Auch wenn Sie viel Schmerz und Kummer in Ihrem Leben erlitten haben, eines sollten Sie beherzigen: Gott ist ein Menschenfreund.« Er streckte Max die Hand entgegen. »Danke für den Whiskey. Leben Sie wohl. Und lassen Sie mal von sich hören.« Er verließ die Küche. Max hörte seine Schritte im Hausflur.

Er ging rüber ins Arbeitszimmer. Es war vollkommen leer geräumt. Nur seine Aktentasche stand noch auf der Fensterbank. Er zog die Unterlagen heraus. Der Befund war nur ein paar Wochen alt. Marias sechsundsechzigster Geburtstag. Die Wege des Herrn. Alzheimerdemenz. Max hatte alles mit ihr besprochen. Patientenverfügung, Vorsorgevollmacht, sogar einen Abschiedsbrief würde sie formulieren und alles Notwendige darin festhalten. Die siebte Schale würden sie Gott gemeinsam aus der Hand reißen, eines Tages, wenn es so weit war. Sie würden ihm ein Schnippchen schlagen und ihm Marias Schicksal abnehmen. *Sie* würden bestimmen, wann Marias Ende eintrat, nicht er.

Max sah nach draußen auf die Kieler Hörn. Dort vorn, in der Ecke, an der Stirnseite, hatten sie mit der Alethea festgemacht. Die Menschen hatten gejubelt. Und ein paar Stunden später, in der Nacht, war Maria da gewesen, am Unfallort, und hatte keine Fragen gestellt.

Max würde auch keine Fragen stellen, wenn es eines Tages so weit war. Er würde zur Tat schreiten, ganz gleich, ob er dadurch mit dem Gesetz in Konflikt geraten würde. Darauf konnte Maria sich verlassen. Darauf hatte sie sein Wort.

30

HAMBURG-CENTRUM, SEPTEMBER 2021

Die Alethea stand auf der Slipanlage bereit, Jonas prüfte ein letztes Mal die reparierte Stelle am Rumpf. Er strich mit der flachen Hand über den schwarzen Versiegelungslack. Die Fläche war glatt und ebenmäßig, das mehrfache Schleifen hatte sich gelohnt. Die Erneuerung würde halten.

Er setzte seine Sonnenbrille auf, zog die Steppweste über und krempelte die Ärmel seines weißen Leinenhemds bis über die Ellenbogen. Für acht Uhr früh Mitte September war es ungewöhnlich warm, eine leichte Brise ging. Ideale Voraussetzungen. Nur Max war noch nicht da. Keine Ahnung, was ihn aufgehalten hatte.

Eine Kiste Bier, Kaffee, Obst, Brot und einige Fischkonserven sowie luftgetrocknete Salami und ein Stück Katenschinken hatte er bereits unter Deck verstaut. Dazu zwei warme Pullis, seine Segeljacke und zwei Jeans zum Wechseln. Bis Helgoland waren es schon ein paar Seemeilen, zur Not würden sie heute Nacht auf See unter Anker schlafen. Die Vorhersage hatte mildes, ruhiges Wetter für die nächsten Tage angekündigt, mit Windstärken nicht über sechs.

Er ging vor den Bug, griff das Tau und band es am Ponton fest. Langsam löste er die Sperre, und die Alethea rutschte mit dem Heck voran in die Elbe. Wellen schwappten an Steuer- und Backbord hoch.

Von dem Containerhafen auf der anderen Uferseite drang ein metallenes Quietschen herüber, wahrscheinlich schloss oder öffnete sich gerade ein Trockendock. Dort wurde immer gearbeitet, Tag und Nacht, sieben Tage die Woche. Es quietschte mittwochs genauso wie sonntags – vertraute Geräusche, wenn er hier an der Schiffshalle war.

Sein Handy summte, Jonas nahm es aus der Hosentasche. Körber hatte eine Nachricht geschickt.

Hallo, Chef, habe Sie gestern nicht mehr im Büro angetroffen, wollte Ihnen aber noch kurz das Ergebnis der Verhandlung mitteilen. Ist super für uns gelaufen. Das Berufungsgericht hat die erstinstanzliche Entscheidung bestätigt, es bleibt bei der Geldstrafe für die Ärztin. Die Kammer hält das Werbeverbot für Abtreibung nach § 219a StGB nicht für verfassungswidrig. Das Thema ist also erst mal durch. Allerdings will ihre Anwältin Verfassungsbeschwerde in Karlsruhe einlegen. Bleibt also spannend. Schönen Urlaub für Sie. Gruß, Körber.

Jonas steckte das Telefon in die Hosentasche. Körber war zufrieden mit dem Ergebnis, aber Malzkies hatte recht gehabt: Das Werbeverbot für Schwangerschaftsabbrüche war in heutiger Zeit nicht mehr haltbar. Selbstbestimmung galt hier nicht weniger als bei der Frage nach einem frei gewählten Tod. Reben hatte mal gesagt, man dürfe Klingonen nur dann mit Erdlingen vergleichen, wenn es einen sachlichen Grund dafür gab, anderenfalls liege ein Verstoß gegen den Gleichheitsgrundsatz nach Artikel 3 des Grundgesetzes vor. Einen solchen sachlichen Grund gab es hier aber nicht. Wenn aktive Sterbehilfe als Teil eines selbstbestimmten Lebens straffrei sein konnte, dann musste es die Werbung für aktiven Schwangerschaftsabbruch, der ebenfalls zur Selbstbestimmtheit zählte, genauso sein. Körber begriff das nicht, für ihn kam es allein auf das geschriebene Gesetz an. Doch wenn Jonas in den letzten Monaten eines gelernt hatte, dann, dass nicht jedes Strafgesetz der Welt für die Ewigkeit gemacht war. Es unterlag einem kritischen Blick, einem Hinterfragen, es galt niemals nur aus sich selbst heraus. Das Recht war – ob niedergeschrieben oder nicht – stabil und fragil zugleich. Es lebte von Menschen wie Jonas und nicht von denen, wie Körber einer war. Körber fehlte Weitsicht. Und Mut – Mut, vom vorgegebenen Kurs abzuweichen. Doch das machte nichts, sollte er seine Überzeugungen beibehalten. Das Bundesverfassungsgericht würde die Sache schon richten, § 219a StGB gehörte auf den Scheiterhaufen der Geschichte.

Jonas zog den Slipanhänger rauf bis zur Schiffshalle, stellte ihn zurück an seinen Platz und fixierte mit dem Fuß die Bremshebel an den Rädern.

»Sorry«, hörte er Max' Stimme hinter sich. Er stand völlig außer Atem im offenen Hallentor. »Hab mich mit der Zeit verhauen.«

Jonas verschloss die Tür zu seinem Spind, ging nach vorn zum Tor. »Alles gut. Das Schiff ist schon im Wasser.« Er umarmte ihn.

Max trug einen neue Segelanzug in Dunkelblau. Ein bisschen wirkte er wie hineingesteckt, und trotz des weiten Schnitts der Jacke konnte er seinen Bauch nicht verbergen. Er hatte seine gelbe Brille auf der Nase, deren Gläser nachdunkelten, je heller das Umgebungslicht wurde.

»Meinetwegen können wir.« Max nahm seine Sporttasche auf.

»Und, wirst du wieder Schafe schubsen?«, fragte Jonas.

Max lachte. »Wollen wir hoffen, dass das nicht nötig ist.«

Sie bestiegen die Alethea, und sofort war alles wie früher. Max steuerte geradewegs auf die Pinne zu, Jonas war für Navigation und die Winsch zuständig. Unter Motor verließen sie den kleinen Yachthafen. Jonas hisste das Focksegel, sie fuhren flussabwärts Richtung Brunsbüttel, um von dort in die Nordsee zu kommen.

Sie ließen die Schiffsbegrüßungsanlage bei Wedel hinter sich und die Elbinsel Lühesand. Etwa drei Stunden später passierten sie auf Backbord die Kugelbake, das hölzerne Wahrzeichen Cuxhavens am seewärtigen Endpunkt der Elbe. Jetzt lag das offene Meer vor ihnen.

Immer wieder schoben sich ein paar weiße, watteähnliche Wolken vor die Sonne und tauchten die Alethea und das glitzernde Wasser um sie herum in den Schatten. Der Wind war gut, er kam aus Ost-Nordost und griff beherzt in die Fock. Der Bug schnitt durch die See, die Gischt spritzte an Deck und hinterließ einen salzigen Schleier im Gesicht.

Die Alethea stand in vierzig Grad Schräglage. Jonas hatte sich mit dem Lifebelt an der Reling gesichert.

»Klar zur Halse?«, rief Max.

Jonas löste sich und rutschte zur Mitte des Schiffs an die Winsch. »Ist klar.«

Es gab nichts Schöneres beim Segeln, als gegen den Kurs zu kreuzen und ihn dabei zugleich zu halten. Das Schiff bekam Geschwindigkeit und zog mit aller Kraft von Backbord nach Steuerbord und wieder zurück. Es war pure Lust, sich diesen Naturgewalten hinzugeben und sie gleichzeitig zu beherrschen.

Max fiel an der Pinne ab, sofort zog das Schiff leicht nach Backbord, bis die Fock einfiel und er vorsichtig wieder anluvte. Er hatte den Mund geöffnet, seine Augen leuchteten durch seine gelbe Brille hindurch.

Großbaum und Fock fielen nach Steuerbord, Jonas zog den Kopf ein.

»Rund achtern«, rief Max, und das Schiff drehte sacht weiter, bis es erneut abfiel und Großbaum und Fock zur Mitte zurückkamen.

Jonas packte die Großschot-Talje, das Flaschenzugsystem zwischen Baum und Bootsrumpf, zog das Großsegel zu sich ran und fixierte es in der Schiffsmitte.

»Stützruder«, rief Max.

Jonas ging zu ihm und klatschte ihn ab.

Der Wind ließ etwas nach, der Schiffsrumpf stellte sich gerade, die Fahrt wurde ruhiger.

Max holte unter Deck zwei Bierflaschen aus dem Kühlschrank und hielt eine davon Jonas entgegen.

Er winkte ab. »Wenn wir im Hafen sind und festgemacht haben.«

Max fragte nichts, er sagte nichts, und er rollte auch nicht mit den Augen, sondern brachte einfach das Bier zurück. Der Unfall vor vielen Jahren hatte auch bei Jonas Spuren hinterlassen. Er war nie wieder gefahren, wenn er Alkohol getrunken hatte, und das galt auch hier an Bord.

Max setzte sich neben ihn. Die Fock flatterte, allmählich wurde der abnehmende Wind zur Flaute. Für gewöhnlich hielt das nicht lange, die Nordsee war bekannt für ihre kurzfristigen Wetterumschwünge.

Jonas zog die Großschot-Talje nach und spannte sie fester. Die Fock bekam so noch weniger Spiel, der Großbaum lag jetzt starr in der Schiffsmitte.

»Danke, noch mal«, sagte Max. »Ohne dich säße ich heute nicht hier. Ich habe nicht damit gerechnet, dass sie mich tatsächlich aus der U-Haft entlassen. Hatte mich an die zehn Quadratmeter fast schon gewöhnt.« Er streckte sein linkes Bein aus und hielt sich das Knie.

»Tut es wieder weh?«

»Etwas. Aber es geht schon.«

Max hatte in seinem Leben mehr durchgemacht als jeder andere, den Jonas kannte. Vom Vater gehasst und vom Schicksal gebeutelt, das ihm Frau und Kind genommen hatte. Im Vergleich dazu hatte Jonas ein glückliches Leben. Einen alten Herrn, dem er nichts recht machen konnte, und eine Ehefrau, die ihn nicht liebte und die er nicht mehr liebte. Das war aber auch schon alles. Dagegen stand ein erfolgreiches Jurastudium und vor ein paar Wochen dann die lang ersehnte Ernennung zum Generalstaatsanwalt der Freien und Hansestadt Hamburg. Im Grunde stand Jonas seit jeher auf der Sonnenseite des Lebens. Selbst Max hatte seinen Teil dazu beigetragen, hatte Jonas' Schuld auf sich genommen und die – immerhin zur Bewährung ausgesetzte – anderthalbjährige Freiheitsstrafe wegen fahrlässiger Tötung über sich ergehen lassen. Wäre Jonas damals an Max' Stelle verurteilt worden, säße er heute nicht hier, jedenfalls nicht als Jurist im Staatsdienst.

»Jetzt sind wir quitt.« Er hielt Max eine Zigarette hin, nahm sich selbst eine und zündete beide an. Im Rauchen vereint – so hatten sie schon als Studenten auf der Alethea gesessen und miteinander geschwiegen.

Max reichte Jonas die Hand. »Ja, wir sind quitt.«

Der Wind frischte auf, Jonas kurbelte an der Winsch und luvte an. Sofort blähte sich die Fock wieder.

»Aber du weißt schon, dass die Sache noch nicht ausgestanden ist«, sagte Jonas.

Max nickte. »Ja, weiß ich. Hoffen wir auf die hohen Herren beim Bundesverfassungsgericht. Wann rechnest du mit einer Entscheidung?«

Jonas zuckte mit den Schultern. »Schwer zu sagen. Ein Jahr? Anderthalb? Bei solchen Sachen braucht man Geduld. Es gibt dort übrigens auch hohe Damen.« Er grinste, und Max lachte. Beide zogen an ihrer Zigarette.

Einmal, als sie so an Deck im Kieler Hafen saßen, war Agnes zu ihnen gestoßen und hatte ihnen Achim vorgestellt, das musste ein Jahr vor dem Unfall gewesen sein. Agnes war so verliebt in Achim gewesen. Die beiden hatten sich erst ein paar Monate zuvor kennengelernt, aber für Agnes hatte vom ersten Tag an festgestanden, dass er ihr Mann fürs Leben war.

Agnes – auch so eine vom Leben gebeutelte Figur. Bis heute hing sie einem Verlust nach, den sie vor über zwei Jahrzehnten erlitten hatte. Sie war unfähig, Bindungen aufzubauen, und suchte ihr Glück im Konservieren längst vergangener Zeiten. Und dann der Bruch mit ihrer Mutter. Maria war Mitte vierzig gewesen und auf einen Typen in der Disco hereingefallen. Das hatte Max irgendwann einmal erzählt. Maria war schwanger geworden und hatte das Kind abgetrieben. Für Agnes, mit ihrer strengen Gläubigkeit, war die Abtreibung ein Mord an einem Ungeborenen gewesen. Sie hatte den Kontakt zu Maria abgebrochen – obwohl sie sich nichts sehnlicher gewünscht hatte als eine Mutter, die sie lieben konnte.

»Alles in Ordnung?«, fragte Max.

Die Alethea neigte sich leicht nach Steuerbord und nahm wieder etwas Fahrt auf. Die Gischt am Bug spritzte, Jonas schmeckte das Salz auf seinen Lippen.

»Was meinst du, sollten wir mit Agnes reden?«, fragte er.

»Reden? Worüber? Dass sie Urkunden verschwinden lässt und mich dadurch fast in den Knast gebracht hätte?« Max zog die Pinne ein Stück zu sich. Die Sonne schien ihm direkt ins Gesicht, seine gelbe Brille leuchtete, dahinter kniff er die Augen zusammen.

»Da hat sie Mist gebaut, ja. Die Papiere mitzunehmen war Unsinn, eine Kurzschlussreaktion. Aber das meine ich nicht. Ich denke an den Unfall. An … an Achim und all das. Ich trage diesen Scheiß seit Jahren mit mir rum. Irgendwie glaube ich, dass es mich befreit, wenn ich ihr sage, dass ich damals gefahren bin.«

Max schnippte seine Kippe über Bord. »Wozu, *Jones*? Für wen? Für dich? Okay, könnte ich noch nachvollziehen. Der ganze Kram belastet dich. Aber hast du mal an sie gedacht?«

»An sie? Wie meinst du das?«

»Wie ich es sage. Versetz dich mal in ihre Lage. Für sie bin ich der Böse. Das hast du ihr eingetrichtert, und ihre Mutter hat es ihr eingetrichtert. Mit dieser Selbstverständlichkeit hat sie die letzten fünfundzwanzig Jahre zugebracht. Zwei der wichtigsten Menschen in ihrem Leben haben sie belogen und ihren Hass und ihre Wut auf einen anderen Menschen gelenkt, auf mich. Du bist in ihren Augen der Gute, Jonas. Auch wenn du mich für den Tod ihrer Mutter nicht in den Knast gebracht hast. Du bist nicht verantwortlich für den Verlust ihres Lebensglücks. Das bin ich. Was glaubst du, wie sie reagieren würde, wenn sie nach all der Zeit erfährt, dass alles eine Lüge war? Wäre ihr damit geholfen? Oder dir? Nein, mein Freund, das wäre es nicht. Manche Wahrheiten sind wahrer, wenn man sie unter Verschluss hält.«

Max hielt die Pinne fest in der Hand. Der Kompass zeigte nach West-Nordwest, exakt der richtige Kurs, auch wenn Helgoland am Horizont noch nicht zu sehen war.

»Und dir bringt es außerdem nur Probleme«, sagte Max. »Wenn das rauskommt, bist du die längste Zeit Generalstaatsanwalt gewesen. Lass die Finger davon. Das bringt keinem was.«

Wahrheit unter Verschluss – das klang wie eine gerade Kurve. Jonas hielt sich an der Reling fest. Das Stahlseil hatte sich in der Sonne erwärmt und fühlte sich heiß an. Er zog den weißen Seidenschal aus der Seitentasche seiner Steppweste und hielt ihn ins Sonnenlicht.

»Was ist das«, fragte Max.

»Ein Halstuch von Maria.«

»Was?« Max lachte. »Was machst du denn damit?«

Maria hatte sein Blut und die Ölschmiere nie aus dem feinen Stoff herausbekommen, die Ränder der hellgrauen Flecken zeichneten sich bis heute ab. Aber das brauchte Max nicht zu wissen, es war ein Geheimnis zwischen Jonas und ihr. Wahrheit unter Verschluss.

»Sie hat es aus irgendeinem Grund aufbewahrt. Ich habe es bei ihren Sachen im Heim gefunden. Und … keine Ahnung, ich hab's einfach mitgenommen.«

Die Seidenfasern glänzten in der Sonne, das Weiß leuchtete.

»Das steht dir echt nicht.« Max grinste ihn an.

Jonas steckte das Tuch zurück in seine Weste und sah zu Max. »Weißt du, was Reben mal zu mir gesagt hat?«

»Nein, was?«

»Er hat gesagt, ich soll immer daran denken, dass der Name ›Alethea‹ aus dem Griechischen stammt und ›Wahrheit‹ bedeutet. ›Wenn Sie was zu verbergen haben‹, hat er gesagt, ›dann wird Sie das Schiff eines Tages achtkantig über Bord werfen und nicht in den Hafen zurückbringen.‹ Ich weiß, es klingt bescheuert, aber das sitzt bis heute. Und halt mich für verrückt, aber manchmal habe ich Angst, mit dem Kahn in See zu stechen.« Jonas hatte noch nie mit jemandem darüber gesprochen, und er kam sich Max gegenüber albern vor.

Aber Max grinste nicht mehr. Er legte für einen Moment seine Hand auf Jonas' Oberschenkel. »Ich weiß, was du meinst, glaub mir. Aber man darf sich nicht verrückt machen lassen. Sieh mal da hoch.« Max zeigte auf die Fock. »Nicht der Wind bestimmt den Kurs, es ist das Segel.«

Auch das war so ein Spruch von Reben gewesen. Aber es stimmte schon: Letztlich hatte man selbst die Fäden in der Hand. Es gab nichts, was einen von außen so sehr beeinflussen konnte, dass es nicht aus eigener Kraft abwendbar war. Lara spielte Mozart anders, als Jonas es tat, und doch war es dasselbe Stück Musik. Und das Gesetz bestand nicht aus einem Betonklotz. Es war ein Motiv, das es auszumalen galt. Der eine nahm dabei grau, der andere grün oder gelb, aber es blieb immer das gleiche Ausgangsbild. Es war wie mit dem Wind, mit dem man nach Ost oder West, nach Nord oder Süd gelangen konnte. Es kam nur darauf an, mit welcher Technik man segelte.

»Hey, *Jones.*«

Jonas sah Max in die Augen. Im Glas der gelben Brille konnte er sein Spiegelbild erkennen, seine Sonnenbrille, den grauen Dreitagebart. »Ja?«

»Die Vergangenheit können wir nicht ändern. Aber die Zukunft – die liegt noch vor uns. Lass Agnes ihren Frieden. Und dir deinen. Es ist vorbei. Und außerdem …«

»Außerdem?«, fragte Jonas.

»Ein Pfarrer hat mal zu mir gesagt, Gott ist ein Menschenfreund. Glaubst du daran?«

Jonas zog das Foto aus seiner Hosentasche. Agnes, Max und er, wie sie an der Steilküste Helgolands im moosigen Gras sitzen. Es war Sommer 1987. Die Sonne hatte das Meer fast erreicht, alles – das Wasser, die Felsklippen, Agnes' Gesicht – leuchtete orange. Agnes lachte, und auch wenn das Lachen angestrengt wirkte – ihre blauen Augen strahlten.

»Glaubst du denn daran?«

Max lachte. »Weich nicht aus. Was ich von ihm halte, weißt du. Wie steht's mit dir?«

Jonas gab Max das Foto und schaute nach vorn. »Wenn ich sehe, was auf der Welt so los ist, frage ich mich, ob es ihn überhaupt gibt.«

Die kleinen Wellen auf der Wasseroberfläche glitzerten wie zerbrochenes Glas. Am Horizont zeichnete sich ein kleiner Punkt ab.

Ein kleiner Punkt, der langsam größer wurde. Helgoland war in Sicht. Sie würden drei Tage bleiben oder vielleicht vier. Dann würden sie ihre Rückreise antreten, die Rückreise nach Hamburg – und würden die Insel im Meer hinter sich lassen, viele Seemeilen vom Festland entfernt.

31

VOR HELGOLAND, SEPTEMBER 2021

Da war es wieder, das Rauschen. Max hörte sein Blut durch die Adern strömen, ein leiser, kräftiger, ein ganz und gar warmer Fluss.

Jonas saß links neben ihm. Sein Tattoo am rechten Oberarm schimmerte durch den Leinenstoff seines weißen Hemdes. Er starrte raus auf See. Die Insel vor ihnen war nicht mehr weit.

Die Pinne in Max' Hand vibrierte unter dem Druck, mit dem das Meerwasser am Ruder zerrte.

Max sah auf das zerknickte Foto. Agnes im Vordergrund, und alles um sie herum erstrahlte im Orange der ins Meer tauchenden Sonne.

Für einen Augenblick schien das Boot durch die Luft zu schweben, adlergleich. Der Wind war stumm, und das Meer war sanft. Und Agnes auf dem Foto sah mit ihren wasserblauen Augen aufs Meer hinaus. Sie lächelte und legte ihren Kopf in den Nacken. Es war das Lächeln, das Max kannte. Es war Marias Lächeln.

So wie ich dich liebe – das kann sich keiner vorstellen. Marias Worte waren da, er hörte sie klar und deutlich. Ihre kalte, kleine Hand in seiner, er küsste ihre Stirn. Sie lag in ihrem Bett und hatte zu atmen aufgehört, ohne Zwang, ohne Angst, und er hatte ihr dieselben Worte ins Ohr geflüstert.

Max ließ das Foto los. Es segelte durch die Luft, bis es ins Meer fiel und im Kielwasser verschwand.

Jonas schaute zu ihm.

»Klar zu Halse?«, fragte Max.

»Ist klar.« Jonas holte Marias weißes Seidentuch noch einmal hervor, hielt es einen Augenblick in der Hand und warf es in den Himmel.

Der Wind nahm es mit sich.

NACHWORT

Am 21. Februar 2020 bestätigte der Hohe Rat in Den Haag, das höchste Instanzgericht in den Niederlanden, den Freispruch einer Ärztin, die einer vierundsiebzig Jahre alten, schwer an Alzheimer erkrankten Frau ein tödliches Medikament verabreicht hatte. Die Frau hatte zuvor, als sie noch bei klarem Verstand gewesen war, schriftlich erklärt, sie wolle im Falle unerträglichen Leidens sterben. Sie hatte formuliert: »Ich möchte sterben, wenn ich denke, dass die Zeit dafür reif ist.« Als sich die Erkrankung verschlimmerte, kam sie in ein Pflegeheim. Auch hier äußerte sie mehrfach, sie wolle sterben, doch der richtige Zeitpunkt sei noch nicht gekommen. Dennoch bat ihr Ehemann die Ärztin, seine Frau aufgrund der Patientenverfügung zu töten. Zwei weitere Ärzte, die zurate gezogen wurden, vertraten die Ansicht, die Voraussetzungen für aktive Sterbehilfe seien erfüllt: Das Leiden der Frau sei unerträglich und nicht behandelbar, ihr Todeswunsch freiwillig und durchdacht. Die Angehörigen der Frau beschlossen daraufhin, sie solle getötet werden. Ohne ihr Wissen verabreichte die Ärztin der Frau erst ein Beruhigungsmittel und in dessen Folge ein tödliches Medikament. Dabei erwachte die Frau und setzte sich zur Wehr. Sie wurde von ihren Angehörigen festgehalten, bis der Tod eintrat.

Die Staatsanwaltschaft erhob gegen die Ärztin Anklage wegen Mordes. Das Landgericht Den Haag sprach sie frei, woraufhin die Staatsanwaltschaft vor dem Hohen Rat in Berufung ging. Dieser bestätigte den Freispruch der ersten Instanz. Das Urteil wurde rechtskräftig. Die Richter führten aus, das »gesunde, frühere Selbst« wache über das spätere »erkrankte Selbst«. Der im Zustand völliger Geschäftsfähigkeit gefasste Entschluss habe auch später Gültigkeit, wenn der »Geist des Menschen« nicht mehr frei über sich selbst bestimmen könne.

Schon 2001 wurde die Sterbehilfe in den Niederlanden legalisiert. Seither ist den dortigen Ärzten aktive Sterbehilfe immer dann erlaubt, wenn sich ein Patient in einem aussichtslosen Gesundheitszustand befindet, sein Leiden unerträglich ist und er freiwillig und nach reiflicher Überlegung um Sterbehilfe gebeten hat. Unter strengen Voraussetzungen gilt dieses Gesetz sogar für Kinder.

Nach derzeitiger Rechtslage ist das in Deutschland anders. Hier ist die aktive Sterbehilfe nach wie vor verboten. Ein Arzt, der aktiv den Tod eines Schwerstkranken herbeiführt, macht sich – je nach Lage des konkreten Falls – der Tötung auf Verlangen (§ 216 StGB), des Totschlags (§ 212 StGB) oder sogar des Mordes (§ 211 StGB) strafbar.

Noch bis vor Kurzem vertrat der Bundesgerichtshof (BGH) die Auffassung, der Arzt, der einem Sterbewilligen ein tödliches Medikament nur beschaffe, während der Patient es selbstständig einnehme, sei wegen unterlassener Hilfeleistung (§ 323c StGB) strafbar, wenn er nicht sofort nach Einnahme des Medikaments Hilfestellung zur Verhinderung des Todeseintritts ergreife (Urt. v. 04.07.1984, 3 StR 96/84). Diese jahrzehntelange Rechtsprechung hat der BGH im Juli 2019 ausdrücklich aufgegeben und dabei das Recht auf ein selbstbestimmtes Sterben in den Vordergrund gerückt (Urt. v. 03.07.2019, 5 StR 132/18).

Auch in Österreich ist die aktive Sterbehilfe nicht erlaubt. Zudem war bisher – anders als in Deutschland – die Beihilfe zum Suizid strafbar. Der österreichische Verfassungsgerichtshof in Wien urteilte jedoch am 11. Dezember 2020, diese Strafbarkeit werde mit Wirkung ab dem 1. Januar 2022 gekippt, denn dies sei – so die Richter – ein Verstoß gegen das Recht auf Selbstbestimmung. Es sei verfassungswidrig, jede Art der Hilfe zur Selbsttötung ausnahmslos zu verbieten (G 139/2019-71).

Das Bundesverfassungsgericht in Deutschland ist derselben Auffassung. In einem Urteil vom 26. Februar 2020 sah Karlsruhe das gesetzliche Werbeverbot der geschäftsmäßigen Sterbehilfe als verfassungswidrig an und stützte dies – wie die Entscheidung aus Wien – auf das Selbstbestimmungsrecht des Einzelnen (2 BvR 1593/16).

Nun ist die Gesetzgebung gefragt. Einzelne Fraktionen im Deutschen Bundestag haben jüngst Gesetzesvorschläge eingebracht, um die Sterbehilfe grundlegend neu zu regeln. Während in den Details Unterschiede bestehen, ist man sich einig, dass die aktive Sterbehilfe auch weiterhin strafbar bleiben soll. Wann mit einer Verabschiedung neuer gesetzlicher Regelungen zu rechnen ist, war zum Zeitpunkt der Fertigstellung dieses Romans nicht absehbar. Und die weitere Rechtsprechung des Bundesverfassungsgerichts zur aktiven Sterbehilfe war es auch nicht. Ob Karlsruhe das absolute und ausnahmslose Verbot aktiver Sterbehilfe aufgrund der aktuellen Stärkung des Selbstbestimmungsrechts eines Sterbewilligen aufrechterhält, sollte es diese Frage zur Entscheidung vorgelegt bekommen, mag bezweifelt werden. Gewichtige Argumente dafür und dagegen können beide Auffassungen für sich in Anspruch nehmen.

Göttingen, November 2021
Markus Thiele

DISCLAIMER

Dieses Buch dient der Unterhaltung, aber auch der öffentlichen Kritik und der Diskussion von für die Öffentlichkeit und Gesellschaft wichtigen Themen. Tatsächlich existierende Personen und Firmen wurden weitgehend verändert und/oder frei erfunden, Geschehnisse teilweise erdacht und anderen und/oder fiktiven Personen zugeordnet. Verbleibende Übereinstimmungen mit etwaigen realen Personen wären somit rein zufällig und sind nicht gewollt bzw. sollen nicht deren tatsächliche Handlungen und/oder Eigenschaften widerspiegeln.

WO BEGINNT SCHULD, WO ENDET GERECHTIGKEIT?

Frank Petersen, Strafrichter aus Leidenschaft, ist überzeugt von der Unfehlbarkeit des Rechts. Seine Urteile, so sein Selbstverständnis, sind objektiv und gerecht. Bis eines Tages sein Leben aus den Fugen gerät, als ein Angeklagter in seinem Gerichtssaal erschossen wird. Ein tiefgründiger Roman über Vorurteile und Fremdenhass, über Selbstjustiz und die Grenzen von Recht und Schuld – vor allem aber über einen Mann, der von sich glaubt, er wüsste, wo die Wahrheit liegt. Und der an diesem Irrglauben zu scheitern droht.

MARKUS THIELE
DIE WAHRHEIT DER DINGE

240 Seiten · Hardcover mit Schutzumschlag
14,5 × 21,0 cm · ISBN: 978-3-7109-0093-8
€ 22,00 / CHF 30.90 (UVP)

STAATSSTREICH IN BERLIN

Ein abgeschossener Kampfjet über der Ostsee, der die europäische Union ins Chaos stürzt. Zwei korrupte Machtpolitiker, die mit dem Feuer spielen. Und ein Putschversuch der Bundeswehr, der Deutschland für immer zerstören könnte. Was, wenn die Grundfesten der Demokratie nicht mehr zu retten sind? Packend und realistisch erzählt, stellt Johann Palinkas einen militärischen Staatsstreich ins Zentrum seines Romans und entwirft ein erschreckendes Zukunftsszenario zur politischen Situation in Deutschland und Europa.

JOHANN PALINKAS
COUP

400 Seiten · Hardcover mit Farbschnitt
14,5 × 21,0 cm · ISBN: 978-3-7109-0120-1
€ 22,00 / CHF 30.90 (UVP)